論創ミステリ叢書

34

酒井嘉七探偵小説選

論創社

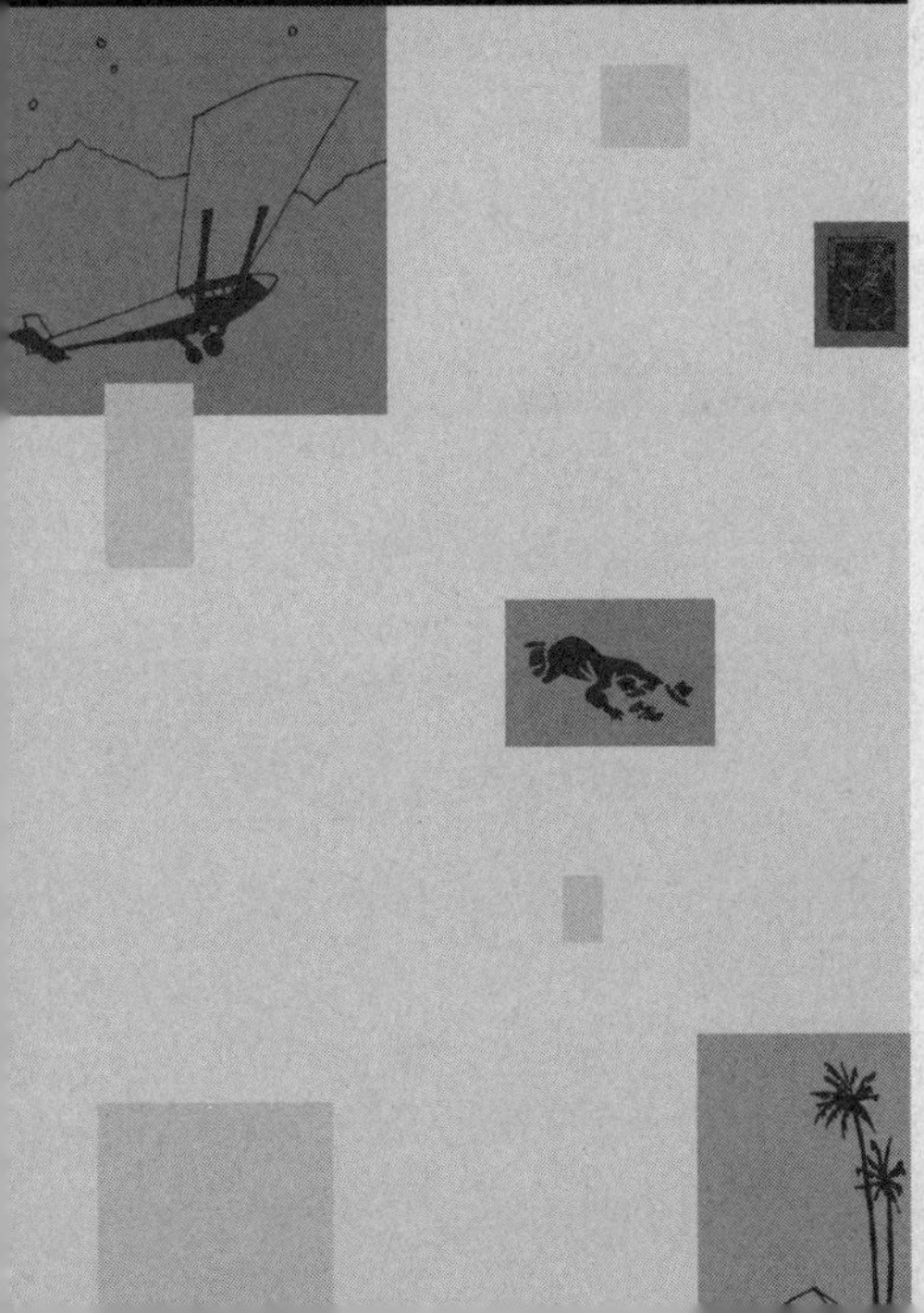

酒井嘉七探偵小説選　目次

創作篇

評論・随筆篇

遺稿篇

凡例

一、「仮名づかい」は、「現代仮名遣い」（昭和六一年七月一日内閣告示第一号）にあらためた。

一、漢字の表記については、原則として「常用漢字表」に従って底本の表記をあらため、表外漢字は、底本の表記を尊重した。ただし人名漢字については適宜慣例に従った。

一、難読漢字については、現代仮名遣いでルビを付した。

一、極端な当て字と思われるもの及び指示語、副詞、接続詞等は適宜仮名に改めた。

一、あきらかな誤植は訂正した。

一、今日の人権意識に照らして不当・不適切と思われる語句や表現がみられる箇所もあるが、時代的背景と作品の価値に鑑み、修正・削除はおこなわなかった。

一、作品標題は、底本の仮名づかいを尊重した。漢字については、常用漢字表にある漢字は同表に従って字体をあらためたが、それ以外の漢字は底本の字体のままとした。

酒井嘉七探偵小説選

創作篇

亜米利加《アメリカ》発第一信

一

大日本帝国、
神戸市二宮警察署、外事課、
木原三郎君——。

船は今荒狂う太平洋の真中を東に向って走っている。詳しく言えば、僕の乗ったプレシデント・ルーズベルト号は、東経百五十度、北緯五十度の大圏航路を、シヤトルに向って航行しているのだ。夜の十時。横浜を出てからずっと気違いのように荒れ続けた海も、今夜になってから幾分凪《な》いだ様子だ、しかし、未だ、この航路独特のウネリが二万八千噸《トン》の巨船を、木の葉のように振り動かせている。

外の嵐に引替えて、船の中は一種物凄いほどの静けさだ。時間が遅いのと、海が荒れているので、この書物室《ライチング・ルーム》にも船客の姿は一人も見えない。

船の舷側を越えて甲板の上へ落下する波の、滝のような響と、全能力を挙げて、荒れ狂う海と戦っている機関の音と、その震動のみが、船の中全部を占領している。

明日の朝になれば亜米利加の航空郵便地帯《エイア・メール・ゾーン》に入る、そして、十一時にはシヤトル郵便局の集配飛行機《メール・プレーン》が郵便物を吊上げに来るのだ。僕は、この手紙を同便に托す、そうすれば、船がシヤトルへ入港する前に、この手紙は僕の亜米利加発第一信として、横浜行の船で、日本に向けて発送されている事になる。

二

僕は、この手紙の本文にかかる前に、君の注意を引いておかねばならない――。

今までに、僕は、小説のような手紙を書いた事もあれば、手紙のような小説を書いた事もある。これは、君が読み終った後に、「手紙」か、それとも、ただ、こうした形式で書かれた「小説」かを判断して欲しいのだ。

君はストローム氏自殺事件を記憶しているだろう。

当時、氏は僕の勤めていた、ヘーグ商会の支配人であり、君は二宮警察署、外事課の一員として自殺現場の検証にも立会ったり、僕からも、参考として、氏の日常等に付いて聴取したりしたのであるから、事件の詳細を覚えている事と思う。しかし、もう三年になる。この事件が、僕に対するほど、重大でない君には、総てが忘れられているかも知れない。もし、そうだとしたら、君に記録を繰ってもらうまでもない――事件の大要を記しておこう。

時、西歴千九百三十×年六月十二日。

処、神戸市山本通四丁目十六番地。

人、×国人。

当時、神戸市江戸町九十三番館。

ヘーグ商会支配人。

ヘンリー・ストローム氏――だ。

いつもは七時に起きてくるストローム氏が、その日は、八時になっても部屋から出て来ない。変に思ったアマが起しに行った。部屋にはいつものように、その日も鍵はかかっていなかった。アマが、「もう八時で御座いますよ」と云っても返事がないので、頭からハオッていた毛布をめくると、ストローム氏はピジャマを着て、仰向けに寝たまま、右手に握った護身用のピストルで頭を撃って死んでいたのだ――当時の新聞はこのように書いていた――

事件は直ちに二宮警察署に急報されて、××二宮警察署長、外事課から君、そして、××裁判所の検事等が現場へ出張、検屍が行われた、そして結局自殺と発表されたのだ。

しかし、遺言書に類したものは何も発見出来ず、自殺の原因も明らかでなかった。新聞には邦文のものも、英文のものも言い合わせたように、彼は支配人としての重大な過失から会社に莫大な損失を与え、それがために、責《せめ》を負って自殺したのであろう、とあった。

事件はこのまま自殺として幕が降りているのだ。

× × × ×

またまた、風が加って来たのか、船が馬鹿に振れる。波の音と、エンヂンの響が、静かな船の中を、物凄くひびいてくる。

三

ストローム自殺事件の一週間余り後に、君と二人で、元町のカールトン・バーで飲んだ事を憶えているか?

話が偶々《たまたま》この事件に移って、

「他殺の疑はないのかい」と僕が聞くと、

「自殺とは断言出来ないかも知れないが、実地検証の結果では、少くとも、他殺と思わせるような物的証拠は何一つも発見出来なかった」と、君は答えた。

「しかし、僕はストローム氏の側で二三年も働いていたが、あの人は自殺をするような人じゃない」と反駁すると、

「そんなように思われている者が、案外、自殺なんかやるもんだよ。女房も貰わずに、一生懸命に働いていれば気も変になるよ」

君は簡単にこう云った、しかし、僕が熱心に自殺説を覆えそうとしていた事を記憶しているか。

僕は、更に言葉をついで、

「実は、今日まで、君に黙っていたが、事件のあった翌日、ストローム氏の宅のアマさんが会社へ鍵を届けに来た。——鍵というのはいつもストローム氏がズボンのポケットに入れていた金庫や書類函等の予備鍵だ——そして、僕に、(鍵と一緒にこんな書付がズボンのポケットに入っていいましたが、何か御店で入用な物じゃ御座いませんか)、と云って、一枚の紙切を渡したよ」

予期したように、こうした言葉は君の注意を引いた様子だった。

「その紙切を今ここに持っている」、僕が取り出したのは、真白い、普通の事務所用レター・ペーパーで、真中に、

An eye to an eye, a tooth to a tooth

とタイプライターで印字してあった。

「(目には目を、歯には歯を)か、聖書の文句だな、で、これがストローム氏自殺事件の謎を解く鍵だ、とでも言うのかい?」

「そうだ、ストローム氏は自殺したのではない、非常に巧妙な手段で殺害されて自殺を装わしめられたのだ、しかし、その犯罪行為は(目には目を、歯には歯を)、即ち、復讐を意味するもので、犯人がそういう事を誰かに知って欲しいために、こうした紙切を残して行ったのだ」

そしたら、君は何も言わずに、声を立てて笑った。だが、僕は真面目にそう考えていたのだ。

それで翌日から、僕はあの紙切の研究に着手した。

四

君も言っていたように、ストローム氏自殺の現場には、他殺を思わせる証拠は何一つとして残っていなかった——それほど巧妙に殺人が決行された——随って、犯人が、故意に残して行った、この紙切には何等の物的証拠は残されていない、と考えるのが至当だ。僕は指紋の有無や、紙質の研究、それに、印字するために使用したタイプライターの探査等は一切無駄だ、と考えた。そして、全然異った方面から研究を初めた。

僕は、第一に、この紙切に印字された、

An eye to an eye, a tooth to a tooth

の文字一字々々を仔細に検査して、インキの濃度を探《しら》べた。そして、次のような数字を得た。

An eye to an eye a tooth to a tooth

59 595 68 59 595 5 68869 68 5 68869

即ち、Aは5、Nは9、Eは5、Yは9、等、等、の割合の濃さで印字されている。

× × × ×

僕は、ここで、タイプライターの組織、その他に付いて説明する必要がある、と思う——こう云っても、現代人の君に、タイプライターとは何であるか、を説明するんじゃない。毎日機械を使用している者でさえも注意をしていないような点に付いてだが――。

君も知っているように、英文タイプライターである限り、どこの国で製作されるものでも、機械の活字は、向って左から右へ、次のような順で一列に並んでいる――

qa2zws3xed4crf5vtg6byh7nuj8mik9,ol-.p;

そして、見出鍵《キー》は次のように、四段に配置されている――

2 3 4 5 6 7 8 9 0 -

q w e r t y u i o p

a s d f g h j k l ;

z x c v b n m , .

これが標準見出鍵盤《スタンダード・キー・ボールド》だ。そして、云うまでもなく、紙を機械にさし込んで、Aの鍵を打てばAの字が印字され、Bの鍵を打てばBと写る、従って、ABCと続けて打てば、ABCと印字される。ところが、タイプライターが発明された当座は印字する場合は、左、右何れかの一本の指、または両手の指一本ずつで、A――B――C――と、見出鍵を見ながら打っていたものだ、しかし、もう二十年余りも前から触覚《タッチ》タイプ・ライチングという新しい方法が考案されて、現在では、両手の指全部を使って、見出鍵を見ずに、タッチ――触覚――でタイプライターを使用する方法が全ての、タイプライター使用者に採用されている。

即ち、両手の指が次のように、各々持場を定《き》めて使用される――

右手、小　指――0 p ; .
　　　無名指――9 o l ,
　　　中　指――8 i k m
　　　食　指――7 6 u y j h n b
　　　拇　指――（スペース用）

左手、拇　指――（使用せず）
　　　食　指――5 r t f g c v
　　　中　指――4 e d x
　　　無名指――3 w s z
　　　小　指――2 q a

それで、ＡＢＣと印字するには——左手の小指で、Ａ、右手の食指で、Ｂ、左手の食指で、Ｃとなる。

処が、文字、一字々のインキの濃度は、見出鍵を打つ場合の指の力の強弱に比例して異る。言い変えると——その力でＡの見出鍵を打つと、三の濃さでＡが印字され、十の力でＢの見出鍵を打つと、十の濃さでＢが印字される。

次に、見出鍵を打つ指の力だが、両手の指の力が全部同等《ひと》しい者は有り得ない。次のような力の変化があるのが普通だ——

右手、小指——	5	左手、拇指——	
無名指——	7	食指——	9
中指——	9	中指——	6
食指——	10	無名指——	5
拇指——		小指——	4

これらの数字を左からずっと並べて　4—5—6—9—10—9—7—5という集合数字を造り、仮にこれを「指力型《しりょくけい》」と名付けてみる。

こう云うと、君も気付くだろうが、指紋の場合と同じように、この指力型も全然同じものはあり得ない。前記の指力型を或る男（Ａ）のものとすれば、Ｂ、Ｃ、Ｄ、の三人の指力型は、次のようなものかも知れない——

	（Ｂ）	（Ｃ）	（Ｄ）
右手、小指	6	5	6
無名指	9	7	7
中指	10	9	6
食指	10	9	10

	（Ｂ）	（Ｃ）	（Ｄ）
左手、拇指			
食指	9	10	8
中指	8	9	8
無名指	7	6	5

拇指			
小指	6	6	3

そうすると、右の指力型を有する、B、C、D、各々の印字した、ANDの文字は、次のようなインキの濃度で印字される。

	(B) 濃度	(C) 濃度	(D) 濃度
D（左、中指使用）	8	9	8
N（右、食指使用）	10	9	10
A（左、小指使用）	6	6	3

で、この三人の印字したANDの文字を一字々々探べて、その濃度を数字で表し、前記の指力型と対照すれば、三人の個人識別は可能な訳だ。

五

僕は前に書いたように、ストローム氏のポケットに残された紙切——**An eye to an eye, a tooth to a tooth**の文字を一字々々検査し、次のような、濃度数字を得た。

An eye to an eye	**A tooth to a tooth**
59 595 68 59 595	**5 68869 68 5 68869**

これから見れば、この印字者の指力型は、次のようなものと考えられる——

（印字された文字）　（指力）

右手、	小指	ナシ	？
	無名指	O	8
	中指	ナシ	？
	食指	N、Y、H	9
	拇指		
左手、	拇指		
	食指	T	6
	中指	E	5
	無名指	ナシ	？
	小指	A	5

以上でストローム氏殺害犯人と考え得る人間の指力型が、不完全ながら発見された訳だ。指紋法で云えば、犯人と目される男の指紋発見に殆んど成功した訳だ。次の仕事は、この指力型に等しい指力の持主を発見すればいい。

僕の勤めていた、ヘーグ商会の地方部には在横浜、大阪、神戸、等々の種々の会社から受取った手紙が手紙保存函《レター・フワイル・ボックス》に保存されていた。これらの、タイプライターで打った手紙には、後日の責任を明かにするために、印字者の頭文字が打ってあるものだ。だから、こうした手紙を一つ一つ調べて行って、前記のものと同じ指力型を発見した時には、同時に、その手紙の発信会社と、その印字者の頭文字がわかる。

六

僕はこうした方法で犯人を探査し、彼に面会した。

僕はこう云った。

「私は、貴君《あなた》がストローム氏を殺害された事を知っています、しかし、それには非常にデリケートな理由がある、と思います。私は貴君から、その理由をお聞きして、私一人で「陪審」したい、と思います、そして、理由によっては、私達二人して、事件をこのまま葬り去るか、或は貴君に自首をお進めするか、どちらかに決めたい、と思います」

彼は何の答もしなかった。僕は黙って、**An eye to an eye, a tooth to a tooth**の紙切を取出して、彼の前に置いた。

「これは貴君が、ストローム氏殺害後に、現場へ残して来られたものに相違ありますまい。貴君は、ストローム氏を殺害されたのと同じ巧妙さで、この紙切から総ての証拠を除去されました。しかし、私は、私の新しい研究である（タイプライター印字書類による個人識別法）であなたが、この書類の印字者、即ち、ストローム氏の殺人犯人である事を発見しました。——しかし、素人である私が何もすき好んで、探偵の真似をしたり、貴君に自白を迫ったりしているのではありません。ただ、（1）この事件の被害者が私の主人である事、（2）私の研究によってのみ、その殺人犯人を逮捕し得る事、そして、（3）もし、その殺人行為が、あの印字された文句のように、（目には目を、歯には歯を）であればこの事件を永久に自殺として葬り去ってしまいたい事、等の理由で貴君とこうして、御話しているのです」

僕がこう云って、話している内に、彼の顔色は段々と青ざめて行った。が、やがて彼は目を閉じて語り出した。

七

「私がどんな方法でストローム氏を殺害したか？　に付いては語る必要はありますまい。綿密な計画と、周到な用意とを以てすれば、ああした殺人は容易ですからね。では（何故殺したか？）に付いて御聞き下さい。

私は妻の復讐をしたのです。彼女はストローム氏に恥辱を受け、それがために自殺しました。話を進めます前に、私と妻、そして、妻とストローム氏との関係に付いて、簡単に、御話せねばなりません。

妻はシヤトルで日本人の両親の間に生れた、所謂、第二世でした。小さな時に異国の空で――と、云っても、彼女の生れ故郷なんですが――両親に死に別れて、一人ぽっちで働いていたのです。私はあちらで苦学中に知合いとなって、結婚して日本へ帰って来ました。私は××商会に、そして、彼女は或る外国商館に勤めました。その会社の主人がストローム氏だったのです。御存じのように、ストローム氏がヘーグ商会の支配人になる前の事です。

妻は彼に言いよられました、そして、前に云ったように、彼に恥辱を受け、自殺したのです。私は妻の復讐をするために彼を殺害しようと決心しました。しかし、妻の敵を打って、自分が絞首台に上る必要はない、と考えたのです。で、私は、御存じのように、ストローム氏を殺害して、自殺を装わしめました。彼を殺す事は正当な事だ、と考えました――今でもそう考えています――、しかし、世間の人を自殺事件として欺き去るのは罪悪だ、と考えました。私の考えは間違っていたかも知れません、しかし、ただの一人にでも、（ストローム氏は自殺したのでなく、殺害せられたのだ、しかし、正しい理由のために殺されたのだ）、と思ってほしかったのです。こうした理由で、私はあの紙切を残したのです」

彼の話は終った。僕はただ一人の陪審員として、彼が有罪か、無罪かを考えた、そして、結局、無罪を宣告した。

「よく話して下さいました。私はストローム氏は自殺されたのだ、と考えましょう、そして、あなたの貞淑な御夫人の冥福をお祈り致します」僕はこう云って彼の手を握った。

八

僕はストローム氏の殺人犯人に事件の真相を発表しない、と約束した。だが、この手紙を君が受取る頃には、彼は死んでいるはずだ。

だから、僕のこうした行動も彼は許して呉れる事と思う。

「彼」を乗せた、プレシデント・ルーズベルト号は明後日の朝シヤトルに入港する。

街端れの共同墓地には彼の妻の両親が静かに眠っている。そこへ遺言通りに、彼女の遺骨を埋めてやり、そして、彼は妻の後を追って自殺するのだ。もう気付いているだろうね。これは僕の自白書だ。従って、「彼」という第三人称で言現した、ストローム氏殺害犯人は僕自身であり、「僕」という人物は僕の創作した人間だ。

総ては解決した。では、御気嫌よう。さようなら——。

九

手紙は以上で終る、しかし、僕は最初にこう書いた——。

「今まで、君に小説のような手紙を書いて送った事もあれば、手紙のような小説を書いた事もある。僕は、君がこれを読み終った後に、『手紙』か、それとも、こうした形式で書かれた『小説』かを判断して欲しいのだ」——と。

海の荒い時は、こんな馬鹿な事でも書いていなけりゃ退屈で仕方がない。

今でも、ストローム氏はほんとに自殺したのだろうか、他殺じゃなかったのだろうか、なにかと、時々考える。君も知っているように、あの人は自殺をするような人と思えなかった、しかし、自殺の原因なんかは、結局、第三者には解らないものだろうな。

亜米利加発第二信ではシヤトル市の探偵協会の機関雑誌を送ろう、それには、僕の研究論文「タイプライター印字書類による個人識別法に付いて」が発表されているだろう。

探偵法第十三号　THE THIRTEENTH DEGREE

前書

私はジェー・ビー・ゴールドマン氏殺害事件に関する、私の手記を発表するに先立って、私自身を紹介しておきたい。と、いうのは、そうする事が、読者諸氏に対する礼儀であると信ずるからである。

私は署名通りの日本名を名乗る、百パーセントの日本人である。アラスカで生れて、合衆国《ステーツ》で教育を受けた。西暦千九百二十×年のエール大学《ユニバーシテー》の卒業生である。母親は私の小さな時に死んでしまい、父親も私が大学を卒業する前の年に病死してしまった。兄弟も親類もない、一人ぽっちだ。金は少々許り父親が残しておいて呉れたが遊んで食うほどもなかったので、学校を出ると直ちにシヤトルの或る輸入商に通信係《コレスポンデント》として勤めた。日本へ来たのは二年前である。

私は、これだけの事を挨拶代りに申述べておいて、本文にかかりたい。

1

神戸の元居留地附近に、拳銃強盗《ホールド・アップ》が出るそうだ、という噂が立った事がある。或る者が、

「ありゃ、君、嘘だぜ」

と、いうかと思えば、他の男は、

「いや、ほんとだ」

と、いう。中には、見て来たような事をいう人達があって、

「西洋人専門で、立派なブロウニーを持っている」

なんかといい出した。

「しかし、ほんとだとすると、誰か被害者が出そうなものだ」

とは、誰もが不審に思っていた事であった。しかし、或る人達が、

「いや、拳銃強盗は頭がいいんだ。いつも、神戸へ上陸してくる、メリケンの船乗ばかりを狙っているんだ。彼奴等は拳銃強盗には馴れているから、ピストルを向けられると、すぐに手を上げるんだ、そして、五円や十円の金を盗られたって、入国税位いにしか考えていない。だから、警察へなんか、そんなつまらない事を、届け出ないんだ」

なんかと、いっているのを聞くと、それもそうだな、と考えざるを得なかったのである。

この噂はとうとう所轄、×宮警察署の耳に這入った、当局も最初は、

「どうやら、ただ単なる噂らしい」

と、考えていたようであるが、ふと、噂のブロウニーに匹敵する拳銃の遺失届が出ているのに気付くと、はっとした。市内、東町六十三番館、ジェー・ビー・ゴールドマン商会主、ジェー・ビー・ゴールドマン氏から、ブロウニーの遺失届が出ていたのである。そして、どうやらこの噂は、問題の遺失届が出てから、人々の口に上り出したようである、と、こうした事が判明すると、警察当局も慌て出した。そしてまず第一歩として、噂の真偽だけを確めるための調査が、相当大袈裟に開始されたのである。しかし、皮肉な事にも、当局がそうした調査にかかると同時に、この噂が、ただ単なる噂でなかった事を、立派に証明するに足る事件が突発した。で、この事件というのが、私が今、記述しつつあるゴールドマン氏殺害事件なのである。

私は読者諸氏に事件の顛末をお知らせする一方法として、当時の新聞記事二三を拝借する。

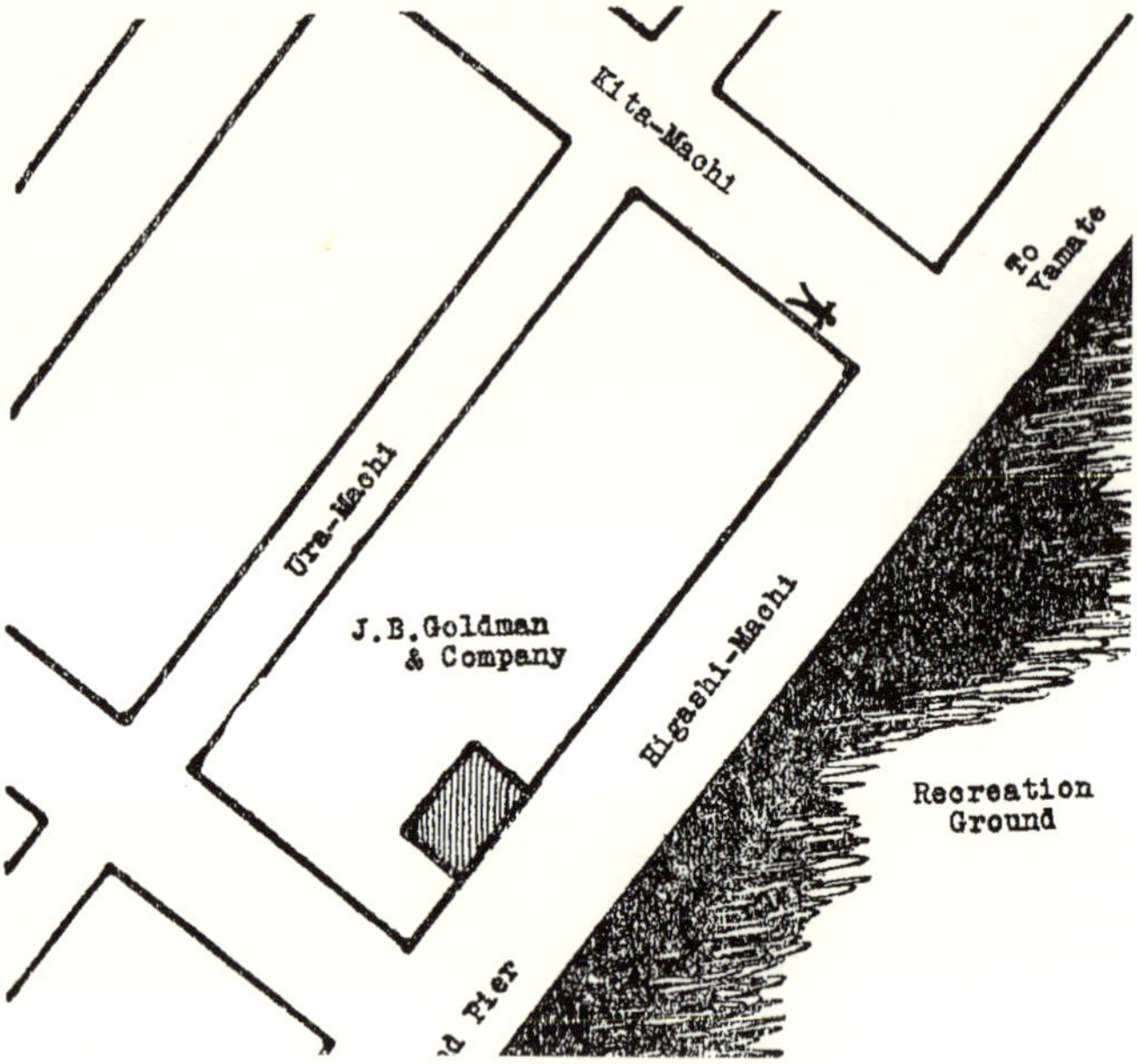

× ×

「兇悪なる拳銃強盗現る。

「先頃、元居留地附近に拳銃強盗現る、との噂があって、事実とも、ただ単なる噂とも言われていたが、これを事実として裏書するに足る犯罪が昨夜、最も兇悪な方法で遂行された。

「昨、十四日、午後九時三十五分、市内北野町三丁目、パシフィック・ガレーヂの自動車、兵一二一二五号、運転手、刑部政太郎（25）が乗客を第二突堤まで送っての帰途、元居留地、東町通りを山手に向って疾走していると、北町角まで来た時に、突然、タイヤがパンクした。運転手は自動車を急停車して、タイヤを探べて見たが、何の変りもない。

『不思議な事だ』

と、思いながら、ふと北町通りの、煉瓦塀にそった、歩道を見ると、誰れか倒れている。近寄って抱き起すと、思いがけない事にも、毎朝自分の自動車で会社まで送っている、ゴールドマン氏だ、左胸部に傷を負って即死している。運転手は驚いた。タイヤがパンクしたと思ったのは正しくピストルの銃声であり、その一発にゴールドマン氏は胸部を射抜かれて、即死したものに相違ない。彼はこう考えた、そして、死体はその儘にしておき、自分の自動車を飛ばせて、×宮署に急を報じた。

「×宮署では、時を移さず、×宮警察署長、××検事、××刑事等の一行で、現場を検証した。その結果、被害者は、運転手の申立通り市内元居留地、東町六十三番館、ジェー・ビー・ゴールドマン商会主、ゴールドマン氏と判明した。致命傷は、左胸部に受けた、ただ一発の貫通銃創であり、氏は何等抵抗を試みた形跡がなかった。しかし内ポケットに入れているはずの札入が紛失しており、それにはいつものように百二三十円の現金が入っていた、と考えられる。

「ゴールドマン氏の人格に付いては、とやかくの噂があったが、別に怨恨による殺害とも考えられず、現金が紛失している点から推察して、強盗説と考えるのが一番妥当のようである。しかして、もし、この説を正しいものとすれば、先頃、この辺りで噂の高かった、拳銃強盗と結び付けて考えるのが、最も穏当であり、警察当局もこうした方面に捜査主力を置いているもののようである。

「なお、本社の仄聞する所によると、程へて、現場の歩道際にある下水道口から、犯行に使用された、とおぼしきブロウニーが発見された。弾丸は一発だけ発射されているのであるが、ここに見逃してならない事は、もしこの一発が被害者の生命を奪ったものであるとすれば、前記の強盗説も俄かに信ぜられなくなる。と、いうのは、この拳銃は、番号によって、被害者が護身用として、携帯を許可されているものであり、氏が嘗て遺失届を出していたものであるが、一説には、その後、問題の拳銃は自宅で発見された、しかし、氏は何故かその旨を警察へは届出なかった、というのである。従って、彼が所有していたはずの拳銃で、胸部を射たれて死んでいたとすれば、『犯人』は彼自身であるまいか。そして、拳銃は、彼が倒れた刹那、彼の手を離れて、偶然にも、歩道際にある下水道口に落ち込んだのではあるまいか。

「こう考えると、自殺説にも、全然根拠のない事ではない」

×　×　×　×

一般の新聞はこんな事を書いていたのであるが、中には、自殺説を全然否定し去ったのがあって、「ゴールドマン氏は自殺したのであろう、と、いう説があるが、誰が自殺をする場合に、ああした場所を選ぶであろうか、また、ピストルで自殺するのに、左胸部を撃つ、なんかとは考えられない。もしああした場所及び状態で自殺する人があるとすれば、それはゴールドマン氏が最初の人であり、最後の人であろう」

と、書いていた英字新聞があったのである。

×　×　×　×

また、或る新聞は、事件の発見者である、パシフィック・ガレーヂの運転手に嫌疑を掛け、

1、彼の申立に幾分、不審な点のある事。

2、彼が毎朝氏を会社まで送っていた事。

3、従って、氏がいつも、相当額の小使銭を所持していたことを知っていたはずである事。

4、兇行に用いた、ピストルは氏が前に、自動車の内に置き忘れたものであり、それを運転手が密に所持していた、と考えられる事。

と、いうように、相当、筋道をたてて、かの運転手に疑いを懸けていたのである。

以上は、種々な新聞記事を綜合したものであり、事件を種々な角度から見た、正しい記録と考えられるものであるが、同事件が発生した前後の模様に付て、被害者の秘書であった私が、出来るだけ詳しく記述してみようと思うのである。

2

ジェー・ビー・ゴールドマン氏殺害事件のあった日——即ち、西暦千九百三十×年、×月×日——は私達、阿弗利加方面を対手に貿易をしている会社に取っては、大変に忙しい一日であった。と、いうのは、その翌日の午前十時には、阿弗利加航路、ポート・エリザベス丸の郵便〆切があって、遅くとも、郵便〆切の一時間前には、輸出為替を取組むために、送状《インボイス》や船荷証券、その他の関係書類を銀行に届けねばならなかったからである。

私達は、翌る朝出勤すれば直ちに、総ての書類を銀行へ持参出来るように、遅くなっても、仕事を全部片付けておこう、と一生懸命に働いていた。

閉館時間の六時が過ぎる頃から、仕事の済んだ者は一人帰り、二人帰りして、時計が九時を指した頃には、結局、主人のゴールドマン氏と、手紙と為替の係りである私、そして、廊下を隔て向いの部屋にいる、送状係りの南村、の三人になってしまった。

向いの部屋から、南村が送状を打っている、タイプライターの音がせわしく聞えていた。私は仕事に一段落が付いたので、一服しながら、南村から新しく廻って来る送状を待っていた。主人のゴールドマン氏も、私から持って行く、為替、その他の書類を、署名するために、私の部屋に隣り合った、彼の私室で、待ち受けていたのである。私は九時十九分を指した柱時計をぼんやり眺めながら、煙の輪を吹いていた。と、突然、ゴールドマン氏が帰る支度をして、彼の部屋から出て来た。

「おや、もうお帰りなんですか」

と、私が声をかけると、

「ああ、労れたから帰るよ。署名するものはまだ沢山あるのかい」

と、聞いたので、

「南村君が今打ってるのだけ残ってるんですが、そう沢山もありますまい」

「そうかい、じゃ、済まないが、今晩中に書類を全部纏めておいて呉れ。明日の朝九時前に来て署名するから」

「承知しました」

私が、こう答えると、ゴールドマン氏は部屋を出て、廊下を隔てた、南村の部屋へ這入って行った。私は彼を見送る積りで、続いて、向いの部屋へ這入って行くと、南村君は充血した目を上げて、ゴールドマン氏に、

「もうお帰りですか」

といった。彼は、

「ああ、帰るよ。明日の朝、早く来て署名するから、今日中にやっておいて呉れ」

と、答えて、

「で、送状はどれ位い残っているんだ」

と、尋ねた。

「もう八通ですが、相当長いのばかしなんです」

こういって、南村は私の方を向き、

「どうも、待たせまして済みませんね」

と、気の毒そうにいった。私は、

「いいや、かまわないよ」

と、答えた、ゴールドマン氏は私達の会話が終ると、

「じゃ、頼むよ、さようなら」

と、部屋を出かけた。

私はその時に、ふと思い出した事があった、それは阿弗利加の或る新しい市場《マーケット》から、代理店にし

て欲しい、との申込があって、その返事を書くのを、すっかり忘れていたのである。

向うからは、

（近頃、当地でも日本商品の需要が激増した。御店は信用ある店だと当地の銀行から聞いているので、代理店にして頂きたい）

と、いって来ていたのである。こうした手紙はよく受取るのであるが、返事としては、

A、支払条件

B、買入口銭《コミッション》、等

に付て書送らねばならないのである。私は、部屋を出かけたゴールドマン氏に、この手紙の話をし、

「あの手紙の返事ですが、明日はとても忙しいと思いますから、今から直ぐに返事を書いておきます」

というと、

「ああ、そうしておいて呉れ」

「で、支払条件はどういってやりましょう。三十日払手形にしましょうか」

「いや、それでは危険だ、一覧払手形で支払って欲しい、といって呉れ」

「で、口銭はいつもの通りですね」

「そうだね。織物類二パーセント、一般雑貨五パーセント」

「承知しました」

私が、こういうと、

「じゃ、頼むよ、おやすみ」

と、いって、ゴールドマン氏は帰って行った。私は南村に、

「君、急ぐ事はないぜ、ゆっくりとやればいい。僕はどうせ、家に帰ったって、別に用事は無い

んだから」

と、いって、自分の部屋に帰って行ったのだ。

3

私は、自分の部屋に帰ると、直ちに、ゴールドマン氏に言付かった通り、代理店申込に対する返事を書き初めた。尤も、書くといっても、勿論、タイプライターで打つのであるし、別に六ツケ敷い手紙でもないので、下書もせず、いつものように、考えながら、タイプライターで打っていたのである。

ゴールドマン氏が店を出てから、二十分か三十分余りも経ったかと思う頃だった。

私は、相当に長くなった、この手紙を打ち終っていた。と、突然、静まりかえった、会社の表通りに、自動車の急停車の音が聞えて、二三の人達が会社の中へ這入って来る気配がした。

（誰だろう）

と、思う間に、無遠慮な靴音が段々と近づいて、私の部屋の前で止った。そして、扉《ドア》にノックが聞えた。

「お這入り《カム・イン》」

私は、すぐに、こう答えた。しかし、こうした言葉が私の口から出るか出ない内に、扉は外から開かれて、背広姿の二人が部屋の中へ這入って来た。

「失礼します」

先頭に立った一人は、口を切った。

「私は、こんな者ですが、しばらくお邪魔致します」

彼が、こういって、差出した名刺を見ると、

（神戸市、×宮警察署、The "Thirteenth Degree" Department,刑事、土岐三郎）

と、印刷してあった。私は、警察の人と知ると、安心して、

「ああそうですか、失礼しました。さあ、どうぞ」と二人に椅子を進めながらも、名刺に書かれた"Thirteenth Degree"の文字を解し兼ねて、頭をヒネった。


読者諸氏も御存じのように、"Third Degree"というのは、亜米利加の警察で工夫されたもので、正しい日本訳があるかどうか知らないが、或る犯罪が冒されて、証拠の不充分な場合に、有力な嫌疑者を捕えて、徐々に、訊問を進めて行く探偵法なのである。私は"Fourth Degree"，"Fifth Degree"が引続いて考案された、と聞いていた。しかし、この"Thirteenth Degree"は余りにも意外だったのである。


土岐刑事は、私の腹の中を見抜いたように微笑んで、

「Thirteenth Degreeが御不審なんじゃありませんか」

と、落ち付き払って、

「では、用件にかかる前に、その説明を致しましょうか」

と、人懐ッこい面持で、語り出したのである――。

「この文字にはどうも適訳がありませんので、英語のままで書いてるんですが、強いて訳すれば、『探偵法第十三号』とでも、いいますかね。一二三ケ月前の紐育探偵週報《ニューヨーク・デテクティブス・ウィークリー》に発表されていたものなんですが、解り安く言えば、今、誰か殺されている、と届出がありますね。すると、現場検証なんかは、係の者に委せておいてこの"Thirteenth Degree" Departmentのものが、早速と別行動を初めるんです。で、この別行動というのは、殺人事件の場合ですと、被害者に関係のある人物を、出

来るだけ多く、事件の直後に訪問して、証拠の蒐集に力めるんです——勿論、Aは誰、Bは誰、といった風に手別けして、訪問する訳なんですがね」

土岐刑事は、こういって、煙草を取り出した。私がマッチをすって、火を付けると、

「有難う」

と、丁寧に礼をいいながら、言葉を続けた。

「この組織《システム》は、まだ、米国でも、とやかくの議論があるようですが、私達の警察で、早速とこれを採用する事になりましてね。で、いわばこの事件が、瀬踏といった訳なんです」

彼は、「この事件が」と、言葉に力を入れて、私の顔を見た。

（この事件が！）

私は口の中で繰返した。

（変だ）

と、思って彼の顔を見た。一瞬、不気味な沈黙が続いた。南村の打つタイプライターの音も聞えなかった。

多分、不意の闖入者を疑って、耳を欹てていたに相違ない。

「で、その事件とお仰有いますのは？」

と、私は口を切った。土岐刑事は私の顔を正面《まとも》に見ながら、

「ゴールドマン氏が、今しがた、誰かに、殺害されたのです」

と、何げなくいって、煙草を大きく吸った。

私は飛上るほど、驚いて、

「え、そりゃ、ほんとうですか」

と、叫ぶようにいった。刑事は頷いた。しかし、私は心の中で、

（ゴールドマン氏が帰ってから、まだ二三十分しか経たない。それだのに、彼が殺されて、その

犯人を探すために、もう刑事がここにいる。そんな事が有り得るだろうか）

と、考えてみた。しかし、つい先ほど、説明された、探偵法第十三号《サーティーンス・ディグリー》を考える、

（有り得る）

と、断定せざるを得なかった。

私の、顔の筋の動きを、じっと見守っていた、土岐刑事は、煙草の灰を落すと、少し調子を変えて、

「今、あなたの外に、誰がいられますか」

と私に尋ねた。

「一人だけいます。送状係りの人なんですが」

「そうですか。では、済みませんが、その方をお呼び下さいませんか。あなたとお二人に、ゴールドマン氏が店を出られた前後の事情に付て、少し許りお聞きしたいのですが」

「承知しました」

私が、こういって、廊下に出ると、南村は、私が思った通り、自分の部屋の扉を少しあけて、耳を欹てて私達の会話を聞いていた。

私は、彼の傍へよると、小さな声で、

「聞いていたか」

「聞いてましたよ、私は、また、無頼漢でも闖入して来たんじゃないかと、吃驚してね」

「ゴールドマン氏が殺害された、というんだ」

「私は吃驚りしてしまいましたよ」

「済まないが、来て呉れ、何か聞きたい事があるんだそうだ」

こういって、南村を連れて、再び、土岐刑事と彼の助手らしい男との前に現れた。

約一時間もの間、彼は色々な事を私と南村に尋ねた。

就中《とりわけ》、ゴールドマン氏が店を出る前後の模様に付て、彼の質問は詳細を極めた。

しかし、私達二人は、ここに記して来た以上の事は、何も語り得なかったのである。訊問が終ると、彼等二人はゴールドマン氏の部屋、私の部屋、南村が働いている部屋等を、家宅捜索の形式で、捜査し初めた。

4

ゴールドマン氏の事件があってから丁度二週間目の事だった。土岐刑事から、電話があって、

「あの事件に付いてですが、新聞はもう他殺説を否定していますし警察《こちら》の方でも自殺説を称える人が沢山出来てきたのですが、私は飽まで、他殺説を固持しています。付きましては、もう一度だけ、あなたにお伺いしたい事がありますので、恐縮ですが、署まで御出向下さいませんか」

と、いって来たのである。私は、

「承知致しました、早速御伺い致します」

と、答えて、直ちに、彼を訪ねて行った。

土岐刑事の部屋へ這入って行くと、

「やあ、どうも、御苦労さんです」

と、愛想よく、机を隔てて彼の向いにある椅子を進めてくれた。そして、私が腰を下すと、すぐさま、

「早速と問題にかかりますが、あの事件に付いて、も少しお伺いしたい事があるのと、ちょっとお詫びしておきたい事がありましてね」

と、いった。そして、言葉を続けて、

「ゴールドマン氏事件の直後、私と私の助手とが御店へ伺った事が御座いますが、勿論、御記憶でしょうね」

「はい、憶えております」

「色々と御話を承りまして、後に、ゴールドマン氏の部屋や、あなたの部屋を探べさせて頂きましたね」

「はあ」

「実は、あの時に、あなたの机の引出から、こっそりと失敬して来たものがあるんですが、何だか御存じでしょうか」

彼はこんな事をいい出した。私はそんな事は夢にも知らなかったので、

「さあ、気付きませんでしたが、何ですか知ら」

と、尋ねると、彼は笑いながら、机の引出から原稿用紙を五六十枚綴ったものを取り出して、

「これなんですよ。無断で読ませて頂きましたが、どうもゴールドマン氏をモデルにされた創作じゃないか、と思うんです」

「え、ゴールドマン氏をモデルに？」

「何でも、ドッペルゲングがテーマになっていますが」

彼が、こういったので、私はそれが何の原稿であるか思い出した。それは、事実、ゴールドマン氏をモデルにしたものであった。しかしモデルとはいうものの、氏が過去に犯した一犯罪と、氏の性質をその儘借りたばかりで、テーマとしてはドッペルゲングを使ったのである。

読者諸氏も御存じのように、ドッペルゲングの原語は独逸語で、Doppelgängerであり、井上の英和大字典では、double-gangerとして、精霊（ヒトダマ）、離魂、というような日本訳が付いている。何でも、自分自身の眼に見えるんだそうで、この自分の第二の姿、即ち、ドッペルゲングを見ると、その本人は死ぬる、という言い伝えがあるんだそうである。

私はこのドッペルゲングを使って、或る小説を書いていたのであるが、まだ書き終らぬ中に、同じドッペルゲングを取入れた新作を読んだのである、私は、しまった、と思った。先《セン》を越されたのである。今更、こんなのを発表しても、真似事だ、と思われては癪だ、とこう思った、そして、その儘、机の引出にほうり込んでいたのである。これが土岐刑事に見付かったのである。私は彼にこう語った。すると、

「そうですか。で、あなたは、あの小説の筋を憶えていられますか」

と、尋ねた。

「もう、一年余りになりますから、どんな風に書いたか忘れましたが、筋だけでしたら記憶しています」

「そうですか、では、恐れ入りますが、荒筋で結構ですから、お聞かせ下さいませんか」

私は、何故こんな事を聞くんだろう、と思った。しかし、

「承知しました」

と、答えて、簡単に筋を述べたのである――。

（永らく、神戸の元居留地で、輸出貿易をやっている外人があった。彼は過去に人一人を殺して、金を奪った経歴の所有者である。それは、彼が青雲の志を抱いて、日本へ渡って来る船の中での事件であった。彼は現在では、一流貿易商館の主人である。

財産も名誉も出来ている。しかし、さすがに傲慢不遜な彼も、寄る年波と共に過去に起した罪悪のために思い悩んでいる。

（突如、彼の目にドッペルゲングが見え初める。おや、ドッペルゲングだ、と最初彼は驚愕した。だが、神を信じない彼にこうしたものの信ぜられる理由はなかった。彼は自分のドッペルゲングの「正体」を知ろう、と力める。

（正体が終に判る。驚いた事にも、それは、自分が数十年前に殺した男の息子であった。その男が、彼のドッペルゲングを装っていたのだ。

（「馬鹿め、俺が自分のドッペルゲングを恐れたりする、と思うのか。こんなものを見れば精神が錯乱して、自殺でもする、と思っているんだろう。馬鹿め、そんな手に乗るものか。俺はもうこの世に何の望みもない体《からだ》だ。俺は、お前が俺を殺したように見せかけて、死んでやる。そうなれば、お前は俺を殺した嫌疑で逮捕される、そして、絞首台へ送られるだろう。俺は地獄から貴様を笑ってやる」

（彼は、こう独白して、自殺する。しかし、まだ何の用意――彼の死を他殺と見せるための――も出来ていない内に！　彼はピストルを気狂いのように振り廻していて、過って、自分自身の頭を射抜くのだ。

（彼は「ドッペルゲング」を見て発狂したのであった）

5

私が語り終ると、土岐刑事は、

「有難う」

と、私を正面に見た。そして、

「あの、最後のあたりですが、他殺のように見せる自殺、云々とありますが、この部分は全然あなたが、創作されたものでしょうか。といいますと、変に聞えますが、私は、もしかすると、ゴールドマン氏は、あなたがお書きになった小説と同じように、何かの目的があって他殺と見える方法で自殺されたんじゃあるまいか。とも考えるんです」

「私は、そうした理由があったか、どうか、存じません。しかし、御参考までに申上げておきますが、ゴールドマン氏は過去において、一英国人を偽って、彼の財産を横領しております。それがために、その英国人は、彼を怨みながら、毒を仰いで淋しく死んで行きました。こうした理由のために、その男の息子は、彼を父の仇として、狙っていたか知れません。私は、こうした事実を小説に創作したばかりなのです」

私は、自分自身にも判るほど、興奮していた。

土岐刑事は、私の顔を見つめていた。彼は口を切って、

「では、今お話になった、ゴールドマン氏が過去に犯した犯罪云々ですが、あなたはこの話をゴールドマン氏から御聞きになったのでしょうか。尤も、本人の口からこんな事はいわないと思うのですが」

「いいえ、あの人の口から聞いたのではありません」

「では、どうした方面からお聞きになったのでしょうか。もし、お差支えが御座いませんでしたら、お話下さい」

「お話致しましょう」

私はこういって声を落した。

「ゴールドマン氏が間接に殺した英国人は、私の父親なのです」

私が、こういうと、土岐刑事は大変に驚いた。と、同時に、ちょっと変な顔をした。そして、

「でも、あなたは日本人でしょう」

と、いった。

「そうです、私は純粋の日本人です。私を生んでくれた両親も武士の血を受け継いだ者でした。しかし、国籍の上では英国人だったのです」

土岐刑事は興味深げに、私の言葉を聞いていた。私は続けた。

「私の父母はアラスカ土着の民族、サイワシでした。バンクーバーから余り遠くもない処――詳しくいいますと、太平洋沿岸にある島の町、シトカ、に近い一孤島の小さな村に住んでいました。父はその村の酋長をしていました。この辺りは、勿論、英領でありますので、私達は国籍の上では、英国人に相違なかったのです。しかし、父は常々自分達は純粋の日本人だ、立派な武士の子孫である、といって、日本刀や系図を見せてくれました。そして、自分達は今まで、外国人の血が混ぜられぬように、注意深く結婚して来た、お前は大きくなれば祖先の地である日本へ帰れ。といっていました。

私は子供の内は、父のこうした話をお伽噺を聞くように、聞いていました。教育は合衆国で受けまして、エール大学を卒業しました。父の言葉はいつも忘れませんでした。そして、高等教育を受ける内に、地理的、歴史的に考えましても、父の言葉は事実に相違ない、と解ってきました。といいますのは、御存じのように、あの辺りは黒潮《ジャパン・カレント》が流れています。従って、潮流の関係から考えましても、長い年代の間に、幾十、幾百艘の、日本の難破船が、日本人を乗せたまま、漂着したであろうとは、当然考えられるのであります。

で、これ以上の話は事件に関係もありませんから省略致しますがこの私の父が住んでいた島へ、もう十年にもなりますがゴールドマン氏が海産物を買入れに来た事がありました。その時に、甘言を以て私の父を騙し、全財産を横領したのです。父はそれを苦にして、先ほどもお話しましたように、毒を仰いで自殺したのです」

私が語り終ると、土岐刑事は、私を同情の眼で見守りながらも、さすがに自分の職務を忘れずに、

「では、卒直にお聞きしますが、あなたは、いつかはお父さんの無念を晴らすお積りで、ゴールドマン氏の会社に勤めていられたのでしょうか」

と、突込んだ質問をした。

「いいえそうじゃありません、私は偶然にゴールドマン氏の会社へ勤めるようになったのです」

「では、彼を一見して、自分の父の仇だ、とお判りになりましたか」

「いいえ、私は前に氏を見た事がありませんでしたし、ゴールドマンというのは、彼が日本へ来てから勝手に付けた名前なんです。私が知っていた事は、ただ、あれほどな年配の猶太人《ジュー》で、コーフマンという名だ、という事でした。しかし、しばらく勤めている内に彼の本名も古い記録で判りましたし、私の父の仇——少し穏当を欠きますが——に相違ない、という事も、彼の色々な話を綜合して、解りました」

「では、あなたは、機会があれば父の仇を討とう、とお考えになりましたか」

「考えました」

私はこう、はっきりと答えた。土岐刑事の顔はさすがに緊張した。しかし、落付いて、

「そうでしょう、そして、あなたは巧妙にゴールドマン氏を殺害されたのですね」

私には彼の言葉が、余りにも意外だった。彼は言葉を続けた。

「私は種々な情況証拠《サカムスタンシャル・エビデンス》を集めました。そして、その結果あなたが氏を殺害せられたに相違ない、と推定しました。しかし、あなたがどんな理由で殺害せられたか、想像も付かなかったのです。だが、今のお話で総てが判りました」

土岐刑事はこんな事をいった。私は、自分の顔色がさっと変ったのを、自分自身で感じた。

「私は天地神明に誓って申します。私は決して、ゴールドマン氏を殺害したのでありません」

と、いった。刑事は口許に微笑を浮べていた様子だった。

「では、もう一度、あの夜、ゴールドマン氏が、店を出て行かれた前後の事情に付いて、お尋ねしたいと思います。お答え下さい」

と、いった。

「承知致しました」

と、私は答えた。

それから、私達二人の間には、次のような会話が交されたのだ。

6

「最初ゴールドマン氏が、帰る仕度をして、彼の部屋から出て来られたのは何時頃でした」

「九時十五分でした」

「何故、そんなに時間をはっきり、憶えていますか」

「私はその時、偶然にも、時計を見ていたのです」

「では、ゴールドマン氏が店を出られたのは何時頃でした」

「その時は、時計を見ていませんでしたので、確かな時刻は存じません、しかし、九時十五分に部屋から出て来られまして、私との会話が約五分間、送状係りの南村君との会話が同じく五分、最後の、私との会話も約五分としますと、ゴールドマン氏が店を出られたのは九時三十分頃だと思います」

「では、氏が会社を出られたのを九時半としましょう。次に御店から現場までの距離ですが、ゴールドマン氏の足で歩かれて、何分ほどかかるでしょうか」

「あの方は外国人にしては、足の遅い方でしたから、四五分かかるだろうと思います」

「では、ゴールドマン氏が現場へ現れた時間は、九時三十四五分の訳ですね。それでパシフィック・ガレーヂの運転手の申立てている、ピストルの音を聞いた時間、即ち、九時三十五分、とほぼ合います。今こうした時間を表にしてみましょう——。
　1、九時十五分——九時三十分……ゴールドマン氏とあなた、南村君、再びあなたとの会話。

2、九時三十分………ゴールドマン氏退社。
3、九時三十五分……ゴールドマン氏射殺さる。
ここまでは、今お聞きした時間ですが、これに警察の記録を加えてみます。
4、九時三十五分……運転手パンクと思って、自動車を停止させる。
5、九時三十五分――九時三十八分……自動車点検。
6、九時三十八分――九時四十分……ゴールドマン氏の死体発見。
7、九時四十分………自動車の運転手、警察へ出発。
8、九時四十四分……運転手警察へ出頭。
9、九時五十五分……私と助手が御店訪問。

こうなるのですが、右の表の中で、2の時間から9までの、あなたの現場不在証明《アリバイ》が、どうも明白でない、と私は考えるのです」

「明白でない、と仰有いますのは?」

「記録によりますと、この時間中、即ち、九時三十分から九時五十五分まで、二十五分の間、あなたはタイプライターを打っていられた事になっています」

「その通りです」

「しかし、誰かそれを証明出来ますか」

「南村君が証明出来ると思います」

「駄目です。南村君とあなたの部屋は廊下を隔てています。それに南村君自身もタイプライターを打っていたのです。従って、彼自身の、機械の音にさえぎられて、あなたのタイプライターの音は、あの人の耳に這入っていないはずです。尤も、南村君のタイプライターの音も、あなたの耳には聞えていない、と思うのですが――」

「御尤です。では、先ほどの時間表の9の時間に、あなたが助手の方と、私の部屋へ来られました時に、私のタイプライターに打ちさした、レター・ペーパーが挿入されていたのを御覧下さった事と存じます」

「見せて頂きました。そして、無断で複写紙《カーボン・コッピ》の写しを一枚頂いて来ました」

「結構です。あの手紙の文字は幾語あったか、数えて下さったでしょうか」

「数えて見ました。七百五十八語ありました」

「私は一分間に百二十語の記録を持っています。しかし、この記録は競技会で作ったものでありまして、会社で商用文を印写する場合にはこれほどスピードを出せません。まして、あの場合、原稿なしで、頭の中で考えながら打ったのでありますから、一分間五十語余りのものでしょう。で、二十五分の中から、七八分間を印字にかかるまでの用意、その他に費したとすれば残りは十七八分。

この時間に、一分間五十語ずつ印字した、としますと、八百五十語ですから、これで、私の現場不在証明は立派に出来ると存じます」

「よく判りました。しかし、こんな風に疑えないでしょうか――。あなたがアリバイを造るために、前以て、ああした手紙を用意されていた、と」

「お疑いになるのは御自由ですが、記録ででも御覧になるように、あれはゴールドマン氏がいわれた通りの事を書いたものです」

「しかし、言われた通り、と仰有るのは、ただ、

1、支払条件

2、口銭

に関する点じゃないのですか」

「そうです」

「そうすれば、四五通変った手紙、即ち、一覧払、三十日払の支払条件を書いたもの、高い口銭、安い口銭を書いたものと、四五通を前以て用意しておけば十分じゃありませんか。あなたは、こうした準備を整えて、ゴールドマン氏が店を出る前に、わざと、送状係りの南村君を前にして、彼から、支払条件と口銭率との指図を受けた、そして、氏が店を出ると、直ちに自分の部屋へかえって、用意しておいた四五通の手紙の内で、指図通りに書かれたものを取出して、タイプライターに差込み、残りの三四通は丸めて、灰皿の中で焼いてしまった。南村君は自分の部屋で一生懸命に送状をタイプライターで打っていたので、小さな物音は聞えなかった。あなたは足音を忍ばせて、表へ出て、ゴールドマン氏の後を追った。そして、現場で氏に追付いて、自分は、お前が間接に殺した、アラスカの酋長の息子だ。父の復讐をする、といって射殺された」

「なるほど、名推論です。では、兇器のピストルは、ゴールドマン氏のものを前から、私が隠していた、と仰有るんですね」

「その通りです」

「そうですか、では、先ほど仰せになりましたように、四五通の手紙を予め印字しておいた証拠が御座いますかしら」

「あります。一応は、あなたがいわれましたように、私達が御店へ向いました時に、タイプライターに差込んでありましたが、他の三通か四通、即ち、ゴールドマン氏の指図に相違しているために、不用になったものは、丸めて、灰皿の中で、燃してありました。御存じのように、書類を焼捨てられる時は、灰をよく揉んで、粉にしておかないと何が書いてあったか、発見出来る場合があります」

「しかし、もし、私がこう云いましたら、何と仰有います。確かにゴールドマン氏の指図と異った三四通の手紙は、以前から打っていましたし、焼捨てもしました。しかし、それは、ただ、南村君から廻ってくる送状を待っている間に、面白半分に、または他の理由のためにした印字をしたもので、あなたが御覧になった、タイプライターに差込まれていたものは、事実、ゴールドマン氏が店を出られてから打ったものである、と……」

「そう仰有ると、私はあなたの弁明を反駁する何の証拠も持っておりません。では、この問題はしばらくおきまして、ちょっとお尋ね致しますが、あなたが今、仰有った手紙――即ち、前述の表の2から9までの間に打たれた手紙――別の言葉でいいますと、あなたの現場不在証明である、あの手紙――を打っていられた間に何か変った事がありませんでしたでしょうか。例えば、鼠が出て来た、とか、何か物音がしたとか、または電気の光が瞬いた、とか。何でもいいですが、ほんのちょっとした事でも、何か変った事が起りはしなかったでしょうか」

「いいえ、別に何も変った事はなかったと思いますが」

「そうですか、しかし、くどいようですが、今もお聞きしましたように、鼠でも出て来なかったでしょうか」

「出て来たかも知れません。が、私は一心にタイプライターを打っていましたから……」

「そうですね、出ていたとしても、お気付きになっていないか知れませんね。では、何か物音でも致しませんでしたか」

「その御質問に対しても、前と同じように申さねばなりません。何しろ、タイプライターを打っておりますと、鍵《キー》がルーラーに当る物音で、少々の音は消されてしまいます」

「そうでしょう。では、電気が瞬きはしませんでしたでしょうか」

「いいえ、そんな事はありませんでした」

「確にありませんでしたか」

「確に……」

「変な質問かも知れませんが、この点だけをどうして、そうはっきりと、お答え出来ます」

「私は一心に手紙を打っていましたので、鼠の出て来た事や、少々の物音は聞き洩したかも知れません、しかし、電気が瞬いたりするような事がありますと、いくら私が一生懸命にタイプライターを打っていましても、決して、気付かぬはずはないのであります。と、いいますのは、御覧になった事と存じますが、私の使用していたタイプライターは『電気タイプライター』であります。普通のタイプライターは御存じのように鍵を打つ。指の力で動くのであります。従って鍵を叩かねばなりませんが、電気のものですと鍵に強く触れるだけでいいのでありまして、そうする事によって、電流が通じ、電気の力で印字されるのであります。こうした訳でありますので、停電があったり、電気が瞬いたりするような事がありますと、その瞬間機械が動かなくなります。ですから、私が気付かぬ訳は決してないのであります」

土岐刑事は莞爾《ニッコリ》した、そして静かに、

「とうとう、かかりましたね」

と、いった。

（あっ）

と、私は心の中で叫んだ。彼は続けた、

「電気は二三度瞬いたのですよ。送状係りの南村君もそういってますがね。あなたは電気タイプライターを使用されていたのに、それに気付かれなかった、とは変ですね」

私は、

（しまった）

と、思った。身体の血潮が一度足の方へ降りて行くのを感じた。顔は土色に変っていたに相違ない。私は、何をするともなく、ふらふらと椅子から立上った、が、意気地なく、また、べたべたと坐ってしまった。

×　×　×　×

私はここまで書いて来て、ふと、こんな事を考えた――。

（もし、自分が今、何かの理由で、この手記を中断すべく余儀なくされた、と仮定する――例えば、心臓痲痺等に依る、予期せぬ、突然の死といった理由のために――。すると、読者諸氏は、この手記はこれで終だ、とお考えになる、従って、ゴールドマン氏殺害犯人は私である、と御推断になる事だろう）――と。

しかし、読者諸氏よ、私の手記はまだ終っていないのである。私は続ける。

7

土岐刑事は、私を見守っていたが、突如、

「あっはっは――」

と、哄笑した。私には余りにも意外だった。と、いうのは、私は当然、

（どうだ、恐れ入っただろう。僕は君を、ゴールドマン氏殺害犯人として、逮捕する）

と、いう、彼の言葉を予期していたからである。

私は、あの夜、総ての準備を調え、ゴールドマン氏を殺害すべく密かに彼の後を追った。これは、土岐刑事の推理通り、事実である。しかし、私は天地神明に誓う、ゴールドマン氏は、私の手によって殺害されたのではないのだ。彼は自殺したのかも知れない。が、何れにせよ、氏が自殺したという事が明白になるか、または、他殺とすれば犯人が出現せない以上、私が彼を殺した、と考えられても仕方がない。そう考えられるに十分な情況証拠は、土岐刑事によって集められていたのだ。

（では、自分は絞首台に送られるのか？）

こうした考えが、突如、私の脳裏に閃めいたのだ。それがために、土岐刑事が、

（とうとう罠にかかりましたね）

と、いった瞬間、思わず立上って、また、意気地なく、べたべたと椅子の上へ坐ってしまったのだ。

ゴールドマン氏が店を出ると、私はすぐに送状係りの南村君がいる部屋を出た。そして、自分の部屋に帰ると、土岐刑事が推理されたように、ゴールドマン氏の指図通りに印字されている手紙を取り出して、タイプライターに差込んだ。不要になったものは丸めて灰皿の中で火を付けた。南村君の打つタイプライターの音が、静まった店中に響いていた。私は、そっと表に出た。亜米利加から持って帰った拳銃を、ポケットの内で握っていた。私はゴールドマン氏に追縋り、名乗りを上げて、射殺する積りだった。会社を出て二三十米も駆けた時に、突如、拳銃の響が四隣の静寂を破った。私は驚いて立止った、しかし、変な予感を感じて、走った。確か、この辺りだ、と思って、北町通りに出て、ふと見ると、人が倒れている。私は一目見ると、ゴールドマン氏と判った――。自分が今一足早ければ、私自身の手によって、こうした有様になっているだろう、ゴールドマン氏だ。私が、感慨無量、といった様子で、死体の傍に立っていると、東町通りを、山の手に向って、自動車のヘッドライトが近づいて来た。人に見付かれば自分に嫌疑が懸る。突差にこう思って、裏町通りを廻って、一目散に会社へ走って帰った。

以上が、私の、この事件に関係した、総てである。私は詳細を土岐刑事に語った。

彼は微笑みながら、こういった。

「有難う、それで総てが明白になりました」

そして、言葉を続けて、

「ゴールドマン氏殺害犯人はパシフィック・ガレーヂの運転手、刑部政太郎なんですよ。拳銃強盗の噂の主であり、ゴールドマン氏を殺害した犯人ですが、あなたにとっては大恩人ですね。もし、あの男が氏を殺していなければ、あなたが、当然、不倶戴天の父の仇という訳で、あの夜、氏を射殺されているでしょうし、そうすると、まさか死刑《ハング・アップ》にもなりますまいが、幾年かはビッグ・ハウスに行かなくっちゃなりますまいからね」

と、いった。そして、人懐っこい微笑を顔に浮べながら、事件の全貌を物語ってくれたのである――。

土岐刑事は語った。

「まず、順序として、ゴールドマン氏が提出した、ピストルの遺失届から、お話しましょう、大分、前の事でした、此方の警察でピストルの『戸籍調べ』をした事がありました。ゴールドマン氏の所へは私がお伺いしたのですが、氏は、

『お国に任せて頂いてますと、護身用のピストルなんか必要じゃ御座いませんね』

と、いって、

『近い内に、署の方へ持参しますから、いいように処分して下さい』

と、頼んだものですよ。私達の方にしたって、結構な事ですから、

『そうですか、それでは、いつでも構いませんから、お店まで持って来ておいて下さい、頂きに参りましょう』

と、いって別れたのでした。処が、それから二三日経って、氏が顔色を変えて出頭し、

『ピストルを遺失しました』

と、いうのです。氏は、

『確に、朝、宅を出る時に持って出て、自動車に乗ったのですが、ピストルがないのに気が付いたのは昼前なので、果して、自動車の内へ置き忘れたのか、会社の中へ持って這入った後に、紛失したのか、どうも憶えない』というのです。で、私が、

『その自動車というのは、どこのだか判っていますか』

と、聞きますと、

『はい、毎朝、宅から会社へ乗る、パシフィック・ガレーヂの自動車で、運転手もいつもと同じ男でした』

と、いうのです。何しろ、失くした物がピストルなので、種々、捜査したのですが、どうも、行方が判らなかったのです。処が、今になって考えますと、あのピストルは、やはり、自動車の中に、置忘れられていたのですね。それを、運転手の刑部が隠していたのです。

次は、あの拳銃強盗の噂なんですが、これはただ、単なる噂でなく、事実二回、噂通り、元居留地の真中で行われたのです。犯人は、この運転手の刑部なのです。ゴールドマン氏が、自動車内に置忘れたピストルを隠している内にやったのですよ。所が、偶然にも、前後二回とも、この拳銃強盗に襲われたのは、ダンス・ホール帰りの与太者だったので、被害者は何れも、届出なかったのです。尤も、取られた金は二三円の少額だったからでしょうが、変に、こんな事を届け出て色々な事を聞かれている内には、自分の足もとに火の付いてくるような連中だったのです。これが、拳銃強盗の噂がただ、人の口のみに上って、被害者の表われなかった原因ですね。

あのガレーヂの主人もいっていた事なんですが、あの運転手の刑部が、拳銃強盗をやるために、わざわざ外出していたのなら、ガレーヂの者だって、変に思ったかも知れないのですね。ところが、後ほどになって解った事なんですが、客を自動車で、元居留地や突堤まで送って行った帰りに、自動車をちょっと物蔭に止めて、仕事をやり、すぐにまた、自分の自動車でガレーヂへ帰っていたのですね。だから、誰も不審に思わなかったのですよ。

刑部もこの辺りで止めておけばよかったのですよ。何も別段、金に困った訳でもありませんし、立派な職業もあったのですからね。所が、変な事に興味を持ち出した——と、しか考えられないのですが——彼は、またやったのですね。そして、この時の被害者がゴールドマン氏だったのです。

あの夜、刑部は客を第二突堤まで送って行ったんだそうですが、その帰途、遊園地に沿った東町通りを走っていて、ふと、今晩もやってやろう、と思ったんだそうです。で気付くと、歩道を一外人が山手に向って歩いている。この外人がゴールドマン氏だったのですが、店を出て、いつものように、山手に向って歩いていた訳なんですよ。刑部は、この外人を自動車で追越して、北町へ廻り、自動車を止めたのです。そして、東町の北町角で、氏を待ち受けて、角を曲って来た所で、

（ホールド・アップ、生命か金か《ライフ・オア・マネー》）

と、やったのですね、ところが、その声に気付いたのか、顔が見えたのか、ゴールドマン氏は、

（ああ、君は）

と、叫んだのです。刑部は驚いた、といってましたよ。ゴールドマン氏と知らなかった訳なんですね。それで、

（ええい、しまった、殺してしまえ）

と、一発発射してしまったのです。ゴールドマン氏は、御存じのように、左胸部を射抜かれて、崩れるように倒れたのです。そこで、在金を、と思って、服に手をかけた時に、あなたの足音を聞いたのですよ。刑部は、

（しまった）

と、思ったそうです。自分を追って来たに相違ない、このピストルを持っていると言抜が出来ないと思って、死体の側へ投げたんだそうですが、それが、歩道際の下水口に、はまり込んだのですね。

刑部が走って、逃げようとしたが、あなたの足音が、もうすでに近過ぎて逃げる間がなかったのです。それで、走って気付かれるより物蔭に隠れた方がいい、と突差に考えて、物蔭に身をひそめた。するとあなたは走って来た。しかし、ゴールドマン氏を抱き起しもせずじっと眺めていた。刑部は変に思ったそうですよ。その時に、あなたも先ほど仰有ったように、東町通りを自動車が一台山手に向って走ったそうですね。それに驚いて、あなたは、死体をその儘にして警察とは反対の方

向へ、駆け出した。そして、闇の中に消え去った。

刑部は、

（さては、あの男、掛り合になるのを恐れて、警察へ届けずに、逃げたな）

と、思ったそうです。

あなたを驚かせた自動車は、何も気付かずに、山手の方に走り去ったのですが、刑部はあなたが現場を去られると、大胆にも、再びゴールドマン氏に近寄って、現金在中の札入を抜き取ったのですね。そして、自分の自動車を飛ばせて、新聞にも、当時報道されていましたように、知らぬ顔で、警察へ届けて出たのですよ。私は最初から運転手の刑部が怪しいと睨みましてね、何の証拠もなかったのですが、例のThird Degreeでので旨く自白させたのです。しかし、私は何故、あなたがああした現場不在証明を造っていられるか判断に苦しんだのですよ。それで、御足労を願って、総てを証明して頂いた訳なのです」

土岐刑事は語り終った、そして、言葉の調子を変えて、こんな事をいったのである。

「所で、このThirteenth Degreeですが、あなたはどうお考えになります。第一回の試験では成功だった、と思われませんか、少なくとも、あなたと私とを親友にさせた、という点だけでも――」

作者附記――このThirteenth Degreeですが、これは作者の造り事でありまして、私が初めの方に書きました、"Detectives' Weekly"と云ったようなものが、ほんとに、亜米利加にでもありましたら、一つ論文でも書いてみようか、と思っています。亜米利加には警察にだって愉快な人が多いですから、「こいつはいい」と、いってくれるかも知れませんからね。

郵便機三百六十五号

昭和十五年二月一日の真夜である。原田は羅針盤を頼りに、物凄い暴風雨の中を、大阪に向って盲滅法に飛んでいた。雲がとても低くて、どこの航空標識も見えない。受話機に、声が聞えて来た、無電の呼出だ。

——郵便機三百六十五号、郵便機三百六十五号、こちらはＪＢＸＺ大阪航空通報局。

原田は、今頃まで無電もせずに何をしていたんだ、と腹立たしかった、それでも、やれやれ助かったというように感じた。送話機に口を当てると、急き込んで答えた。

——ＪＢＸＺ大阪航空通報局、こちらは郵便機三百六十五号、坂上かい？

——そうだよ、首尾はどうだ。

——首尾はいいが、とても凄い暴風雨だ。俺あ、こんな難航は初めてだ、さっぱり何も見えねえ。

——そうか、ところで、赤行嚢は大丈夫か。

——大丈夫だ、現金で二十万は這入ってるだろう。

——そりゃ、出かした。

——だが、旨く無電通報してくれなきゃ駄目だぜ、生駒の山が飛越せねえ。

——もう生駒かい。

——うん、来てるらしい、今から高度を取ろうと思ってるんだが、どの辺りを飛んでるのか、さっぱり解らねえ。済まねえが確かな位置を、そこから探べてくれ、今、高度一千米突、発動機の調子はＯＫだ。

——よし、すぐに探べる、しかし、出来るだけ登ってくれ、安全第一だ、それから、着陸地は甲子園だ、野球場の浜手五百米突、自動車を二台並べて、ヘッド・ライトを照しておく、それが合図だ、その前へ降りてくれ。

——よし合点だ、しかし、早く俺の位置を探べてくれ、でなくっちゃ危くて仕方がねえ。山に衝突しちゃ悪いと思って、二千米突まで上ったが、ここじゃ風速正に五十米突、颱風だ、翼が折れそうだ。駄目だ、もう降りるぜ、変に機体が揺れてきた、生駒はもう越えてるんだろう？ 降りるぜ、大丈夫かい。おい、なぜ返事をしないんだ、ＪＢＸＺ大阪航空通報局、もう駄目だ、空中分解——しそうだ、降りるぜ、危険だ——。

途端に受話機に声が聞えた。

——ずっと降りろ、ずっと降りるんだ。

原田は、

——有難い、じゃ降りるぜ。

と、グイと下げ舵を取った。

——やれ、やれ、助かったよ、上はとても凄い風だ、一千米突も一気に降りたが、これで助った、もう一分も遅かったら機体はばらばらになってるぜ。生駒はもう越えたんだろう、手前も意地が悪いや、返事もせずに捨てておいて、突然、ずっと降りろ、なんて、生駒を越しゃ、しめたもんだ、もう、うんと降りたぜ、とても雲が低い、まだ何も見えねえ。

原田が、こう云った瞬間、彼の乗った——正確に云えば、彼が乗逃げた——郵便機第三百六十五号は物凄い勢で、生駒の山の頂に衝突した。彼は、二十万円の札束を入れた赤行嚢と一緒に、機体から投げ出されて、そのまま動かなくなった。

その時分、ＪＢＸＺ大阪航空通報局のアンテナに、携帯用無電送話機を頸から掛けて攀上っていた、相棒の坂上が、四五人の警官に拳銃で取り廻かれて、

「ずっと降りろ、ずっと降りるんだ」

と、大声で叫ばれていた。

実験推理学報告書

私の話　一

私の研究する、シャロック・ホルムズまたはエドガ・アラン・ポー式の、推理法が、私をして、前途有為《ぜんとゆうい》の二青年を失恋から救わしめた、という大層なお話なんです。

物語は、私のお話しようとする男が、彼の恋人であるダンサーに、男があるらしい、ということを聞いた、というところから初まるのでありますが、便宜上、彼の手記なるものを借用しましょう。（お断りしておきますが、彼の手記で、「彼」という第三人称で物語られている人物が、彼自身なのであります。さて――）

彼の手記　一

「あの女には注意しないといけないぜ、東京のホールにいる時分から、とても凄い男が付いているそうだ」――。

彼の友人がそういって知らせてくれた。そして、その男を捨てて逃げて来たこと、男が後を追って来て、しばらくもめていたこと、等、を付け加えた。

こう聞くと彼にも思い当る節がないでもなかった。彼女と初めて心安くなった夜、ホールで踊りながら、こんな会話をした事がある――

「どこにいるんだい」

「××アパートにいますの、遊びにいらっしゃい十七号室よ」

「行ってもいいかい」

「ええ、いつでも」

「じゃ、善は急げで今晩行くよ、いいかい」

「ええ、待ってますよ」

「しかし、恐い人がいるんじゃないかい」

「そんな者《もん》いませんわ」

「じゃ、一人でいるんだね」

「ええ、しばらくお父さんと二人で、家を借りていましたけれど、もう国へ帰りました」

「国ってどこだい」

「千葉ですの。お父さんで苦労しましたが、帰ってくれて、ほっとしています」――。

こんな会話をしたことがあるのだ。では、この〝お父さん〟がその男か。ありそうなことだ、と彼は思った。そして、「君、あの女には注意しないといけないぜ、凄い男が付てるそうだから……」と、いってくれた友人の言葉を口の中で繰返した。

「どうしよう」彼は彼自身に聞いた。

「どうしよう、だって今更どうにも仕方がねえ、それに貴様、そうでないようなふりをしているが、あの女に属根惚《ぞくこんほ》れ込んでる……」

「手前《てめえ》のいう通りだ」

「五月蠅《うるさ》い男が付いている、というが、今では別れているんだ、彼女《あいつ》が、お父さんで苦労しましたが、帰って呉れてほっとしています、といつかいった言葉の意味を考えてみろ――」

「そうだ、そんな凄い男の付きまとっていたことは事実だろうが、それはもう過去に属する事だ、つまらないことを聞いて、余計に彼女が恋しくなっちゃった」

「恋しくなったら、行って逢って来いよ」――。

彼は自分自身で問答した、時計を見ると一時だ、もうラストもすんで、ホールから帰っているだろう、そう考えながら、彼は女のアパートへ、口笛を吹きながら歩いて行った。

彼の手記　二

　ドアを開けると彼女はベッドに腰をかけたまま泣いていた。彼には思いがけないことだった。涙がぽたぽたと、手に持った手紙の上に落ちている。

「どうしたんだ」彼がこう聞くと、

「もうこの部屋へ来てはいけませんよ、明日になれば私、もうどこかへ行ってしまいます」泣き声でそういって、彼女は手紙をベッドの下へ押込んだ。

　彼の頭には今しがた、友人から聞された、〝彼女に付いている凄い男〟のことが浮んで来た。そうだ、まだあの男が付きまとっているんだ、……俺から逃げようたって逃がすものか、この手紙がお前の手に入った、ということは俺が貴様の在所《ありか》をつきとめた証拠だ。も一度いうぜ、お前は俺から絶対に逃げられねえんだ……。こんな事が書いてあるんだろう。彼はそう考えた、そうすれば俺はこの女を思い切らなけりゃなるまい。すきには相違ないが、噂通りの男が付いているとすれば、彼奴と張り合うためにはパチンコの洗礼も覚悟しなけりゃなるまい。そうした危機を冒してまで自分のものにするほどの値打のある女でもなさそうだ。彼はそう考えた。

「ねえ、もう帰って頂戴、今にも来るかも知れませんから」

　彼女のこういった言葉に男はハッとした。今にも来るかも知れない！

　あの男か？　では、もしかすると俺はワナにはまったんじゃあるまいか。

（毎度、家内が御世話になりまして……）というだろう。

「しまった」と彼は口の中で叫んだ。

彼の手記　三

「卑怯者だな、貴様は」

「卑怯者じゃねえ」

「パチンコが恐かったのだろう」

「恐かねえが、あんな女のために俺の命を捨てるのは惜しい」

「あんな女とは何だ、まだ思い切れねえで、いるくせに」

「違いねえ、正直な所どうも思い切れねえ」

彼女のアパートを出て、静まりかえった、夜半の街を歩きながら、彼は自分に言い、自分で答えていた——。

「思い切れなけりゃ、もう一度行って逢って来いよ、手前は、あの手紙が男から来たもの、と早合点したが、読んでみたのか」

「読まねえ、俺は紳士だ、人の手紙は読まねえ」

「紳士か、まあいい、しかし、もう一度行って確めて来な、あの女が（お父さんで苦労します）といっていたように、字の通りの、お父さんから来たのかも知れねえからな」

「そうだ、（……お父さんはこれ以上私にどうせよ、というだろう。いつまでも、二百円も三百円も儲かっていた時分の事を考えているんだろうか、新しいドレスも買わずに踊っているのに……）、と考えて泣いていたのかも知れねえ」

「そうよ、（……もう何もかも終いだ、父親の所へ帰って、売ってしまう、といえば、売られよう、そうすればお父さんも気が済むだろう……）、てな考えで手前との間もthe endにしたかったのかも知れねえ、もう一度、女に逢って、はっきりと話を聞いてみな――」

こうした問答を彼は幾度となく繰返した、そして、翌日、午前一時、再び××アパート、第十七号室の前に立ったのだ。

× × × ×

彼女はまだ帰っていないらしい。表に靴がない。ドアの横にはいつも部屋で履いている、古い草履がたてかけてある。だが、ドアに手をかけると軽く開いた。トタンに彼はハッとした、思いがけない事に、ベッドの上に男が寝ているのだ。こちらを向いて熟睡している。若い男だ。一癖も二癖もありそうだ。

「やはりそうか」彼は口の中でつぶやいた、「彼女についている凄い男とは此奴《こいつ》の事か、そして、あの、泣きながら読んでいた手紙もこの男から来たのか、思った通りだ」

彼はドアを再び、静かに閉めた、××アパート、第十七号室への最後の訪問を終ったのだ。

私の話　二

彼の手記はここで終っているんです。で、君はこれっきり彼女に逢わないのかいと、彼に尋ねたんです、すると、

「逢わないのかいって、あんな場面を見せられちゃ二度と再び逢いにも行けないじゃないか」とこうなんです。で、私が、

「君そういうが、もし、シャロック・ホルムズが君の話を聞けば、そのベッドに寝ていた男ての

は、彼女とは何の関係もない人間だ、というだろうぜ」と、彼の顔を見ると、案の定、「何?」と、目の色を変えましたよ。勿論、女には充分、未練があったのですね。そこで私がおもむろに、

「じゃ、僕が、シャロック・ホルムズになりかわって、その男の説明をするとして、君の手記を続けてみよう」そういって、私が彼の手記に、次のように書き加えたのです——。

私の手になる「彼の手記」の続き

彼はドアを再び静かに閉めた。××アパート、第十七号への最後の訪問を終ったのだ。

「どうだ、総てが解決したじゃないか」彼は自分自身に話かけた。

「うん」

「もう、あの女のことは諦めるだろうな」

「仕方がないな」

「しかし、もう一度××アパートへ行って来ればどうだ」

「どうするんだ」

「事務所へ行くんだ」

「で……」

「彼女が何日の何時頃にあの部屋から越して行きましたか、と聞くんだ」

「越して行ったって?」

「そうよ、彼女は、て前《めえ》に、もうこの部屋へ来てはいけませんよ、明日になればどこかへ行ってしまいます、といったんだろう」

「うん、そうに違いねえ、しかし、それは俺をもうあの部屋へ来させないためだ」

「そうかも知れねえ、しかし、考えてみろ、て前があの部屋へ行ったのは、女がホールから帰って来る時刻だ」

「そうだ」

「それに男は熟睡していたんだ」

「うん、その通りだ」

「そんな馬鹿な事はない。もし、その男が女に関係のある男だったら、そんな時刻には熟睡出来るもんじゃない、久しぶりで逢う自分の女だ、目を大きく開けて待っているに違いない」

「………」

「て前が最後に彼女の部屋を訪れて行った夜には、もう彼女はあのアパートを出て行った後だったのだ」

「しかし、女の草履が表にたてかけてあったぜ」

「はき古した部屋用の草履だろう、いくら売れないダンサーだって、アパートを出る時には、そんなものまでは持って行かないものだよ。それに、女というものには変な虚栄心があるものだ。百貨店の食堂で、おはぎを喰う女を見ていても、必ず、全部食ってしまわずに、一つは残すものだ、そうすることが一種の虚栄心なのだ」

「では、あの晩には女はもうあの部屋にいなかった、そして、表に残されていた草履は、そうした女特有の虚栄心から残して行った、というのかい」

「そうだ、草履が残されていた事も、人相の悪い男が部屋の中に寝ていた、ということも、彼女がまだ××アパート、第十七号の部屋を借りていた、という証拠にはならない、従って、中に寝ていた男も、彼女の男だ、とは断言出来ないのだ」

「………」

「だから、女が何日の何時頃にあの部屋を出て行きましたか、と聞いて来るんだ。で、もし、て前が最後に彼女の部屋を訪れた時に、もう彼女がいなかったのなら、父親の食物《くいもの》になるために、総てを捨てて行ったあとで、ベッドに寝ていたのは、新しい借手で、ドアに鍵もかけずに、寝込んでいたのだ、と考えていい」——。

私の話　三

ここまで書くと、彼は、

「うん、そうだ、確にそうかも知れない」と急に元気付いて、腕の時計を見ながら、「じゃ、今から彼女のいるダンス・ホールへ付き合ってくれ、まだ十時だ」と、こうなんです、で私が、

「アパートの事務所じゃないんかい」と、笑うと、

「いや、ダンス・ホールだ、ホールで外《ほか》のダンサーに聞いてみるんだ、君の推理通り、きっと、あの日にはもうどっかへ引越していたに相違ない」

と、まあこんな調子で二人はダンス・ホールへ行ったのですよ。で、私の推理が正しければ、

「ヘン、どんなもんだ、君」と、でもいえるんですが、残念ながら、迷探偵の推理はカッチリ金的《きんてき》を外れていたんです。と、いうのは、朋輩のダンサー連の話を総合すると、アパート第十七号のベッドに寝ていた男は正しく彼女の、以前の彼氏だったのです、そして、二人は手に手を取って元の古巣、東京の或るダンス・ホールへ、かえって行ってしまった後なんです。

え、
それじゃ話が違うじゃないか、とおっしゃるんですか。

私が初めに、「私の推理法が私をして、一人の男を失恋から救わしめた」と書いたからですって？

まあ慌てずに、お聞き下さい、話はまだあるんですよ――。

私と彼がホールへ行くと、なんでも、彼の上海《シャンハイ》時代の恋人とかが、すばらしい服装《なり》をして踊りに来てたんです、偶然に二人が逢ったんだそうですが、

「おや、久しぶりだね」

「まあ、どうしてたの、逢いたかったわ」てな工合で、彼は、ベッドに寝ていた男のことなんざ、私の手の上へ乗っけておいたままで、

「君、悪く思わないでくれ、二人でちょっと散歩して来る」なんかと、出て行ってしまったのですよ。そして、とうとう焼ボーグイに火がついちまって、今でも、盛に燃え続けているんです。

物語はこれでおしまいなんですが、どうです、私は、嘘をつかなかったでしょう? 簡単にいえば、私の推理法が、彼を再び××ダンス・ホールに登場せしめた、すると、そこに昔の恋人がいて、トタンに、二人はまた、仲好《なかよし》になった、それで、彼は失恋の痛手を経験する時間がなかった。だから、春秋《しゅんじゅう》の筆法を以てすれば、私の推理法が彼を失恋から救った、ということになるんですからね――。

撮影所殺人事件《スタディオ・マーダー・ケース》

a

あなたは、勿論、エキストラって御存じでしょう。——活動写真撮影のときに、臨時に雇われて、群衆になったりする——あれですよ。私は聖林《あちら》にいる時分から、これが本職だったのです。私が千九百三十年に日本へ帰って来た時分には、こんなことで、此方で、おまんまなんか、頂けたものじゃ御座いませんでした。しかし、それから五年の後、私が刑務所《ビッグ・ハウス》から出て来ますと、日本の撮影場もすっかり、亜米利加《アメリカ》のあの頃と同じようになっていました。

私は、あちらへ舞い戻ったつもりになって、ＡＢＣプロや、ＸＹＺプロダクションで、毎日のように、エキストラ稼ぎをしていたんです。

あの朝は、とても霧の深い、息苦しいような、お天気でした。

「こんな日和じゃ、撮影も駄目だろう」

私は、こう思いながら、出て行ったのですが、監督は、

「夜の気分を出すのには丁度いい、すぐ撮影開始だ」

と命令したものです。

場面は神戸の元町、一丁目角。とても金のかかった、いいセットでした。撮影台本《コンティニエイティ》には次のように書いてありました——

「午前一時、人通りが殆んど絶えた元町通りを、ダンス・ホールの帰りか、または、酒場で飲んでいたらしい、与多者風の、若者二三が歩いて行く。と、一人が、軒店のおでん屋に頭を入れる——」

御存じのように、こうした場合に雇われるエキストラは、

「用意、カメラ、アクション――」

の声がかかると、セットの中にいることを忘れて、ただ、呑気に歩いているか、または、話していれば、それでいいのです。しかし、これが、なかなか、六ツケ敷いことで、撮影されていながら、ほんとに遊んでいる時のような、ゆったりとした気分になれば、もう、エキストラとしては一人前なんです。

この時の、私の役は、今の台本にありました、「ダンス・ホールか、酒場からの帰りらしい与多者」で、カメラがクランクされ初めると、通りを少し歩いて、軒下のおでん屋に頭を突込めば、それでいいのでした。しかし、そのままでストップするんじゃありません。親爺さんに、なんとか相手になっていなければならなかったのです。で、私は、

「父《とっ》さん、一杯つけてくんな」

と、云ったものです。すると、この親爺さん、いかにも真面目に、

「やあ、いらっしゃい」

と、顔を上げましたが、見ると、五年前にほんものの元町通りでおでん屋をしていた親爺なんです。私は、すっかり驚いてしまいました。

「おや、親爺さん、いつからエキストラになんか、なっているんだい」

と、聞きますと、少し変な顔をしましたが、何の返事もせずに、酒の燗をしてるんです。私は、はっきり、五年前の、あの夜を思い出しました。

（彼女《あいつ》を殺したのも、こんな霧の深い夜だった。ここに、この親爺がいたんだ。

――親爺さん、酒をつけてくんな。

と、云うと、

――はい、どうぞ。

と返事して、徳利を出した。大きなグラスのカップに入れて、ぐっと一と息、そして、ふと、後

を見ると、彼女が男を連れて……）

こう、思って、ふと、振り向くと、何と驚いたことに、正真正銘の彼女が、男をつれて、こちらへ来るんです。私は、はっ、としました。

「こんな馬鹿なことが……。これはセットじゃないか」

こう思って、目を見はりましたが、彼女に相違ありません。私を裏切った、憎い女に違いないのです。

「しかし、あいつは、俺が殺したのじゃないか。五年前の、今日のように、霧の深い晩に、確に俺の手で殺したのだ。――それがために、長い五ケ年を、刑務所で暮したのじゃないか」

私は自分自身で、気が狂ったのではないか、と思いました。実際、こんな馬鹿げたことがこの、世の中にあろうとは考えられません。しかし、近づいて来る女を見れば見るほど、彼女に相違ありません。

「うぬ、まだ生きていたのか」

こう思うと、私は逆上してしまいました。無意識の中に、五年前にやったと同じように、おでん屋の親爺が前においている出刀をひったくると――。

b

あのエキストラは筋書の通り、そして、監督をやっていた私の命令通りに、動いたに過ぎないんですよ。

（女を見つけると、おでん屋の親爺が前においた出刀を取って走る。

――裏切者！

と、叫んで切りつける）

この通りにやったのです。そして、ここまでは、いいのですね。しかし、次に、こう云ったものです。

「うぬ、五年前に殺してやったのに、まだ生きていたのか」

これが、どうも、変ですね。それに、五ケ年間、刑務所にいた、と云っていますが、この期間はXYZプロにいたことが明白なんです。

こうしたことを考えますと、疑いもなく精神病者ですね。しかし、あの場面の撮影は最後まで間違いなくやっているんですよ。撮影台本はこうなっていましたがね――。

――女に向って出刀を振り上げる。

――女、男にしがみ付く。

――二人の乱闘（短い間）

――女、死物狂いで、男の手に食い付く。

――男、兇器を取り落す。

――再び乱闘（短い間）

――男、女の咽喉を締める。

こうすれば長いですが、二三米のカットの連続で、短い一場面なんです。二人の演技は筋書通りに、そして、とても旨く、写実的に行われたのです。台本は、次に――。

――女、昏倒す。

――男、逃走す。

と、なっているのです。そして、この通りに行われたのです。ところが、「男」は、ほんとうに、撮影場から逃走してしまって、「女」は昏倒したまま、遂に蘇生しなかったのです。

c

船の出帆まぎわでした。貨物船《フレイター》のこととて、別に見送人で混雑していた、と云うほどでもありませんでしたが、それでも、突堤の上には、誰を見送っているのか、テープを握った若い婦人もありました。私が上甲板を歩いていますと、

「二等機関士《セカンド・エンヂニーア》の××君はいるか」

と、声が聞えて、誰かタラップを駈け上って来ました。

「誰が自分を……」

私が、こう思って、下を見ると、彼なのです。

「おー、××か。ここだ、上って来い」

私は、手を差しのべました。

「とうとう、彼女を殺して来た。また、亜米利加だ。頼むぜ」

こう云うと、船艙の方へ走り去ったのです。しかし、二等運転手の職にある私が、どうして密航者《ストーアウェー》を——たとえ、それが、私の無二の親友であるにしても——見逃しましょう。船内を隈なく捜査しましたが、どうしても発見することができなかったのです。

それから二ケ月目でした。私は彼からの書状を受取りました。消印は聖林《ホリーウッド》になっていました。どうして、あんなに旨く、船中に隠れていたのか。また、亜米利加官憲の、鋭い監視の目を、どう逃れて上陸したのか。——こうしたことは書いていませんでしたが、無事に着いた君に感謝する、そして、何とか名は忘れましたが、撮影所で、あの殺人事件のあった日に、元町通りのセットの中で、おでん屋の親爺に扮した男に、内密で、呉呉もよろしく言ってくれ、とありました。と、云いますのも、（彼の手紙によりますと）彼が裏切った女の話をして、殺害の決心を打ち明けると、

「それでは」

と、具体的な方法を考えてやり、そして、万一にも捕まった時の用意に、と、彼に発作的精神病者を装わせたのも、彼――おでん屋の親爺だったのですから……。

空飛ぶ悪魔

——機上から投下された手記——

1

「ボーイング単座機の失踪。

坂譲次氏は愛機、四十――年型ボーイング機J・B3A5を駆って、昨十三日午後十時、大阪国際飛行場を離陸したまま、行方不明になった。

同機は最高速力毎時三百五十哩《マイル》、航続時間二十五時間の優秀機で、本日未明、金華山沖を東に向って飛行する同機を認めたとの報あるも、真偽不明……」


明日の新聞には、こうした記事が掲載されるであろう。今午後九時二十分。北緯五十度、東経百六十五度のあたりを、大圏航空路にそって、ただ一路、東に向って飛んでいる。昨夜の十時大阪国際飛行場を出発して、そのままずっと飛行を継続しているのだ。星一つ見えない暗黒の闇だ。が、無気味なほど気流はいい。殆んど操縦桿に触れる必要もないほどだ。航続時間はあと四時間を余すのみ。しかし、二時間もあれば、この手記を終り得ると考える。積載燃料の総てが、消費しつくされる一時間前には、横浜に向けて航行中の北太平洋汽船会社〃シルバー・スター号〃の船影を認め得るはずだ。

2

自分は、この手記を通信筒に入れ、同船の甲板に投下する。

自分は沙里子をどれほど愛していたことか、彼女も自分には厚意を持っていた。そうした事には些の疑いもない。彼女は自分に唇を許したことによって、それを表示したではないか。が、しかし許された者は自分一人ではなかったのだ。私は、そうした事を知ると同時に、競争者《ライバル》であり親友である、清川に手紙を書いた――。

（二人の内、何れかが、彼女から手を引かねばならない。この問題を解決するために三人で面会したい……）

彼は快諾した。三人は会った。沙里子は二人きりで逢う時のような快活さで云った。

「私はお二人とも同じほど好きよ。同じようにお附合させて頂くわ。けれど、もし、それがいけなかったら、あなた方、お二人で勝手にわたしの対手《あいて》をおきめなさいよ……ね」

己《おの》が唇を許した二人の男を前に、こうまでも厚顔であり無恥である彼女の態度は、蔑まれるべく十分であった。しかし、私達は明かに盲《めしい》ていた。

自分の体内から、騎士道も武士の魂も抜け去っていた。

「いかなる手段を講じても、彼女は自分のものだ――」

私は、こう心に決めた、その瞬間、ある卑劣な「決闘」の方法が頭に浮んだのだ。

3

「――どうした方法で、この問題を解決するんだ」

彼は詰問するように鋭く云い放った。私は彼の目の前に、週刊雑誌〝北極《アークティック》〟を置いた。

「これを利用するんだ」

私はこう云って最後の頁《ページ》に載せられた社告を彼に示した。

「オーナー・フライヤーの参加を希望す。

本誌〝北極〟主催のもとに、本月二十五日、土曜日、午後十時より大阪――東京間を指定区域とせる飛行機による宝探しを挙行する。参加資格はアマチュワー・オーナー・フライヤーに限る。集合場所及び出発点は大阪国際飛行場。

三機までの共同参加を許し、相互間の無線電話による連絡も妨げない」

「参加機の離陸にあたって、本社係員より厳封せる封筒が飛行士に手渡される。機は直ちに出発を命令される。封筒には一篇の詩《ポエム》、または和歌が記されている。この詩、または和歌は、東京――大阪間の一、市町村附属の飛行場を暗示させる。飛行士はそれを解し、指定された場所に向って、最短コースを飛行する。指定飛行場では平常使用せる航空標識は全部消灯し、ただ、場の中央なる地上に、本誌名〝北極〟を意味する英字（arctic）の最初の一文字、即ち『A』をネオン・サインで表した文字を置く。これは十フィート平方の大きさで、赤く点灯される」

「参加機は、この文字《レター》発見と同時に、水平飛行に移り、同標識を中心に直径二百米突《メートル》の円を三回連続して画く。第三回目の終りに、地上より第二の目的地を意味する詩、または和歌が無電《ラジオ》によって送られる……」

4

「――これをどうするのだ」

清川は、不審そうに、私を見た。私は静かに、煙草に火を付けた。

「僕たち三人で、これに参加するんだ。三機編隊で飛ぶ。沙里子さんが第一番機、右翼と左翼は君と僕だ。リーダーは沙里子さんだ。僕達は、こんなことを云えば、主催者には失礼だが、催物それ自体には、何の興味もない。僕達の三機は無電で連絡をとりながら飛ぶ。暗号（?）の解読も三人が無電を通じて行う。記載された飛行場が解ると同所まで飛ぶ。これは、どこにあるか僕達の誰にも分らない。しかし、市町村に附属するものであるというから、夜間発着には十分の広さがあるはずだ。標識の全部は消灯されているが、場の中央を示す『A』のネオン・サインがある。これを頼りに降りるのだ。無事故で着陸した方が勝だ。第一飛行場で勝負がつかなければ、第二、第三、と——即ちa—r—c—t—i—cの各文字のネオン標識を有する——最後の飛行場まで、この『決闘』を継続するのだ」

「承知した」

彼は目を血走らせて、こう云った。「名刺」は交換されたのである。

5

三機は編隊で離陸した。一番機は沙里子だ。ほど近く航空標識の緑白紅、三連閃光が、正しい十秒の間隔を置いて、星ばかりの暗い夜空を衝きさしている。私は、彼女の唇を思わせるような、一番機の真赤な尾灯を、じっと見つめながら、注意深く操縦桿を握っていた。左翼が清川、右翼が自分だ。

「沙里子さん、封を切りましたか」

私は無電の送話器に口をあてて、彼女に話しかけた。彼女の声が、受話器《レシーバー》に聞えた。

「まだですの。も少し昇ってから見る方がいいでしょう」

「そうですね。少し高度を取っておく方が、どの方向へ飛ぶにしてもいいでしょう。ね、清川君――」

「そうだ」

彼の声が聞えた。三機は編隊のまま、ぐんぐんと昇って行った。

「封を切りますよ」

沙里子の声だ。

「……おや短歌よ。とても日本趣味ね、万葉集の歌らしいわ。読みますよ。お二人とも聞いていて頂戴。――牽牛と織女と今夜逢ふ天漢内《あまのかわと》に波立つなゆめ……」

「天漢内に……」

清川の声が聞えた。

「それじゃ、漢内《かわと》飛行場ですね。坂君、そう考えないかい」

「そうだろう、そうに違いない。あれは伊吹山の山麓に、新しく出来た飛行場だったな」

私は、送話器を通じて答えた。清川の得意げな声が聞えていた。

「ねえ、沙里子さん。暗号だなんて、ひどく驚かせましたがこれでは暗号じゃありませんね」

沙里子の第一番機は、手際よく、急旋回で、機首を巡らせた。発動機の調子はいい。深い睡りに陥っている大阪の街が雲の下に、かすかに瞬いている。

6

「もう来ているんじゃないか」

清川の声が受話器に聞えた。

「うん、もう来ているはずだ。沙里子さん、少し高度を下げましょうか」

「ええ」

彼女が、こう答えた瞬間、

「見えるよ、ネオンが見える。左方前方二キロ……」

清川の声だ。

私達は下舵を取った。ネオン・サインの「A」が鮮明の度を増して来た。飛行場には灯火はない――私は、自分では、こう考えた――しかし、確か、東西一千米突、南北二百米突の広さがあるはずだ。ネオン・サインは場の中央に置かれてある。そうすれば、文字に接近した前後左右の何れかに百米《メートル》以内の滑走で着陸すれば、何の事故も起り得ない訳だ。

「清川君」

私は、送話器に口をあてて彼に呼びかけた。

「……用意はいいか」

「うん、先に行くぞ」

彼は自信に満ちた言葉を私の受話器に残したまま、急角度で下降して行った。

「無事な着陸《セーフランディング》を……」

沙里子の声が、小さく、受話器に聞えた。私達は上空を旋回しながら、彼の尾灯を見守っていた。と、地上附近で、突如、闇に消えた。不気味な予感が私の背を走った。私は闇黒の地上を凝視し続けた。が、無事着陸を意味する何の信号も送られて来ない。……二分……三分……と、今まで真紅《まっか》の光芒を放っていたネオン・サインの附近に大きな火柱が立った。

「あっ！」

私と沙里子は殆んど、同時に叫んだ。

「一体どうしたのでしょう」

「何か変ったことがあったようですね。見て来ましょう」

自分は注意深く、旋回しながら、機を下げた。高度計は二百米突、百五十米突、と下って行った。

と、下は水だ。

海、ではない。

すれば湖水！

琵琶湖だ!!

地面とばかし思っていた下界は疑もなく琵琶湖の真中だ。

「沙里子さん。下は水だ」

こう叫ぶと、私は、ぐい、と上げ舵を取った。

「では、清川さんは……」

彼女の声が受話器を通じて聞える。私は上を見た。と、突然、彼女の機首が真下を向いた。

「あっ、危い」

私が思わず、こう叫んだ瞬間、彼女の低い声が受話器に響いた――。

「清川さん……」

彼女の機体は矢のように落下して行った。


「沙里子さん、沙里子さん」

自分は送話器《レシーバー》に口をあてて、こう叫び続けた。湖水の水面とすれすれに幾度か飛び廻った。しかし、どこにも彼女の姿は見えなかった。親友、清川のみか、愛する彼女までも呑みこんだ漆黒の湖水面は、物凄いまでに静寂そのものだった。

7

ゆうべのように今夜も星が美しい。海面から五十米突の低空を、私は東へ東へと飛び続けている。私の愛機は、あと数時間で、主人もろとも、波荒い太平洋の藻屑となることも知らずに、いとも調子よく活動を続けている。

沙里子は自分達二人を同じ程度に愛している、と私は思いつめていた。しかし、彼女の心の底に刻み付けられていた者は、清川一人であったのだ。私は潔く二人から手を引くべきであった。自分達に態度を明らかにしなかった彼女にも一半の責《せめ》はある。しかし、何故、私は彼女のそうした心持ちを看取することが出来なかったのであろう。私の自負心は、私にこう考えさせていた。

――彼女は自分でも云っているように、彼と自分とを同じ程度に愛しているのだ。と、私は自分に、こう云った。

――よし、では、自分が彼女の心を決してやる。清川を地上から抹殺すればそれでいいのだ。そうすれば、彼女は完全に自分のものになるのだ。

私は非常に周到な用意をもって、この計画を遂行した。自分ながら、賞讃に値するほど手際よく、総てが運ばれたのである。

しかし、清川を失った沙里子は、この世に希望をなくしてしまったのだ。彼一人を殺害すべく計ったこの計画は、愛する彼女をも湖水の底に沈めたのである。――私は、この手記を完全にする目的を以て、いかなる方法によって、この殺人が行われたかを記しておかねばならない。そして、そのために、話をもとへ戻すことを許されたい。

8

三機は並んで出発命令を待っていた。主催者〝北極〟の係りの人が私に近づいた。

「じゃ、しっかりやって下さい」

そう云って、私に第一通過飛行場を示す封筒を手渡した。

「有難う。きっと、一等賞を頂きますよ」

私は封筒を一番機の沙里子に渡した。

「沙里子さん、まだ封を切っては反則になりますよ。機体が地上を離れてからでないと駄目です」

私は彼女に、こう注意した。

用意は出来た。発動機は活動を開始した。自分達の三機は翼を並べて離陸した。自分のポケットには雑誌社の係員から手渡された封筒が残されている。沙里子に渡したものは、自分が前以て用意しておいた偽造のものだ。その内容は漢内飛行場を意味する。「A」の文字を表したネオン・サインも自分の手によって用意されている。が、場所は飛行場の中央ではない。湖水の中央だ。

ネオンはモーター・ボートにしつらえられた偽りの標識である。それを目あてに着陸する（?）飛行機は、搭乗者と共に、千古の謎を秘めた湖の底深く葬られるのだ。そして、殺人の総ての証拠を湮滅《いんめつ》するために、ネオン・サインを載せたボートには、電気時計と爆薬が装置してある。それは無人の船内で、不気味な時を刻んでいるはずだ。

彼の「水葬」が終った五分または十分の後に、彼を湖底に導いた悪魔の標識も、船とともに湖水の底に没するのである。

9

この手記もこれで終りだ。もう何も附記する事はない。あと三十分東へ飛んで、そして、太平洋の波間に機首を突っ込むのだ。

清川君、沙里ちゃん。もうすぐ君達にあえるんだ。

呪はれた航空路

1

亜米利加《アメリカ》合衆国、
加州、サクラメント市外
州立精神病院、第三十四号室。
これが私の、現在の住所である。五年前の今日、ハーバート大学発掘団とともに、埃及《エジプト》へ出発したことを考えると、現在、こうした病院にいる自分自身が、やるせなく、物淋しい。
私は、いま非常に強度の神経衰弱に悩んでいる——と、いうことは、否まれない。しかし、自分が発狂しているとは、決して考えていない。私と親交ある人々が、何故自分を、紳士的にもせよ、狂人《きちがい》扱いにするか。理由は、私には分り過ぎるほど分っている。……簡単にいえば、私が、ハーバート大学の発掘団と行《こう》を共にして、埃及にあるとき、ツタンカーメン王の墳墓発掘に従事した。それがために、王の祟りを蒙り、精神に異常をきたした、というのである。自分は、知識階級の人達の間にも、未だ、こうした迷信が信じられていることを知って、その余りにも非科学的さに唖然たらざるを得ない。しかし、ひるがえって、考えれば、彼等のそうした愚信にも、或る程度の根拠がある——と考え得る。というのも、ツタンカーメン王の、墳墓の入口には、人も知る如く、
「偉大なる王者ここに眠る、この墳墓の静寂を乱すものあらば、神罰たちまち、その身に降りかかるべし」
と、いう意味の文句が記されてあり、こうした言葉が、ある程度まで事実となって表われている——と考えられているからである。——英国の埃及発掘協会援助者であり、ツタンカーメン王墳墓発掘の計画者である、カーナーボン卿は、王の墓を発《ひら》いた直後、小虫に咬まれたのが原因となり、

発掘の途中に殪《たお》れている。しかして、卿の死は神罰によるもの、即ち、墳墓を発《あば》いた祟りである――とされているのである。その後、幾人のツタンカーメン王墳墓発掘に関係ある探検隊員が原因不詳の病で変死、または、行方不明になっていることか。――こうした理由で大学発掘団に従って、墳墓の現地研究に従事した私に、何かの祟りがあるだろう、とは、私を知る人達を含む、一般人に考えられていたのである。それが、極度の神経衰弱に悩み出した、私を見るに及んで、

「ツタンカーメン王の祟りによって、発狂した」

と、速断してしまったのである。私は、こうした観念を、勿論、一笑に附している。しかし、自分自身に偽りなく云えば、時としてただ、単なるツタンカーメン王墳墓の見物人である、一米国婦人が、帰国後、王の呪いに脅かされて、自殺した――と、いうような事実に考え及ぶとき、墳墓の発掘のみか、或種の書類を発見し、密かに持ち帰った、私に、王の呪いの手（もしあるとすれば）が下らぬ理由はあるまい――等とも、軽い気持でながら考えたこともある。

私がここでいう、或る種の書類――それは、ツタンカーメン王墳墓発掘の際に、入手した羊皮紙で、一種独特な象形文字を羅列したものである。私はこれを亜米利加に持ち帰った。羊皮紙に記された象形文字は、二千年の星霜を閲《けみ》し、殆んど肉眼では看取でき難いまでに、不明瞭になっていた。しかし、私は、赤外線写真を応用し、文字全部を明瞭に再現し得た。私は二ケ年の間、この羊皮紙に記された象形文字の解読に没頭したのである。そして、遂に、成功した。私は、この解読がいかに困難な事業であり、忍耐を要するものであったか、という意味の記録は残しおく必要を認めない。しかし、ただ、次のような、初歩的な、象形文字解読方法――高等学校《ハイ・スクール》で教わったものであるが、それがいかに役立ったか、と、いうことを書き記し、その大要を、私が記憶しているままに、再録しておきたい。それはこうした一章であった――。

「象形文字とは絵画で言葉を示した文字である。即ち“bee”《ビー》（蜂）を意味する文字には、「蜂」の画を記じ、“leaf”《リーフ》（木の葉）には、「木の葉」を画く類である。古代埃及人は、こうした方法で、

種々雑多な物質を書き表わしていたのである。しかし、形ある物体は、こうした方法で、容易に記し得るが、無形のもの、例えば、"belief"《ビーリーフ》（信仰）と、いった文字は、どうにも、画く方法がなかったのである。——それがために、こうした際には、「蜂《ビー》」と「木の葉《リーフ》」を意味する、二個の象形文字を連続して記し、「蜂・木の葉《ビーリーフ》」と、いうように読んでいたのである。……こうした方法で、彼等は森羅万象、有形、無形あらゆるものを書き記していたのである」

×

大変に疲れてしまった。

——月六日。

自分は、今日から、この手記を、日記の形式で、日を追って、書き続けて行く——。

私は、ツタンカーメン王の墳墓で発掘した、羊皮紙に書き残された、象形文字の解読に、遂に、成功した。そして、これこそ、「埋葬調度品目録」とでも、名付けらるべきものであることを発見した。これは大略、次のようなことが記されていた。（略）

——月七日。

私は、この、象形文字で書き記された、ツタンカーメン王埋葬調度品目録について、その報吉書を発表するに先だち、親友、戸津に詳細を聞かせたのである。彼はハーバート大学の埃及探検にも、私と一緒に参加した。高等学校、大学《バーシティ》、も、共に学んで来た親友である。しかし、私は余りにも彼を信頼し過ぎていた。彼は十年の知己である、私を裏切った。彼は、私の留守を考えて、私の部屋にはいり、書架、書類函を漁り廻って、かのツタンカーメン王埋葬調度品目録を、原書、訳文ともに持ち去ったのである。しかして、その目的たるや、埋葬品の学的研究になく、記されたる宝石貴金属類の発掘による一獲千金、というのであるから、私が激怒したのも余りに当然である。

私の神経衰弱はこの頃から、執拗の度を加えて来た。自分の信頼し切った友人に裏切られた私は、何故か、人の世の無情といったものを感じた。研究を続ける興味も、殆んど、失ってしまった。病気は日々に重って行った。その結果私は精神病者という忌わしい名目のもとに、ここ州立精神病院に入院したのである。しかし、私は、初めにも記したように、自分がそうした病者であるとは、決して、考えていない。従って、そうした病の治癒を目的として入院したのでもない。ただ、しばらくの精神的静養のため、こうした場所を選んだに過ぎないのである。

——月八日。

精神病院の独房、とはいうものの、ここは部屋、食事その他、総ての点で、亜米利加一流の、ホテル生活そのままである。自由も絶対に束縛されてはいない。

私は、自分の研究室を出でて、この独房に静養を初めてから二週間の後には、すっかり、身心ともに健康を取り戻していた。しかしその後、今日に至るまで、何故か、この、一種不気味なまでの静寂さに、退院すべく、余りにもな執着を感じている。

——月十日。

朝、戸津が見舞に来た。

「——大分よくなったそうだね」

彼はこう云った。私は、憎悪に満ちた目で彼をまともににらみ付けている、自分自身を意識しながら、

「うん」

と答えて、口を噤んだ。私の中にいる第二の私が、

「彼奴《あいつ》はお前が埃及から持ち帰ったあの羊皮紙——ツタンカーメン王の埋葬調度品目録、を盗んだではないか。……それにあのような、白々しい顔をしている。何とか云ってやれ」

と、私にささやいた。

「捨てておこうじゃないか」

私は、低い声で彼を慰撫した。

「――だが、あんな、友達を裏切るような男に、見舞ってもらう必要がどこにある。……泥棒と面罵してやれ」

「泥棒と云って？」

「そうだ、泥棒、と叫んで！」

「うん」

私は、心の中で頷いた。――消えかかっていた、彼に対する憤怒が、再び、猛烈に燃え上った。私は無意識に両の拳をふり上げると大声で、

「この泥棒！――ツタンカーメン王の埋葬調度品目録を返せ」

と、叫んだ。彼は、何とも答えずに、頭をたれた。

――月十一日。

私は今朝、昨日の出来事を考えて、後悔している。

昼過ぎに、戸津から手紙が来た――。

「君がまだ、あんな風に考えているのを知って、残念に思う。興奮させては悪い、と思ったので、黙って、帰った。が、実は、別れの挨拶に行ったのだ。僕は十三日の金曜日、午後十時三十分発の特急大陸横断機でニュー・ヨークへ発つ。ロンドン経由で、埃及へ第二の探検を試みる。今度は僕自身の単独探検だ。君が、病気のために行けないのが非常に残念だ。何故か、この度は、生きて帰れないような気がする。しかし、元より、生命を賭しての研究だ。君は十分に静養して、一日も早くよくなってほしい」

――月十二日。

朝から猛烈な霧だ。ラジオがこんなことを云っている――。

「太平洋沿岸の都市が、かくも、猛烈な霧に包まれるのは、珍らしいことであります。……御存じのように、北大西洋方面では、殆んど四季を通じて、深い霧に見舞われているのであります。これは大西洋を北上する寒流が、ニュー・フワウンド・ランドの南西で、暖流に合する場合に生ずる現象に、基因するものでありまして、グレート・レークス、その他の諸港では、こうした理由のため、定期的に猛烈な霧に襲われているのであります。測候所の報告によりますと、前述のような、一時的現象がこの太平洋沿岸に起り、そうした結果として、当市附近に、かく、物凄いまでの霧を、もたらせたのだそうであります。現在の模様では、少くとも今明日中は、この状態を持続するであろう、との事でございます。霧の襲来に経験のない当桑《サンフランシスコ》港の交通機関は、殆んど停止の状態でありまして、平生通り運行されている交通機関は、ただ、地下鉄と、無電誘導で飛行する旅客機のみであります。

――息苦しいまでの霧だ。神経が堪え難く興奮する。院長の部屋へ行って、

「二三日ブルー山のホテルへでも登って、気分を変えたいと思います」

と、云った。

「よろしいでしょう。しかし、霧が晴れてから、行かれてはどうです」

「霧を避けたいのです。この不気味な霧が、すっかり晴れてしまうまで、どこかへ行っていたいのです」

院長は微笑んだ。

「では、看護婦を連れて、お行きなさい」

そう云って許可してくれた。

昼飯がすむと、自動車で病院を出る。目的地はブルー山、山腹のディキシー・ホテル、行程百五十哩《マイル》。いつもは二時間のドライブが、霧のために六時間余りも費した。ホテル、に着いた時には、もうすっかり暗くなっていた。持物にはボストン・バッグ一つ、と携帯用《ポータブル》ラジオ・セット一台の気

軽さである。ホテルには勿論、ラジオの設備はある。しかし、人の集る談話室《パーラー》ではなく、自分の部屋で、独り静かに、いい音楽を聞きたいと考えたがためである。

晩餐が済むと、看護婦は、

「ポータブルでもおかけいたしましょうか」

と、云った。

「いや、今晩はよしましょう。あなたも、お疲れでしょう。下ってお休み下さい」

私は、こう云って、彼女を部屋に引きとらせた。

相変らず、霧が深い。一万数千米《メートル》突のこの高峰では、空気が、こうも稀薄なのだろうか。息苦しいように感じる。病気のせいだろうか。

十時就寝。

——月十三日。

夢だか、現《うつつ》だか、はっきり憶えない。飛行機の爆音が、相当、近い距離で聞えたと思うと、物凄い、何かが激突した物音。そして、そのまま、あたりは再び静寂に返った。しばらく眠ったのか、眠っていなかったのか、はっと気が付くと、廊下が騒がしい。看護婦も起き出ているらしい。彼女の声が聞えている。急いで、部屋着《ガウン》を着て、扉を開けると、思ったように、彼女がいる。

「どうしたのです。何か事件ですか」

「ええ、旅客機がこの山に衝突したんですって、……ユナイテッド航空会社《エイア・ライン》のだそうでございますが」

「ユナイテッドの？　しかし、あの航空路だったら、ここから二十粁《キロ》余りも西南でしょう」

「ええ、それに、無電で誘導されているのでございますから、航路を外れるはずもございますまいし、この山に衝突するなんて、皆の方も不思議がっていられます」

「救援隊は行きましたか」

「ええ、もう、帰って来る時分でしょう」

私は、救援隊、と、自分で云った瞬間、はっ、と気付いた。

「十三日の金曜日、午後十時三十分発の大陸横断機で出発する！」

あの戸津から来た手紙の一節である。――そうすれば、あの大陸横断機には、彼が乗っているはずだ。憎んでいながらも、懐かしい、彼奴に、

「達者で行って来い《ボン・ホエージ》」

と、蔭ながら見送ってやるのも、うっかりと、忘れていた自分だ。私が、思わず駈け出そうとした瞬間、ホテルの玄関が騒めき立って遭難者の死体が五つ六つ、静かに運び入れられた。

――月十四日。

可哀想に戸津は死んだ。

――月十五日。

ツタンカーメン王の埋葬調度品目録はどうなった事やら。

戸津は、旅客機の中でも、あの象形文字の書かれた羊皮紙は、かたく、内懐に収めていたに相違ない。それが、全然、どこにも発見されないのだ！　彼こそ、ツタンカーメン王の怒に触れたものか、そして、羊皮のみは、空を飛んで、王の墳墓に帰ったのではあるまいか。

――月十六日。

――月十七日。

――月十八日。

――月十九日。

友人、戸津が飛行機で遭難して、一週間目の今日、思いもかけぬ人の来訪を受けた。名刺には、

桑港警察署、附属犯罪研究所、

木原三郎

とある。応接室に出て行くと、ついぞ今まで見たことのない日本人である。

「私が坂上でございますが」

こう云って、挨拶すると、

「突然に上りまして、失礼でございます。私は最近日本から、こちらへ犯罪科学の研究に参っているものでございますが、遭難されました、お友達の戸津さんに付いて、少し許り、お聞き致したい事がございまして」

と、こう云った。

「はあ、どんな事ですかしら」

私はこう答えて、彼の面を見守った。

彼は、失礼します、と煙草を吸い付けた。

「実は、遭難された戸津さんに関係のある事なのですが、私には何故あの旅客機が、ラジオ・ステーションから、無電で誘導されていながら、数千粁も航路を離れた、ブルー山に衝突したのか、了解出来ないのです。これは警察の方でも不審がっている事でありまして、専門家の御意見を承わりたい、と存じているのでありますが、幸にも、あなたは、埃及考古学の御研究を初められるまでは、ラジオ・ビーコンの研究をされていたそうでありますし、遭難者の一人である、戸津氏の御親友でもあると承わりましたので、そうしたお話を伺うのには好都合だと存じまして」

彼はこんな事を云った。しかし、実のところ、私にも、その原因が不可解だったのである。

——私は、最初に、こう断って、

「ラジオ・ビーコンというものは……」

と、語り初めたのである。

「……御存じでございましょうが、ラジオ・ビーコンはどんな天候にも、絶対に関係のないものであります。あの日は、ご記憶のようにとても霧の深い夜でした。従って、航空標識は、どれも見えていなかったに相違ありません。飛行機は、無論、無電の誘導のみに頼って飛んでいた、と考えられるのであります。ところが、この無電誘導でありますが、これを図にしますと、こうなっているのであります――。

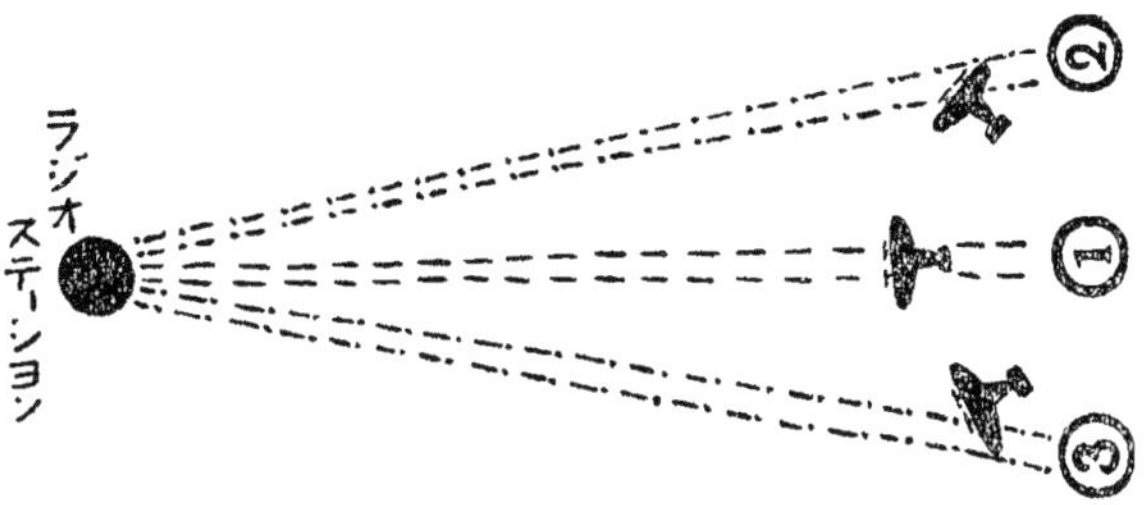

即ち、ラジオ・ステーションから絶えず三種のモールス・シグナルが連続的に放送されているのであります。それは、

①、――――――――（ツー、ツー、ツー）

②、-――-――-――（トン・ツー、トン・ツー、トン・ツー）

③、――-――-――-（ツー・トン、ツー・トン、ツー・トン）

の三種でありまして、この三つの変ったシグナルが図のように、三条の帯になって送られているのであります。飛行機の操縦士は、絶えず、このシグナルを、耳にあてた受話器《レシーバー》で、聞きながら、飛んで行くのでありまして、正しい航路を飛んでいますと、

「――――――――」（ツー、ツー、ツー）

のシグナルが聞えているのであります。しかし、航路を少しでも、右に外れた場合には、すぐと、

「-――-――-――」（トン・ツー、トン・ツー、トン・ツー）

のシグナルに変るのであります。すると、これが、

「注意！　航路が右に外れている」

と、云う意味になるのでありまして、これと同様に、左に外れました時には、

「ーーーーーーーー」(ツー・トン、ツー・トン、ツー・トン)

のシグナルが受話機に聞えて来るのであります。こうした訳でありますから、無電誘導されている旅客機が航路を誤るというような事は絶対に考えられないのであります、しかし、もし、……」

私は、語り続けているために、疲労を覚えてきた。私の訪問者は、きっと、私の顔を見つめていた。私は、更に、言葉を続けた。

「……しかし、もし、或る特種な方法で、ステーションから放送されるシグナルを防害し、一方、ラジオ・ステーションを真似た、シグナルを、ある地点から送る、とすれば、機の操縦士は、その偽りの無電に誘導されて、その地点にやって来るかも知れません」

彼の目は輝いたが、静かに口を開いた。

「そうしますと、あの場合でしたら、誰か誘導信号の放送機を携えて、ブルー山の遭難地附近に待ち受け、あなたが今、おっしゃったように、ラジオ・ステーションからの放送を妨害すると同時に、偽の無電放送をやっていた――と、仮定しますと、あの旅客機は、その方面に誘導されて、航路を外れ、ブルー山の山腹に衝突した、という風に考えられますね」

「そうです」

私は、静かに、こう答えて、窓の外を見た。

――月二十日。

木原君は、昨日、別れる時に、言葉の調子を変えて、

「ニュー・ヨーク警察署のヘンリー・マクドナルドという名高い刑事は、完全犯罪なんて言葉は、創作家にやっておけばいいのだ、なんかと云っていますが、あなたは、どうお考えになります」

と、云った。自分は、

「そうでしょう、完全犯罪は不可能でないかも知れませんが、それに近いものでしょう」

と、微笑した。

×

彼はまだ自分を逮捕に来ない。さすがに、日本から派遣されて来ただけに、好い頭の持主だ。思えば、狂人――それも、自分自身を狂人と考えない狂人――を装うて、この病院に入院してから早や、二ケ月、どれほど、完全犯罪に付いて考えた事か。精神病院に入院している事は、いい現場不在証明になる――。――私はこんなに考えて、時機を待っていた。しかし、アリバイを考えるような、そんな陳腐な方法では駄目だ、と思った。それが、あの旅客機遭難事件になって実現したのだ。しかし、木原君の云う通り、完全犯罪《パーフェクト・クリミナル》は不可能かも知れない。彼は、私が無電放送機を携えて、ブルー・マウンテンのホテルにいたこと、真夜に部屋を抜け出して、山腹から旅客機を誘導し、衝突させた事も既に察しているのだ。

木原君は、未だ自分を逮捕に来ない。私が潔く自決するのを待っているのであろう。――異郷の地で、同胞を罪人にするに忍びないのだ。そうに違いない。よし、では、亜米利加で生れたものの自分も日本人だ。衣裳簞笥《ワードローブ》の底にはブロウーニが蔵《しま》ってある。

2

読者諸氏――。

この日記体に記された手記は加州、サクラメントの州立精神病院院長、R・E・フレッドマン氏から私に宛てて、送られて来た、友人、坂上ジョーの遺品である。

私と彼とは、同じ高等学校で学んだのであるが、私は、学校を出ると、すぐに日本へ帰って来た。それから十年になる。その間に、彼と私とは、五六度も文通したであろうか。クリスマス・カードだけは、忘れずに、送ってくれた、彼からも、最近三ケ年は、それさえも来ない。が、彼は私を憶えていてくれたのだ。

私は、彼の日記帳の内容を、ここに発表すると同時に、院長から書き送られた、手紙そのものも、公表する義務を感じる。と、いうのも、この日記体の手記のみにては、事実の完全なる記録、と云い難い——と考えるからである。

3

千九百三十×年——月十六日。

亜米利加合衆国、
加州、サクラメント市外
州立精神病院
院長　R・E・フレッドマン

大日本帝国
神戸市、南町二十六番
阿　部　健　様

親愛なる阿部氏——

「(署) 坂上ジョージ氏の遺言によりまして、氏が昇天の当日まで、記していられました日記帳を、別便で御送り申ます。これは当病院の規定によりまして、記録製作のため、一応内容を拝見させていただきました。この点前もって御了解を得ておきたいと存じます。

坂上氏は、この手記にも書いていられますように、当精神病院に入院されていたのでありますが、自分は精神病者ではない、ということを繰返して記していられます。病院の記録によりますと、氏はツタンカーメン王の墳墓探検の際に入手された羊皮紙の暗号解読のために過度の勉強をされ、その結果精神に異状を来たされた、とあります。こう申しますと、その何れが正しいのか、と御不審になることと存じますが、偽《いつわり》なく申しますと、僭越ながら斯界《しかい》の一権威として認められている私でさえも、何れと断言いたしかねるのであります。それは、この日記帳に記された事のみで御覧になりましてもお分りになりますように、総てが余りにも整然とし、精神病者の妄想または幻覚と一蹴しさり難いものがあるからであります。つきまして、氏が精神病者であったかどうか、の御判断は貴下に御任せいたすことにし、その一助といたしまして、記された日記の一日々々につきまして、私の知るかぎりのことを記してみたいと存じます。

手記の最初に、

『二年前の今日はハーバート大学の発掘団と共に、埃及へ出発した日だ』

云々、とあります。これは、御存じの事と存じますが、事実であります。次に、

『ツタンカーメン王の墳墓発掘に従事したので、王の祟りにより発狂したのだ、と、人は云う』

と、いう意味のことを書いていられます。御存じのように、こちらでは、相当、知識階級の人々にも、こうした迷信が信じられているのでありました、坂上氏が精神病院に入院されたことも、この種の迷信に、新しい『根拠』を提供したことになっているのであります。坂上氏がツタンカーメン王の墳墓から、象形文字を記した、羊皮紙を、密かに、持ちかえられたことは、事実のようでありまして、帰米後は、一意専心、その翻訳に没頭されていた様子であります。しかし、世評によりますと、残念にも、成功されなかったようでありまして余りにも、その研究に精力を費された結果、功ならざる内に、精神に異状を来たされた――というのであります。日記からも御覧になれますように、問題の羊皮紙は友人の戸津氏が窃取された、と推断されていたようであります。この事の真

偽を知る者は、被疑者である戸津氏と、神様のみでございましょう。しかし、戸津氏が、旅客機で遭難されました今日、その真、または疑は、永久に解けない謎でございましょう。

――月の十日に戸津氏が訪問されたのは、事実であります。日記に記されているように、第二回目の埃及探検に出発されるために、別れの挨拶に来られたのであります。坂上氏は、日記帳に書いていられるように、非常に興奮されまして、

『羊皮紙を返せ』

と、叫ばれました。戸津氏は黙って、頭を下げられました。

――月十一日。

戸津氏から来信があった、云々は事実であります。しかし、その手紙はすぐと焼却されましたので、記録に残されているものが、はたして原文通りであったかどうかについては、何人も知り得る術《すべ》がないのであります。この日は、何故か一日中、とても、神経が高ぶっていた様子であります。

――月十二日。

霧と、ラジオ放送、そして、ドライブして、ブルー山のホテルへ行かれたこと――は全部、事実であります。

――月十三日。

この日に記していられる、大陸横断機遭難事件は、事実の記録であります。無線で誘導されている飛行機が、どうして、ああした方向に迷い込んだか。乗務員の全部が惨死したため、この理由は、全然、推測も不可能であり、専門家の間でも、未だに、不可解とされているそうであります。今一つ、――坂上氏の日記と対照して、余りにも、不思議な暗号と考えられるのは、衝突した大陸横断機には埃及探検途上にある、戸津氏が搭乗していられ、無慙にも即死されたことであります。

――月の十九日には、日本からの訪問客と面会されました。日記に記されている通り、警察関係の紳士、と、病院の記録に残されているのみで、会話の内容は不明であります。この日から、坂上

氏最後の日までの手記は客観的に、全部、事実と符合しているのであります。従って、私は一時、次のような疑問を抱いたのであります。

1、坂上氏は、日記の最後近くで、自分は戸津を殺害するために――そして、完全犯罪を行う機会を得るために、自分自身を狂人と考えない狂人を装うて、入院している、と、書いていられる。――これは事実だったのではあるまいか。

2、ブルー山の山腹に衝突した、大陸横断機は、坂上氏が日記に記されているような方法で、彼の手によって誘導、衝突させられ、坂上氏は巧妙に、戸津氏殺害の目的を、遂行されたのではあるまいか。

3、……もし、そうだとすれば、坂上氏が携行された旅行用のラジオ・セット――そのように考えられていた小型の機械が、無線誘導の専門家である彼の手によって、密かに製作された、電波妨害機であり、偽りの誘導符合発信機であったのではあるまいか。

これらの疑惑に対する的確なる回答は、問題の『携帯用ラジオ・セット』を、密かに点検することによって得られる。――私は、こう、考えたのであります。それは、一般に、坂上氏が記されているような、無電誘導機が、携帯可能の、一小機械によっては不可能、と論ぜられてはおりますものの、斯界の一権威でありました坂上氏がいかに簡単な機械を発明されていたか、第三者には、絶対に、予断が許されないからであります。私は、密かに、この携帯用ラジオ・セットを、坂上氏の遺品中に求めたのでありますが、遂に発見できなかったのであります。私は坂上氏と、ブルー山に同行した看護婦に、この機械の行方を糺してみたのであります。彼女は、こう、答えました。

『あの機械は、確かに持ちかえられましたが、どうなさいましたかわたくしは存じません……』

私が、最後に、附記いたしておきたい事は、この看護婦が、坂上氏の自殺後、まもなく、辞職したことであります。――表向きの理由は、一身上の都合ということになってはおりますが、直接の原因は、坂上氏が自殺されました当夜、病院の規定に背き、夜陰ひそかに、汚物焼却室で、何物かを焼却しつつあったのを、同僚に発見されたことに、基因するのであります。彼女は、何物かを焼き捨てた、と、いうこと、そして、それは、坂上氏の所有品であった、ということを肯定してはおりますものの、それが、はたして、何であったかに、付いては、口を箝して、何事も語っていないのであります。

『あの方の名誉のために……』

彼女は淋しげな――そして、モナ・リザのそれのような、微笑を残したまま、ニュー・オーリアンズにある彼女の故郷にかえって行ったのであります」

霧中の亡霊

煙突が林のように、立ち並んでいるので名高いK飛行場を御存じでしょう。あの、わざわざ欧洲から飛んでかえられたAさんが飛行機の脚をぶったそうで、どうにも降りられず、とうとう歓迎の人達をおっぽり出して、附近の練兵場へ着陸した、という名高い飛行場ですよ。実際、あの名物の煙突のために、何人のニッポン・リンドバーグが死んでいますことか。――飛行場移転問題で、飛行士が騒ぐのも無理はありませんね。それに、また、近頃では、少し天気の模様が変だ、と思ってますと、早速と凄い霧が襲来して来ましてお昼の一時頃だと云うに、事務所は電灯を点じ、自動車はヘッド・ライトのスイッチを入れなきゃ、働けない、と云うんですから、ほんとうに困りものですよ。先日も、陸軍機が三機、そうした思いがけない霧で、Y川べりに不時着。それに、また、海軍の艦上戦闘機が――これも三台――霧のために、どうにもならず、ガソリンの有るったけ街の上空を旋回して、それでも霧が晴れないのでとうとう港に碇泊している汽船の横に、着陸されたようなことがありましたね。……私は、あの附近のアパートにいますが、霧がすっぽりと飛行場を包んでしまって、あの無数の煙突が、墓場を思わせるように、不気味で、乳色の気体の中に浮んでいる午後なんか、霧の上で、いつまでも旋回を続けている爆音を聞きますと、どうか、無事に着陸されるように、と、思わず、祈りたくなりますよ。

――少し、霧がかかるとね、飛行場が分っていても、どうにも、降りられないんだよ。

と、私の友人である、K飛行士は、こんなに云います。

――なあに、と思って着陸姿勢をとるだろう。すると、煙突が、ニョキニョキと高くなるんだ。あっ、と思って着陸中止、昇《あ》げ舵を取るだろう。もう、降りられない。

霧で頭の中が変になってくる。はっ、と気付くと、墓石のような、煙突に、正面《まとも》に、突き進んでるじゃないか。ぐ、ぐ、ぐ、と煙突の尖端が、目の前で、大きくなる。駄目だ！　と思って、ぐいと昇げ舵。車輪を、ぶっ付けそうになって、ようやく、危機を脱する。……下手をやると、命がない、どこへ降りよう、と考えながら、霧の中を旋回している。と、またしても、頭が変になってくる。吸い付けられるように、煙突に向って、舵を取っているじゃないか！……ほんとに不思議だよ。僕だけの経験じゃないんだからな。僕は思うんだが、こりゃ、きっと、煙突に機体をぶっつけて死んだ、飛行士たちの亡霊が宙に迷っているんだな。そして、不気味な霧が飛行場を包むと、友を呼ぶんだな。

この男の話、真偽のほどは、どうも、お請合《うけあい》いたしかねますが、彼が考えた、飛行場移転促進運動の一方法、とすれば、まず佳作ですかね……。

ながうた勧進帳

――稽古屋殺人事件――

一

師匠の名は杵屋花吉と申されました。年は二十三、まだ独身でございました。何んでも、七つか、八つの時から、長唄のお稽古を初められたのだそうでございまして、十七の春には、もう、立派な名取さんであった、というのでございますから、聡明なお方には、違いなかったでございましょう。しかし、それにいたしましても、あの傍の見る目もいじらしいほどな、お母さんのきついお仕付けがございませんでしたならああも早くから、お師匠さんにはなれなかったに相違ございません。お母さんにしてみますれば、何んでも一人前の師匠にしてやりたいと思う、親心からのお仕付けに違いなかったのではございましょうが世間の口は煩いものでございまして、人の子であればこそ、ああまでも出来たもの、自分の腹を痛めた子供であれば、いくら心を鬼にしても、あれだけのお仕込みはできますまい、等と噂していたようでございます。

師匠はすっきりとした身体つきの、とても美しいお方でございました。睫毛の長い、切れ長の眼に少し険があると云えばいえますものの、とても愛嬌のある子供々々したお方でございました。何しろ、お母さんが頼りにしていられるただ一人の娘さんでございますから、それはもう、文字通りの、箱入り娘でございまして、どこへ行かれるのにも、お母さんがついて行かれ、決して、一人歩きはおさしになりませんでした。そうした理由からでもございましょうか年頃になられましても、浮いた噂とて一つもなく、しごくおとなしいお方でございました。

お弟子の方は十二三人もございましたでしょうか。その内三四人が男の方、他は皆、女とお子供衆でございました。お稽古を初められた最初の内は、男のお弟子さんは断られていたようでございました。それと申しますのも、何分にもお師匠さんが年頃のお娘御、若い男のお弟子さんと、変な噂でも立てられるようなことがあってはと、心配されていたからでございましょう。しかし、いつのまにか御近所の方で断り切れずとか、お知り合いの方だから、といった風で、男のお弟子さんも、時としては、四五人もあったのでございました。

師匠の宅は坂東堀にございまして、黒板塀に見越しの松さながら、芝居の書割にあるような、三階建のお住居でございました。で家内は、お母さんとの二人きりで、しごく睦じくお住いになっておりました。お稽古場は三階でございまして、私たち、お稽古人は階下の表の間で、順番がくるのを待つようになっていたのでございます。師匠のお母さんは、いつも、奥の間の長火鉢の前に坐っていられまして、表の間で順番を待っているお稽古人を相手に、何かと世間話をされていたものでございます。この方は、色の黒い、瘠せぎすな、悪く申しますと、蟷螂《かまきり》を思わせるような御仁でございましたが、お商売がら、と申すのでございましょうが、とても、お話がお上手で御座いまして、お弟子さんのお相手にも、子供には子供らしく、お若い方にはそのように、よくもああまでお上手にお話し対手が出来ること、と、私たちはいつもお噂いたしていたほどでございます。

丁度あの日は、嫌に湿っぽい、とても陰気なお天気でございました。私がお稽古に上りました時は、まだ、四時過ぎで、いつもは明るい奥の間が、うす暗く、ぼんやりと、座敷に座っていられるお母さんの蔭が、古い土蔵の白壁に静かにとまっている蜥蜴《とかげ》のように、とても気味悪く、くっきりと浮んでいたことを記憶いたします。私が這入って行きますと、呉服屋の健さんが、ただ一人座っていられました。私は、お母さんと、健さんに、

「今日は……」

と御挨拶いたしまして、健さんの傍に座ったのでございます。健さんは、

「いらっしゃい」

と、軽く頭を下げられました。二階からは、お稽古の声と三味線が聞えて参ります。

〽旅の衣は篠懸《すずかけ》の、旅の衣は篠懸の、露けき袖やしぼるらん
勧進帳でございます。どうやら、お稽古されているのは光子さんらしゅう御座います。健さんは、二階の声について小声で唄っていられましたが、

「私は次にあれを習いたいと思っています。今日はもうお稽古をすませて頂きましたが、光子さんがおさらいをしていられますので、聞かせて頂いています」

と、こう申されました。光子さんと健さんとの、仲のいいのは、師匠の宅でも、内密でお噂していた事でございまして、時間を申し合せて来られるのか、いつもお二人は同じ頃に来られて、お稽古を待ち合せては、一所におかえりになる――と、いい加減お年寄りな小母さんまでが（こうも女は口賢《さが》ないものでございましょうか）お子供衆の弟子さんを対手に、そうしたお噂をされていた事がございました。

「そうでございます。聞き覚えておきますと、お稽古をして頂く時に、ほんとに、役に立つようでございます」

私が、こう、お受け答えいたしますと、小母さんは、話の機会《しお》を見付けられたように、長煙管を、火鉢の縁《へり》で、ぽんと、はたかれまして、

「ほんとでございますよ。こんな、お稽古ごとにも、岡目八目と申すのがあるのでございましょうか……」

とお追従笑いをされまして、新しく、煙管を吹いつけられました。その火が、蛍の光のように――しかし、どす黒く赤く――薄暗くなった奥の部屋で、消えてはつき、ついては、消えていた事を憶えております。

光子さんは調子よく唄っていられました。あの、むつかしい、

〽元より勧進帳のあらばこそ、笈《おい》の内より往来の、巻物一巻《いっかん》とりいだし

のところなんぞも大変お上手に唄っていられました。が度々、調子をはずしては、また唄いなおしていられました。健さんはこうした時、そっと、上目で天井を見上げては、何となく落ちつかぬ御様子でございました。それも、そうした折、光子さんの、うろたえた、汗ばんだ面に注がれる師匠のきつい目を、想像していられたがためで御座いましょう。しかし、それにいたしましても、とても、お上手に唄っていられた光子さんが、

〽判官《ほうがん》おん手を取り給ひ

のところで、すっかり弱ってしまわれた様子でございました。二三度も、同じところを繰返していられましたが、四度目に、やっと、師匠のお許しがありましたのか、次にすすんで行かれました。が、その時、私は思わず、

〽判官……

と、光子さんの唄われた文句を、そのまま、口の中で繰返したのでございました。

二

二階から降りて来られた光子さんは、すっかり汗をかいていられましたが、私に軽く会釈されると、

「有難うございました」

と、小母さんの方をむいて、畳に手をつかれました。

「師匠は気嫌が悪いでしょう。頭痛がすると朝から云っておりますが、物を云っても返事もしないほどでございますよ」

小母さんは、小さな声で、こう云われまして、子供のするような科《しぐさ》で、少し肩をすくめられました。光子さんは、

「ええ」

と、微笑されて、私と健さんとの前に坐られました。そして、

「いらっしゃいませ」

と、挨拶をなさいました。小母さんは、火鉢の上で、快い音をたてて、沸《たぎ》っている鉄瓶のお湯を湯呑に入れて、二階へもって行かれました。丁度、その時、菓子屋の幸吉さんが、這入って来られたのでございます。

この方は、高松屋という、町では相当に老舗《しにせ》た、お菓子屋の息子さんでございまして、親の跡をつぐために、お店で働いていられたのでございます。見ると、手には、お店の印の入った風呂敷包みを持っていられます。

「光子さんも広子さんも、お揃いでございますね」

幸吉さんは、私たちに、こう云って、健さんの方をむかれると、

「嫌なお天気でございますね。頭の重い……」

と、申されました。

「ほんとでございますね。それに、今日は、また、お珍しく、お早いお稽古で」

「ええ、実は横町のお米屋さんからの、御注文を届けに参るところでございますが、かえりに寄って混んでいると悪いと思って、寄せていただきました。しかし、あなたがた、もう、おすみになったのでございますか」

と、私たちの方をむかれました。私は、

「光子さんと健さんはお済みになりました。わたし、まだでございますけれど、お急ぎのようでしたら、どうか、お先きに……かまいませんのよ」

こう、申しますと、幸吉さんは、

「そうですか。ほんとに、よろしいのですか。では、厚かましいですけれど、先にさして頂きます」

と、急いで、座を立たれました。その時、小母さんは二階から降りて来られました。幸吉さんは梯子段の下で、小母さんが降りられるのを待っていられましたが、顔を見ると、

「小母さん、今日は」と、声をかけられました。

「ちょっと、用事がありますので、広子さんに、順番をかわって頂きました」

すると、小母さんは、いつものように、愛想よく、

「そうでございますか」

と、申されましたが、声を低くめて、

「今日は師匠の御気嫌が、とても悪いようでございますから、御用心なさいませよ」

と、微笑まれました。

幸吉さんが二階へ上られてから、五分間余りも、お稽古の声も、三味線の音も聞えて参りません。私は、お師匠さんと幸吉さんが、世間話でもされているのだろう、と考えていましたが、それにしても、三味線の調子を合せる音も聞えないのは、どうしたことであろう――何をしていられるのだろう、と、淡い腹立たしさのようなものを感じました。が、次の瞬間に、これが、嫉妬というものでもあろうか、と気付き、思わず、顔を赤らめたのでございます。健さんと光子さんは、そうした私にもお気づきにならず、目と目で、一所にかえる御相談か、何かを、されていたようでございます。その時でございました。幸吉さんの、

「わあッ――」

と、いうような叫び声が聞えまして、

「師匠が、師匠が……」

と、云いながら、梯子段を、ころげるように、降りて来られたのでございます。

私達は、声をそろえて、こう申しました。小母さんも、健さんも、光子さんも、すっかり、驚かされまして、皆が思わず立ち上ったのでございました。

「何、何ごとです」

「師匠が……師匠が……」

階段を下りきったところで、幸吉さんは、べったりとすわったまま、あえぐように、ただ、こう云ったままで、指で二階をさされました。健さんと、小母さん、そして、光子さんも、顔色をかえて、二階へ駈け上られました。師匠はお稽古台に、がっくりと、頭をのせたまま、もう、すっかりこと切れていられたのでございます。しかし、その時にはまだ身体には暖かみが、十分に残っていたのでございますから、死後あまり時間が経過していなかったことは明らかで御座います。

三

警察では色々と、お調べになりましたが、事件のありました二階は、私達が坐っていた部屋を通り、そして、梯子段を上らないと、どこからも決して、行かれないのでございまして、表には、打ちつけの格子がはまっており、裏手には物干台がありまして、ガラスの障子が閉切《たて》ってあるのでございますが、いつも内側から閂《かきがね》をかけていられたのでございます。従って、犯人は外部から侵入した者とは思えず、当時、師匠の宅にいた人達と考えられたのでございます。ところが、この人達と申しますのは、
（い）呉服屋の健さん
（ろ）光子さん

（は）師匠のお母さん
（に）菓子屋の幸吉さん、それに、
（ほ）私、
の五人でございまして、（い）の健さんと、（ほ）の私とには何のお疑いも、かからなかったのは当然のことでございましょう。
光子さんは、警察のお取調べに対して、次のように申されたと承っております。
「私は、あの四日前から勧進帳の、お稽古を初めて頂いたのでございます。唄と三味線を習っておりましたので、普通の通り、まず唄のお稽古をして頂き、唄が上ると、三味線を初めて頂くことになっていたのでございます。あの前日には、唄はもう、すっかり、済ませていただいたのでございますから、当然、三味線のお稽古を初めて頂くはずでございましたが、どうも、も一つ、自信がないように思いましたので、もう一日だけ、唄のおさらいをして頂き、あくる日から、三味線にかかって下さいますように、と、お願いしたのでございました。師匠は、頭が痛いので、と、とても御気嫌が悪いようでございましたが、私がお願いした通りあの日も唄をさらって下さったのでございます。私のおけいこ振りは、下にいられた皆様がお聞きになっていた通りでございまして、大変に出来が悪うございました。私は、どうにか、お稽古をすませて頂きますと、お師匠さんに有難うございました、と挨拶し、逃げるように、階下に降りたのでございます。お師匠さんは、私の言葉に、少さな声で左様なら、と、お答えになりましたが、よほど、お頭《つむり》が病めていましたものか、そのまま、お稽古台の上に、俯伏になられました」
光子さんの次には、師匠のお母さんが、お取調べを受けられたのでございますが、警察でなさいました陳述は、次のようであった、と承っております。

「何でまた私が、そうしたお疑いを受けるのでございましょう。お仰せになりますように、あれは私の実の子では御座いません。しかし、三つの年から二十三まで、手しおにかけて育てた、わが子に相違はございません。何でまた、私が手をかけてよろしゅう御座いましょう。お仰せになりますように、私には実の子がございます。あの娘よりも三つの年上ことし二十六でございます。お仰せになりますように、私には実の子がございます。あの家に嫁入りします前に生んだ子供で、一二三年前から密かに逢っていたのは事実でございます。私が、娘が死ねば、相当まとまったお金のはいる事、もし、そうした暁には、私と実の子が、誰に何の気兼もなく、一所に住める事は、お仰せの通りでございます。しかし、いくら、実の子供と申しましても、二十幾年も他人にまかせきりの子供と、自分の腹を痛めないまでも、赤子の時から貰いうけて、大きくした子供と、どちらがほんとに、可愛いでございましょう。その、わたくしが、どうしてあの娘を殺す……ええ、とんでもない、そうしたことを考えるだけでも、身の毛がよだつようでございます」

「お稽古の順序は、呉服屋の健さん、光子さん、その次が菓子屋の幸吉さんでございました。これに相違はございません。光子さんは、勧進帳の唄のおさらいでございました。お稽古がすむとすぐに、降りて来られました。いいえ、何の物音もいたしませんでした。私は、光子さんが降りられますと、すぐに、お茶をくんで持って上ったのでございます。……その時の模様は、とお仰せになるのでございますか。娘はお稽古台の上に顔を伏せておりました。朝から頭痛がする、と申しておりましたし、気嫌も悪いようでございましたから、私は、（お茶を置いておくよ）と、かように申しまして、座蒲団の傍に置き、そのまま下に降りたのでございます。返事がないのに、不審に思わなかったかとお仰せになるのでございますか。さように申されるのは、御尤もでございますが、お稽古の最中には、なるべく物を云わぬようにしていたのでございます。それに、今までにも、頭痛を押して、お稽古をしている時なぞでございますと、お弟子さんと、お弟子さんの合間なぞ、よく、そんな風に、お稽古台に、俯伏さっていたものでございます。そうした時には、私は、なるべく、言葉をかけぬようにいたしておりましたし、言葉をかけましても、返事がなければ、そのままに済ませるようにしていたのでございます。あの娘は、よい娘で、私には、とても、よく尽して呉れましたが、時として、返事もしない事がございました。しかし、一日中、お弟子さん方の、気嫌きづまを取っていますのも、随分と気も心も疲れること、と娘の気持ちを汲んでやるようなつもりで、そうした時にも、何の小言《こごと》も云わぬようにしていたのでございます」

「……部屋の様子に、何か、変ったことはなかったか、と仰有るのでございますか。別に何も、変った事とてはございませんでした。表の、格子戸は、大掃除の時に、外すきりでございますから、決して、人の出入なぞ出来るはずはございません。裏の方は、ガラス戸がはまっておりまして外は物干台になっているのでございますが、鍵はいつもかかっております。……では、誰が殺したと考えるか、と仰有るのでございますか。それはどうも推量もいたしかねます。何しろ、光子さんはお稽古を、おすましになって、すぐに降りて来られましたし、私と入れ替るように、二階へ上られた菓子屋の幸吉さんも、上られてから、降りて来られるまでの間に、五分間あまりの時間がございましたものの、その間には、何の物音もいたしませんでした」

四

小母さんの次には、菓子屋の幸吉さんが、取調べをお受けになりましたが、警察の方の訊問に対して、次のように、お答えになったとのことでございます。

「私は二階へ上りまして、今日は、と申しましたが、何の答もなく、師匠は稽古台の上に俯伏さっておいでになりました。私は下でも伺っておりましたし、お頭が痛むのであろうと存じまして、そっと、お稽古台の前に坐り、顔をお上げになるのを待っていたのでございます。私は、声をかけるのも、悪いか、と存じまして、しばし、御遠慮申していましたが、余り長いので、(お頭が痛むのでございますか)と、声をかけたので御座います。それでも、何の返事も御座いません。私は、その時に初めて、不気味な予感に襲われたのでございます。(お師匠さん……)私は、こう申しまして、横顔を覗き込んだのでございます……」

「お仰せになりますように、私が死体の発見者でございますから、お疑いを受けるのは、当然のことでございましょう。しかし、私には、師匠を殺害せねばならないような理由はございません。師匠に思いをよせていた、愛の申し出を拒絶されたがための兇行とは、あまりに、穿ち過ぎた御推測でございます。お仰せになりますように、いつか、師匠に歌舞伎座のお芝居でございましたか、おさそいした事がございました。別に、私と二人きりで、とも、皆を誘って、とも申しませんでしたが、言葉の調子から、私と二人で、そっと見物に行く、というように聞こえたのでございましょう。師匠は、(二人きりで行ったりしますと、人の口が煩う御座いますよ)

と、微笑みながら申されました。私は何とも答えず、同じような微笑を返えしたのでございました。こうした話を、師匠は小母さんにもしていられたのでございましょうし、そうした事をお耳にされてのお言葉と存じます。しかし、師匠に思いを寄せていたがために、さような事を申したのではございません。従って、あの時にお断りされたことも、私にしましては、別に悲しい事でも、腹の立つことでもなかったのでございます」

これで、まあ、容疑者の一と通りの訊問は終ったのでございますが、警察の方は、最初、このお三人とも、同じほどに、疑いの目をもって見ていられたようでございました。即ち、

光子さんは生きている被害者を最後に見た人として、

菓子屋の幸吉さんは、被害者の死体発見人として、そして、

小母さんは、被害者の死によって利益を受ける唯一の人物として、

だそうで御座います。

と申しますのは、殺人方法なのでございますが、光子さんと小母さんに対する嫌疑は、全く晴れたようでございました。と申しますのは、ところが間もなく、光子さんと小母さんに対する嫌疑は、全く晴れたようでございますが、それは素手で行った絞殺でございまして、何んでも両手の親指を被害者の咽喉部にあて、四指を頸の後に廻して、そのまま締めつけているのだそうでございまして、こうしたことが光子さんや小母さんのような、女の手で出来そうになく、それに咽喉部に残された親指の跡と、中指、食指等によってなされたらしい、後頸部の爪跡、との間隔を調べた結果、加害者は男に相違ない事が証明されたのでございます。こういった訳で、小母さんと光子さんの嫌疑は全く晴れたのでございますが、同時に、死体発見者である幸吉さんこそ、真犯人に相違ないと考えられるようになったのでございます。しかし、幸吉さんは、決して、自分が犯人ではない、と極力弁明していられました。私が御面会いたしました時にも、

「広子さん。たとえ、誰が何と云いましても、あなただけは、私が犯人でない事を信じて下さるでしょう」

と、申されました。私は、幸吉さんがお可愛想になって思わず涙を溢しました。

「ええ、信じますとも……」

こう申したのでございます。そして、声を低くめまして、

「幸吉さん、御心配なさいますな。私が、きっと、犯人を探してごらんに入れますわ」

と申しました。すると、幸吉さんは、

「え、広ちゃんが……」

と思わず叫ばれました。
「ええ、私に思いあたることがございますの」
私は、きっぱりとこう申しました。

五

かような事を申しますと、甚だ、生意気なようでございますが、皆様の中には、長唄というようなクラシックな日本音楽について、何も御存じない方が、おありになるかも知れないと存じます。そうした方の御参考までに、この純日本趣味な音楽について、少しばかり、申し述べてみたいと存じます。私が今、手許においております百科全書には「長唄」という項に、次のようなことが記されて御座います。

「(長唄) 江戸歌舞伎の、劇場音楽として発達したものである。創始者は明確でないが、貞享、元禄年間に、上方から江戸へ下って来た、三味線音楽家、杵屋一家の人々が、歌舞伎の伴奏に用いた上方唄が、いつしか、江戸前に変化し、その基礎をなしたことに疑いはない。……江戸長唄なる称呼が、判然と芝居番附に掲げられたのは、宝永元年のことである」

しかし、これは、劇場音楽としての長唄でございますが私たちが、お稽古をいたしておりますものは、たとえ、歌詞や曲が全然、同じではございますものの、完全に独立した、家庭音楽としての長唄なのでございます。百科全書にも、この劇場から独立した長唄について、次のような附記がございます。

「（家庭音楽としての長唄）明治三十五年の八月に「長唄研究会」が創立された。その目標とするところは、劇場から独立した長唄――芝居や所作事または、舞踊、等に拘束されぬ、聴くべき音楽としての長唄――研究であって、創立以後、演奏回数五百有余に及び、長唄の趣味好尚を、広く、各階級、各家庭に普ねからしめた」

こうした課程を経まして、今日では、地唄《じうた》、歌沢、端唄と同じように、純然たる家庭音楽になっているのでございます。しかし、そうは申しますものの、唯今のように普及されるまでには相当に、生れ出ずる悩みがあったようでございます。その第一は、長唄のあるものは、とても美しく唄ってはは御座いますものの、随分と、そうでない個所があったようでございます。例えば、伊勢音頭にいたしましても、こうした一節がございます。

〽流れの泉色《いろ》も香も愛《めで》給はればいそいそと花に習ふてちらりとそこに情の通ふ若たちの心任せに紐ときて上の下のととる手も狂ふヨイ〱〱〱ヨンヤサソレへ

〽豊な御代に相逢《あいあう》はこれぞあたひのなき宝露もこぼさずすなほなる竹の葉影に組重ねあかぬ契りのあかしにはあけの唇ぬつくりと月花みゆきひとのみに傾け捧げ乱れざしヨイ〱〱〱ヨンヤサソレへ

それに、作詞家の間違いか、それとも、唄本の版元が翻刻の際に過ったものが、そのまま、後世に伝りましたものか、時として、唄の意味が通じなかったり、とても変な場合があるのでございます。例えて申しますと、あの殺人事件がありました時、師匠から最後のお稽古をうけていられた光子さんが、その時、唄っていられました勧進帳でございますが、あの聞きどころの

〽判官御《おん》手を取り給ひ……

が、どうも変でございます。

御存じでもございましょうが、この長唄は、歌舞伎十八番勧進帳の、いわば、伴奏曲でございまして、この芝居が天保十一年の三月五日、河原崎座で初めて上演された際に、作曲されたものだそうでございます。劇の荒すじは、次のようでございます。


頼朝公と不和になられた義経公が、弁慶と亀井、伊勢、駿河、常陸坊の四天王を引きつれて陸奥《みちのく》へ下向される。一同は山伏に姿をやつしている。が、こうしたことは鎌倉に聞えている。それがために、関所でも、山伏は特に厳しく詮議されていた。関守の富樫左衛門は義経主従を疑惑の目で見守る。しかし、弁慶は落ちつきはらって、自分達は南都東大寺建立のため勧進の山伏となっているものである、と云う。関守は、もし、そうした御僧であれば、勧進帳を所持されているはず、とつめよせる。義経主従のものは、この思いもかけぬ言葉に動揺するが、弁慶は咄嗟の機転で笈《おい》の中から一巻の巻物を取り出し、勧進帳と名づけつつ、声高らかに読み上げる。これで、関守富樫左衛門の疑も晴れ、通れ、と許しが出る。が、強力姿の義経が、判官に似かよっている事から、一同は再び引きもどされる。弁慶はじめ、四天王の面々は、はっ、と驚く。もう、これまで、と刀に手をかけ、関を切り抜けようとする。弁慶は血気にはやる人々を押しとどめ、強力姿の義経につめよる。

「日高くば能登の国まで越えうずると思へるに、僅かの笈一つ背負ふて、後にさがればこそ人も怪むれ」

と、怒りの形相物凄く、金剛杖をおっ取って、散々に打擲する。関守の富樫は、義経主従と看破してはいるものの弁慶の誠忠に密かに涙し、疑い晴れた、いざお通りめされと一同を通してやる。

義経主従は、毒蛇の口を逃れた思いで、ほっと、息をするが、弁慶は敵を欺く計略とはいえ、主君を打った冥加のほども恐ろしい、と地に手をついて詫び入る。すると、義経は、汝の機転故にこそ危いところを逃れ得た、と弁慶の手を取って喜ばれる。

六

――ここまで、お話し申しますと、私が前に、勧進帳の文句にある、

〽判官おん手を取り給ひ

が、どうも、おかしい、と申しましたのも、故あることとお考えになると存じます。主人の義経が、弁慶の手を取られるのでございますから、おん手では、勿論のこと、変でございましょう。こうした誤謬も、長唄が家庭音楽として発達して参りましてからは、前述のような個所と共に、改められまして、一と頃は、古い文句と、新しいのとが唄本に並べて記されていたものでございます。

つまり菖蒲《あやめ》浴衣の三下《さんさが》り、

〽青簾川風肌にしみ〴〵と汗に濡たる 枕がみ 袖たもと 合 鬢《びん》のほつれを簪《かんざし》のとどかぬ 愚痴も惚れた同士命と腕 に堀きりの櫛も洗い髪幾 度と風に 吹けりし 水に色ある 合 花あやめ

のようでございます。つまり、向って右側には古い文句、左には新しいもの、といった風に塩梅されていたのでございます。前述の勧進帳も、

〽判官おん手を取り給ひ

が、判官その手を、に改められていたのでございます。

しかし、間違っているにしろ、「美しく唄ってある文句」でございますから、昔から唄いなれたものには、やはり、それだけにいいところがあるのでも御座いましょうか、かように改められましても、改作された文句をお稽古される師匠がたは、ほんの一部の方のみでございました。私たちの師匠にしましても、前の菖蒲浴衣でございますと、

〽……汗に濡れたる枕がみ……とどかぬ愚痴も惚れた同士《どし》命とうでに堀きりの
と古い文句をお稽古されていましたし、勧進帳の場合でございましても、
〽判官おん手を取り給ひ
と、唄っていられたのでございます。ところが、光子さんはあの日、お稽古の最中に、ここのところが、どうも、工合が悪く、二度も三度も唄いなおしていられたのでございます。そして、四度目に、やっと、お師匠のお許しが出て、次に進まれたのでございますが、最後には、
〽判官その手を取り給ひ
と、唄ったままで、進んで行かれたのでございます。そうすれば師匠は、この間違いに気附かれなかったのでございましょうか？　三度も、繰返して唄いなおすように云われて光子さんの唄に耳をかたむけていられたはずの師匠が、四度目に、唄の文句が間違って唄われているのにも気付かずに三味線を弾いていられたのでございましょうか、名のない端唄のお師匠でもあれば、とにもかく、かりにも名取さん、それも、お若いのに似合ず、芸に関する限りでは、随分とお弟子さんに厳しかった師匠が、そうした、取んでもない間違いに気付かれなかったのでございましょうか。そんな事は、決してあるはずはございません。そうすれば、その時には――即ち、光子さんにお稽古をされていた時には――どうしていられたのでございましょう！　眠っていられたのでございましょうか。いいえ、そんな事は絶体にございますまい。そうすれば、もしか……死んでいられたのではございますまいか！　もし、光子さんが、死体になった師匠を前にして、お稽古をされていたものとすれば、三味線は誰が弾いていられたのでございましょう。もとより光子さんの外には誰とて人は御座いません。しかし、勧進帳の唄をあげられたばかりの光子さんが、まだお稽古されていない、勧進帳の三味線を御存じのはずは御座いません。……
が、あの、
〽判官おん手を取り給ひ

と、いうところを、

〽判官その手を取り給ひ

と、唄われたことを考えますと、

光子さんは、師匠殺害の計画をたてられた後、ひそかに第二の師匠のもとで、前もって勧進帳の唄も三味線も、教わっていられたのではございますまいか。そうすればあの時に死体を前にして、師匠の替りに自分が三味線を弾き、お稽古をうけている風を装うて、自分一で唄っていられた……

しかし、第二の師匠は、たまたま改正された文句、

〽判官その手を取り給ひ

と教えていられたので、わざと、その個所を二三度くり返している内に、つい、その癖が出て、後のように唄い、自分でも気付かずに、そのまま先に進んで行かれた――と考えられるで御座いましょう。しかし、そうといたしましても誰が師匠を殺したのでございましょう？　もとより、光子さんに相違ございますまい。……が、女の手では決行し得ない殺人方法――とすれば、光子さんの先に稽古をされた、そして、お互に許し合った、呉服屋の健吉さんではございますまいか。お二人が共同されての犯罪では御座いますまいか。

相当、綿密な計画と、周到な用意のもとに、決行された犯罪ではございますものの、光子さんも、健さんも、殺人ということを余り容易に考え過ぎていられたのではございますまいか。

自分たちが、稽古を終るまで、師匠は生きていられた、という事を何等かの方法で証明することが出来れば、自分達は絶体に安全だ、と単純に、考えていられたのでございましょう。そうしたことから、お二人の計画は、全く齟齬してしまったのでございます。私は時折、かような、いらぬ詮議だてをいたしました事を、悔む時がございます。しかし、それにいたしましても、光子さんは師匠を恨んで自殺されたお兄さんのために――健さんは、愛する光子さんのために、そして、また、

私は、総てを捧げている幸吉さんの冤罪を晴すために、お尽ししたのに過ぎない事を考えますと、こうしたことも人の世の因果の一例に過ぎないのか等と考えるのでございます。

ある自殺事件の顚末

XCWQ……XCWQ――。サン・フランシスコ事務所《オッフィス》ですか。こちらは、旅客機第三百六十二号。何、フレッド？　君かい。終夜勤務《オール・ナイト》だったのか。――いま、ロッキーを越したばかりだ。機体、発動機ともに異常なし。乗客は十二人、全部、男――白人だ。うん、ただ一つの事故を除いてＯＫ。……なあに、自殺事件だ。ニュー・ヨークから搭乗のオランダ系、米人、バン・ブラント氏、五十六才。ロッキー山脈上空を飛行中、短剣を使用して、自殺す。原因不明……。ただ、これだけ、報告しておいてくれ。いいか。……で、仕事は済んだのかい。――じゃ、ねむけ覚しに、この自殺事件の顚末を報告しようか。しかし、断っておくが、これは、一個人としての報告だよ。いいかい。

丁度、ロッキーを、もう数十分で越え終る、という時だった。操縦桿を握った坂が、ほっとしたように、僕の方をむいて、

「もうロッキーも越えたな」

と微笑んだ。……と、不意に、機関室の扉が、さっと、あいて、乗客の一人が、頓狂な声で叫んだものだ。

「大変です。乗客が殺されています」

「え、殺されて……」

僕は、思わず、こう、繰返して、坂の顔を見た。が、さすがに、あいつは、慌てない。――行ってみろ、と、目で合図をしているのだ。僕は、急いで、受話機をはずすと、乗客席に入って行った。……中は、騒然としている。左右に、六人ずつ並んだ乗客のうち、最後部の右側に寝ていた男が、

短剣で心臓部を刺されて、即死しているのだ。何しろ、午前一時の出来事――客室内は、電灯が薄暗くされ、乗客一同は、椅子を後に倒して、眠っていたのだ。――死体の発見者は、被害者の反対側に座をしめていた男だ。――かすかな呻き声を聞いて、目を覚しました、といっているのだ。が、死体発見と、同時に、驚愕のあまり、

「人殺しだ……」

と、叫んだのだ。それで、他の乗客たちも、転寂の夢を破られた訳だ。……え、給仕女《スチュワーデス》は、どうしていた、というのか。――茫然として、機の後方に佇んでいたのだ。……ベティだよ。坂の愛人だ――飛行時間三百六十時の記録保持者――あの可愛いい、そして、少くとも、空に関する限りでは、男まさりの彼女だ。しかし、さすがに、女だ。殺人と聞いて、為すことも知らず、茫然としていた訳なんだ。

ところが、被害者だが、致命傷は、胸部に受けた刺傷――鋭利な、短剣ようの兇器による刺殺だ。これは、見た目にも分っていた。だが、肝心の兇器が発見されない。事件が、飛行中の出来事だから、犯人は、勿論、飛行機内の誰かに相違ない。兇器も旅客機――それも、乗客室の内部に、残されているに違いないのだ。……と、いうのは、ロッキー山脈を越えるために、随分、高度をとって、飛翔していた。その上、相当、凄い吹雪に遭遇しているので、窓も扉も、全部、凍りついて、開けることは不可能なのだ。――だから、機の外へ投げ捨てた、とは考えられない。機上の内部に残されているはずだ。順序として、まず、兇器を探すべきだ。――僕は、こう考えた。それで、操縦室へとってかえすと、まさかの時の用意に、拳銃を手にして、再び、乗客室に現れたのだ。僕は、こう、いった。

「乗務員としての私に、絶体、服従していただきたいと思います。反抗される方に対しては、機内の秩序を保つために、拳銃の使用も止むを得ないと思います」

そして、乗客全部の身体検査を行ったのだ。……が、兇器らしいものは、誰も所持していない。僕は、改めて、乗客に、こう、云った。

「犯人は、あなた方の内、誰かに相違ありません。——これは、私が申すまでもなく、明白であります。……私は、いま、諸氏の身体検査をさせて頂きました。が、御覧になりましたように、兇器と考えられるものは、何も発見されませんでした。この上は、乗客諸氏の御尽力を得て、お互の所持品の検査、そして、この旅客機内を、隅から隅まで、捜査したいと思います」

一同は、柔順に、命令を守ってくれた。文字通りに、旅客機の内部は、端から端まで、探査された。……しかし、兇器は発見されない。僕は、途方に暮れた。——操縦室に引きかえして、坂に、総ての報告をしたのだ。彼は、しばらく、考えていたが、

「……じゃ、僕が行く。君は、しばらく、操縦桿を握っていてくれ」

こう云って、席を立った。……ロッキーの山岳地帯も過ぎて、もう、操縦は容易だ。

「では、行ってくれ。頼む」

僕は、こういうと、彼に代って、操縦席に坐った。が、彼が、どうした行動をとるであろうか、と、絶えず、客席を振りかえっていた。——坂は、旅客室に入ると、つかつかと、給仕女——ベティのそばに、歩みよったのだ。そして、こう、云ったものだ。

「ベティさん。僕とあなたとは、お互いに愛し合っています。——結婚の約束までしています。しかし、それと、これとは、別の問題です。分って呉れますね……」

坂は、こんなことを、云い出したのだ。驚いたのは、操縦桿を握っている、僕のみではない。乗客は、ただ、呆気にとられている。彼は、言葉を続けた。

「……兇器は、どこにも、発見されません。しかし、この旅客室内にある事は疑いのない事実です。——そうすれば、どこにあるのでしょう。まだ捜査されていない場所にあるに相違ありません。——まだ捜査されていない場所。……それは、この旅客機内に、ただ、一箇所しか、残されていま

せん。それは、あなたの身体です――あなたの身体検査だけが、まだ、されていないのです。被害者を刺した兇器は、あなたが持っていられるに相違ありません」

坂は、はっきりと、こう云った。給仕女のベティは、声をたてて、泣き崩れた。彼女は、やがて、頭をもたげた。泣き噦《じゃく》りながら、口を開いた。

「坂さん……。わたしが、いつか、お話したのは、この男なんです。わたくしは、お母さんに代って、復讐をいたしました。私が、家に伝っている、短剣で刺し殺したに相違ございません」

――乗客は、静かに、彼女の言葉に耳を傾けていた。

（復讐だ）

（母親の復讐をしたのだ）

（殺害されるだけの価値ある男なんだ）

（そうだ……）

（そうだ）

こうした、囁きが、彼等の間に聞えた。と、乗客の一人が、坂に近かよった。

「失礼します。私はＲ・Ｊ・ロビンソンといいます。判事をやっている人間ですが、私の云うことを、お聞き願いたいと思います」

彼は、こう云って、言葉を続けた。

「――航海中の汽船では、船長が絶体の権利を持っているように、航空中の、この旅客機内では、操縦者たる、あなたが、総ての権利をもっていられます。いわば、あなたは、この『旅客機国』の大統領です。そして、私達、旅客は、その国民です。私は、今、この事件についての、『国民』の総意をもとめたいと思います。あなたは、彼等の言葉を尊重し、適宜な処置をとって頂きたいと思います」

ロビンソン判事は、こう云って、他の、十人の乗客に、演説口調で、話かけた。

「……事件の顚末は、諸君がお聞きになられた通りであります。私は、諸君の御賛同を得た上、陪審制度によって、この事件を、今、この乗客機中で処置したいと思います。……答申は、“yes”または、“no”――。私は、簡単に、諸君にお聞きします。――加害者は、有罪でしょうか、無罪でしょうか……」

「無罪だ」

乗客の一同が、声をそろえて、叫んだ。――亜米利加は愉快な国だ。判事は、大きく頷いて、二人を振りむいた。

「坂さん……。判決は無罪です。そうすれば、着陸後、繁雑な、地上の手続き《レッド・テープス》を避けるために、総てを自殺事件として、御報告願いたいと思います。私たち、十人の乗客が名誉にかけて、自殺と証言することを、神かけて、誓約いたします」

「賛成……」

全乗客の歓声が、飛行中の旅客機を揺せた。

――これが、自殺事件の顚末なんだ。何……？　また、『創作』の放送じゃないか――というのか。このラジオを、盗聴している、物好きな男があると、いけないから、そうしておいてもいい。――しかし、自殺事件のあった事だけは、少くとも、事実なんだ。いいかい。旅客機が着陸すれば、一番に、やって来るんだ。そして、これが『創作』か、どうか、賢明な君が、勝手に判断するんだ。……じゃ、切るよ。気流が悪くなってきたのか、機が猛烈に、揺れ出した。

両面競《ふたおもてくらべ》牡丹《ぼたん》

奈良坂やさゆり姫百合にりん咲き

——常磐津《ときわず》「両面月姿絵《ふたおもてつきのすがたえ》」——

一

港の街とは申しますものの、あの辺りは、昔から代々うち続いた旧家が軒をならべた、静かな一角でございまして、ご商売屋さんと申しますれば、三河屋さんとか、駒屋さん、さては、井筒屋さんというような、表看板はごく、ひっそりと、格子戸の奥で商売《あきない》をされているようなお宅ばかり——それも、ご商売と申すのは、看板だけ、多くは、家代々からうけついだ、財産や家宅をもって、のんびりと気楽にお暮しになっている方々が住んでいられる一角でございました。私の家は、そうした町のかたすみにございまして、別に、これと申すほどの資産もございませんでしたが、それにしても、住んでいる家だけは自分のもの——と、こういった気持ちが、いくらか、私たち母娘《おやこ》の生活を気安くさせていたのでございましょう。

母は小唄と踊りの師匠でございました。しかし、ただ今で申す、新しい唄とか、踊りとかの類ではなく、昔のままの、古い三味線唄、いわば、春雨、御所車《ごしょぐるま》、さては、かっぽれ、と申しますような唄や、そうしたものの踊りの師匠だったのでございます。母は別に、私を師匠にして、自分のあとをつがせる、というような考えをもっていた訳でもございますまいが、子の私は、見まね、聞き憶えで、四つの年には、もう、春雨なんかを踊っていたそうでございます。そのころから、ずっと、母の手すきには、何かと教わっていたのでございますが、私が母の替りにお弟子さんを取るようになりましたのは、丁度、私が十七の春、とても、気候の不順な年でございましたが、ふとした事から、母が二三ケ月臥《ふせ》った事が、きっかけになったのでございます。それからは母がよくなりましても、お子供衆のお稽古は私がいたしていたのでございます。その内に、いつの間にか、母親は楽隠居、そして、私が全部お稽古をいたすようになったのでございました。しかし、何分にも、お稽古人はほとんど全部がお子供衆、月々の収入はたいした事もございませんでしたが、それにいたしましてもお子供がたのお稽古人は、いつも十四五人もございましたので、私たち親娘は、ごく気楽に暮していたのでございます。

丁度、私がお稽古をするようになりましてから、半年あまりも経った頃でございましたでしょうか、私は、あの恐怖にも似た気もちを、今だに、忘れることが出来ないのでございます。それは、お稽古やすみの、ある霧の深い午後でございました。その二三日も前から、お天気は、毎日のようにどんよりと曇って、低くたれ下った陰鬱な空が、私たちの頭を狂わさずにはおかない、というほどに、いつまでも、いつまでも、じっと、気味悪く、地上の総てを覆いかむせていたのでございました。ところが、その日の、お昼すぎからは、思いもかけぬ濃霧が、この港の街を襲うて参ったのでございました。まだ、日は高いのでございますが、重くるしく、ずっしりと、空いっぱいに、たれこめた鼠色の雲の堆積から、さながら、にじみ出るかのように、濃い、乳色の気体が立ちならんだ人家の上を、通りの中を、徐々に、流れはじめたのでございました。私は、その頃、少しばかり買物がございましたので、三の宮の「でぱあと」まで出むいていたのでございます。買物と申しましても、別に、あの辺りまでわざわざ行かねばならぬ訳もなかったのでございますが、今になって考えますれば、たとえ、何の理由がなくとも、あの日、ああした場所まで、出かけるように、前の世から定められていたのでもございましょうか。……私は、「でぱあと」で、新柄の京染や、帯地の陳列を見せて頂き、かえりには、お母さんのお好きな金つばでも買ってあげましょう——と、かように考えまして、参ったので、ございました。

あのような日和でございましたので、さすがに、繁華街にある、「でぱあと」の中も、人はまばらでございました。私は、まず、八階まで昇り、京染と帯地の陳列を見せて頂き、それから、七階、六階と歩いては、階段から降りて行ったのでございます。階段に面した側は、丁度、山手とは反対になりまして、天井から、足もとまでがずっと、がらすの窓になり、そこを透して、ほど遠からぬ港の船のいくつかが、段階子《だんばしご》を降りて行く目の前に、朧《おぼろ》げながら浮んでくるのでございます。窓の向うには、なおも、魔物のような濃霧が、濛々《もうもう》と、何かしら不可思議なものとともに、流れて行くようでございます。漠然とした不気味さに小さな慄《ふる》いを感じながら、私は階段を静かに降りていたのでございました。と、七階から六階へ通じるところでございましたか、誰も人影はございません。階段の半分を降りきった、折り返しのところで、突然、下から、音もなく昇って来られた方と、危うく衝突するようになって、立ち佇《どま》ったのでございます。そして、ふと、対手《あいて》の方を見上げたのでございますが、その瞬間、われにもあらず、あっと、口の中で叫んだのでございました。それと、申しますのも対手は誰でもございません。私——ええ、間違いなく、私ではございませんか……。

かようなことを申しますと、何を阿房《あほう》なことを、どうして、お前の他に、お前さんがありましょう、それは、他人のそら似というもの——と、お笑いになるかも存じません。それは、世間には、よく似た方がございましょう——私によく似たお方も、また、私が似ている方もおありになるでございましょう。しかし、似たと云うのは、あの場合、決して、正しい言葉ではございません。まさしく私が朝《あした》に夕《ゆうべ》に、鏡の中で見なれている、私自身に、相違ないではございませんか。私は、その瞬間、ぞっとして、背筋を冷たいものが走ったように感じたのでございます——瘧《おこり》の発作にでもとらわれたような慄いを感じて参りました。私でない私、そうしたもので、どうして、目に見えたのでございましょう。窓の向うには、「おりえんたる・ほてる」でございますか、巨大な、白堊の建物が、霧の海を背景に、朧げに浮んでおります。魔物のような濃霧は、窓がらすの上を這うように流れております。何か不思議なものが、いまさらのように、その中に見えるようでございます。そうした神秘的な、不気味な霧が、私の頭をかき乱していたのでもございましょうか。漠とした、しかし、たえ難いまでの恐怖におののき、烈しく鼓動する胸を抱きながら、大きく目を見張っている私を振りむきもせず、その第二の私は、階段を音もなく昇り、かき消すように、姿を消してしまったのでございます。

二

恐怖にうちのめされ、慄然たる悪感に身体を震わせながら、それからの四五日間を、私は、自分の前に現われた自分の姿のことばかし考えながら、過したのでございました。ご存じでもございましょう、常磐津の浄瑠璃に、両面月姿絵、俗に葱売《ねぎうり》という、名高い曲でございまして、その中に、おくみという女が二人現れ、

常〽もし、お前の名は何と申しますえ
〽あい、私や、くみといふわいな
常〽して、お前の名は
〽あい、わたしやくみと云ふわいな
常〽ほんにまあ、こちらにもお組《くみ》さん。こちらにもお組さん。こりやまあ、どうぢや。

と、驚くところがございます。この一人は、実在の人物、そしていま一人の方は、悪霊なのでご

ざいます。これと、同じように、私が見ました自分の姿も、怨霊ではありはすまいか——私は、かようなことをも考えながら、おののいていたのでございます。それと申しますのも、私たちの土地では、昔からのいい伝えがございまして、自分の姿が見えると、それは、近いうちに死ぬるしらせであるというのでございます。私は、こうした、いい伝えが、私の場合には、言葉の通りに、実現されるような気がいたしまして、何とも言いようのない恐怖に似たものを感じつづけていたのでございます。そうした訳で、お稽古は少しも手につきませず、お弟子さん方のお稽古はお母さんに、お頼みいたしまして、私は気分が悪うございますのでとかように申し、四五日も、床についていたのでございます。

しかし、五日と経ち、十日と暮しておりますうちに、こうした事も、つい忘れてしまいまして、二週間余りの後には、悪夢から覚めきったように、私の頭からは、もう、すっかり、あの、私の影も姿も消えさってしまったのでございました。時として、あの不気味な瞬間を思い出す事がございましても、

(あの時は、お天気の加減で、頭が変になっていたのではないのかしら)

なぞと、考えるようになっていたのでございます。しかし、そうは申しますものの、次の瞬間には、

(いや、確かに……)

と、こう思いまして、さて、われと自分の頭を、大きく振り、

(思うまい、思うまい、早く忘れてしまいましょう)

と、独白《ひとりごと》していたのでございます。

昔から、よく、一度あることは二度あるとか申しますが、私の場合では、一度ならず、二度三度と、思いもかけぬ出来ごとがつづいたのでございました。

この第二の出来ごとと申しますのは、お部屋をお掃除いたしておりますとき、片隅から、小さな石のはいった指差が出て来たことでございました。いつの頃から、そうしたところに、ころがり込んでいましたものやら、見ると、私のものではございません。もしかすると、お母さんがもっていられるものでもあろう、と、かように考えまして、おたずねいたしましたが、そうでもございません。

「お子供衆のうちの、どなたかが落されたのではないのかい」

お母さんは、こんなにも申されましたが、そのお部屋は、私の居間でございますので、そうしたところまで、お弟子さんがはいって来られるはずも御座いません。それに、見た目にも、お子供衆のお持ちになるものでも御座いません。私は不思議なことがあるもの、とは考えましたものの、まさか、家の中にあったものを、警察へおとどけするのも、どうかと存じましたし、それに、あれほども高価なものとはゆめにも考えませんでしたので、簞笥の小引出しに、入れたまま、忘れるともなく、忘れていたのでございました。

こうした出来ごとがございましてから、二三日も過ぎた頃でございましたか、何も、これほどのことを、出来ごとなぞと申すのも変でございますが、新しい、お弟子いりがあったのでございます。これが、いつものように、お子供衆でございましたら、別に、変ったことではないので御座いますが、何分にも、相手がお年をめされた方、それも、大家の御隠居さまとも、お見うけするような御《ご》仁《じん》でございましたので、私たちにいたしますれば、正しく、一つの事件には相違なかったのでございます。

それは、二三日もの間、降りつづいた、梅雨のように、うっとうしい雨が、からりと晴れて、身も心も晴々とするような午後のことでございました。お稽古も、一と通りすみまして、ほっと、大きな息をしたところでございました。

「ごめんくださいませ」

と、いう丁重に訪れて来られた方がございました。年の頃は五十二三、着物の好みは、あくまで、渋い、おかしがたい気品あるうちにも、何かしら昔を思わせる色と香のまだ消えやらぬ、どこか大家の御隠居さま、と感じられるお方でございました。

「御都合がおよろしいようで御座いましたら、しばらく、お稽古して頂きたいと存じますが」

と、かように申されたのでございます。私にいたしましては、もとより、異存のあるはずは御座いません。

「お稽古と申しましても、ほんの、お子供衆のお手ほどき、それでもおよろしいようでございますれば」

と、お受けしたのでございました。私は最初の内、そうした身分の方でございますれば、わざわざ私たちのようなところへお越しになるのも、不審といえば、不審なこと、何故にまた、お宅へ名ある師匠をお呼びよせにはならないのであろう、と考えたのでございました。しかし、段々と、お話を承っていますと、それにも道理のあること、と合点したのでございます。この方は、私が最初に推量いたしましたように、名ある資産家の御隠居さまでございました。お宅は芦屋の浜にございましたが、お若い時からの、ご陽気すぎ、それも、奥様、ご寮人《りょうにん》さまで、下男、下女にかしずかれていられる間は、下の者の手前、こうしたお稽古ごとなぞ思いもよらぬことでございましたものの、御隠居さまで、御自由なお身体になられますと、時間の御都合もでき、せめてもの楽しみに、と、お買物の風を装われては、街までお出ましになり、それも、名のある師匠ではお知合いのお方にお会いになるけねんもございますこととて、わざと、ああした旧家町、私たちのような、お稽古所へ尋ねて来られたのでございました。ところが、

「では、そちらさまのご都合が、およろしいようでも御座いましたら、お稽古は今日からでもい

たしましょう」

　と、申しまして、

「唄をなさいますか、それとも、踊りのお稽古でございましょうか」

　と、お伺いいたしますと、

「唄を、どうぞ」

　と申されたのでございます。お年寄り衆でございますれば、大抵は踊りか、さもなくば、三味線のお稽古をなさるものでございますので、こうしたお言葉に、私は、少し意外に感じたのでございました。それで、

「唄でございますね」

　と、念を押し、

「何か、ご註文でも……」

　と、重ねて、おたずねしたのでございました。すると、

「それでは、春雨と、梅にも春を、お歌いいたしたいと存じますが最初は春雨を、お稽古して頂きますように……」

　と申されました。私は、糸の調子を下げまして、

「では、お稽古いたしましょう」

　と、三味線を取り上げ、

〽春雨に、しつぽり濡れる鶯の……。

　と、うたい初めたのでございました。が、お稽古にかかりますとすぐに、

「もう、今日はこれで結構でございます」

　と、頭をお下げになったのでございます。私は、初めのうちで遠慮なされている事と存じまして、

「どうか、ご遠慮なく、ごゆるりと、お稽古なさいますように……」

と、申しましたが、

「いいえ、今日はこれで結構でございます。別に、急ぐお稽古でも御座いませんし、ぜひ憶えねばならぬ訳でもございません、これから、遊び半分に、ゆっくりと、お稽古させて頂きたいと存じます」

と、かように申されたのでございました。そして言葉を改め、

「これは、ほんの少しでございますが、おひざ付きに、そして、これは御連中さまへのお近づきの印に、皆様で一杯お上り下さいますように……」

と、紙の包みを二つ出されたのでございました。私は、おひざ付き、と申された紙包みは、有難く頂いたのでございますが、も一つの方は、

「連中さんと申しましても、実は、お子供衆ばかりでございますから、皆様に一杯さし上げる訳にも参りませぬ」

と微笑みながら、ご辞退いたしますと、この方も、お上品に、お笑いになりまして、

「なるほど、お子供衆でございましたら、ご酒《しゅ》を上がって頂く訳にも参りますまい。では、何か、お菓子でも買って、おあげ下さいませ」

と、仰有ったのでございました。

三

この方が、お稽古に来られるようになりましてから、二週間目のことでございました。もう、その頃は、春雨と、御所車を上っていられたのでございますが、

「実は、近い内に、どこかの温泉へ、保養がてら、一二週間ほど行きたいと思っているのでござ

いますが、どうも、一人で行くのは話し相手がなく、淋しいもので……」

と、こう、仰有るのでございます。そして、

「……もし、お師匠さまのご都合がおよろしいようでございましたらお供をさせて頂きたいと存じます」

と、こんなに、申されたのでございました。――師匠をいたしておりますと、こうしたお誘いをよく受けるのでございます。どなた様も、きまったように、

(師匠のお供……)

とは申されますものの、当然、こちらの方が、おともでございまして、お風呂からお上りになりますと、紺の香も新しい、仕立おろしの宿の浴衣に着かえまして、さて、

「お師匠さま、こうしていましても退屈でございますから、時間つぶしに、何か一つおさらえして頂きましょうかしら」

と、いわれるのでございます。すると、

「ほんに、そういたしましょう」

と、三味線を宿のお女中さんに、おかりいたしまして、お稽古人の気嫌を取りながら、お稽古するのでございます。こうした事は、分限者《ぶんげんしゃ》の御新造《ごしんぞう》さんで隠居さまがたを、お稽古人にもっていられる長唄や清元のお師匠がたには、ありがちの事ではございますもののわたくし風情の、小唄の師匠にとっては、ほんに、めずらしいことでございました。丁度、それからの、一二週間は、お稽古は休みでございましたし、母もすすめて呉れましたので、私は、このご親切な申出を、お受けいたしたのでございます。ところが、そうと定《きま》りますと、私への御祝儀としてで御座いましょうか、美しい島原模様に染め上げた、絞縮緬《しぼりちりめん》の振袖と、絵羽《えば》模様の長襦袢、それに、絞塩瀬《しぼりしおせ》の丸帯から、帯じめ、草履にいたるまで、すっかり揃えて下さったのでございました。――かように申しますれば、どれほど私が喜んで御隠居さまの、お供をいたしましたことか、お分りでございましょう。

旅だちの日が参りますと、私は、頭の先から足の先まで、御隠居さまから贈っていただいた品物で装いまして、家を出たのでございます。ところが、御隠居さまは、家を離れるとすぐに、こんな事を申されたのでございます。

「旅をいたしている間、私がお師匠、とお呼びするのも、何んだか人の気を引き易くて、変でございますし、私も、御隠居さまと呼ばれますと、何だか改まりまして、保養をする気がいたしませぬ。で、こういたしましょう。私は、あなたを、娘か何かのように、お千代と呼ぶことにいたしましょう。師匠は、私を――お母さん、では、余り芝居がかるようでございますから、伯母さんと云って下さいませ。これでは不自然でなく、いいでございましょう」

と、かように申されたのでございます。汽船は、新しい「別府丸《べっぷまる》」でございました。中桟橋に着きますと、船は、もう横づけになっております。切符の用意はしてございましたので、私達はすぐ船に乗ったのでございます。ところが、船の入口で、御隠居さまは、お知合の方にお逢いになったのでございました。背広服を着た、いかめしい、お方で御座いました。御隠居さまは、丁寧に御挨拶をなさいました。私も、軽く会釈をいたしましたが、お話の邪魔をするのは失礼と存じまして、少し離れて立っておりました。男の方のお声は少しも聞きとれませんでしたが、御隠居さまの、

「……しばらく、別府で保養をいたしたいと存じます。千代もつれまして」

と、云っていられるのが、かすかに、聞きとれたのでございました。私は、その方の事は、何もお訊ねいたしませんでした。勿論、そうした事は失礼と、存じていたからでございます。しかし、

「千代を連れまして」

と云われた言葉が気になりましたので、それとなく、お聞きいたしますと、御隠居は、笑いながら、

「いいえ、違いますよ、お師匠のお話をいたしまして、千代と思って、お連れ申して行く、とお

話いたしていたのでございます。実はあれは、親戚にあたる者でございまして、私の姪に、師匠ほどな手頃の、千代という娘のあった事を知っているのでございます」

と、こう申されたのでございました。それから、幾度《いくたび》も、あの千代が生きていましたら、ほんとに師匠ほどでございます。そういたしましたら、私も生き甲斐があるのでございますが、三年前に死にましてからは、ほんとに、世を味気なく暮して参りました。しかし師匠にお稽古して頂くようになりましてからは、すっかり、この世が明るくなったように感じまして、自分ながらに、大変、喜んでおります。と、こんなことを申されたのでございます。

温泉宿の生活と申しますれば、どこでも、そうでございましょうが私たちも、ただ、御飯をいただいて、お湯に入ることだけが、一日の仕事でございました。もっとも、日の光が、お部屋いっぱいに差しこむ、うららかな朝、かおりの高い、いで湯に、ほてった身体を宿のお部屋着につつんで、ほっとしています時など、伯母さまは、よく、

「では、千代ちゃん。何か、おさらえして頂きましょう」

と、いつも、きまったように、春雨か、または御所車を弾きまして、御隠居さまは、小さな声でおうたいになりながら、

「ねえ、千代ちゃん、あなたに教わって、すっかり上手になったでございましょう」

と、静かに、お笑いになるのでございました。

御隠居さまは、いつも私を、千代ちゃん、千代ちゃんと、それはそれは、親身の伯母であっても、こうまではいって下さるまい、してくださるまい、と思うほど、私を大切にして下さいました。私も心から伯母さまと呼びまして、部屋の女中までが、

「ほんに、お睦じいことで、お羨ましく存じます」

と、一度ならず、二度までも、私達を前にして、さも、うらやましげに、申したほどでございました。

四

私たちのお部屋は、静かな離れ座敷でございまして、三方には中庭を控え、夜なぞ、本館の方から洩れてくる部屋々々の火影が、植込の間にちらちらと見えるかと思えば、庭の木立の上からは、まっ白いお月さまが、そっと、のぞき込むのでございました。——のぞきこむ、と申しますれば、私たちのお部屋は、いま申しましたように、ほとんど中庭にあるのでございますから、お部屋の障子を明けておりますれば、時折、お庭掃除の男衆が、箒や熊手などを手に、そっと頭を下げて通りすぎるようなことは、別に不思議でもないのでございますが、そうした下男のお一人に、いかにも、何か目的あるかのように、そっと、お部屋をのぞいては通りすぎるお方があったのでございます。顔をなるべく、見せないようにしていられますものの、どこかでお目にかかったような気がいたしましまして仕方なかったのでございました。

「たしかに、どこかでお目にかかった方」

私は、かように、考えつづけて、おりましたが、ふと、思い出すと、

「おお、そう」

と、御隠居さまの方に向き直り、声を低めて、

「伯母さま。今、通って行きました、男衆に、お気づきになりましたか、あの人は、私たちが、出帆いたします時、伯母さまと話していられた、ご親類の方に、そっくりでございます」

と、こんなに申しまして、口の中で、いくら似ているとは云え、あれほど、似ている方があろう

ことか、と独白いたしました。が、それと同時に、長い間、すっかり忘れておりました、あの私自身の姿を思い出しまして、思わず、ぞっとしたのでございました。御隠居は、

「そうでございますか、そんなに、あの親類の人に似ていましたか」

と、小さな声で申されまして、何か意味ありげに、微笑まれたのでございました。


単調な、温泉宿の日々では御座いますものの、時のたつのは早いものでございまして、私たちが、この温泉町へ参りましてから、はや、二週間の日が過ぎたのでございます。あすは、いよいよ、かえりましょう、と、御隠居さまが申された、その夜のことで、ございます。

「あす、お土産を買うといっておりましても、何やかやと慌だしいでしょうから、今夜のうちに、何か買っておかれましたらいいでございましょう。私が行ってもよろしいけれど、少し頭痛がするようでございますから、宿のお女中さんをお連れに、何か買っていらっしゃいませ、お勘定は、宿の方へとりに来るように申されるとよろしいでございましょう」

御隠居さまは、かように申されたのでございました。

「では、やっていただきましょう」

私は、かように答えまして、身じたくを、ととのえたのでございます。買いものと申しましても、温泉町のことでございますから、宿の部屋着のままで、およろしいでは御座いませんか、と、宿のお女中も申したのでございますが、それにいたしましても、若い娘の身で、そうしたことは、あまりにも、はしたないと考えまして、旅だちの前に御隠居さまに買っていただきました、島原模様の振袖に絵羽模様の長襦袢、それに、塩瀬の丸帯まで、すっかり、来たときそのままの身仕度をととのえまして、

「では、伯母さま、ちょっと行かせていただきます」

と、ご挨拶いたしし、お部屋を出たのでございます。ところが、私といたしましたことが、宿を出

て、道の一二丁も参りましたとき、思いついたのでございますが、御隠居さまの御用を承わって来ることを、失念いたしていたのでございます。

（これは、大変なことを、御隠居さまとても、お土産を買っておかえりにならねばなるまいに、自分のことだけを考えて、御隠居さまのご用事を、つい忘れてしまいました）

私は、こんなに自分で申しながら、そして、われと我が粗忽さに、思わず、顔を赤らめながら、宿のお女中には、表で待っていただき、お部屋にとってかえしたのでございます。しかし、表玄関から、廊下をつたって行きましては、時間もかかりますことゝて、お庭づたいに、離れのお部屋へ急いだのでございます。ところが、いつもは、障子も開けたままでいられる御隠居さまが、ぴったりと、障子をたて切り、電灯も消されまして、薄明るい、まくら雪洞《ぼんぼり》にしつらえました、小さなあかりをつけていられるのみでございます。私は、飛び石をつたいながら、はて、不思議なこと、と思わず、立ちどまったことで御座いました。中には、たしかに御隠居さまがいられます。しかし、障子にうっすらと、さした影から考えますと、おひとりではございませぬ。誰か、も一人の方と、向い合って、じっと、していられるご様子で御座います。私は、あまりにも、そのご様子に、常ならぬものを感じたのでございました。はしたないとも、無作法とも、そうしたことを考える余裕もございませぬ。音をたてぬよう、静かに、縁側に上って、障子を細目にひらき、そっと中をのぞいたので御座います。と、雪洞のうす明るい、青白い光にてらされて、御隠居さまの、無言で、じっと、坐っていられる姿が見えたのでございます。前には、どなたが、……こう考えまして、ひとみをこらしました時、私は、われにもあらず、

「あっ……」

と、声を上げたのでございます。私の目にうつりました人影、それこそ、誰の姿でもございません。私ではございませんか。――まくら雪洞の、蒼白い、にぶい光の中に、じっと坐ったまま消えいりそうな女の姿、顔から、あたま、着ている着物、島原模様に染め上げた、紋縮緬の振袖と、白

く細い手くびに見える絵羽模様の長襦袢それに、絞塩瀬の丸帯から、大きく結んだしごきまで、何からなにまで、わたくしに相違はございません。御隠居さまは、それが、ほんとの私とお考えになって話していられたので御座いましょう。背《せなか》を、つめたいものがさっと流れました。身体が、がたがたと、顫えて参りまして、後から、大きな、まっくろな手が、私に襲いかかったように感じました。と、そのまま、私は、深い、ふかい谷底へ気がとおくなってしまったのでございました。

×

あれから、もう、まる一年、分限者の御隠居さまとは、表かんばん、よからぬ生業《なりわい》で、その日その日をお暮しになっていたとは云いながらも、私には親身のように、おつくし下さった御隠居さま、それに、あの、私と生き写しのお千代さま、いま頃は、どこでどうしていられますことやら。今にして思いますれば、お千代さまと「でぱあと」でお逢いいたしました時――もうあの時分、あの方々は、私のことをご存じであったのでございましょう。――さては、話に聞いていたのは、この娘さんのことでもあろうか、真実《ほんとう》にわたしによく似た方もあるもの、この人なれば、仲間うちのものが、下町風に身を消した自分とも思い違えて、こちらの袖に物をかくすほどのことは無理からぬこと、さぞや、おかえりになって、立派な指差がころげ落ち、驚かれたことでもあろう。こんなことをも、お考えになったでございましょう。それと同時に、あのような――私をご自分の傀儡《かいらい》にして、御隠居さまともどもに港の街をはなれさせ、お上の注意をそちらへむけた内に大きなお仕事をなさる計画も、おたてになったのでございましょう。御隠居さまや、お千代さまがお考えになりましたように、お上の方は、御隠居さまにつれられた私を、ほんもののお千代さまとお考えになったのでございましょう、それがために、わざわざあの遠い湯の町まで、後を追ってお越しになり、私たちの様子を見まもっていられたのです。しかし、これはお二人さまの予期されていましたこと、それでこそ、必要な場合には――犯罪の行われました当時、千代とわたくしは、あの湯の町にいたのに相違ございません、私たちを監視なされていたお役人さまがご証明くださるでございましょう――と、いったことがいい得る訳でございました。

お千代さまのお仕事が、難なく運んでおりますれば、ああした手違いも起らなかったでございましょう。が、もくろんだお仕事に失敗なされましたことと、その報告のため、私たちの宿に姿をお見せになったことが、すべてに破綻をきたしたのでございましょう。よい頃を見はからって、私とお千代さまを入れかえるために、二組をおつくりになり、その一つをわたくしに下さった、あの立派な衣裳も、結果は、ただ、私を驚かせるに役立ったにすぎないのでございます――わたくしの、夜の静寂《しじま》を破った叫び声、それが、すべての終りであったのでございました。かけつけられた、お上の方――あの、お庭そうじの男衆に姿をやつしていられました警察の方も、初めのうちは、さぞ、

常〽こちらにもお組さん。こちらにもお組さん。こりやまあ、どうぢや。

という唄の文句にございますように、仰天なさったことでございましょう。それにいたしましても、時おり、三味線とり上げ、常磐津「両面月姿絵」なぞ、おさらいいたしますとき、

〽奈良坂やさゆり姫百合にりん咲き

と、思わず唄いすぎましては――もし、わたくしを、このさゆりにでもたとえていただけば、あの姫百合にも見まほしい、いま一人の私、お千代さまは、いまは、どうしていられることやら、と、かようなことを、つい思い浮べては、三味ひく手をしばし止め、あらぬ方をじっとみつめるのでございます。

空に消えた男
——大陸横断機の秘密——

1

熱帯の、深い海を思わせるような、蒼い空だ。日本晴れもいい。しかし、このカリフォルニアの空の美しさは、どうだ。……うっとりと、窓から、限りない空を、見つめている私の耳に、声がひびいた。
「木原三郎氏の事務所は、ここなんですね。——日本から犯罪学研究に来ていらっしゃる方なんですが」
流暢な英語が、部屋の外に聞える。アメリカらしくもない、上品な発音だ。廊下を掃除している、ビルディングの婦人にでも、訊ねているらしい。私は、日本《くに》の人だな——と直感した。
訪問者は、
（北米航空輸送株式会社
運航部長
白　坂　俊　次）
と、記した名刺の持主。——そして、数分の後には、木原氏と、彼の秘書なる私を前にして、今ここに記述しつつある「大陸横断機の秘密」——別の言葉をもってすれば「空に消えた男」——について語りつつあったのである。

×

運航部長、白坂氏は、徐ろに、口を開いた。
「事件は相当に錯綜しておりますが、発端であり、要点《メイン・ポイント》と考えられるのは、大陸横断機内に起った、盗難事件なのです。それが、随分、色々な方面に発展いたしまして、私達は困っております。会社の方では、警察当局に、一と通りの届出はしていますものの、信用にもかかわる事なので、一日も早く事件を解決し、真相を発表したい、と考えております。そうした理由で、お頼みに上った訳なのです」

木原氏は頷いた。

「私に出来る事でしたら、及ばずながら、御尽力いたしましょう。では、事件の詳細を、なるべく、順序を追ってお話し願いたいと思います」

木原氏の言葉に、私達の訪問者は、膝をすすめて、語り初めたのだ。

「昨日の午前八時二十分でした。前夜、十時三十分に、ニュー・ヨークを出発した、大陸横断機が、予定通りに、私たち会社の飛行場に着陸いたしました。この旅客機は、私の係りになっておりますので、機影が東の空に見えた、という報告を、信号台から受けると、直ちに、飛行場に出まして、着陸を待っておりました。飛行機は、予定の滑走路を走り、正しい位置に止りました。私は例の如く、旅客に挨拶するため、乗客昇降用の足台《ステップ》をもった、地上勤務員と共に、客室《ケビン》の扉《ドア》に近かよりました。操縦室からは、飛行士も機関士も降りて参りました。ところが、給仕女《スチュワーデス》の手で内部から開かれるはずの扉が、いつまで待っても、開かないのです。変に思いまして、ふと気付きますと、旅客室《ケビン》の窓には、全部、カーテンが下りています。中の様子を覗《うかが》う術《すべ》もありません。扉を叩いても、答がありません。——御存じのように、私達、会社の旅客機には、給仕女が一人ずつ乗組んでおりまして、機が着陸しますと、今もお話いたしましたように、客室の扉を内部から開けることになっております。それが、扉をいくら叩いても、返事がないのです。私達は、変な予感に襲われました。期せずして、一同は目と目を見合せたのです。……急を地上勤務員の総てに伝えて、私達は扉を、外部から押し開いたのです。ところが、三人であるべきはずの乗客が二人しか発見できず、その二人と、給仕女の三人が、全部、座席に縛り付けられているのです。

2

「――こう申しますと、旅客室内の、そうした事件が、飛行士や機関士に、何故、気付かれなかったのであろう。と、不審にお考えになるかも知れません。しかし、御存じの事と思いますが、私達の会社では、夜間の大陸横断機にかぎり、千九百二……十型のダグラス機を使用しております。私達が特にあの型を指定いたしましたのは、操縦席と客室とが、全然、離れているからでした。御記憶になりますように、今までに二三度も、旅客機を利用した、とんでもない自殺者がありました。それは、自暴自棄になった自殺決行者が、その方法として、旅客機を選び、操縦士や機関士を射殺して、乗客全部を飛行機もろ共、死の同伴者にした、というような事件でした。こうした椿事を予防するために設計されたのが、あの新型ダグラス機でした。しかし、皮肉にも、このような目的で設計された、旅客機が、新しい犯罪を齎《もたら》した訳なのです。乗務員と乗客全部が、自由を束縛しられているのを見まして、私たちは、驚いて、早速と縄を解き、一同に手当を加えました。しかし、何分にも数時間もの間、自由を束縛されていた事とて、非常に弱っており、興奮していました。私達は一同を事務所に収容して、手当を加え、元気の回復を待って、事情を糺したのです。ところが、乗客二名と乗務員の給仕女が、交互に、物語ったところを綜合しますと、旅客機が、ニュー・ヨークを出発した時には、私達の事務所へも通知がありましたように、乗客三人と給仕女の四名であった、というのです。この乗客は三人とも、無名の旅行者のように考えられていましたが、――つまり、名士といった方々でない、という意味なんですが――その中の一人は、宝石商人としては、相当に有名な、ニュー・ヨーク三十五番街の宝石商、エドモンド商会の主人で、こちらのさる富豪に売却した、時価二十万弗《ドル》の頸飾を、届けるために、横断機に乗っていられた、と云うのです。しかし、宝石商店主と名乗って、搭乗すれば、身の危険も考えられますので、ことさらに、変名を用い、旅行者を装うて、乗組んでいた。ところが、そうした計画を見抜いた男が、頸飾の窃取を目論んで、同じ旅客機に乗組んでいたのです。それが、乗客三人の内の一人だったのです」

探偵は黙って、時々、軽く頷いていた。運航部長、白坂氏は、語り続けた。

「この、宝石商エドモンド氏の後をつけていた男は、飛行機がオマハを過ぎると、突如、隠しもった拳銃《ピストル》を手に立ち上った、というのです。

『どうか、静かになさって下さい。私の命令に服従されない方は、生命に危険があるかも知れません』

こんなことを云った、というのです。そして、自分は拳銃を擬したまま、機の一隅に身体をよせて、給仕女に、こう命じたというのです。つまり、網棚にあるスート・ケースの中に細引《コード》が入っている。それを取り出して、二人の乗客を座席に縛りつける。変な結び方をすると、給仕女を、第一番に射殺する。——と、こう云ったというのです。その男は、二人の乗客が、完全に自由を束縛されたと見ると、給仕女も同様に、座席に縛りつけたのです。そして、エドモンド氏の身体や、所持品、鞄、等を探し廻って、遂に、頸飾のはいった小箱を奪いとり、それをもったまま、機の後部に歩を移し、化粧室の中に姿を隠した。——と、いうのです。ここまでは話が分っておりますし、ただ、単なる、旅客機内の盗難事件《ホールド・アップ》に過ぎないのです。ところが、この犯人ですが、化粧室にはいったまま、それっきり消えてしまったのです。——つまり、飛行中の旅客機から、文字通りに、消失してしまった、としか考えられないのです」

「消えてしまった?」

木原氏は、小さく叫んだ。膝をすすめて、対手《あいて》の顔を凝視した。

「ええ、そうとしか説明されないのです。と云いますのは、化粧室には、窓が一つもないのです。それで、飛行中、または着陸の直前に、飛び降りた——とも考えられないのです」

「しかし、化粧室に這入るように見せて、どこかに隠れており、飛行機の着陸後に、混雑に紛れて姿をかくした——と、いうようには考えられませんか」
「いえ、そんなことは決して有り得ないのです。それは、今も、お話しましたように、飛行機が着陸した時には、扉が開かなかったのです。私たちは、そうと聞くと、驚いて馳《か》けつけ、ようやく外から開けたのです。ところが、客席《ケビン》に入って、給仕女が私を見て、最初に発したのは、（化粧室に、拳銃をもった、犯人がいますから、警戒して下さい）と、いう言葉だったのです。私の傍に、飛行士も機関士もいましたが、そうと聞くと、一斉に、護身の拳銃を取り出して、（そりゃいい。捕えてやる。出て来い。抵抗すると射殺するぞ）
と、扉に向って、大声で叫んだものです。しかし、内部からは何の物音も聞えません。私達は決心しました。手に手に拳銃をもって、不意に、さっと扉を開けると、犯人を押し倒すような勢で、化粧室になだれ込んだのです。ところが、中には、猫の子一匹いなかったのです」

3

木原氏は、訪問客の話に、じっと、耳を傾けていたが、この時、面を上げた。

「給仕女と乗客二名が、座席に縛められていたのですね。ところで、あの旅客機ですが、内部の構造は、どうなっています」

「客室は今までのものと、大して変っていません。座席《シート》は左右、両側に六個ずつありまして、全部機首の方をむいています。窓も、左右に六個ずつあります。つまり、乗客の全部が、自分の座席に座ったまま、下界が見えるようになっているのです。この窓は大きなものではありません。しかし、ガラスを開けきってしまいますと、人間一人が這い出るだけの大きさはあります。座席の最前部に娯楽放送受信用のラジオ・セットがあります。現在までの旅客機内では、発動機の噪音のため、こうしたものを備え付けましても、全然、用をなしませんでした。しかし、この新造機では、客室が、完全に防音装置になっていますので、飛行中に放送ラジオをキャッチして、乗客の無聊を慰めていた訳なのです。このラジオ・セットのすぐ前が第一客席、それから、第二、第三と、今もお話しましたように、両側に座席が六個ずつあります。その中間には廊下《パセジ》がありますが、飛行機内のこととて、勿論、大して広くはありません。男一人が、真すぐに歩くのに困難を感じないだけの広さです。その通路を後につきあたった処が、化粧室ですが、最後部の客席《シート》と化粧室の扉までの間は、二米突《メートル》あまり空いています。ここが云わば昇降場でありまして、機首に向って、右側に乗客の昇降する扉があるのです。つまり、飛行機が、地上にいる場合には、この扉から出入する訳なのです」

　木原氏は、顔をあげた。

「分りました。……で、乗客の二名と、給仕女は、どの座席に縛られていました」

「乗客の二人は最前部の左右両座席に括り付けられていたのです。直接に縛ったのは、最初にもお話しましたように、給仕女ですが、犯人がその座席を指した、というのです。そして二人の自由が完全に束縛されたと見ると、次には、給仕女を犯人自身が縛ったのですが、これは左側の第二の席だったのです。つまり、全部の人達をなるべく、機首の方に、化粧室から遠ざけて、結え付けた、と、考えられるのです。で、そうした仕事が終ると、窓のカーテンを全部下した、というのです。これは、飛行機が、着陸してからも、窓を通しては、内部の様子が覗えないためだろうと考えます。こうした仕事が終ると、自分は、化粧室の扉を開けて、中へ入って行った、というのです。事件が起りつつある間、旅客機は、定期航空路に沿って、平穏に飛行を続けていたのです。二基の発動機は、物凄い爆音をたてて、全速で回転を続けていました。しかし、客室は、放送ラジオが楽しめるほどにも、完全に防音されています。自由を奪われた三人は機首に向ったままで、身体全体を耳にして、犯人の様子に注意していたと云うのです。ところが、今も申しましたように、化粧室に入る音がした。扉が閉じられた。そして、そのまま出て来なかった、と云うのです。三人とも、それに相違ないと云っています」

木原探偵は、幾度も、大きく頷いた。そして口を開いた。

「しかし、化粧室に這入ったのはパラシュートを身体に付けるためで、再び外に出て、客席の窓から飛び出したのではありますまいか」

「私も最初はそう考えたのです。しかし、三人に気取られぬように化粧室を出て、客席の側にある窓を開け、そこから飛び出す、というようなことは、全然、不可能ではないかと思います。それに、一歩ゆずりまして、何かの方法で、そうした事が可能であったとしましても、窓から飛び出したとすれば、どれかの窓が開いているはずです。しかし、窓は全部閉っていました――先にお話しましたように、カーテンまで全部下ろされていたのです。そうすれば、犯人は飛行機から飛び出してから、カーテンを下し、窓も元の通り、閉めた事になります。こうした事は、無論、不可能としか考えられません」

木原氏は、そうした答を予期していたかのように、かすかな微笑を面に浮べると、直ちに、次の質問に移った。

4

「乗客昇降口《イントランス》の扉も、開けていないのですね」

「あれは乗客の手では開かないような設備になっております。給仕女を脅迫して、開かせる事は考えられますが、そうした行動は取っていないのです。――これは、残った、二人の乗客が、各々、証言しております。あの犯人が、化粧室に這入ったまま消えてしまった、という事は、私も信じる事が出来ません。しかし、今までお話した事実からも、お分りになりますように、犯人が飛行機から飛び出した、としましても、飛び出し得る出口がありません。それに、第一、犯人の身体に――または、旅客機内には、落下傘《パラシュート》は絶対に無かった、と考えられるのです。御存じのように、パラシュートは、とても、大きなもので、折り畳みましても、相当の量《かさ》があります。ところが、あの犯人は、旅客機に搭乗する際には、縄《コード》を入れた鞄《スート・ケース》の他に、所持品は何もなかった、というのです。これは、ニュー・ヨークの乗客係りの者も証明しておりますし、記録にも、残っておりますから、決して間違いはありません」

「密かに、身体に着けていた、というようなことも考えられないのですね」

「そうした事は絶対に考えられません」

「旅客機の中に隠していた、というようにも考えられませんか」

「そうしたことも考えられません。乗客の方々がお乗りになる前に、会社の者が、内部を見廻ることになっています。これは、機関及び、機体の点検に附随した、航空会社の、最も重要な義務でありますので、報告書の記録に、（旅客室内部に何等の異状なし）と、あれば、文字通りに、考えて頂いていいと思います」

「分りました。そうしますと、落下傘と、そして、飛び出したと考えられる出口――のない事で、あの旅客機からは、絶対に、飛び降りていない事になりますね。そうすれば、やはり、給仕女や、乗客の方が、主張していらっしゃる通り、化粧室へ這入ったまま、消えてしまった、と解釈するより他に方法がありませんね」

「そうです。文字通りに、消えたとしか考えられないのです」

運航部長白坂氏は木原氏の面を、じっと見守りながら、同意した。そして、言葉の調子を改めると、

「……ところが、事件は、これだけで終っていないのです」

と、話をつづけた。瞬間、木原氏の顔は、幾分、緊張したかに見えた。

「……私は、いままで、お話した経緯《いきさつ》を、私の事務所で聞いていたのです。つまり、給仕女と、被害者の宝石商エドモンド氏、そして、いま一人の乗客——の三人から、交互に聞いていた訳なのです。ところが、警察自動車のサイレンが聞えて来るのです。疑いもなく、飛行場の中を、こちらへ急行してきます。私は不思議なことだ、と、首を傾げました。それというのも、まだ事件の報告をしていなかったからです。自動車のサイレンは、私がそうした事を考えている間に、事務所の表に止りました。扉をノックするのと、ほとんど同時に、どかどかと部屋に這入って来たのは、正服の警官達でした。

『第三者から、非公式に、事件の報告があった。宝石商のエドモンド氏と、も一人の乗客を取調べのために、署に同行する』

と、簡単に、こうした意味のことを云ったまま、二人を自動車に乗せ、再び、サイレンの音と共に、飛行場の彼方《かなた》に消えてしまったのです。私は、その時、愕然としたのです。

『あれは悪漢達《ギャングスター》ではあるまいか』

ふと、こうした事を考えたからでした。御存じのように、謝肉祭の日に、自動車庫の中で、五人の悪人共《ギャングスター》が正服警官達に、機関銃《メシーン》の一斉射撃を受けて、殺害された事件がありました。あれも、悪漢達が正服の警官に姿を俏《やつ》しての、犯行だったではありませんか、私は、こう気付くと、急いで警察に、事の真疑を糺したのです。ところが、私の杞憂は、不幸にも、的中していたのです。——最近に、このカリフォルニア州のみで、富豪の誘拐事件《キッド・ナップ》が、多い時には、一週に二三回もあります。こうしたことを考えますと、エドモンド氏も、恐らく、誘拐されたのでしょう。犯人は、旅客機内で頸飾を奪いとった人達と同一の集団《グループ》に属する者か、どうか、——そうしたことは知る由もありませんが、身の代金《ランサム・マネー》を要求するための誘拐に相違ありません。重なる不幸の、エドモンド氏はお気の毒に違いありませんが、それよりも、いま一人の乗客の方こそ、真に災難だと思います。連れ出したものの、あの方に用事のあるはずはありません。恐らく、郊外のどこかで、最悪の結果になっていらっしゃるだろうと思います」

白坂氏は言葉を切って、唇を湿《うるお》した。木原氏の面には、異状な緊張さがうかがわれる。彼は、静かに、口を開いた。

「旅客機に乗組んでいた給仕女も、その時、あなたの事務所にいたのですね」

「そうです」

「では、警察官に扮した犯人達は、給仕女には、見むきもしなかった訳ですね」

「仰せの通りです」

「その娘は、どうしています。今日も旅客機に乗組んでいますか」

木原氏の、こうした質問に、運航部長の白坂氏は、

「それが……」

と、調子を強めた。

「実は、警察へ、その娘が呼び付けられまして、訊問を受ける事になっていたのです。今朝十時に来るように、と云う命令があったのです。ところが、あの娘は、大変に内気な娘なんですが、警察へなんか行くのは嫌です、と、昨日、一日中――事件直後の事とて、その関係もあったのでしょうが――大変に、興奮していたのです。ところが、今朝になって、時間になっても、出勤して来ませんので、アパートメントへ人をやりますと、私に宛てた手紙を残したままで、失踪しているんです」

「どんな事を書いていました」

「簡単な手紙でしたが、ただ、自分の不注意から、会社に種々、迷惑をかけて済まない――と、これだけなんです。しかし、自分の責任とは云いますものの、不可抗力な出来事ですし、それに、

エドモンド氏の誘拐事件なんかは本人とは、勿論、何の関係もないことですから、早まった事をしてくれた、と心配しています」

「保護願いはお出しになりましたか」

「ええ、何分にも、若い娘のことですから、間違いがあると困る——と考えまして」

木原氏は、黙って、考えこんだ。

5

私は、いつものように、木原氏の傍に座して、訪問者が話しつづける、要点を筆記していた。二人の間に、しばし、沈黙が続いた。と、木原氏は、ようやく、自分にかえったように、

「それが、事件の大要なんですね」

と、相手の顔を見た。

「では、いまのお話の、部分々々に付いて、私から改めて、質問いたしますから、お答え下さい」

こう云いながら、私に視線を投げた。

（君のノートに間違いないか、探《しら》べるんだ）

こうした意味の合図である。

（承知しました）

私は、心の中で答えた。

「最初の事件——即ち、旅客機内の頸飾盗難事件と、それに附随した、犯人の消失事件は、昨朝こちらに着陸した、大陸横断機の中で起ったのですね」

「そうです」

「乗客は――
（1）ニュー・ヨーク市の宝石商、エドモンド氏、
（2）後ほど、同氏所持の頸飾を強奪した、――そして、化粧室に入ったまま、消去してしまった――犯人、それに、
（3）あなたの事務所内で、エドモンド氏と共に、誘拐犯人に拉致された、今一人の乗客、と、この三人ですね」
「そうです。それに、乗務員……」

「乗務員と云うと、飛行士、機関士、それから、給仕女の三人ですね。しかし、あの旅客機は機関室が、独立した部屋になっているそうですから、操縦席の二人は、事件とは関係ありますまい。……で、飛行機が、オマハを過ぎた頃、乗客の一人が、突如、拳銃を手に、立ち上り、エドモンド氏と、今一人の乗客、そして、給仕女の三人を座席に縛り付けて、エドモンド氏所持の頸飾を奪いとり、自分は化粧室に入った、というのですね。そして、そのまま、文字通りに消えてしまった、と考えられる……」

「それに相違ありません」

「……しかし、人体が、文字通りに消失する、とも考えられないので、一応は、こんなようにも疑い得る――つまり、乗客と給仕女の目を晦して、化粧室を出で、客室の窓を開けて、飛行中の旅客機から降下したのかも知れない。と、しかし、窓ガラスは、飛行機の着陸後にも、完全に閉じられていた――カーテンさえ下されている。飛び出した、と考え得る、出口がない。それに、第一、犯人が旅客機内に、落下傘を持ち込んだ形跡もなく、前もって、機体の内部に隠していた、というようなことも、絶対に考えられない」

「そうです。そうした事は、前にも、お話しましたように、全く考えられませんし、旅客機が着陸後にも、内部を点検しましたが、そのような疑念は、聊かも、懐《いだ》けませんでした」

「で、あなた御自身としては、さきほども、仰有ったように、犯人は、化粧室で消えてしまった、とお考えになるのですね」

「そうです。非現実的ですが、そうとしか考えられないのです」

木原氏は、言葉の調子を改めて、質問を続けた。

「旅客機の内部は、着陸後に、隈なく捜査したが、犯人は遂に、発見されなかった」

「そうです」

「で、これは前にお聞きしませんでしたが、こんなことは考えられないのですか」

木原氏は、言葉を切って、相手の顔を見た。

「……つまり、客室を、どこからか抜け出して、機体、または、翼《よく》のどこかに、飛行中、姿をかくしていた。そして、旅客機が飛行場に着陸して、滑走に移った時、素早く飛び降り、逃げさった――というように考えられないのですか」

「いいえ、そうした事も考えられません。と云いますのは、旅客機が飛行場に近づいて、着陸姿勢を取る時分から、滑走に移り、停止するまで、信号塔《タワー》の上から、絶えず、監視員《ウワッチ》が機を見守っています。それに、最初お話しましたように、私自身も飛行場に出て、着陸の模様を見ていましたが、何の変ったこともありませんでした」

「分りました」

木原氏は、こう云ったまま、しばし、黙々と、何事かを考え続けていた。が、ふと、思い出したように、

「……その問題の旅客機ですが、まだ、こちらの飛行場にありますか」

と、語勢を強めた。

「今夜の十二時に、ニュー・ヨークへ帰航することになっていますが、唯今は、会社の格納庫に

あります」

「では、一度、内部を見せて頂けませんか」

「ええ、どうぞ。私は、何れ、そうした必要があるだろう、と考えましたので、旅客室の掃除をせぬように、そしてまた、誰も内部へ入れぬように、と申し付けておきました」

「結構です。では、今から直ぐに、御案内願いたいと思います」

「承知しました」

二人は、立ち上った。木原氏は、私の傍に歩を移すと、

「君は行かなくってもいいよ」

と、微笑んだ。晴々しい微笑だ。

（この事件は、もう解決している）

そう云っているように見える。

「一時間以内に帰って来るが、君は、その間に、新聞社へ行って来てほしい。どこの新聞社でもいい。写真部へ行って、ニュー・ヨークの宝石商、エドモンド氏の写真を借りて来てくれ給え。なるべく大きく写ってるのを、一葉だけでいい。それから、帰えりに警察へ廻って来てほしい。エドモンド氏誘拐事件について、お聞きしたいのです、と云って、次のことを聞いて来てほしい。
（1）飛行場の運行事務所から誘拐された、エドモンド氏が死体になって発見されたようなことがありませんでしたか。
（2）事務所からエドモンド氏と共に、連れ出された男の死体が発見されませんでしたか。
（3）ニュー・ヨークのエドモンド氏の宅へ、誘拐犯人から、身の代金要求の脅迫状が来ていませんか。……もし、来ていたら、その文句の写しを取って来てほしい。
（4）責任を感じて失踪した、旅客機の給仕女の行衛《ゆくえ》が分りましたか。
――これだけの事を聞いてきてほしい。僕は旅客機を見せて頂くと、すぐに帰って来る……」

探偵は、言葉を切って、白坂氏を振りむいた。

「では、お供いたしましょう」

二人の姿が事務所から消えると、私も、木原氏に云い付かった通り、表に出た。

6

私が事務所にかえると、間もなく、木原氏は、白坂運航部長を伴って、再び、事務室に現われた。

「行って来ましたか」

木原氏は、私に、勢いよく、呼びかけた。

「はい、これがエドモンド氏の写真です」

私は、簡単に答えて、封筒に入れたままの写真を、木原氏に手渡した。

「有難う。で、警察での詳細は？」

「聞いて参りました。——エドモンド氏の死体は、今のところ、発見されていません。多分、誘拐犯人の手許で保護されているだろう、との事でした。それから、飛行場の事務所から、エドモンド氏と一所に連れ出された方の死体も、発見されていないそうです」

「で、エドモンド氏の宅へは、脅迫状は来て居ませんか」

「いえ、来ていないそうです」

「それで、給仕女の行衛は……」

「まだ分らないそうです」

木原探偵は、満足げに、微笑んだ。

「うん、思った通りだ」

こう、独白《ひとりごと》すると、白坂氏の方に向き直った。

「総てが判明しました」

探偵の思いがけぬ言葉に、私も白坂氏も、思わず、はっとして、彼の顔を見まもった。

「総てが……」

白坂氏は、繰返した。

「そうです」

木原氏は、初めて卓子の上の煙草を取り上げて、火を付けた。

「犯人はエドモンド氏ですよ」

「エドモンド氏？」

白坂氏は、訝しげに、繰り返した。

「そうです。被害者も、エドモンド氏です。ただ、被害者のは、真実のエドモンド氏、犯人は、あなた方が、そうと、信じていらっしした、偽のエドモンド氏です」

探偵は微笑した。そして、

「詳しくお話しましょう」

と、語り出した。

7

「第一に、旅客機の中で、犯人がエドモンド氏の頸飾を取ると、化粧室に入り、そのまま消えてしまった、という点ですが、こんなことが、どう考えても、有り得るはずがありません。しかし、乗客が三名であったのには、疑いなく、それがこちらに着陸した時には、二人しかいなかったのですから、今一人の男は、（消えたと考える事が出来ないにしても）旅客機から飛び降りた、と考えなければなりません。しかし、そうとすれば、どこかの窓は開けているに相違ありません。ところが、旅客席の窓は、どれも開けた形跡がありません。——これは、あなたがお仰有った通りです。ところが、旅客機内の通路《パセジ》——即ち、六個ずつ両側に並んでいる座席の中間を、通じるリノリュームの通路に、幅一寸余りの、相当に重い物体を引きずった疵跡が残されています。御記憶でしょう。——これは、何の疵です、とお尋ねすると、さあ、何でしょう、と、不審そうに、御覧になっていましたね。……あれを、何とお考えになります。仰向けに倒れた人間を、背後から、抱きかかえて、通路を引きずって行けば、床の上を擦れて行く、被害者の靴の踵で、ああした疵が残る、と、お考えになりませんか。疵跡は、座席の中央部あたりの通路から、化粧室の入口であり、昇降口である処まで続いていました。そして、そのまま消えています。そうすると、これは、どんな事を意味するのでしょう。——乗客の内の誰かが、背後から頭部を殴打され、人事不省になった。それを、同じ乗客の一人が、昇降口まで引きずって行き、昇降口の扉を開けて、投下した。給仕女は扉を開け、残りの乗客はそうした事件を見守っていた——と、考えられるじゃありませんか」

白坂氏は、木原探偵の思いがけぬ言葉に、

「では、エドモンドさんは、自己防衛のために、犯人を倒されたのでしょうか。そうすれば、給仕女も、他の乗客も、エドモンド氏のそうした自衛的な行動を是認して、口を噤んでいた、と考えられますが」

木原探偵は微笑んだ。

「そうです。そのように考えて、話を進めましょう。——これで、飛行機から消失した男の話は解決された訳ですね。で、旅客機が着陸すると、あなたは、給仕女とエドモンド氏、そして、今一人の乗客を、あなたの事務所に招じて、当時の模様を聞いていられた。ところが、その最中に正服の警官に姿を俏した誘拐犯人が現れ、エドモンド氏と、今一人の乗客を連れ去った。……しかし、これが変ですね。エドモンド氏を誘拐するのが目的であれば、他に方法があるようにお考えになりませんか」

木原探偵は、白坂氏に微笑みかけた。手には、私が新聞社から借りて来た、エドモンド氏の写真がある。木原氏は、封筒から、それを取り出すと、

「これがニュー・ヨーク市の宝石商、エドモンド氏なんですよ」

と、客の前に差し出した。

「新聞社の写真班が記録のために残しているものです。あなたが、お会いになった、エドモンド氏と同一人物ですか」

白坂氏は、写真を一目見ると、驚いたように、目を見はった。

「違います。誘拐されて行った方は、こんな人じゃありませんでした」

「そうでしょう。それで、総てが、明白になったじゃありませんか。――旅客機が、ニュー・ヨークを出発した時には、乗客は三名でした。これは、あなたの会社の記録通りです。この三人の乗客というのは、
（1）頸飾を携帯した、本物の、宝石商、エドモンド氏。即ち、この写真通りの人物。
（2）エドモンド氏の頸飾を窃取する目的で、同じ旅客機に搭乗していた男――あなた方、こちらの飛行場の方が、エドモンド氏と考えていらっしした男、そして、
（3）後ほど、あなたの事務所内で、偽のエドモンド氏と共に、誘拐犯人に、連れ出された男、即ち、（2）の共犯者――
の三人でした。――旅客機が、オマハを過ぎると、偽のエドモンド氏は、この宝石商人を倒したのです。疑いもなく、彼の共犯者も助力しているでしょう。二人は、彼が所持している頸飾を奪いとると、被害者の身体を、昇降口のところまで、引きずって行きました。すると、待ち受けていた、給仕女は、昇降口の扉を開けた」

「給仕女が……」

白坂氏は、叫んだ。あまりにも、意外な言葉である。

「そうです。給仕女でなければ、あの扉は開かないはずです。——彼女は、偽のエドモンド氏が携帯している、スート・ケースから、細紐《コード》を取り出すと、彼と、彼の共犯者を座席に縛り付けた。自分の身体も、同じように、座席に結《ゆわ》い付けた。——こうした事は、二三度の練習で可能でしょう」

「そうすれば、あの給仕女も、共犯者の一人でしょうか」

白坂氏は、信じかねるように、木原氏の面《かお》を見守った。

「そうです。以前からの仲間でなければ、買収されたのでしょう。——これで、(化粧室の中で消失した男)の説明が完結した訳です。二人の男と、給仕女は、そうした物語《ストーリー》を創作したのです。旅客機が、着陸すれば、こうした行動をとる——こうした話をする、という筋《プロット》も、巧に考え、打ち合されていたのです。……旅客機が着陸した。総てが、計画の通りに、運ばれた。時間が来た。すると、仲間の「誘拐犯人」達が、正服の警官に扮して、あなたの事務所に現れたのです。——警察の人達が現われて、正式の訊問が初まると、面倒になります。それで、エドモンド氏の仮面をかむっている男と、今一人の乗客に扮した仲間の者を、連れ戻すために現れたのです。……残る共犯者は、給仕女一人です。翌朝になれば、警察で訊問を受けねばなりません。利口《スマート》な彼女は、責任を感じて、と書き残して、仲間の後を追ったのです。不幸中の幸は、エドモンド氏の他に真実の乗客がなかった事です。もし、あれば、二人でも三人でも、同じような方法で、旅客機から広野の、永久に人も通らないようなところへ、捨てられているでしょう。つまり、空に消えた男が二三人も出来ている訳ですね」

木原探偵は、口を噤むと、満足げに、微笑した。カリフォルニアの空は美しい。ロス・アンヂェルス行きの旅客機が、快い爆音を、澄み渡った蒼空に残したまま、緑の平原の彼方に、消えて行った。

遅過ぎた解読

1

私は、シヤトル経由で、ここ、サン・フランシスコに、その前日、送られて来た、懐しい大阪××新聞を貪り読みながら、ふと、次の記事に注意を引かれたのである――。

〝サン・フランシスコ特電。

〝五千に近い囚人を収容する、北米、加州、サンクエンティン監獄で、十五日午前一時、出所不明の機関銃を有する、六名の囚人が破獄した。六名の看守が、直ちに、取押えんとして、大乱闘になったが、破獄囚の機関銃に制せられ、三名は射殺、一名は瀕死の重傷、残る一名は、破獄囚が前以て監獄裏門近くに用意していた自動車で、拉致された。

〝急報によって、応援警察官が時を移さず出動、破獄囚を追跡しつつ銃火を交えたが、一味は、人質に取った、警官を楯としているので、思うように射撃も出来ず、破獄囚二名を射殺、一名を捕縛したのみで、三名は遂に取り逃がした。

〝当局は目下、ラジオで、全米に捜索網を張り、カリフォルニア州一帯にわたり、陸軍飛行隊の出動を懇請するなど、さながら、戦争のような混乱を呈し、人心恟々《きょうきょう》たるものがある。――逃亡した三名の姓名、罪名等は、未だ判名しないが、何れも兇悪な記録の保持者で、亜米利加《アメリカ》の破獄事件としても、稀に見る用意周到さであり、惨忍なやり方であると云われている。

私は、この逆輸入された、ニュースを前にして、忘れようとして忘れることのできない、あの破獄事件に、思いを馳せたのである。

（あの暗号が、せめて、もう一時間も早く解読されていたら、自分の親友、リチャード・ハートマンも、むざむざとあの破獄囚達に、射殺されてはいまいものを……）

私は、今更のように、深い感慨に沈んだ。

2

桑港《サンフランシスコ》デーリー・メールこの英字新聞に、日本語の広告が出ていたのであるから、それが読者の注意を引いたのも当然である。それも普通の文章、または文句でなく、次のように奇怪なものだったのである。

水雪山雪山水田日人鳥火山人鳥獣人鳥魚
人雨山石木石人山山魚人雨水人人雨雪山
山水雲雨水雷山水川水雪雪山水田日石鳥
雪獣土鳥獣人土木田山魚山水雪雪山水雪
火水人山石山人川雨雲山水雲水川雨木魚
山金雨山魚日鳥獣土山山雲山魚山海人

これが"Situation wanted,"だとか、"Wanted a stenographer,"という広告の間に挟っていたのである。

白人達は、

「物好きな奴だ、英字新聞に支那文字《チャイニーズ・キャラクター》で広告している」

ほどにしか、考えていなかったに相違ない。しかし、私達、日本人、少くとも、私には、この広告がとても奇異に感じられた。——と、いうのも、その文字が正しく、自分達常用の漢字であり、意味がさっぱり解らないがため、に外ならなかったのである。

私は早速、この新聞社の広告部にいる、友人に電話した。

「変な日本語の広告が出てるじゃないか、あれは何んだ」

と、尋ねたものである。すると、

「何か知らないんだが、ああした原稿と、料金を封筒に入れて、持って来た者があるんだ」

「で、広告主は誰だ」

「それが分らないんだ。しかし、広告料を封入してあるので、出さない訳にも行かなかったのだ」

「広告主は分らないんだな」

「そうだよ、解らないんだ。もしかすると、暗号かも知れない」

「うん、有難う」

私は、そのまま電話を切った。そして、

「僕も、そう考えてるんだ……」

と、独白《ひとりごと》したものである。

その日は週日《ウイーク・デー》であったが、仕事も暇だったので私は昼になると、すぐに新聞をポケットに捩込《ねじこ》んで、事務所を出た。

「家に仕事があるので、午後は来ない。用があれば電話してほしい」

私は、こう云い残して、家に帰った。自分の部屋に這入ると、中から鍵をかけた。そうして、暗号解読の仕事が初まったのだ。

3

ポーの随筆に、"Cryptography,"と云うのがある。これは私の聖書《バイブル》だ。私はこれを幾度《いくたび》繰返して、読んだことであろう。――ポーは、この随筆で、次のように云うのである――。

〝もし、暗号を専門に研究していない人が、ABC二十六《アルファベット》文字を使用して、対手《あいて》以外には読めない手紙を書きたい――と思えば、次のような事を考えるかも知れない。即ち、aをzとして使用し、bをy、cをx、dをwに、等々――。分り安く云えば、次のような表を作り、

a	b	c	d	e	f	g	h	i	j	k	l	m	n	o	p	q	r	s	t	u	v	w	x	y	z
z	y	x	w	v	u	t	s	r	q	p	o	n	m	l	k	j	i	h	g	f	e	d	c	b	a

上段の文字の変りに、下段に記されたものを使用するのである。しかし、この暗号を考えた人は、

「これでは、余り幼稚ではないかしら」

と、思うかも知れない。それで、も少し、頭を捻って、次のような暗号を作るだろう――

n	o	p	q	r	s	t	u	v	w	x	y	z
a	b	c	d	e	f	g	h	i	j	k	l	m

——御覧になるように、ＡＢＣ二十六文字を、二つに分けて、後半の真下に前半を重ねるのである。そして、ａをｎに、ｎをａに、ｏをｂに、またはｂをｏに、置くのである。しかし、これでも、何だか、「順序立っている」と、でも云うのか、見破られそうな気がする。そこで、次にはabcを代表させるのに、手当り次第に、alphabetの文字を当嵌《あては》めるだろう。

解り安く云えば、

ａにはｐを当て、

ｂにはｘ

ｃにはｕ

ｄにはｏ

等、等、として使用するのである。この暗号作者は、これで、幾分か暗号らしい——と、考えて、こうした方法を、そのまま使用するかも知れない。しかし、これまで考えると、次には、（一層の事に、abcの変りに、色々な記号を使用してみよう）と思って、次のようなものを考案するかも知れない——。

（　を　ａとして使用

・　〃　ｂ　〃

：　〃　ｃ　〃

：　〃　ｄ　〃

）　〃　ｅ　〃

——文字の変りに、こうした記号を使用すると、見たところ、いよいよ複雑になって、いかにも、暗号らしくなる。

4

ポーは、こうした風に、書き初めて、それから何節目かに、再び、次のように記している――。

〝……二人の人間が、こうした方法で、次のような暗号を作り、それによって文通する事を約束した、と仮定する。

）を a
（ 〃 b
－ 〃 c
＊ 〃 d
・ 〃 e
， 〃 f
； 〃 g
： 〃 h
？ 〃 i または j
！ 〃 k
＆ 〃 l
0 〃 m
' 〃 n

†	〃	o		
‡	〃	p		
¶	〃	q		
☞	〃	r		
]	〃	s		
[	〃	t		
£	〃	u	または	v
$	〃	w		
¿	〃	x		
¡	〃	y		
☜	〃	z		

そうすれば、

"We must see you immediately upon a matter of great importance. Plots have been discovered, and the conspirators are in our hands. Hasten!"

という文句を送るには、次のような暗号文が出来上る――

$.0£][]..¡†£?00.*?)[.&!£‡†')0)[[.☞†,;☞.)[?0‡†☞[)'—.‡&†[]:)£.(..'*.]—†£.☞.*)'*[:.—†']‡?☞)[†☞])☞.?'†£☞:)'*]:)][.'

こうなると、いかにも暗号らしくなって、この種の研究をしていない人には、とても難解なもののように見える。しかし、それは外観のみの事であって、結局、この場合では、

Ａ　は　）

Ｂ　は　（、等、等。

によって代表されているに過ぎない。だから、もし、何かの理由、または機会に、）の記号はａを意味する――と、いう事が解れば、どんなに長く、この暗号が続けられていても、少くとも、ａの在るところだけは、分るはずであり、それから引続いて二字、三字と解読され得る可能性がある。

この随筆は、ポーがいつ頃に書いたものか知らない。しかし、あの名高い〝黄金虫〟に出て来る暗号は正しくこの方法を、そのままに応用したものである。私が、この論文を発見した亜米利加版には、同じ彼の随筆、"MAELZEL'S CHESS-PLAYER"が、相前後して発表されており、これには、〝西暦千八百三十六年四月 *Southern Literary Messenger* 誌所載〟とある。だから、もし、この時分に書かれたものとすれば、〝黄金虫〟は西暦千八百四十三年の六月に、フィラデルフィア市、ダラー新聞に、懸賞当選作として発表されたものであるから、正しく、七年間ポーは、こうした暗号を、小説に取入れるべき機会を狙っていた事になる。

――話がとんでもない方面に、入り込んでしまった。

5

私は、あの奇怪な広告を桑港デーリー・メールに発見した時、このポーの論文“Cryptography”と〝黄金虫〟を一度に思い出した。そして、この暗号も、今紹介した方法で出来ているものに相違ない――と、考えた。そこで、〝黄金虫〟の主人公の言葉を、頭に思い浮べてみたのである。――ポーは次のような暗号、即ち、

53‡‡†305))6*;4826)4‡.)4‡);806*;48†8¶60))85;1‡(;:‡*8†83(88)5*†;46(;88*96*?;8)*‡(;485);5*†2:*‡(;4956*2(5*—4)8¶8*;4069285);)6†8)4‡‡;1(‡9;48081;8:8‡1;48†85;4)485†528806*81(‡9;48;(88;4(‡?34;48)4‡;161;:188;‡?;

を前にして、〝黄金虫〟の主人公に、こんな事を云わせている――。

「僕は第一に、最も多く使用されている文字《レター》から、最も少いものに至るまで、それぞれ、順々に数えてみた。そして、次のような表をこさえたのだ。

8	……33度
;	……26〃
4	……19〃
‡)	……16〃
*	……13〃
5	……12〃
6	……11〃

†1……8〃
0……6〃
92……5〃
:3……4〃
?……3〃
¶……2〃
—……1〃

ところが、英語の中で、最も多く使用される文字はe、それからaoidhnrstuycfglmwbkpqxzと、いう順序になっている。eは実際、驚くほど、度々使用される。だから、どんな文を見ても、eが一番数多く使用されていない場合は、絶対にない。僕達は、こうした事を頭に置いて、前記の表を作ったのであるから、決して、当寸法《あてずっぽう》に、仕事をやっているんじゃない、と云える。しかし、そうは云っても、僕等の場合にも、この表が、このままで当嵌まる、とは考えられない。ただ、少しばかし助けになるだろう、という程度のものである。この暗号を見ると、最も数多く使用されているのは8だ。だから、eの文字が8で表わしてある、と仮定して、仕事を初めてみよう。そして、この推定を確めるために、8が一個続いて、度々表れているか、どうか、を探《しら》べてみよう――。と、いうのも、英語ではeがよく連続するからだ――たとえば、'meet,' 'fleet,' 'speed,' 'been,' 'agree,' 等のように――」

6

なるほど、ポーは旨い事を、作品中の人物に云わせている。

しかし、私は前にも、この暗号について極く短いessayを、日本の新聞に寄稿した事があるが、(Kobe Shimbun, Kobe, August 7th and 8th, 1934) 印刷業者が、英語の活字を註文する場合に、参考にするもので、"Standard Scheme for Type Fount"と云うのがある。日本では、これを〝欧字一揃個数割合表〟と称しているらしい。これに次のような表が出ている――

	1	2	3	4	5	6	7	8	
a	6	12	17	35	60	150	400	600	a
b	2	4	7	12	18	45	110	170	b
c	3	7	11	22	38	86	200	330	c
d	3	7	11	22	33	86	200	330	d
e	7	15	22	44	75	170	460	770	e
f	2	4	7	12	18	45	110	170	f
g	2	4	7	12	18	50	120	180	g
h	4	8	12	24	40	100	230	400	h
i	5	10	15	30	50	125	320	530	i
j	2	3	5	8	12	28	46	60	j
k	2	4	6	10	14	32	60	75	k
l	3	6	9	16	25	65	160	260	l
m	3	7	10	18	27	70	170	280	m
n	5	10	15	30	50	120	300	500	n
o	5	10	15	30	50	120	300	500	o
p	3	4	7	12	18	45	115	175	p
q	1	3	4	7	10	18	38	50	q
r	5	10	15	30	50	120	300	500	r
s	5	10	15	30	50	120	300	500	s
t	5	10	16	32	54	130	330	550	t
u	4	8	12	25	37	90	210	380	u
v	2	3	5	10	15	38	100	150	v
w	2	4	6	10	15	38	100	140	w
x	1	3	4	7	10	18	39	60	x
y	2	5	7	13	20	50	120	180	y
z	1	3	4	7	10	18	38	60	z

即ち、1の一揃には、aの活字が何個、bが何個、2の一組には、aが何個、bが何個ある、という事を示してあるのだ。これを、文の長短に従って、「一揃」または「二揃」と、いう風に註文すれば、或る活字は多すぎ、あるものは少な過ぎる、という事はないのである。

――これを見方を変えて云えば、普通一般の英文では、この表に示された〝個数〟通りに、アルファベットの各文字が使用されている、という事になる。ところが、その順序が、〃黄金虫〃の主人公が口にする——

（英語の文章で最も多く出て来る文字はe、それからaoidhnrstuycfglmwbkpqxz……）

に、ほぼ一致している。ポーは、彼の創作した人物に、こうした事を云わせながら、前述のような個数表を自分の前に置いていたに相違ない——と、考えられる。

——またしても、話が横道に入った。

7

私は〃黄金虫〃の主人公がしたと同じように、まず一番多く使用されている漢字から数えて、次のような表を作ったのである——

山……22度
水……13〃
人……12〃
雪……9〃
鳥……6〃
魚……6〃
獣……4〃
雲……4〃
石……4〃
土……3〃

川……………3〃
日……………3〃
田……………3〃
木……………3〃
火……………2〃
金……………1〃
雷……………1〃
海……………1〃

これは〝黄金虫〟の主人公を真似て、やった事は勿論だ。これで見ると「山」が一番多い。ポーに従っても、〝欧字一揃個数表〟から考えても、これがeに相違ないと、私は思った。で、これをeと仮定して、二個連続したものがあるか、どうかを探べて見た。と、ある。三個所もある。そうすれば、いよいよ「山」はeに違いあるまい、と私は確信した、そして〝黄金虫〟の主人公の言葉に従って解読してみよう、と考えた。〝黄金虫〟の人物は、次に、こう云っているのである。

「……で、とにかく8をeと仮定する。さて、英語で最もよく使用される言葉は the だ。だからe、即ち8で終っている三文字の言葉が、重複しているような事がないか、どうか。もし、あるとすれば、それを〝the〟だ、と考えてもいいだろう。さて、調べて見ると、七ツもある……」

私は、これを真似て、「山」で終って、そして重複している三文字を探した。しかし、残念ながら、一つもない。これでは、もう、〝黄金虫〟に頼る訳には行かない。私は、こう気付くと同時に、余りにも〝黄金虫〟に頼り過ぎていた自分自身を愚かしく思った。と、いうのも、英文で最も多く使用される言葉は、ポーの云う通り、theに相違はあるまいが、〝黄金虫〟の、あの短い暗号文

"A good glass in the bishop's hostel in the devil's seat forty-one degrees and thirteen minutes northeast and by north main branch seventh limb east side shoot from the left eye of the death's-head a bee-line from the tree through the shot fifty feet out."

の中に、七ツもの"the"が使用されている、という事は余りにも不自然である。と、考え付いたからだ。こうした文章が、他に数多くあるであろうか。ポーは〝黄金虫〟の主人公に、"the"が七ツもある事を発見させるがために、驚くほど、沢山の定冠詞を必要とする、あの暗号文を考案したのではあるまいか。——私は、この漢字を並べた暗号文が、〝黄金虫〟と同じ方法では解読出来ない事を発見すると同時に、こうも、考えたのである。そして、あの短い新聞広告に、theが使用されているはずがない、電報文のように、出来るだけ定冠詞、不定冠詞、接続詞等を省いた文句に相違ない、従って、"the"なんか一つもない、と考える方が適当だ、と思い付いたのである。それで、全然、新しい方面から、この暗号解読に努力し始めたのである。

8

前に、表にしたように、この暗号では、「山」が最も多く、次に「水」、「人」、になっている。第一の「山」がeであることは、どの方面から考えても確実と思われる。第二の「水」もaに相違あるまい。この二個のアルフワベットの使用数はいつの場合においても、断然他を凌駕しているからである。

私は「山」と「水」をeとaと仮定した。所が、あの暗号文の最初の三字は「水雪山」で、aとeとに何か一字が挟まれている。——これは通信文だ。そうに違いない。だから、その文句は、前にも書いたように、電文と同じように、出来るだけ省略したものである、と考えられる。即ち、

Please come and see meであれば
Come and see meであろうし、
I am ready to come and see youであれば
Am ready to come and see you,
We are leaving tomorrowであれば
Are leaving tomorrowに相違ない。

——と、すれば、aと、不明の一字、そして、eで代表されている初めの三文字は"are"だろう。と、考えた。そうすれば「雪」はrと考えられる。これが正しいとすれば、これでaとeとrが解読出来た訳である。そうすれば、続く文字は「雪山水」だから、reaだ、"Are rea……"であれば、……"に相違あるまい。これで、

山は e
水〃 a
雪〃 r
田〃 d
日〃 y

と、五つの記号が判明した事になる。私はこうした方法で、研究を進め、十四時間——正確に云えば、十四日の午後二時から、十五日の午前四時まで——の努力の結果、遂に、この暗号は次のような鍵《キー》で翻訳される事を発見した。

水	川	田	山	石	火	雨	木	雲	魚	鳥	雪	土	人	獣	雷	金	海	日
a	c	d	e	f	g	h	i	m	n	o	r	s	t	u	v	w	x	y

これで、最初に記した暗号を解くと、次のようになる——

“Are ready to get out on the fifteenth at three a. m.
Have a car ready for us outside near rear gate.
Fetch me a machine when you see me next.”

文字通りに訳せば、

「準備は調《ととの》った。十五日午前三時に出る。外側の裏門に近い所に自動車を用意しておいてくれ。次に来る時に機械を持って来てほしい。そして、そちらの用意はいいか、聞かせてくれ」

になるのだ。私はこの文句を見ると、愕然とした。文字通りの意味は平凡だが、「機械」は正しく「機関銃」だ。そうすれば、「出る」も「破獄」を意味するんだろう、と直感したからだ。今日は、もう十五日だ。機関銃は既に、監獄内に持ち込まれているだろう。破獄と云えばサンクエンティン監獄に違いない。私は思わず衝立《つった》ち上った。もう、夜明けに近い。破獄の時間は三時だ！

Are ready……とか……for us等と複数になっているところを見れば、破獄者は一人ではあるまい。多数の者が、機関銃まで用意しての破獄である。そうすれば、官憲の方にも相当の被害は免れまい。それに、今夜当番であるはずの親友、ハートマンの身が危険だ。しまった、遅かったか！　私は電話機を摑んだ。

「SUN 1356.」

——サンクエンティン監獄、看守室だ。

「お話中《ビジー》」

落付いた、交換手の声が聞える。

「大事件なんだ、すまないが、通話中でもかまわないから繋いでくれ。僕が責任を負う」

すると、交換手の声が、

「もう、大変な事件が起っているようですよ」

と、ささやいた。私は、思わず、

「しまった」

と、叫んだ。成功はしたが、遅過ぎた暗号解読であったのだ。

私が、身寄りのない、親友、リチャード・ハートマンの遺品を受け取りに、サンクエンティン監獄を訪れたのは、その翌朝、十一時を少し過ぎた頃だった。

京鹿子娘道成寺《きょうかのこむすめどうじょうじ》

（河原崎座殺人事件）

序

筆者が、最近、入手した古書に、「娘道成寺殺人事件」なるものがある。記された事件の内容は、絢爛たる歌舞伎の舞台に、「京鹿子娘道成寺」の所作事を演じつつある名代役者が、蛇体に変じるため、造りものの鐘にはいったまま、無人の内部で、何者かのために殺害され、第一人称にて記された人物が、情況、及び物的証拠によって、犯人を推理する――というのである。

記述の方法は、うら若き、長唄の稽古人なる娘の叙述せる形式を用いているが、その口述的な説話体は、簡明な近代文章に慣らされた自分達には、あまりにも冗長に過ぎる感じを抱かしめる。

書の体裁は、五六十枚の美濃紙を半折し、右端を唄本ように、綴り合せたもので、表紙から内容に至るまで、全部、毛筆にて手記されている。

表紙の中央には、清元の唄本でもあるかのように、太筆で「娘道成寺殺人事件」と記されてあり、左下隅には、作者、口述者、または、筆記者の姓名でもあろうか、「嵯峨かづ女」なる文字が、遠慮がちに、小さく記されている。

書の全体は、甚だしく、変色し、処々は紙魚にさえ食まれている。従って、相当の年代を経たものと観察される。が、この一点に留意して、仔細に点検するとき、その古代味に、一抹の不自然さが漂う。――かくの如き疑問及び古典的ともいうべき取材にも拘らず、記述方法に、幾分の近代的感覚が察知しられること――その上、故意になされたと推定し得るほどにも、明白な時代錯誤場所錯誤、及びある程度の矛盾が、敢てなされていること、等を合せ考えるとき、この書物それ自体が、ある意味で、探偵小説味を有しているのではあるまいか、とも感じられる。——即ち、大正、または、昭和年間の、好事家《アマチュア》探偵小説作家が、彼のものせる作品の発表にあたり、かくの如き「古書」の形態を装い、同好者の何人かに入手されんことを、密かに、望んでいた……と。

筆者は、右の事情を前書きすることに依って、この「娘道成寺殺人事件」の紹介を終り、姓名不詳の作者が希望していたであろう通りに、その全文を探偵小説愛好者諸氏の御批判に捧げる。

〇

わたくしが、あの興行を、河原崎座へ見物に参りましたのは、もとより、歌舞伎芝居が好きであり、

瀬川菊之丞《きくのじょう》
芳沢いろは
嵐　雛助《ひなすけ》
瀬川吉次
名見崎　東三郎《とうざぶろう》
岩井半四郎

と申しますように、ずらりと並んだ、江戸名代《なだい》役者のお芝居を、のがしたくはなかったからに相違ございませんが、それにいたしましても、中幕狂言の京鹿子娘道成寺——あの地をなさいました、お師匠の三味線を、舞台にお聞きしたいからでもございました。何分にも、あの興行は序幕が「今様《いまよう》四季《しき》三番叟《さんばそう》」通称「さらし三番叟《さんばそう》」というもので、岩井半四郎《やまとや》が二の宮の役で勤めますのと、

一番目には、いせみやげ川崎踊拍子《かわさきおんど》、二番目狂言には、「恋桜反魂香《こいざくらはんごんこう》」――つまり、お七《しち》が、吉三《きちざ》の絵姿を炷《た》くと、煙の中に吉三が姿を現わして、所作になる――という、あの「傾城浅間嶽《けいせいあさまだけ》」を翻あんしたもの――そして、つづく大切《おおきり》が「京鹿子娘道成寺」で、役割は、白拍子《しらびょうし》に岩井半四郎、ワキ僧が尾上梅三郎に、瀬川吉次、長唄は松島三郎治、坂田兵一郎、三味線は、お師匠の杵屋新次さまに、お弟子の新三郎、その他の方々、お囃子連中は藤島社中の方々――と、こういったあんばいで、どの幕も、凝りにこった出し物――どれに優劣をつけると申す訳にも参らないほどでございました。が、なんと申しましても人気の焦点は、大切の娘道成寺でございました。それと申しますのも、この所作をお踊りになる、岩井半四郎が、自他ともにゆるした、日本一の踊り手というのでございますから、この土地の、お芝居ずきの方々には、それこそ、どうにでもして、出かけねばならないお芝居でございました。

私のお師匠は、この岩井半四郎一座の座つき長唄の、たて三味線を弾いていらっした方でございまして、芸名を杵屋新次と申されました。前ころは、お芝居のほかには、上方のお稽古だけをしていらっしたのでございますが、いつの頃からか、月に十日のお稽古を、こちらでもなされていたのでございます。何分にも、巽検番《たつみけんばん》の指定なさったお師匠でございますので、お稽古人は、ほとんど全部、芸者衆でございました。その中で、わたし一人が、素人の娘でございましたのでお師匠さんの目にも、つい注意されていたのでございましょう。私にはお稽古の合間などに、よく、お芝居の話、それも、座付きになっていらっしゃる、岩井半四郎一座の話をよく、お聞かせ下さったのでございました。そうした、お芝居の話の出た、ある時でございましたが、お師匠が、

「私は、いつも、半四郎師匠の立《たて》三味線を弾いてはいますものの、どうも、ああした人がらのお方とは、気が合わないので困ります」

というようなことを申されたのでございました。私が、不審に存じまして、

「あんな人柄とは、どうしたお方でございます」

と、おたずねいたしますと、

「芸に関する限りでは、私は心から敬服はしておりますものの、とても傲慢な、そして、無慈悲な、人格のないお方でございますよ」

と、こんなことを申されたのでございました。そして、弟子が、舞台でしくじったと云っては、さながら、お芝居を地で行くような、せめ折檻《せっかん》は常のこと、飼い猫が自分の衣裳を踏んだといっては、しっぽを手に取って、振りまわし、はては見ている者が、思わず、目をおおうような行いが度々あること、さては、一度も、初日の幕あき前に――これは、ある田舎を廻っていらっした時のことだそうでございますが、裏庭を通って、あげ幕への道すがら、小屋の庭に、はなし飼いにしてございました小猿が、自分の顔を見て、きゃっと、飛びのき白い歯をむき出したとかで、庭さきに置かれてある駒下駄を取りあげると、はっし、とばかり、その小猿の頭に投げつけ可愛そうにも、殺してしまったというような話さえあるのでございました。お師匠は、この話の後に、言葉をおつぎになりまして、

「あの小猿は、ほんに、可愛そうでございました。親猿が、その有様を見ておりまして、さも悲しげな声で、なきさけび半四郎師匠を、きっと、にらみつけた、あの凄い目に、傍にいた私どもは、思わず、震い上ったほどでございました。その芝居小屋は、その後、はやらなくなりまして、なくなりました。あの猿がうらんでいるのかも知れませぬが、座主も、座しゅでございます。ああした小屋も、もとより水商売、そうしますれば、お茶屋や、料理やで、お猿は、去るに通じると云いまして、げんを祝い、お稽古ごとにも「外記猿《げきざる》」とか「うつぼ猿」さては、俗に「猿舞」と申します「三升猿曲舞《しかくばしらさるのくせまい》」というように、猿のついたものは、習わないほどでございますのに、あの小屋の座主はまた、何と考えて、ああしたお猿を、小屋の庭先きに飼っていらっしたのか、と今でも不審に思うのでございます」

と、こんなことを申されたことがございました。私は、このようなとき、

「そうしたお方の三味線をお弾きになるのはいやなことでございましょう。しかし、それにいたしましても、心の中で、お師匠さんが、そんなに思っていらっしゃいますのに、どうして、踊と三味線があのように、よく合うので御座いましょう。どちらかで、気が合わない、と思っていれば、自然と、ああした場合にも、それが現われ、うまく、調子が合わないのでございますまいか」

と、私が、こんなに、申しますと、師匠は頭をお振りになりまして、

「いや、そんなことはございません。私は人間としてのあの人には、嫌悪を感じるのみでございますが、踊り手としての半四郎には、心の奥から頭を下げております。私の弾く三味線は、あの人の人柄とは、何の関係もございません。岩井半四郎という、日本一の踊り手のために、心から弾くのでございますから、呼吸が合うのでございます。あの人に、あの芸がございませんでしたら、私はああした人は、人類の名誉のためにでも、あの親猿の前で、殺しているでございましょう」

師匠は、こんなことを申されまして、お笑いになったことでございました。

○

大切、娘道成寺の幕は、時間通りに開いたのでございます。舞台は申すまでもなく、所作事にはお定まりのこしらえ――檜の舞台に、書き割は、見渡すかぎりの花の山、うっとりと花に曇った中空に、ゆったりと浮び上るように、連らなっている山の峰――二重、三重。舞台下手《しもて》には、大きな桜の木、これの花にもなぞらえてあるのでございましょうか、舞台正面の天井からは枝垂れ桜の、花のすだれが、舞台上手《かみて》から下手まで、ずっと春めかしく、舞台をはなやかに浮きたたせているのでございます。このたれ下った花すだれに、上三分はさえぎられて見えないのでございますが、あの、鐘にうらみがと唄いまする、張子の鐘がつり下げられているのでございます。間口十五間《けん》の、この大舞台で見ますときは、さほど大きくも感じませぬが、大の男、三、四人は立ったままで、す

っぽりと、かむさるほどはございましょう。この鐘の竜頭《りゅうず》に、紅白だんだらの綱が付けてございまして、その端は、しっとりと、舞台に垂れ下り、さきほども申しました、桜の木の幹に結《ゆ》いつけてあるのでございます。

この舞台の正面――桜の山の書き割を背にいたしまして、もえ立ったような、紅い毛氈《もうせん》を敷きつめた、雛段がございます。この上に、長唄、三味線、そして、お囃子連中――と居ならんでいらっしゃるのでございます。つまり、中央の向って右に、三味線の杵屋新次師匠、左側に、たて唄の松島三郎治師匠。その右と左には、各々、新三郎さま、松島治郎二さま、と申しますように、お弟子さま方が、ずらりといならんでいらっしゃるのでございます。下の段には、今も申しました、お囃子の御連中、ふえ、小つづみ、大つづみ、太鼓《たいこ》というように、何れも、羽二重の黒紋付、それに、桜の花びらを散りばめた、目ざむるばかしの上下をつけて、唄のお方は、唄本を前に、三味線の師匠連中は、手に三味線と撥《ばち》をもち、もう、すっかり用意されているのでございます。

私は、こうした、桜づくめの、絢爛たる舞台を前に、ただもう、呆然といたしていたのでございます。舞台の上には張子の鐘が、思いなしか、不気味に覗いております。舞台の上手と下手には、大坊主、小坊主連中が、お行儀よく並んでいらっしゃいました。

○

場内は、水をうったように静まりかえり、時々、静寂の中を、ご見物衆の、せきばらいの一つ二つが、さながら、森の中でいたしますように、凄いまでの反響を、私たちの耳にこだますするのでございます。やがて、たて三味線のかけ声がかかりました。観衆の、じっとこらしている息の中を、長唄が、

〽鐘に恨は数々ござる、初夜の鐘を撞く時は、諸行無常と響くなり……。

と、重々しく、初まったのでございました。と、私といたしましたことが、この時に、初めて、気づいたので御座いますが、立三味線は、私のお師匠ではございません——杵屋新次さまでは御座いません。一のお弟子さまの杵屋新三郎さまなのでございます。私は、あまりの意外さに、あっと驚き、

「師匠が、どうして、三味線をお弾きにならないのでございましょう」と、独白《ひとりごと》したほどでございました。が、私は、この時に、ふと師匠に癪《しゃく》の持病が、おありになることを思い出し、これは、また、きっと、癪を起されたのであろう、それも悪い時に、と……、こんなことを考えたのでございます。しかし、破れるような、大向《おおむこう》の懸声のうちに現れて参りました、金の烏帽子《えぼし》の白拍子に、思わず、私の目は引きつけられ、そのまま、お師匠さまのことは、忘れるともなく、お忘れ申していたのでございました。

〽鐘にうらみは数々ござる……。

この唄とともに、中啓《ちゅうけい》の舞が初まるのでございますが、さすがに、名優の至芸と申すのでございましょうか、鐘にうらみの妄執が、浸みでているようでございます。お客さまがたはただ、もう、うっとりと、舞台の上を、物のけにつかれたように見まもっていらっしゃるばかしでございます。たて三味線は、さきほども申しましたように、私のお師匠ではございませんが、さすがに、一のお弟子さんの新三郎さま、すっかり師匠そのままの、立派な撥さばき、たて唄の三郎治さまもすっかり、ご満足されて、お唄いになっていらっしゃる様子でございました。

唄の文句が、

言わず語らぬ我が心、乱れし髪の乱るるも、つれないはただ移り気な、どうでも、男は悪性者《あくしょうもの》……。

と進んで参りますと、踊の気分はすっかりと変って参りまして、さすがに、自他ともに許した踊

の名手でございましょう。さす手、引く手、そうした、手踊の初々しさ、――たしか、岩井半四郎は六十四歳でござりましたが――それほどの年寄った踊り手とは見えないほどな手足、そうして、軀《からだ》の微妙な振り、きまりきまりの、初々しいあでやかさ、どう見ましてもまだ春に目覚めぬ娘としか考えられぬほどで御座いまして、師匠から人間的な価値のないお方と、承り、憎しみも、蔑みもいたしているお方ではございますものの、ただ、うっとりと、その神技とも申してよいほどな芸の力に心うたれていたものでございます。

〇

この、娘道成寺と申す所作事は、宝暦年間に、江戸の中村座で、中村富十郎が演じたものだそうでございまして、富十郎一代を通じての、一番の当り芸であった、と申します。何しろ、三十三年の間に十一度も勤めたそうでございまして、その度ごとに、大入《おおいり》をとったとか申します。所作の筋は、あの安珍清姫《あんちんきよひめ》の伝説を脚色したものでございまして、ものの本には、次のようなことが記してございます。

×

これは名高い安珍清姫の伝説が脚色されたものである。延長六年八月の頃、奥州に住む、安珍という年若い美僧が、熊野詣でに出足した。その途中、牟婁郡《むろごおり》で、まさごの庄司清次という男の家に、一夜の宿をもとめた。ところが、その家の娘に、清姫という女があって、安珍に懸想《けそう》した。……胸の内を、うちあけられた、この若い美僧は、帰途には、再び、立ちよる、その節まで……と約して、熊野詣での旅をつづけた。

安珍は、宮詣でを終えて、帰途についた。しかし、彼を思い焦れている清姫のもとへは立ちよらなかった。女は、これを知って、男を怨みに恨んだ。女の一念は、自分の姿を大蛇に化した。そして、無情の男を追った。安珍は逃げ場に窮して、日高郡にある道成寺にのがれ、救いをもとめた。寺僧は彼の請《ねがい》をいれた。ただちに、僧を衆《あつ》めて、大鐘を下し、その内に、安珍を納した。

やがて、清姫の怨の権化《ごんげ》――大蛇の姿が現れた。大蛇は、鐘を静かに蟠囲《ばんい》した。尾を挙げては、鐘を敲いた。その度に火炎が物凄く散った。時が経った。大蛇は去った。生きた心地もなく、物蔭から、様子をうかがっていた僧たちは、ほっと、大きな息をつくと急いで、鐘を起した。ところが、安珍の姿はおろか、骨さえなく、ただ灰塵《かいじん》を見るのみであった。

×

この安珍清姫の伝説が、いわゆる「道成寺」の謡曲に綴られたのだそうでございますがその「道成寺」がまた、いまお話いたしております所作事「京鹿子娘道成寺」といったものに、脚色されたのでございまして、この所作ごとの舞台に見るだけの筋は、こんなでございます――。

×

道成寺で、再度の鐘建立が行われ、その供養を、白拍子の花子という者が拝みに来る。これは、実のところ、清姫であって、寺僧は、女人禁制を理由として、拒む。しかし、白拍子は、たって、と願う。寺僧も、いまは、止むかたなく、女の請《ねがい》をいれ、その代償として、舞を所望する。白拍子は、舞いながら、鐘に近かづいて、中に消える。――一同は驚いて、鐘を上げる。と中から蛇体の鬼女が現われる。

○

と、このような筋を意味する所作が、檜の舞台につづけられて行ったのでございます。私は、手鞠の振りから、花笠——それから、手習い、鈴、太鼓……、と、呼吸《いき》もつがせぬ名人芸に、ただ、うっとりと、舞台を見つめるのみでございましたが、ふと、気づきますと、師匠の新次さまが、上手そでのかげに立って、じっと、舞台を——そして、ご自分の変りに、立三味線を弾いていらっしゃる新三郎さんの手もとをじっと、見つめていられるのでございます。一目みてご病気らしく、すっかり、お顔の色も青ざめ、立っていることさえ大儀そうな師匠の姿に、私は自分ながらに、

「やはり、わたしの考えた通り、癪を起していられたそうな……」

と、考えたのではございました。が、それにいたしましても、やはり舞台が気にかかり、ああした見てさえも、お苦しそうなお身体で、自分の弟子の様子を見守っていらっしゃるのは、さすがに、芸で一家をなされるほどの方——と私は、こんなに考え、ひそかに、涙いたしたことでございました。

○

やがて、踊もすすみまして、俗に申す、鐘入りになったのでございます。たて唄、松島三郎治さまの唄は、ますます冴えて参ります。
〽恨み〳〵てかこち泣き
の唄の文句——白拍子はじっと、鐘を見上げております。私は、あまり、こうした所作事については存じませぬが、この恨み〳〵ては、男の気が知れないのを恨むのではなく、釣るしてある鐘に、恨みのある心を通せたものとして振りが付けてあるのだそうでございます。しかしそれにいたしま

しても、白拍子に扮装なさっている半四郎のあまりにも、異常な、そして、狂気じみた、その目《ま》なざしにその時、ふと、変な気もちになりましたのは、私のみでございましょうか！

〇

と、この文句で、白拍子の岩井半四郎さまは、鐘の中へお入りになったのでございます。

〽竜頭に手を掛け飛ぶよと見えしが、引きかづいてぞ失《う》せにける

と、蛇心をあらわすくだりになって参ったので御座います。そして、

〽思へばく恨めしやとて

踊も、いよいよすすみまして、

舞台の中央には、鐘がふさっており、主演者のない舞台はお坊主さんたちにまかれております──つまり、祈りの段でございます。正面の山台にい並んだ長唄のご連中は、淋しい舞台を、唄で補うためでございましょう、一としお、声たからかに、

謡《うた》ふも舞ふも法《のり》の声

と三味線につれて、唄っていらっしゃいます。そうした間に、鐘の中では、変化《へんげ》の拵えが行われているのでございまして、舞台のお坊主連中と、入れかわりに、花四天が大勢出てまいります。それからが、鐘を引き上げるくだんでございます。私たちは、じっと、息をこらして、鐘の上るのをまっていたのでございます。

観客のどよめきと共に、鐘は上ったのでございます。中には、もう、変化になり終わられた岩井半四郎が、被衣《かつぎ》を冠《かぶ》って、俯《うつぶ》せになっております。これに、花四天がからみまして押戻しが出、そして、引っぱりの見得《みえ》となって、幕になるので御座います。ところが、唄が進みましても、変化に

かわった白拍子が起き上らないのでございます。この瞬間、誰もがほとんど同時に、ある不気味な予感を感じたのでございましょう。あっと思わず、前かがみになりました時、舞台の横から、

「幕だ……」

と、鋭い声が聞えたのでございました。

〇

名優、岩井半四郎の死因には、とても六つかしい、専門的な名が付せられておりましたものの、結局、前額部に受けた外傷と、その結果としての急激な精神的衝撃のために、ご年輩のためでもございましょうが、つね日ごろから、ご丈夫でなかった心臓に、致命的な変化が起きたのでございました。——と、こう申しますれば、それでは、あの、誰一人と人間のいない、造りものの、鐘の中で、そうした原因を作る誰人《たれ》がいたのであろうか——加害者は誰であろう——と、声をおひそめになるでございましょう。

「それが、さっぱり、見当もつきませせぬ」

と、お答えいたしますと、

「それでは、変化の隈どりと、扮装の後見《こうけん》をしたのは誰であろう。その人達が、第一に嫌疑をうけねばならないのではあるまいか」

——と、重ねて、お仰せになるでございましょう。しかし、あの扮装には、後見は一人もついていなかったのでございます。

〇

ご存じになりますように、娘道成寺の所作事で、白拍子の鐘入りになりますと、その役者は、蛇体に扮装いたしますためと、顔の隈をとりますために、すっぽんから、奈落へ抜けまして、半四郎のような名代役者でございますれば、四五人もの後見の手をかりて、隈どりをしたり、変化のこしらえをしたりするのでございます――つまり、舞台に伏せられた鐘の中で扮装をせずに、すっぽんから、舞台下に抜け、そこで総ての用意をすませて、時間がくれば、またもとの、鐘の中へせり上るのでございます。ところが、この半四郎という俳優《ひと》は、鐘入りの場合に、決して、奈落へ抜けなかったのでございます。鐘が下りますと、舞台の上で、造りものの鐘に伏せられたまま、自分一人で蛇体の扮装をととのえ、隈どりももちろん、自分でなさっていたのでございます。……こうした話を聞きますと、誰しも、あのようなひとが、何故に、後見の手も借りずに、そうした不自由なことをなさるのであろうか――と、不審にお考えになるのでございます。それにはもちろん、何か、訳があったのに相違ございません。人々は折にふれては、自分勝手な臆測を逞しゅうしていたのでございます。その中にも、穿ち過ぎたものに、かようなのがございました。それは、半四郎とても、以前は、娘道成寺の鐘入りには、普通、誰でもがするように、すっぽんから奈落に抜けそこで、後見の手を借りて、蛇体の扮装をし、それから、また、舞台に伏さった鐘の中へ迫《せ》り上がるようになさっていた――しかし、いつかのこと、奈落へ下りる時、後見の不注意で、顚落した――怒に燃えた半四郎が、男を責め折檻した。その男は、自分の過失とは云え、余りもの無体に、主人を呪うて、芝居がはねた、その夜、奈落の片隅に、縊《くび》れて死んだ――すっぽんから、奈落に降りる半四郎の目に、その男の怨めしげな、姿が見えるのだ――それがために、娘道成寺の出し物がある時には、決して、奈落へ降りないのだ――と、いうような噂でございました。これは、よくある奈落につきものの怪談と、半四郎とを結びつけたあまりにも、穿ちすぎた考えと思えるようで御座りまして、結局は、半四郎が、家に伝る、蛇体の隈どりを誰にも見せたくなかった――見せないがために、後見さえも退け、舞台に伏った、造りものの、鐘の中を、密室のつもりで、自分の姿を誰にも見せず、後見の目さえも逃れて、隈をとっていた、と考えられるのでございます。——この隈と申しますのは、いうまでもなく、扮粧《つくり》をいたします際に、面を彩る種々の線に過ぎないのでございますが、色彩の点から申しても、紅隈、藍隈、墨隈というように色々ございますし、形から申しましても、筋隈、剝身、火焰隈、一本隈、というように、化身《けしん》、般若《はんにゃ》、愛染《あいせん》というような役柄に、ぴったりと合うのが、それぞれあるのでございます。しかし、大要のことは定《き》まっておりますものの、役者自身に、各々《めいめい》と、独特な隈どりの方法や、技術がございまして、そうしたものは、刀鍛冶の湯加減、火加減と同じように、他の者には、絶対に秘密とされていたのでございます。そうした訳で、半四郎も、このひと独特ともいわれておりました、道成寺の変化の隈どりを、誰にも見せたくはないために、その扮装の場合にも奈落に降りず、舞台に伏ったままの鐘の中で総ての扮装を、自分ただ一人でなさっていた、と考えられるのでございます。

　こうした訳で、あの造りものの鐘の内部には、扮装と隈どりに必要な化粧品や道具が、棚ようなところに、そなえつけてあり、鐘の頂上には空気ぬきもあけてはございましたものの、もちろん、人の出入りするほどの大きさもございませんので、そこから人が入ったとも考えられませぬ。もし、たとえ、どうにかして、舞台の上につり下げられた鐘の内部に、犯人が隠れており、半四郎に危害を加えたとしましても、どうして逃げ去ることが出来ましょう。——長唄の囃子、鳴物《なりもの》入りの、絢爛たる舞台の真中に伏せられた鐘の中の殺人。よし犯人が鐘の中に、ひそんでおったといたしましても、鐘から人の目にかからぬように、出る術《すべ》もございますまい。——鐘がつりあげられる時、鐘の内部につかまっていた、といたしましても、それでは、舞台の上に引き上げられた鐘の中からどうして逃げ去ることが出来ましょう。

　このように申しますと、それでは、鐘の伏さっていた舞台に、奈落へ抜けるすっぽんがあったのではあるまいか。鐘が舞台に下りると、犯人は、そこから、鐘の内部にせり上り、再び、奈落へ逃げ去ったのではあるまいか。——と、仰せになるかも存じませぬ。しかし、今も申しましたように、半四郎が変化の扮装をなさるのは、鐘の中でございましたので、鐘をすっぽんの上に降ろす必要もなく、ずっと離れた、舞台の中央に近いところに、降ろされていたのでございます。従って、犯人が奈落から侵入したとも考えられないのでございます。

いま申し述べました情況の一切は、一座の人達や、道具の方々によく、分っておりましたので、半四郎の身体が、楽屋に運ばれ、ほっと、一と息つくと、舞台に残った人々は、期せずして、鐘の中が怪しい――と、いうように感じたのでございましょう。じっと、舞台の天井に、つり上げられた、造りものの鐘を見上げていたのでございますが、やがては、大道具の一人が、静かに、舞台の上に降ろし、二三人の手で、内部の検証が初まったのでございます。これは、事件後、ものの五分と過ぎない時でございました。しかし、鐘の内部は、何の変ったこともなく、人の姿など、勿論、ございません。これは、鐘を下すまでもなく、舞台から見上げた時にも分っていたことでございます。人々は、鐘の内部にしつらえられた棚の上や、隈どりに使用した化粧品までも、たんねんに、手にとって、調べてみたのでございますが、何のこともございません。

こうした事情でございましたので、事件を解決するには、現場に残された兇器つまり、半四郎が受けた、前額部の外傷に、直接の関係があると考えられる物体――に、総ての人の注意がむけられたのも当然のことでございましょう。この兇器こそ、ほかでもございませぬ、私の師匠、杵屋新次さまの象牙の撥――それも開幕前には、師匠が楽屋で、手にしていらっしゃったものなのでございます。これは、お弟子さまがたも申され、師匠ご自身も認めていらっしゃることでございますが、これが、鐘をつり上げました時、舞台にうつ伏った、半四郎の傍で発見されたのでございました。――こうした理由で、私の長唄のお師匠が、この殺人事件の第一の被疑者になられたのでございますが、客観的に考えてみますれば、それは、あまりにも、当然なことでございましょう。

師匠は、その筋の方に、次のように語っていられるのでございます。

〇

私が娘道成寺の際に折あしく、持病の癪を起し、出演いたしませんでしたこと、私の象牙の撥が、あの造りものの鐘の中にあったことを考えますれば、私が第一に嫌疑をうけるのは当然のことでございましょう。――しかし、私自身と、あの殺人事件との間に、どうした関係がございましょう。私が、あの撥を、三味線箱から取り出しましたのは、娘道成寺の開幕に二十分あまり前でございました。私は、あの癖――または、たしなみといたしまして、三味線や撥は決して、弟子の手にまかしはいたしません。この日も、自分の手で取り出し、糸の工合を調べた上で、撥を手に取りあげたのでございました。その瞬間に、癪が起ったのでございました。私は、撥と三味線をそこに、なげすてるように置きまして、

「新三郎、来ておくれ」

と、苦しい息の中から、となりの部屋におります私の一の弟子に、呼びかけたのでございます。――私の部屋には誰もいなかったのでございます。新三郎は、私の声に、すぐと、馳《か》けつけてくれまして、

「師匠、それでは、医師を呼びますから、しばらく、ご辛抱下さい」

と、かけて出たのでございます。それから、後のことは、口にもつくせぬ痛みのために、何も記憶いたしてはおりません。いたみが去りました時には、もうすでに、娘道成寺の幕は上っておりまして、新三郎が、私の替りに、立て三味線を弾いていたのでございます。私は、こう聞きますと、医師のとめるのも、振りきりまして、楽屋を出、舞台の横に佇んで、じっと、新三郎の三味線を見まもっていたのでございます――もちろんのこと、どうか、無事につとめてくれますようにと、祈っていたのでございます。私の、こうした行動に、疑いがかかっているようで御座います。しかし、

自分の持場を、弟子が勤めていますのに、どうして、それを気にかけずにいることが出来るで御座いましょう。芸を生命《いのち》に生きている私が、ああした場合に、足もとも定まらぬながらにもわざわざ舞台まで弟子の様子を見に行く――そうした事は、あまりにも、当然では御座いますまいか。

しかし、その時に、私が撥をもって行かなかったか、とのお訊ねに対しては、

「いいえ」

と申しますより、

「絶対に、持って参りません」

と申上げたいと存じます。三味線ひきの私にとって、三味線と撥とは、申すまでもなく、私の魂でございます。しかしお恥かしい話ではございますが、あの場合、私としたことが、すっかり、自分の魂を忘れていたのでございます――癪を起しまして、三味線と、手にした撥を、下においたなり、すっかり忘れていたのでございます。後ほどに、承りますれば、新三郎が、三味線と撥とを自分の部屋にもってかえり、床の間においていてくれたのだそうでございます。が、私は、もちろんのこと、そうした事情を知りませず、今も申しますように、三味線や撥のことは、少しも考えず、ただただ、舞台で、私の変りに弾いている、新三郎の三味線が気になるままに、おとどめ下さる方々を、振り切るようにいたしまして、舞台上手の横まで出て参ったので御座いました。それから、あの事件が起りまして、幕が下りますまで、私は、じっと、一と処に佇んだままでございます。そうした私と、あの撥とに、どうした関係が御座いましょう。いま、一歩ゆずりまして、私があの時、自分の撥を手にしており、それで、半四郎師匠を傷つけたといたしますれば、あの撥を舞台の上手から投げつけている訳でございましょう。しかし、大入にも近い観客を前にして、どうして、そのようなことが可能でございましょう。――また、どうとかした方法で、お客様がたの目を晦すことが出来たといたしましても、投げつける時は、あの造りものの鐘が、半四郎師匠の白拍子に、かむ

さる瞬間にいたさねばなりますまい。そういたしますれば、私の投げた撥が、師匠にあたり、それが原因となって即死された——そして、その瞬間に、上から降りて来た、鐘が、白拍子の姿をかくしたといたしましても、死体は、白拍子の扮装のままでなくてはなりますまい。しかし、事実はそうでございませぬ。半四郎師匠は、変化の拵えを、おすましになったままで、俯伏さっていられたのでございます。そういたしますれば、少なくとも、こうしたことが云えるでございましょう、即ち、半四郎師匠は、鐘の中に姿がかくれ、白拍子から変化の拵えに扮装されるまでの間は、あの造りものの鐘の中で生きていられた……と。そういたしますれば、たとえ私が、あの場合に、自分の撥をもって、舞台の横に立っていたといたしましても、私に何が出来るでございましょう。——鐘が白拍子の上に降り、半四郎師匠が、変化の拵えをされた頃を見はからって、私が撥を投げたのでございましょうか。そして、その撥が、張子の鐘に破れ目もこさえず、飛んで入り、半四郎師匠を打ったのでございましょうか。

〇

師匠、杵屋新次さまの訊問は、これほどで終ったそうで御座いまして、次には師匠のかわりに、道成寺の立三味線をお弾きになりました、一のお弟子さま——杵屋新三郎さまが取調べをおうけになったのでございました。

×

「お師匠、杵屋新次さまの癪は、持病でございまして私でも、いままでに、一度や二度のご介抱はいたしたことがございます。あの時には、師匠が申されていますように、最初、私をお呼びになったので御座いました。私は、師匠の、ただならぬ呼び声に、気も顛倒いたす思いで、お部屋にか

けつけたのでございました。師匠は、三味線と撥を前に置いたまま、横腹をおさえて、とてもな、お苦しみで御座いました。私は、

『師匠、お医師《いしゃ》をお呼びいたしますから……』

と、かように、申しまして、部屋を飛んで出、折よく、廊下で出会いました番頭の方に、

『恐れ入りますが、どうか、お医師を、お呼び下さいませ』

と、簡単に、申しまして、師匠の様子を付け加えたのでございました。番頭さんは、

『承知いたしました。あなたは、師匠のご介抱をなさって下さいまし』

と、云いすてて、廊下を走って行かれたのでございました。その時分には、騒ぎを聞きつけた仲間弟子や、一座の方々も師匠の部屋へかけつけて下さったのでございました。しかし私は、そうした騒動の中にも、と、師匠の傍におかれている三味線と、撥に気を引かれたので御座います。もしも、誰かが躓くようなことでもあれば、大変だ、三味線引きの魂とも、命とも考えられる、三味や撥に、傷がつくようなことがあれば、私は、こう、考えたのでございます。それで、三味線と撥を両手に取って、私の部屋へ持ち運んだので御座います。……確かに、いつも、師匠が使っていらっしゃる三味線と撥とに相違ございません。私の部屋の床の間に置くと、再び、師匠の部屋にとってかえしたので御座いました。


娘道成寺の開幕時間は、さしせまっておりました。医師の手当によりまして、師匠の癪も、いいあんばいに納ったようでございました。しかし、そうと申しましても、あと数分の後にさしせまった、所作事の舞台に出られるはずもございません。そうした訳で、私が師匠の変りに、立三味線を弾かせて頂くことになったので御座いました。

私が、自分の部屋を出ます時にも、師匠の三味線と撥は私が置いた通り、床の間に御座いました。

しかし、この撥を、もし、誰かが、私の出た後で持ち去ったといたしますれば、それは、一座の方か、私たち、鳴物連中の中の誰かに相違ございますまい――それと申しますのも、私の部屋へ参りますまでには、幾つもの楽屋部屋の前を通りますので、見なれないお方でございますれば、すぐに、誰かが、胡散くさい人が通る――という風に、注意し、後をもつけるでございましょうから。それに、あの、私の楽屋部屋は、外側が小屋の裏通りになってはおりますものの、窓が一つしか御座いませず、その窓には、人の頭もはいらないほどな棒頭《ぼうとう》がはまっておりますので、そうしたところから、外来の人が侵入しあの撥をもち去ったとも考えられないのでございます。しかし、いずれにもいたせ、新次師匠が申されておりますように誰かが、あの撥で、白拍子に扮した半四郎さまを、鐘の中で襲うた、といたしましても、その方法はどう説明されるのでございましょうか。師匠が指摘されておりますように、舞台に降りている、造りものの鐘を傷つけないで、その中へ、ああしたものを投げ込む――こうしたことが、どうして可能でございましょう。ご存じになりますように、鐘の頂上には、七八寸ほどな丸さの空気ぬきがございます。しかし、それにいたしましても、舞台の横から投げた撥が、どうして、あの穴からはいり、内部の人を傷つけることが出来るでございましょう。――たとえ、舞台の天井から、その空気ぬきの穴をねらって投げこんだといたしましても、それでは、どうして、被害者の前額部に傷がつくでございましょう。それに、投げられた撥が、小屋いっぱいに溢れた見物衆の、誰の目にもとまらないというようなことがございましょうか」

〇

このお二方の次には、岩井半四郎の後見をお勤めになりました、一座の名見崎東三郎が、取調べをおうけになったのでございました。このひとの陳述は、次のようであったそうでございます。

私は、もう、十数年間も、師匠、岩井半四郎の後見を勤めている男で御座います。私には、師匠を殺害せねばならぬ理由はございません。恐らく、師匠は、誰にも殺される理由はないと存じます。しかし、それと同様に、誰にでも殺される理由を持っていらっしゃる方で御座いました。こうした私の言葉は、変に聞えるかも存じません。しかし、あの人を人とも思わぬ、傲慢な、半四郎師匠に、芸を離れて、好感をもっていた人が、この世に幾人ございましょう。あの方に、あの芸がなかったなれば、あの不遜な態度だけでも、十分に、殺意をさえ起させるほどで御座います。これは、私が、誇張して申上げる言葉では御座いませぬ。

こうしたことを申上げるまでもなく、御存じでございましょうが、後見は踊られる方のために、総てを捧げなければならないのでございます。これと同様に、踊られる方にいたしましても、後見に同情なしに踊る訳にも行かないのでございます。——踊り手と、後見とが一つになりまして、影の形に添うようにしなければならないのでございます。半四郎師匠も、勿論、こうしたことは御存じでございますし、何分にも、名人として、自他ともに許されているほどのお方でございますから、気苦労いたしながらも、楽々と働けまして、大変に楽な後見ではございましたものの、ああした舞台でも、人を人と思わぬ傲慢さが、随時に現れまして、踊りの手を、自分勝手におかえになるほどのことは、常時でございまして時としては、今日の見物は気に食わぬ——というような、自我な理由で、勝手に所作を中途で切り上げ、道成寺でございますれば、白拍子の鐘入りもせずに、長唄、お囃子連中の呆気にとられた目なざしを尻目に、幕にされたようなことも、度々あったのでございます。

半四郎師匠の踊りは、いつもと同じような調子で経過いたしました。ご気嫌も、いつもの通り、別に、よくも、悪くもございませんでした。しかし、私は、これを不思議に考えているので御座いますが、踊りが初まりまして、しばらくすると、師匠の様子が変って来たことでございました。何と申したらよいでございましょう——いわば、怨霊にでも取りつかれた人のような様子がございました。舞の合間あいまに、上を見たり、横を見たり、なさいまして、額には、たしかに、油汗がにじんでおりました。顔色もすっかり、蒼白になりまして、ともすれば、三味線と離ればなれにもなりそうで御座いました。しかし、さすがに、踊りにかけては名人と申すのでございましょうか、そうしたことも、巧みに、手振り、足ふみに紛らわされ、お気づきになった方は、一座の内、座方の中にも、幾人もございますまい。それに、三味線から、ともすれば、離れようといたしますのも、ある方々は、それを、立三味線を弾いていらっしゃる、新三郎さんの罪にし、一のお弟子さんといいながらも、やはり、師匠の新次さんでないと、岩井半四郎の糸は出来ない——なぞと、知ったか振りをなさる通人もあったようでございました。

半四郎師匠の異様な興奮は、唄が進みますとともに、ますます烈しくなって参りまして、踊の中で、こうしたことがあったのでございます。それは、鐘に恨み——の文句の終りに、

〽真如《しんにょ》の月を眺め明かさん

と、いう歌詞がございますが、ここで、白拍子が冠っている金烏帽子を、手にもつ、中啓で跳ね上げるところがございます。ところが、この前後で、踊っていらっしゃる半四郎師匠が、

「綱に……綱に……」

と、二たこと申されたのでございました。物の化につかれた人の譫言《うわごと》とも、気違いの独白とも感じられるような声でございました。しかし、後見の私にしてみますれば、これは、何か自分に云っていらっしゃることに違いない——と考えたのでございます。勿論のこと、そうであったのかも存じません。私は、また、いつもの、我意から踊をいい加減に切り上げるか——または、踊りの一部を勝手にお変えになるについての私への注意に相違ないと考えたのでございます。——半四郎師匠は、いまも申しましたように、

「綱に、綱に……」

と、申されながら、冠っていらっしゃる金烏帽子を、はね上げなさったのでございました。私は、つと、にじりよって、それを拾い上げたのでございますが、その瞬間に、思い出したことが御座いました。それは、落ちた烏帽子を後見が取りあげて、綱にかける型があるのでございます。これは、

なんでも、ある名高い江戸役者が、この踊を、おどっていらっしゃいました時に、烏帽子をはねた勢があまり強く、いきおいあまって、烏帽子が後にとび、綱にからまったのだそうで御座います。ところが、何がどうなるか、分らないもので御座いまして、これがまた大変な評判になり、それが、一つの異《ちが》った型になったのだ、と申すのでございます。しかし、こうした偶然は、つねに舞台でくりかえすことは、勿論のこと、不可能でございますから、この型を踏襲されていた江戸役者の方々は後見にいい付けて後にはねた烏帽子をわざわざ綱にかけさせていた、——というので御座いました。私は、こうした事を思い出し、師匠の、

「綱に、綱に……」

と、申されたのは、私にそうした事を命じていらっしゃるのだ——と考えまして、その通りにいたした事でございました。しかし、半四郎師匠は、何故か、明らかに興奮していらっしゃった様子でございまして、そうしたことをいたしました私に対しても、毀誉《きよ》を意味する何の表情も、お見うけすることが出来なかったのでございます。

〇

「これだけでも、あの時の半四郎師匠が、常とは変っていたことがお分りになるでございましょう。しかし、変っていると申しますれば、歌詞の最初あたりの、

〽言はず語らぬ我が心……

と、このあたりで、初めて、清姫の正体がほのめかされるのでございますが、もう、この頃から、どうしたものか、いつもの岩井半四郎とは変り、何としても、そうした、いわば踊の腹芸《はらげい》とでも申すべき、ところが少しも見えなかったので御座います。それから、三味線の調子が変り、唄も、ひとしお、渋くなってまいりまして、

〽都育ちは蓮葉《はすっぱ》なものぢゃえ

と、歌は切れ、合《あい》の手でございまして、この三味線の間に、白拍子の花子が、上に着ている衣裳をぬぐのでございます——つまり、引抜くのでございますが、普通の踊の時のように、踊の手をやめたり、舞台の後方へ退いて、ひき抜くのではございません。三味線の合の手に合せて、手毬つくしぐさをしながら、脱ぐのでございます。——役者ひとりが、ぬぐのではなく、後見のたすけをかりるのでございます。それは、衣裳の袂、胴、裾、と申しますような部分をばらばらにいたしまして、引きぬくのでございますが、そうしたところを、綻ばしまするには、俗に、玉と申すものを引くのでございます。これは、縫ったまま、止めてない糸のことでございまして、たやすく、引くことの出来るように、糸の先きに小さい玉がついており、こうしたところから、玉という名称が生れたのでございましょう。——この玉を引き抜くと、見物衆のお目にかからぬように後見に渡すのが、踊られる方のお手際でございまして、後見の方から申しますれば、それを正しく受とるのが役目でございます。ところが、待ちうけている私には、お手渡しになりませず、それを、手に、しっかりと握ったままで、踊りを続けていらっしゃるのでございます。私は、はっと、驚き、思わず、師匠の顔を見上げたので御座いました。すると、目を血走らせ、何事かを、口の中で、呻くようになさっております。私は、師匠がまた、お見物衆のことで、何か気に入らぬことでもあるのだろう——と考えながら、そっと耳をかたむけたので御座います。——唄と三味線、そして、鳴物に、ぴったりと合った、日本一の踊を、おどりながら、半四郎師匠は、口の中で呟くように云っていられます。

『畜生……畜生』

——たしかに、二たこと、こう申されたので御座いました。そして、手に握った玉を、後見の私にお渡し下さることか、勢よく、つと、舞台の天井に向って、投げられたことでございました。

このようなことは、あの我儘な、半四郎師匠には、ありがちのことでございましたので、私も、その時には、何の気にもいたしませんでした。しかし、師匠が、ああした不可解な死をとげられました今になっては、そうしたことが、何か関係していたのではあるまいか――とも思えるのでございます」

○

これで、一、二、三の被疑者、つまり――

杵屋新次（私の長唄のお師匠で、いつも被害者岩井半四郎の立三味線を引いていられる方）

杵屋新三郎（杵屋新次さまの一のお弟子で急病の新次師匠に替って道成寺の立三味線を弾かれた方）

名見崎東三郎（被害者岩井半四郎の後見として、道成寺の舞台を勤めていられた方）

――のお三人の陳述が終ったのでございました。そうした取調べをおうけになりましたのも、

（い）私の師匠、杵屋新次さまの場合では、師匠が開幕前まで持っていられた、象牙の撥が、殺人の現場に残されておりましたため――そして、開幕直前の急病が、疑問の目で見られたため――でございましょうし、

（ろ）杵屋新三郎さんは、師匠の撥をご自分のお部屋に運ばれたため――言葉をかえて申しますと、殺人に使用された兇器を、最後に手にしられた方であるため、

そして、

（は）の名見崎東三郎さまは、岩井半四郎の後見として、被害者に、誰よりも一番近く位置していたため――

でございましょう。

しかし、それにいたしましても、もし、このお三方を、幾分でも、疑いの目をもって見るといたしますれば、その当時舞台の上で、演奏されていた、唄の方々、三味線を弾いていられた方々、そして、所作の舞台にいられた、役者の方々も同じように、お疑い申さねばなりますまい——いや、その上に、あの時、河原崎座の中にいられた、千にも近い、見物衆をも、同じほどに、お疑いいたさねばなりますまい。

あの殺人は、間口十五間の檜舞台の真中に伏せられた、造りものの鐘の中で行われたので御座います。その、造りものの鐘の外部にさえ、手を触れた方は、誰《だれ》人もないのでございます。幕のあいた最初から、殺人の発見まで、

（い）の新次師匠は十二三間も、

（ろ）の新三郎さまは四五間も、

（は）の名見崎東三郎さまは、後見でございますから、比較的接近していられましたものの、一間あまりは、最後に、鐘が上りますまで、ずっと、離れていらっしたのでございます。そういたしますれば、いまも、申しましたように——このお三方に嫌疑がかかるとすれば——あの造りものの鐘から、近くは、五六間、遠くて、十間から二十間も離れずに、この絢爛たる踊の舞台をご見物になっていた、観客の方々にも、同じ程度の嫌疑を、おかけするのが当然でございましょう。しかし、それにいたしましても、衆人環視の、歌舞伎の舞台で、それも、造りものの鐘の中で、姿なき者の手によって遂行されて殺人現場に残された物的証拠は、象牙の撥、ただの一本。と、かように申しますれば、この事件が、いまだ、はっきりと解決されずに残されているのも、故あることとお考えになるでございましょう。

〇

その筋の方々も、この事件には、すっかり、お困りになったご様子でございました。一座の方々、長唄、鳴物、囃子のご連中から、道具方の皆様がたまで、ひと通りのお取調べがあったようでございまして、そのはてには、楽屋の入口で、下足番のような仕事をいたしております親爺の方にまで、色々なお尋ねがあったそうでございまして、次に記しますのがその陳述であったのだそうでございます。

×

「あの、河原崎座の小屋は、御存じの通り猿若町の表通りにございまして、裏は細い通りになっております。――つまり、猿若町の裏通りと、夜ともなれば絃歌さんざめく囃子町の裏通りとが、背を合している、人通りも、あまりないほどな、細い裏道なのでございます。この裏筋に面した側には、小屋の出入口が二つあるのでございまして、ひとつはお客さま用の非常口――しかし、これは、いつも、かたく閉されております。も一つの方が、楽屋への入口でございまして、このいい口に、冬の寒い日であれば、火鉢におこした炭火で、また火をいたしながら、私が番をいたしているのでございます。……それは、一座の入れかわりました初日なぞ、はたして、この方が、こん度、お芝居をなされる役者の方であろうか――お囃子のご連中であろうか――と、首を傾げるようなことがございます。しかし、そこは、永年、こうした、入口の番人でお給金をいただいている私でございます。たとえ名の知れない田舎廻りの一座が、小屋にかかりました時でも、入口に現れたお方を見れば、この方は役者の方だ、お囃子方だ――それも、役者のかたであれば二枚目、三枚目、といったことまで、一と目で分るほどでございます。こうした訳でございますから、私が、あすこに頑張っておりました以上、一座の方以外には、誰も、小屋の中、または、楽屋の中へははいられた方は、決して、あるはずがございません。これは、私の白髪首にかけましても、きっぱりと、申し上げることが出来るのでございます。あすこから、お這入りになりました方々の順序まで、私はよく憶えております。それ以外には、ほんに、猫の子一匹も通りませぬ。

　あの入口をはいりますと、ちょうど、舞台の裏になるのでございまして、私のいるそばに、すぐと、二階へ通じる階段がございます。この梯子段を昇り切ると、ずっと、廊下になっておりまして、その両側に楽屋部屋が並んでいるのでございます。片側は小屋の表の方向にございますが、廊下をへだてた、その反対がわは、裏手にそっておりまして、窓からは、いまも申しました裏通りを見下すようになっているのでございます。この方の側に、杵屋新次師匠と、一のお弟子さまの新三郎さまのお部屋が並んでいたのでございます。それがために、楽屋口から、はいった者が無くとも、この方々のお部屋の窓から、誰か忍び入ったのではあるまいか、とお上の方々も、お考えになったのでございますが、もし、そうとすれば、梯子のようなものでも、使用いたしませねば、絶対に不可能でございますし、そうした物を使わずに、窓のそばに近かよることが出来たといたしましても、杵屋新三郎さまが陳述の節に申されましたように、窓には、鉄の棒がはめてありますので、とても、頭さえも、はいらないのでございます。

　こんな事情でございますので、もし、誰かが、あの撥を新三郎さまのお部屋から持ち出したとすれば、それは、一座に関係のある、内部の方に相違ございませぬ――決して、外から這入ったものの仕業ではございませぬ。しかし、それにいたしましても、造りものの鐘で、すっぽりと、覆われている、岩井半四郎さまを、どうして傷つけたのでございましょう。楽屋番の、この親爺には、たとえ切支丹伴天連《きりしたんばてれん》の法をわきまえている毛唐人にも、出来そうな事には思えませぬ」

○

〽恋の手習《てならい》つい見習ひて、誰に見せよとて、紅鉄漿《べにかね》つけよぞ……道成寺の唄の文句の中でも、いちばん人に知られたところでございましょう。――誰に見せよとて、いえ、誰に喜んでいただきましょうとて、私があの殺人事件の研究を初めましたものでございましょう。口さがない、私どもの連中さまたちが、私に向ってさえ、はっきりと申されましたように、この私がお師匠さまをお慕いいたしていたからでございましょうか。いえ、さようではございませぬ。しかし、そうとは申しますものの、あの唯一の物的証拠象牙の撥のもち主、お師匠さまを、あらぬ嫌疑からお救い申すこともできれば、と考えたことが原因していたのはいうまでもないことでございましょう。

警察の方々は、最初から、あの事件を、巧妙に計画された殺人事件――というようにお考えなされていたようでございます。しかし、殺人事件とも考え得るような、人の死に出会いました場合、次のような（あり得べき情況）のいくつかを考えてみる必要がございますまいか。つまり――

（一）被害者の自己殺人。自殺ではございますものの、時として、殺人を装うたものがございましょう。岩井半四郎の場合でございますれば、誰かに殺害された風を装うた、自己殺人かも知れないでございましょう。

（二）自然的な理由による死。造りものの鐘の内部をささえている木片が、はずれた。それが岩井半四郎の前額部に致命的な傷をあたえたというような結果の死。

（三）人為的な過失による致死。白拍子に扮した岩井半四郎が、造りものの鐘の中へはいり切らぬうちに、道具方が、鐘を下した。内部の一端が、半四郎の前額部に激突し、被害者を死にいたらしめた――という類。

（四）非計画的な殺人。常日頃から、半四郎に対して、殺意を抱いている。が、何の殺人計画も講じていない。――または、突発的な理由のために、殺意を生じた。殺人の計画もない。しかし、いまが機会だ――兇器は何でもよい。そこら辺りにあるものを取りあげて……と、いう風に決行された殺人。

（五）計画された殺人事件。綿密な計画と、周到な用意で、機械を組み立てるように準備された殺人計画。総ては、整った。今こそ——と、いうように感じられる殺人方法。

こうした、種々な、殺人事件の場合が考えられるでございましょう。そうすれば、いまも、申しましたように、殺人事件と考えられるような、人の死に出逢いました場合、それが、右の内のどれにあたるであろうか——と、かように考えることも、無駄ではございますまい。概略的な、そして、漠然とした分類のいたしかたではございますものの、これらのうち何れかの範疇に入らぬ殺人事件はございますまい。では、この河原崎座の殺人事件は、このうちの何れに属するものでございましょう。——まず、

（一）の被害者の自己殺人——これにあたりはいたしますまいか。いえ、決して、そうとは考えられないでございましょう。もし、あの撥をわれとわが頭に打ちつけたといたしますれば、あの撥はどうして手に入れたのでございましょう。半四郎は、師匠のいられた楽屋附近へは、幕あきの前に近かよっていません。そうすれば、あの撥が半四郎の手に渡るはずがないではございませぬか。

そうすれば、（二）に記しましたような、自然的な理由による死でございましょうか。いえ、そうでも御座いますまい。撥が、上から、ひとりでに、落ちてきたのではあるまいか、というように考えるといたしましても、それには、撥に羽が生えて、独りでに、楽屋から飛んで来、舞台の上に吊されている鐘の中にはいっていた——と、いうことを肯定せずばならない訳でございましょう。

では、（三）のような、人為的な過失によるもので御座いましょうか。……造りものの鐘の中にある木か、鎹《かすがい》の類が、頭にあたった——とでも申すのでございますれば、大道具の手落ち故、とも考えられるでございましょうが、何分にも、撥という事が、はっきりと分っている上からは、人為的な過失に原因するとも考えられないでございましょう。

そうすれば、結局、（四）か、または、（五）の第三者による殺人と断定しなければならないでご

ざいましょう。それも、ああした情況のもとに行われた殺人といたしますれば、(五)の計画された殺人事件――綿密な計画と、非常に周到な用意のもとに決行された事件と考えるが当然でございましょう。

〇

これで、第三者の手による、計画された殺人事件――と、ほぼ、断定し得る訳でございましょう。そうすれば、次は、誰が殺したのであろうか――即ち、加害者の問題になる順序でございましょう。しかし、当時の情況や、被疑者の陳述を、静かに、考えますれば、あの殺人事件の計画者が、直接に手を下していない――と、考えるべき幾つもの個所があるでございましょう。言葉をかえて、申しますと、

(い)何かの機械の応用、
(ろ)あり得べき迷信的な力の利用、
(は)動物の使用、

と、いうような、間接の殺人方法が考えられるでございましょう。そうすれば、はたして、(い)のように、機械の力を応用して、楽屋に残された撥を、造りものの鐘の内部に運び、時間をはかって、中の人物に投げつける――と、いうようなことをしたのでございましょうか。そうしたことが可能でございましょうか。

(ろ)のように、迷信的な力を利用して、あのようなことが出来るでございましょうか。……この何れにも、何となく、不合理に感ぜられるところがございましょう。しかし、

(は)の、動物の使用――と、いうことに考え及びますとき、私は愕然とし、思わず、五体の緊張するを憶えたのでございます。しかし、それは、犯人が動物を使用して、計画した殺人事件、と

考えついたからではございませぬ。いつか師匠から承りました、岩井半四郎が、駒下駄を投げつけて殺したという、小猿のことを思い出したからでございます。その時、親猿は悲しげに鳴きさけびながら、怒りの形相物凄く、半四郎を、きっ、と睨みつけていた、というではございませぬか。――そうすれば、あの親猿が、畜生ながらにも、機会を得て、工《たくら》み、そして、決行した殺人事件ではございますまいか。

私の、こうした推理は、もちろん、物的な証拠によるものではございませぬ。しかし、この、あまりにも因果的とも考えられる、謎の解決にも、決して、根拠のないことではございませぬ。――あの芝居小屋附近の、さるお茶屋に飼ってあった、年とり猿が、殺人事件の当日に逃げたまま、行衛不明になっているのでございます。こうした事実と、あの殺人の情況とを考えますとき、私のそうした推察も、決して、夢幻的ではない――と考えられないでございましょうか。ご記憶になりますように、あの芝居小屋の裏手入口には、楽屋番の老人が、見張していたのでございます。そうすれば、外部から侵入したものがあるといたしましても、その犯人は、撥のあった楽屋への、唯一の通路――つまり、小屋の裏道に面した、楽屋の窓の、鉄の格子を通りぬけることが出来るもの――

撥を手にしたまま、舞台の天井まで昇ることが出来るもの――

そして、綱をつたって降り、鐘の頂上にある空気ぬきから、内部に入ることができるもの――

手にした撥を、投げつけることが出来るもの――

と、かように考えねばならないでございましょう。そうすれば、当時から行衛が分らなくなった猿と、この殺人事件とを結びつけることに、さした不合理もないではございますまいか。それに、この犯人が、子を殺された親猿といたしますれば、色々と、合点のゆく節があるではございませぬか。後見をなさっていた、名見崎東三郎さまの陳述にもございましたように、あの、

〽真如の月を眺め明かさん

のところで、手にした中啓で金烏帽子を跳ね上げた後に、岩井半四郎が、

「綱に……綱に……」

と、申されたと、いうでございましょう。これを後見の名見崎さまは、烏帽子を綱にかけよ、との意味に解釈いたされたのでございますが、この時には、撥を手にした猿が、綱を渡って、造りものの鐘に近よっていたのではございますまいか。しかし、姿はすっかり天井からたれ下った、しだれ桜の幕にかくれて、見物席からは見えなかったのでございましょう。それに、役者衆から、鳴物の御連中、舞台裏の方々までこの日本一の踊を見んものと、総ての目は岩井半四郎の白拍子に注がれていたのでございましょう。引抜きの時にも、半四郎は、手でまるめた糸屑を、後見に渡さず、踊の手にまぎらせて、天井に向って投げた、と申すではございませんか。それに、

「……何か、ご見物衆のことで、気にいらぬことでもあったのか、口の中で、呟くように、畜生、畜生と云われました」

と、かようなことも、申していらっしゃるではございませんか。その呟き声は、疑いもなく、猿に向って発せられたものでございましょう。——それに、後見の、名見崎東三郎さまの陳述によれば、
唄がすすむにつれて、異状に興奮し、物の化につかれた人の譫言のように、綱に、綱に、と独白された——というではございませぬか。じっと、おとなしく、綱にすがっている猿でございますれば、半四郎が手にした糸屑を、踊りながら、投げる必要が、どうしてございましょう。

その猿は、きっと、怒の形相ものすごく、じっと、半四郎を睨みつけていたのでございますまいか——無残に、殺された、我がいとし子の小猿の無念を思いながら。

ある完全犯罪人の手記

○月　○日

私はいつものように、まだ川の面や町全体に深い靄のかかっているうちに朝の散歩を急いだ。人に顔を見られることを、これほど嫌うようになったのも、精神的な病気が昂進しているためであろう。平静に思索することが可能なのは、このミルクの海を泳いでいるような、深い靄の中の散策をつづけている十数分数十分のうちに過ぎない。それとても、突然として白い幕の中から現われる思いがけない人の姿によって破られてしまうことが多い。

自分が好きこのんで住んでいるとはいえ、あの、かつては座敷牢であったことに疑いのない、倉の二階にいる間は、（現在もう肉体の病苦からは逃れているものの）何故か、頭の中の歯車の一つがたえず不規則に動き廻り、私を狂わせずにはおかないと、猛威をふるう。

今朝いつもよりは少し早く、微風にのって静かに流れて行く靄の潮流に流されながら、平静な楽しい散歩をつづけていた。と古い石橋を渡った散髪屋の角で、出合いがしらに誰かとぶ付かりそうになった。何時ものように、私は面をさげて対手に道をゆずった。すると向うもまた私の避けた方へ歩を移す。自分は立ち止った。すると先の男も立ち止る。その動作に何かしらわざとらしさを感じた。思わず見上げると、自分を見下してゐる相手の険しい目と視線が合った。自分は思わず、あッと低く叫んだ。

○月　○日

私が病魔に屈して幾度か死を選んだ時、病魔の陰から顔を出し、満足げに嘲笑った男、その男こその私が数日前、靄の中の散策に町角で出逢った人物である。

私は前にも記したように、朝の散歩の時間において、もっとも平静に思考しうる。言葉をかえて云えば、精神的にもっとも平静である。従ってあの時に逢った男、現実の人物か、または、私が白いスクリーンの上に見たかも知れない幻影であろうか、という自分自身の疑問に対しても判然たる解答を与えることが出来る。

――幻影ではない。確実に現在、地上に生をうけている人間である。しかしもし、あれが幻影でないとすれば、赤沢荘三郎がこの世に再現したことになる。――完全な液体となり、粉末と化して暗渠に流された人間が、二十年の歳月を経て、再び地上に現出する。――こうした超自然的なことを誰が信ずるであらう。事実、科学者として、そうしたことを信ずる最后の人間で私はあらねばならない。

〇月　〇日

完全犯罪という言葉がある。発覚されないように完全に遂行された犯罪という意味である。しかし自分ははたして完全犯罪が可能であるかどうかを疑う。殺人の場合を考えると、「殺害の時間」、「被害者のアゴニー」、「死体処理」の長いシーンの一場面、一場面が完全に犯人の脳裡に焼付けられる。これは永久に消滅することなく、犯人の希望せざる記憶として、彼の頭脳のどの部分かに密かに爬行し、絶対に消ゆることがない。そして、もっとも強靭な神経の所有者に対しても時を得ればその場面、場面が単独に、または、その一連の聯鎖をもって執拗に襲いかかって来、犯人の贖罪を強いる。こうした、われとわが手による審判に、そして、贖罪の強要に、ついに屈しなかった完全犯罪者が、はたして幾人あったであろうか。

○月　○日

四月というに朝のこの寒さはどうだ。家の中にいてさえ、完全な冬支度に火鉢がいる。それが太陽がずっと上り、病弱の身を突き刺すような強い熱線が、かっと放射されると、もう立派に夏である。軒の洗濯物は白い煙を立てて、音のするような勢いで乾いていき、じっと坐って居ても汗ばんで来る。これがまた、正午を過ぎて、太陽が少し勢の弱まった斜めの光線を地上に投げかけると、突然、すーッと冷たい一陣の風が窓から流れ入る。するとまたしても、虚弱の身には急いで綿の入ったものを着なければならない。気候の変化や気温の上下は病弱の身に人一倍敏感である。しかし、これがこの辺りの特殊な気候の様相であるという。自分は日本でも一二の健康都市といわれるK市の山麓に静かに住みながら（知らぬながらにも）何を好んでこの気候不順なS町に移って来たのであろうか。それも病気保養のために！　自分は何とも答えられない。ただ運命の大きな手が私を引きよせたのだ、としか考えられない。

○月○日

私の住んでいるのは離れの二階である。――尠くとも貸借関係の初めには「離れの二階」ということで話が始まった。しかし、私はその離れの二階なるものを見て、余りにも奇異なその構造に唖然とした。離れとは云うものの実は土蔵である。榀幅の広い、昔風の堅固な土蔵であって、入口を入ると、使用されていない階下は窓が閉じられて薄暗く、鬼気さえ感じられる。床板は頑丈な木材を用い、巨木を思わせる柱の幾本かが、さながら城の内部を連想させるように突き立っている。右側に二階に通じる階段があって、これを登りきると、階段の部分の空間が、横手から軽い滑車の音と共に滑り出す床板によって遮断される。こうした方法によって（もし、そうした事を希望するならば）二階に在る人物を完全に隔離することが出来る。――いうまでもなくこうした目的のために、この土蔵がいつかの日に建造されたことは疑いはない。

部屋かずは二つあって、階段を上ったところが四畳であり、その奥に十畳の間、それに二間の立派な本床が附いている。この十畳と四畳との部屋つづきの両側に一間幅の廊下があり、採光は普通の土蔵の、あの特殊な窓を少し大きくしたものが、両側に三個ずつ附いている。従って、陽の光はまず申分なく流れ込む。洗面所、手洗場は階段を上り切った真横の一間を区切り、古風な趣きをさえ呈するものである。

私はこの二階に異常な興味を感じた。興味は執着に変じた。蔵の持主が自分の病身の独身者を理由として、契約に難色を見せると、私は早速と自分の身の廻りを委託するための老女を雇傭した。希望以上の借受料を支払うことを暗にほのめかした。そして遂にこの「離れの二階」を手に入れたのである。

○月　○日

靄が濃い。大川の面を軽く吹き渡ってきた一陣の風が小川にかかった新橋の辺りの白い気体をそっと払いのけると、稀薄になったその部分にすッと雲のかたまりのような、新しい靄がすーッと動いて来て、たちまちもとのように、辺り一面を白い海にしてしまう。

私は大川の中洲を、この深い靄の中を散歩していた。自分はもう何もこの世に執着はない。生死を超越した悟り切った心境にある。赤沢荘三郎の亡霊が（そうしたものが実在すると、私の信念をまげて仮定しての話であるが）私の贖罪を要求し、私の地上からの消滅を希望するならば、私は嬉んで彼の望みに応じる用意がある。しかし、私はいま少しの時間がほしい。――私の研究は、もう程なく完成する。

自分が赤沢荘三郎を殺害したことは、たといそれが幾多の人間を助けることを意味したとしても、自分の貸借対照表の借方の側には、その行為が、大きく「負債」として記されている。私は自分の命が終るまでに、これをバランスさせるだけの「資産」——世の人のためになる「資産」を作り、それを対照表の貸方の側に新しく記入し、貸借を平均させておかねばならない。それがために、いま少しの時間が必要なのだ。

今ごろ人のいそうにない、この大川の中洲の向うから大股で歩いて来る人間がある。気づいて、はッとした瞬間彼はもう目の前にいた。私の前に立ちはだかるように立ち止って私の面を真正面から凝視している。赤沢荘三郎である。一瞬、冷いものが私の背筋を走った。しかし、つぎの瞬間には私は科学者としての氷のような冷静をとりもどしていた。私は静かに彼の面を見守りながら、現実的な種々の観察をつづけた。

……二分、三分、五分、——息づまるような重苦しい沈黙が二人を囲繞する不気味なほどに真白い靄の中を黒雲のように這廻った。……七分、八分、——赤沢は前のように一と言も発せず、くるりと踵を返すと、再び白いスクリーンの向うに消えてしまった。

○月　○日

赤沢荘三郎が奇蹟によって未だこの世に生をうけているとすれば、彼は五十余歳である。また、もし、彼の亡霊が出現するとすれば、それは彼の被殺害当時の三十七八の若さでなければならない。しかし、昨日の朝、大川の洲で靄のスクリーンを通じて自分が、仔細に観察した彼は、年よりは老けて見えると感じられるが三十二三である。彼の荒々しい呼吸と興奮に躍動する彼の顔面の筋肉は白く垂れ下った部厚いスクリーンを通じてさえ、はっきりと感じられた。彼は疑いもなく自分たちと同じ人間である。赤沢荘三郎以外の人物である。とすれば、あの荘三郎との外観的な驚くほどの類似を如何に説明するか。答は簡単である。荘三郎の血をうけたものに違いあるまい。

話が血縁に関係すると、自分はいつも遣瀬ないまでの憂鬱感に襲われ、暗澹とした闇の中に突き落されて、しばしは我にかえることもない。——私はK市で生れてK市で育った。学業の数年間を除いて四十年余、自分はこの街を離れたことはない。母は私を生むと直ぐに病死した。父は新しい配偶者を求めることなく、私は乳母の手によって養育された。父は私が最高学府の教育を終ると、少くない資産を残して没した。——こういえば話は平凡である。しかし私は幼い時から深い疑惑を、密かに自分の小さな胸に抱いていた。父は私の母に関しては何事も語ろうとせず、幼時、折にふれて、母のことに一と言でもふれると、父の顔色はさッと変って、そそくさと座を立つか、突然に面白いことを云い始めて、大きな声で笑い、私の関心を他に向けることに力めた。こうしたことが二三度あって、私は幼いながらにも母のことは、決して口にしてはならないのだと会得した。父は私が大きくなっても母に関することは一言も語ろうとせず、また私も敢て聞こうともしなかった。私がこの問題を父の前に提出しなかったのは、それが父にはタブーであることを熟知しているからに外ならなかった。いや、それよりも実のところ私の心の底にあった真実の理由はそれほど単純な明確なものではなかった。私は母に関する事実を父の口から聞くことを極度に恐れていたのだ。父は幼い時から、かほどまでに自分を愛してくれた。その父親が、お前はK市で生れた。母はお前を生むとすぐに病死した、という。聞かせてよければ、愛し子が心のうちでは夢にまで恋いこがれているであろう母親のことである。毎朝毎晩でも語りつづけてくれたことであろう。聞かせたくない事実が秘められていればこそ語ることを避けるのであろう。それを何を好きこのんで秘密の箱を抉じ開けようとするのか。中から飛び出してくるかも知れない悪魔が自分を不幸のどん底につき落すかも知れないではないか、私はこう恐れていた。

……父親はこの問題に関しては遂に一と言も口にせず幽冥境を異にした。

○月　○日

子供に秘められた血族関係の問題は世に多い。しかしいかほど堅固な「箱」に封じこまれていても、この種の「秘密」は必ずその「箱」のどこかに漏口《リーク》を見出して、何時かは子供の前に多かれ少なかれ流れ出る。私の場合、この「箱」は非常に堅牢なものであり、その上私自身それに近づくことをさえ回避していたのである。そうした自分に対してもリークから漏れ出した事実の一節一節は目をおおうている自分の前に静かに流れて来て、いつまでも静止している。自分は箱をそっと開いて、細目をあけた。そして、いつか、じっとその流出物を凝視していた。

私が希望せざるに知らされた事実は、私はK市の生れでないこと、他国で生まれ揺籃のままK市に移されたこと、「ソーベ」と呼ぶ十一違いの異母兄があること、彼の母は早逝したこと、私の母は後添であること、彼女の名は「キセ」といい、兄を座敷牢に閉じ込めたほどに虐待したこと、それがため彼は十四の時に家を出て消息不明なること、最後に、私の母は私の出生直後に病死したのではなく、六七年もの長い病気の後に没したらしいこと、——である。

これだけが「箱」から漏れて来た全部であり、私が杞憂する悪魔はまだ飛び出さない。彼は疑いもなく箱の底に薄気味悪い微笑を面に浮べながら、じっと翼をたたんで蹲っているのであろう。しかし、これだけの流出物からも自分は、はっきりとこの悪魔の体臭を感じることが出来る。——私の母は私の生後四五年もの長い病気を経て他界したという。……いま、またしても、私は自分の頭の中の機械に変調を感じる。健康な人間の心臓のように、時間的に規則正しく廻転していた歯車と歯車が、ギギーと嫌な音を立てて瞬間的に活動を停止する。その度に自分は、烈しい憤りの場合に生じる、あの忘我の興奮に似たものを感じ、現世とも天国とも地獄とも判断のつかない、ただ混沌たる世界に突き落される。それは長い時間ではない。しかし、その間の言動に関しては、後刻いささかの記憶ももたない。この発作が本格的な形式を採るとき、私は狂人と呼ばれなければならない。

私の母はこの種の病気を経験したのではあるまいか。そうとすれば、自分の体内には母と同じ血液が流れている筈である。こうした恐怖すべき事実を自分から秘すために、父はあの心労、労苦を敢てしたのではあるまいか。——もう悪魔が箱の中から飛び出したも同じである。しかし、私は驚かない。総ての覚悟はできている。

○月　○日

紗の幕をそっと下したような薄い靄を通して、もう樹々の梢のあたりまで登った太陽が笠をかむって真っ白に見える。さながら春の宵に見るたえ入るような悩ましい十五夜の月である——人はこう見るかも知れない。しかし、あの不気味にまで灰色に白い太陽の色はどうだ。死体の処置をすませて、静かに煙草の輪を吹いた自分と、あの時のシーンとが何故か思い出される。

薄い靄は自分が小川の上流を散策しているうちにすっかり消えてしまった。もう太陽は高いであろうに何時の間に曇ったのか、田畠も農家もどんよりとして薄い鉛色の気体に包まれている。と、傍らにうず高く積み上げられた堆肥の向うから飛び出すような勢いで私の前に黒い影が突進した。——彼である。彼は何時ものように私の前に両足をふんばって突っ立ったまま、私の面を凝視した。複雑な表情である。私もじっと彼を見つめたが、それは彼が赤沢荘三郎の子息に相違ないという自分の推断を確実にするためだった。三分……四分……。私は口を開いた。

「赤沢荘三郎さんの御子息ですね」

「そうです」

彼は重々しく答えた。

「私はあなたとお話したい。御都合がよろしければ、明朝私の住家においで願いたい」

「承知しました。私はあなたからの何らかの発言を希望していました。そして、今日その目的を達しました」

彼は言葉のまだ終らないうちに、踵を返すと小川の上流に急ぎ足で歩いて行った。

「清々しい新緑といいますが、さーッと来て、すーッと晴れ上った後の緑ほど美しいものはありませんね」と語られた言葉を思い出した。いまも初夏の雨らしく、さーッと来た。私は疲れた頭を執筆中の論文から離して、はるか彼方の小山の麓に近い緑の樹々のあたりを遠望している。清新な清々しい新緑を翫味すべき希望を抱いて窓辺に立っているのである。しかし、この辺りの天候はあくまでも常軌を逸している。さーッと音がしているかと思えばこれがいつの間にかざーッという響に変っている。そうかと思えば、こんどは、ごーッと地響きを伴ったものにまで変化して、灰色の空からは一本一本がはっきりと目に見える太い、太い無数の雨の棒になり、真白い幕になって地上を突き刺して廻る。これがいつまでもつづく。雨宿りをしている人々もこれではさぞ困るであろうと思いながらいつしか新緑を忘れる。しぶきを避けて窓をしめ、論文の最後の章を書きつづける。雨のことも、雨宿りの人達のことも、頭から消え、いつしか身体全体が原稿用紙の中にとけ込んでいる。と、ふと気づくと雨は小降りになっているが、まだ止まない。この間数十分、いや一時間も越すであろう。——ここは目を保養することすら不可能な、病者には不適当な土地らしい。

○月　○日

今日は端句である。紺碧の空をあちらこちらに真鯉緋鯉が大空をわがもの顔に遊《ママ》する。はるか向うの青葉の美しい辺りに、真鯉二匹を誇らしく高く掲げた藁屋根の家が見える。二人の男子ありという意味であろうか。自分は兄弟愛を知らない。十六の時に私の母の虐待に堪えかねて家出したという十一違いの兄は今どこにいるのであろうか。

赤沢荘三郎の子息が私を訪れて来たのは九時過ぎであった。彼は老女に導かれて重い足取りで階段を上って来た。私は十畳の間に床を背に端座していた。十畳と四畳の部屋を仕切る襖は開け放たれ、両側の三個の窓も、窓の大きさ一ぱいに初夏の清々しい朝風を静かに部屋の中に送りこんでいる。階段を登り切った赤沢の子息は私を一瞥したまま、突然に襲われたらしい何か異常な感動を押しかくしでもするような様子を彼の動作に明らかに示しながらじっとそこに立ち竦んでしまった。彼は私の存在をも忘れて、くるったように彼の眼のみに全神経を集中させて、部屋の内部を端から端まで突き刺すような鋭い、そして注意深い視線で掃き廻した。

「赤沢さん。どうぞ」

彼は私の声に初めて自分に返ったように、私の前に座をしめた。しかし彼の関心はなおもこの部屋にあるらしい。彼は口を開くと、

「失礼ですが、あなたはこの二階を特異なものとお考えになりませんか」

「建築様式の意味ですか」

「そうです。この建物は家というよりも、日本古来の倉の形式を象ってゐますが、民家の倉といえば、外観にしろ、内部の構造にしろ、その様式にはある定った約束があると思います。こんな倉は、このC地方に一つ、いや日本全国を探しても、他にないのではありますまいか」

こういって、彼は私の言葉を待たずに、なおも続けた。

「私の父は倉の二階に住んだことがあると私に話しました。私が聞かされたその倉の特殊性は、私がいまここで見る通りなのです」

「そうすれば総てを綜合して、赤沢荘三郎氏が、かつてはこの二階にお住みになったことがあるということになりますね」

私は冷然と微笑さえ面に浮べて、彼を見た。

「そうです。しかし、これは別の問題です。これについては、またお願いに上ることがあると思

います。」

「承知しました。では今日の御用件を承りましょう」

赤沢の息子はしばし彼の膝の上に視線を落していたが、きッと面を上げると、私を睨みつけるように、

「私は父の怨を晴したいのです」

「どういう意味か私には分りません」

「十五年前に、あなたは私の父を地上から抹殺しました」

「殺害したと仰有るんですか？　警察も当時はそうした意見でした。しかし証拠は発見されなかった筈です」

「そうです。証拠があれば、あなたは十五年前に絞首台に上っています」

彼は口を閉じると、思いがけなくも怱々と立ち上った。そして、

「私は機会を待ちます。今までも待っていました」

といい捨てると大股に座敷を歩いて、階段の下に消えて行った。

○月　○日

赤沢荘三郎の子息は今日も姿を見せなかった。あれからもう五日になる。彼の出現を待ちうけるようになったいまの自分の心境を私は自分でも不可解に思う。

○月　○日

昼すぎである。彼が見えたという老女の言葉に私は階段のところまで彼を迎えた。彼は無遠慮に

私の目に突っ立ったまま、

「今日はお部屋の中を詳しく拝見させて頂くつもりで参りました。私は父がこの二階に住んでいたということを確実にしたいのです。御研究のお邪魔はいたしません」

「よろしい。どうか御勝手に行動下さい」

私はこういって、論文の最後の数枚の執筆をつづけた。赤沢は四畳の部屋の隅の二本の柱の前に正座すると、そこに残された種々の瑕を仔細に点検しはじめた。彼はこうした行動を静かに繰返しながら、私がとにもかくにも論文の原稿に「完」と記した頃には私の机の傍の床柱の前に静かに坐して同じ動作をいささかの疲労も見せずに続けていた。黄色い太陽の斜線がもう時間も大分過ぎたことを語っている。

「ありました」

彼は突然に誰にいうともなくこういった。そして私の方を振りむくと、改めて、

「ありました。確実な証拠がありました。これで父が話していた倉が、ここに違いないことが分りました。この床柱の横に釘のようなもので『キセソーベ』と書かれているのが判然と分ります。ソーベは父の子供の時分の呼び名で、キセという女は父を虐待して、この座敷牢に幽閉した後添の名前なんです。その後添も間もなく気が狂いこの部屋で死んだそうです」

私は百千の雷が一時に頭の上に落ちかかって来たような衝撃を感じた。頭の中の歯車が一つも残らずギギーと不気味な音を立て出した。

「赤沢さん。急に気分が悪くなりましたので失礼します。二三日のうちに是非お越し下さい。お話したいことがあります」

私はかろうじてこういったまま、そこに倒れた。

○月　○日

朝から昼まで、そして、昼から晩まで私は床柱の前に坐って、かすかに浮び上っている「キセソーベ」の文字を凝視しつづけている。私のうけた衝撃は余りにも大きい。私にはもう何を考える力も、何を語る気魄もない。

私は今夜自殺する。その前に、この手記に「ある完全犯罪人の手記」と題づけ、ガラス瓶に封じこんで大川に投じる。私はこの総ての事実を闇に葬るべきか否かを運命の神の裁断にまかせたいのである。

評論・随筆篇

探偵小説と暗号――銷夏よみもの――

（上）

近頃の探偵小説にはよく暗号が使用されている。ＡＢＣやイロハや、○や△が並べてある。どうも判らない。すると、名探偵が出て来て、これはこういう風に読むんだと教えて呉れる。いかにもたやすく解読する。読者はなるほどと感心する。

ポオは、人間の作った暗号であれば、時間さえあれば、いかなるものでも解読する、と豪語したそうだ。ところが、世の中は面白いもので、これほど暗号解読に自信のあるポオを子供扱いにした男がある。亜米利加の暗号解読者、エイチ・オー・ヤードリーがそれだ。彼は著書〝ブラック・チェムバー〟で――「今日科学的見地から暗号解読術を見るに、ポオなどはただ暗夜を彷徨するのみで、この術の根底をなす偉大な原則に至っては何等《ら》知るところがなかったことが判る」（大毎訳）といっているのだ。

もし、私の記憶が正しければ、このヤードリーがアメリカのブラック・チェムバーを主宰していた時には、全国からより抜きの、この道の技術者百八十名が組織立って働いていたのである。そして、こうした方法を以てしても難解な暗号を解くには少くとも二三ケ月はかかっていたようである。これを、見方をかえていえば、相当な技倆を有する暗号解読者が一人で、難解な暗号を解くには、二、三ケ月の百八十倍、即ち、四十年から四十五年かかる事になるのだ。

尤も、ポオの「黄金虫」に出てくるような単純なものであれば、二三時間、または二三日の時日があれば、解読し得るだろう。

御存じのように、ポオはこの作品中で０１２３４５等の数字と)(・?等、等の記号とで出来上った暗号を持ち出している。そして解読に当って、作中の人物に、こんな事をいわせている――

「僕はまず最も多く用いられている数字または記号から順々に少いものに到るまでそれぞれ数え上げてみた。そして次のような表をこしらえた。

8 ―― 83

; ―― 26

4 ―― 19

（以下）略

ところで、英語で書き表した場合に、最もしばしば出て来る文字はEだ。それから、ＡＯＩＤＨＮＲＳＴＵＹＣＦＧＬＭＷＢＫＰＱＸＺという順序になる。凡そ長短いかなる文章においてもEが最も優勢をしめていない場合は殆どない……」云々

（下）

私は今、目の前に「欧字一揃個数割合表」というものを置いている。これだけでは御判り難いと思うが、これは印刷屋が英語の活字を注文する場合に参考にするもので、例えば五号または六号の英語の活字を〝一揃〟といって注文する場合にはAの字が何個、Bが幾つある、という事を示す表なのである。

即ち、こうした割合で活字を買えば、英文を組んだ場合に、あるものは多すぎ、あるものは少すぎる、というような事はないのである。これに、次のように記してある。

イ　ロ　ハ

A	六五	八〇	一〇〇
B	四〇	五五	七〇
C	五五	七〇	八五
D	五二	六五	八〇
E	八〇	一〇〇	一二五
F	四〇	五五	七〇
G	四〇	五五	七〇
H	五八	七二	八八
I	六五	八二	一〇〇
J	二八	三五	四五
K	三六	五〇	六〇
L	四〇	五五	七二
M	五八	七二	九〇
N	六五	八〇	一〇〇
O	六五	八〇	一〇〇
P	四二	五八	七五
Q	二〇	二五	二五
R	六二	八〇	九六
S	六八	八五	一〇五
T	七〇	八五	一一〇
U	五〇	六二	七五
V	三五	四八	五六

W	三五	四八	五八
X	二〇	二五	三〇
Y	四二	五五	七〇
Z	二〇	二五	三〇

なるほど、「黄金虫」の人物が云う通りに、Eが一番多く、その他の文字も殆ど同じ順序になっている。ポオはこんな表を見て、前述のような暗号を思い付いたに相違ないのだ。

暗号がいつの場合にでも、こんな単純なものであれば苦労しない。しかし、暗号術の進んだ現在で暗号と名のつくほどのものは、前にも書いたように、百八十人ものエキスパートが一つになって働いて、二三ケ月もかかるのである。だから、私は暗号を作品中に取入れられる作家方に申上げたい。

もし、あなた方が、作品中の人物に、或る暗号を一目見るなり、

「こりゃ、君、こう読むんだ」と言わせようとお思いになれば、思いきり平易な暗号をお考え下さい。また、少しひねくり廻した暗号を御考案になって読者を煙に巻いてしまうおつもりなれば、作品の中で活躍する探偵にだって、一年や二年考える猶予をやって下さい――と、そして、も一つあなた方の崇拝されるエドガー・アラン・ポオは彼の随筆クリットグラフィで、こんなことを云っております――

「暗号を作るのはたやすい事だと思っている人が多い、しかし、暗号と云えるほどの暗号なんて中々出来るもんじゃない、だがこんな事をいったって、結局そうかな、と思う者はない」（拙訳）

という事を――

大空の死闘――海外犯罪ニュース・1――

坂井君――。

君が読でいないと悪いから、新聞の記事を、そのまま、借りてくる。

「カナダ、トロント市上空で、珍らしい空中殺人事件が起った。加害者はアメリカン・エア・ラインの操縦士ジョセフ・マルキネー、被害者は、アメリカン・ナショナル・リーグ、ブルックリン・ドッヂャースの外野手として、一時、有名だった、レオナード・ケーネッケである。一操縦士の話によると、成績不良の理由で、ブルックリン・ドッヂャースから解雇されたケーネッケは、その夜、泥酔して、シカゴからデトロイトに飛来し、デトロイトで、マルキネーの飛行機を傭って、職業パラシュート・ヂャムパーの、アーウィン・デービスと共に乗込み、バッフワローに向ったが、間もなく、彼は同乗者のデービスに食ってかかり、彼を絞め殺さんとしたのみならず、操縦困難に陥らしめたので、操縦士も、被害の彼自身に及ばんことを恐れて、飛行機を数千フィートの上空に上昇せしめるとともに、操縦席を立ち、デービスと協力して、ケーネッケを取鎮《とりしず》めんとしたが及ばず、飛行機は墜落の危機に瀕したので、ついに、消火器で乱打、死に至らしめたものであり、二人の生命を救うためには、一人の命を奪うより外なかった、と云っている」

「一方には、ケーネッケは野球の技術が劣ったのを悲観して、空中自殺をはかり、乱暴したのだ、という説もあるが、ブルックリンに住む妻に、一両日中に帰る旨の手紙を出している点と、シカゴからデトロイトに向う旅客機中でも、酔払って、他の乗客に迷惑をかけた事があった点から見て、この惨事も、全く、酒の上の結果といわれている。(大朝、一〇、九・一八)」

これが全部で、原文のままだ。どうだ、君はこの事件をどう考える? 新聞が報じている通り、「二人の生命を救うためには一人の命を奪うより外なかった」と、いう簡単な理由のみの殺人だろうか——非常に、巧妙に仕組まれた、計画的な殺人事件ではあるまいか。電文が簡単で、飛行機が、果して、旅客機であったか、どうか。また、旅客機であれば、他に乗客があったのか、無かったのか。どうも、こうした点が明白でない。十八日附の神戸・ジャパン・クロニクル紙も、ただ次のように記しているに過ぎない——

Toronto, September 17. The well-known American baseball player, Leonard Koenecke, a prominent member of the Brooklyn team in the National League, was killed to-day in a grim battle waged in an aeroplane in midair over the suburbs of Toronto.

Apparently Koenecke, who had hired the machine, was struck on the head with a fire extinguisher. According to the story the pilot is alleged to have told the police, Koenecke started the fight, which lasted 15 minutes, the 'plane rocking dangerously the whole time. The police detained two members of the crew when the machine landed. (Rengo to Chronicle)

電文から考えると、正しく旅客機で、乗員は、操縦士のマルキネー、機関士として乗組んだのであろう、と考えられる、職業パラシュート・ジャムパーのデービス、そして、被害者であり、唯一の乗客であったケーネッケの三人だ。ところが、ケーネッケと、機関士(?)のデービスとの間に争闘が初まった。クロニクル紙へ宛てたRengoの電報には、この争闘は、被害者のケーネッケによって開始され、十五分間継続されたとある。ところが、大朝紙によると、操縦士のマルキネーは「……やがて、被害の彼自身に及ばんことを恐れて……操縦席を立ち、デービスと協力して、ケーネッケを取鎮めんとしたが及ばす……消火器で乱打、死に至らしめた……」と、いうのだ。この陳述――勿論乗組員《クリュー》である、二人の――は事実に相違あるまい。しかし、殺人の現場にい合せたものは、操縦士と機関士の二人きりだ――当時の情況を語り得る者は、絶対に、この二人しかないのだ。そうすれば、こうした構想《プロット》（！）も、彼等によって創作されたのではあるまいか、と一応は疑い得る。

旅客機がデトロイトを出発した時、被害者のケーネッケは、一滴の酒も口にしていなかった（――と仮定しよう）彼のポケットには解雇手当として、アメリカン・ナショナル・リーグから受取った五千弗《ドル》の札束がある。旅客機は静かな深夜の空を、航空標識を頼りに飛んでいた。ケーネッケは、思いを妻の上に馳ている。と、機関室の扉が開いて、機関士として乗組んでいるデービスが這入って来た。手には、ウイスキー・ボトルを握っている。

「ケーネッケさん、一杯おやりになりませんか。これからは山嶽地帯で、うんと高度を取りますから、とても気温が下りますよ。少し飲んで身体を温めておおきなさい」彼は親切に、こう、云う。

総ては筋書通りに運んで行った。ケーネッケは、もう随分と酔っている。機関士の役目を受持っている、パラシューターのデービスは、じっと、彼の様子を見守っていたが、突如、ケーネッケに組みついた。

「何をするのだ！」

彼は、ケーネッケの言葉に答えずに、相手を組みしこうとする。二人は、狭い旅客機の中で、猛烈な格闘を初めた。操縦席に通じる扉の小窓から、操縦士の顔が見える。彼の目は輝いた。操縦桿をぐっ、と引いた。機は急角度で上昇。高度計は千五百米突《メートル》、二千、二千五百、と、進んで行く。旅客席での格闘は続けられている。機は水平に復した。と、操縦席の扉を排して、操縦士のマルキネーが這入って来た。高度三千米突。手には機に備え付けの消火器を握っている。——操縦士の手から開放された、新造の旅客機は、静かな夜空を、ただ一直線に突き進んでいる。突風に煽られたか、機が烈しく左右に動揺した。操縦士のマルキネーは、血に汚れた消火器を、そこに捨てたまま、操縦席にかえって行った。彼とデービスのポケットには二千五百弗ずつの、ま新しい札束が収められていた。

　どうだ。余りに、小説的に考え過ると思うかい。そうかも知れない。しかし、もし、僕が、デトロイトの警察署長であったら、この二人の乗組員をアメリカ名物のthird degree《サード・ディグリー》で、うんと絞め上げてみる。

『幸運の手紙』の謎——海外犯罪ニュース・2——

坂井君——。

これは犯罪ニュースには違いないが、殺人事件ではない。君が、読み終ってから、失望するといけないから、断っておく。

・・

近頃、「幸運の手紙」という言葉が流行しているが、どんなものか知っているか。

——これはアメリカで、随分、流行したもので、四五年も前から日本へも来ている。種類は二三あるようだが、文句は英文で、タイプライター使用、そして、大体、次のようなことが書いてある——。

・・

「……この手紙を受けとったのち、七日以内に、写し九枚をつくり、九人の友達にお送りなさい。この『幸運の手紙』は、アンダーソン・W・スミス大佐によって創始されたもので、地球を二十周するまで継続して、連鎖が行われねばなりません。七日の内に、この約束を守られた方は幸運が齎《もたら》されましょうし、手紙の連鎖を断たれた方には、近い将来に、必ず不幸がありましょう。——ペンシルバニア州のC・P・ハイマン氏は、「幸運の手紙」を発送した、その翌日に富籤《とみくじ》の当選によって、一躍、百万長者になられました。また、手紙の連鎖を断たれた、ミルウォーキーのエセル・マン夫人は一週間の後に、自動車事故によって、死去されました」

――こんなことが書いてある、そして、最後に、この「連鎖」の一環一環を形づくってきた人々の姓名が、順序を追うて、列記してあるのだ。この手紙を受けとった者は、記されている通り、同じ手紙を九通、タイプライターで叩く、そして姓名の表《リスト》の最終に自分の名を連ね、九人の友人、知己に、一枚ずつ送るのだ。こんな手紙を受けとった者は、何だか、馬鹿にされたような気がして、紙屑籠の中にたたき込む。しかし、「……連鎖を断つ者には、不幸が齎される、云々」と、書いてあり、その例までが（！）記してあるのを見ると、馬鹿らしい、とは考えながらも、何だか、ゴヘイをかつぎたいような気持ちになる。――こうした理由で、この「幸運の手紙」が今だに、時折、迷い込んで来るのだ。

・・

――これが、所謂、幸運の手紙だ。ところが、最近、アメリカで、新しい形式のものが生れた。これは、まだ、日本へは輸入されていない。しかし、近い内にやって来るかも知れない。この、新しい「幸運の手紙」は、まず最初に、

「吾人は在天の神を信ず……」

と、受取人を驚かせている。そして、その次に、六人の住所氏名が列記されている。即ち、

・・

ジョン・ジョーンス、ブラー街九十番地

C・ブラウン、シスル路二千五百番地

メリー・スミス夫人、ボッシュ町三番地
G・P・ジャックソン、バンク公園十九号
サデー・トムソン嬢、トムソン街十二番
ハリー・H・ホワイトソン、ケント街

・・

と、いうように書かれているのだ。そして、その次から、本文が初まり、次のようなことを書いている——。

「この手紙を受取った日から数えて、五日以内に、五枚の写しをこさえ、友人または、信用ある人々に、お送りなさい。あなたが印字される写しには、第一番目に記された住所氏名は除き、最後にあなた自身の、住所と、氏名を記すのです。

・・

「手紙の発送が終りますと、十セントの銀貨を一枚、紙に包んで封筒に入れ、それを、あなたが受取られた手紙の最初に記されている、住所氏名にあてて送るのです。……「この幸運の手紙」の連鎖が続けられ、やがて、あなたの名前が、手紙の最初に記され、そして、除かれる番になりますと、あなたの許へは、十セントの銀貨を封入した15,625通の手紙——即ち、1,562.50弗《ドル》の現金が送られて来ることになるのです………」

・・

——旨いことを考えたものだ。手紙のいう通り、最初に記されている人は、第二のブラウン氏を含む、五人の人に手紙を出しており、第二番目に記されている人々は、スミス夫人を含む、五人ずつの人達に、合計、二十五通の手紙を送ることになる、等、等、等、で、この手紙の受取人が、最初に記されている、ジョーンス氏に、十セントの銀貨一枚を送る時には、彼は、総額、1,562.50弗を受取る事になるのだ。そして、この順番が、やがて、廻って来る。この新しい、「幸運の手紙」を受取った人達は皆、

「これは面白い……」

と、考えたらしい。そして、正直に「連鎖」が守られた。ところが、間もなく、第一番に記されていた人物、即ち、ジョン・ジョーンス氏が、この手紙の創始者であり、その次に列記された人達は架空の人物であることが分ったのだ。――彼は、こんな手紙の写しを二千枚余りもこさえた。最初に自分の名を記し、他の五人は、いい加減な住所姓名を列記した。そして、電話帳を見て、手あたり次第に発送したのだ。二千通の内の八〇パーセント――千六百通は、連鎖を守る正直な人々の手に入り、彼の許へは、160弗の十セント銀貨が送られている。――言葉をかえて云えば、これだけ、詐取したのだ。この諸経費、大きく見て、60弗だから、ジョン・ジョーンスという男は、正味100弗だけ儲けた事になる。

・・

この男、後になって、死んだ、ジヤツ・ダイアモンドの身内だったことがある、と分ったが、機関銃をもって、Gメン対手《あいて》に戦争を継続している、アメリカのギャングスターの中にも、こんな優しい！悪党もいるのか、と思うと、微笑ましくなる。

細君受難――海外犯罪ニュース・3――

坂井君――。

これは亜米利加のバラバラ事件だ。

ミシガン州デトロイト市、スタンレー街二百五十番に住む、エドワード・W・マッケー氏の宅から、女の悲鳴が聞えた。――午前二時四十分頃、というから深夜だ。近所の人、二三は、その声を聞いている。しかし、

「家庭争議でも起しているんだな」

ほどにしか、考えなかった。すると、あくる朝、マッケー氏が出て来て、近所の人達に、

「昨夜は、どうも、失礼しました。驚かれましたでしょう」

と、こういっているのだ。が、

「ええ、驚きましたよ。何事でした」

と、返事する訳にも行かないので、

「なにも存じませんでした。とてもよく寝ていましたので……」

と、礼儀ただしく知らぬ顔をした。すると、マッケー氏は、

「実は、家内が昨夜、大変に魘されましてね――時々やるんですが、あんなに、酷いのは初めてでした」

と、云ったものだ。で、近所の人達が、

「そう仰有ると、けさは、まだ、お見うけいたしませんが、その後、塩梅でも、お悪いのではございませんか」

と、心配そうに訊ねると、

「いや、大変な元気なんです。実は、前から、一度、ニュー・ヨークにいる母のところへ行って来たい、と、いっていたのですが、今朝、急に立って行きました。かえりには、シカゴにいる兄のところへも廻って来たい、と、いっていましたから、一ケ月あまりは帰えらないだろうと思います」

と、こう、答えているのだ。


——ここまで書くと、探偵小説の愛読者である君は、すでに、察していることと思うが、マッケー氏はその前夜、妻を殺害しているのだ。殺人の動機といったものは、別になかったらしい、ただ、何かの理由で妻に面罵され、かっとなって、一撃のもとに斃したらしい。……しまった、と思ったが、その時には、もう、遅かった——。彼女は冷たくなっていたのだ。——ところがマッケー氏は非常に探偵小説が好きで、時には、創作もやっていた、というのだ。(こう聞くと、まんざら、他人のようにも思えないじゃないか!)——それで探偵小説を書く時のようなつもりで、いかにして、死体を処置するか……、どう犯行を隠匿したものか、ということに付いて、朝まで、熱心に考えつづけたらしい。その結果、総てのプランがなり立って、まず近所の人々に、

(妻はニュー・ヨークへ行きました)

と、いって歩いたのだ。


翌朝はやく、マッケー氏は、バラバラにした妻の死体を自動車に積んで、百哩あまりも離れた、タウンズゼルに向って出発している。——家を出る時には、

「つまらない用事で、急がしくって困ります。帰えるのは夜になるだろうと思いますが、どうかお留守をお願いいいたします」

と、隣の人にいっている。

手足や胴体は、無造作に果しない平原のあちこちに、遺棄している。しかし、頭部だけは、非常に、巧みに隠匿している――今だに、これだけは発見されないそうだ。

彼は、

（――頭部が発見されなければ、被害者の個人識別は不可能だろう。そうすれば、犯人を逮捕する方法があるまい）

と、こう、考えたのだ。……そうに違いない。しかし、彼は、妻の指紋が警察の手に残されていることを知らなかったのだ！――マッケー夫人は、結婚するまで、カナダに住んでいた。そして、アメリカへ移民として入国したのだが、その際に、些細なことから問題を起し、指紋を取られていたのだ。そうした訳でバラバラになった被害者は、現在、マッケーという人の妻になっている女、ということが分ったのだ。

マッケー氏は、妻を殺害してから五十五日目に、彼の住家から数百哩はなれた、インディアナ州のポート・ウエーンで捕縛されている。しかし、感心なことに、

「御用だ《ユーアー・アレステッド》！」

と、手を握られて、何の抵抗もせずに、

「恐れ入りました」

と、頭を下げている。――この、マッケー氏、無期懲役の刑を受けてから間もなく可愛想にも、獄死している。が、遺言には（妻と一所に埋めて下さい）

とあったそうだ。

×

今ごろ、パンのし棒で、うんと殴られていることだろう！

地下鉄の亡霊――海外犯罪ニュース・4――

坂井君――。

タイムスでも、時には、つまらないニュースを載せるものだ。――僕は、あの新聞記事を見た時に、こう感じた。一婦人が出勤の途中、地下鉄で時間を待っていたが、電車が驀進して来た際に、ラッシュ・アワーの群衆におされて、線路上に顚落し、惨死した、というのだ。簡単な記事で、新聞の片隅に、ほんの小さく、記されていたのだが、何故か、僕はこのニュースを、はっきりと憶えていた。――これは、昨年の十月頃だった、と記憶する。ところが、今日、着いた新聞を見ると、意外にも、これは偶然の出来事ではなく、ちょっと、風変りな殺人事件であった事を報じている。

昨日の事である（――新聞は、こう、書いている）、スコットランド・ヤードの受付へ、一人の青年が、

「人を殺しました」

と、自首して出た。係の者が、驚いて、取調べると、

「数ケ月前に、地下鉄のフォームから落ちて、惨死した、と報ぜられた婦人は、私の以前の愛人で、私を裏切ったので、殺害したのです」

と、こう申立てたのである。記録を調べると、この男が云うように、地下鉄で婦人が怪死している。しかし、殺人事件を思わせるような形跡はない。

（此奴気が狂っているんじゃあるまいか……）

スコットランド・ヤードの人々は、最初、こう考えたそうだ。それも無理のない話である。なにしろ、時間が、出勤前のラッシュ・アワー。その女が線路に落ちこんだのを確かに、目撃した、という証人が、十数人もある。自分から――または、自分の過失で落ち込んだのであれば「殺人」でもあるまい。と、こう、考えたのも当然だ。しかし、男の話を聞くと、正に殺人事件だ。

女の名はベティ・シャープ。男はロバート・W・ローイ。二人は東中央区、チエスエル街にある、南阿貿易商館に勤務していた。男は積出部、女は支配人の秘書を務めていた。二人は、いつしか、恋を語るようになっていた。恋する者――そうした人達は、外国でも、同じようなことをするものだ。二人は、毎夜のように、ハイド・パークを、楽しげに散歩していた。そして、二人が坐るベンチは定まっていた。鬱蒼と生え繁った楡《にれ》の木の下にある、それだったのだ。恋の睦語――そうしたものの記録は、ここには、不必要だ。しかし、男は女に、後の楡の木を振りかえりながら、二三度も、こんなことを云っているのだ――。

「もし、あなたが、私を裏切るようなことがあれば、私は、この樹の下で首を縊りますよ」

「何を云っているの……」

女は、こう、微笑んでは、男の唇をもとめるかのように、しっかりと、男に寄りそっていたものである。

秋になった。ロンドンの総ての人に、陰鬱な、霧の日が続いた。女の心に燃えたぎっていた、男に対する情熱も、いつしか、冷めかかっていた。彼女の胸には、第二の男を思う、新しい焔が燃え盛っていたのである。女は彼から遠ざかって行った。男は、総てに、希望を失った。やるせない胸の悩みを抱いて、無情の女を恨んだ。

「……しかし、私は、去って行く女を追うような男ではございません」

男は、スコットランド・ヤードで、こう、云っている。

「――しかし、正直に申しますと、どうにも彼女を思い切れませんでした。私は、堪えがたい淋しさを紛らすために、かつては、彼女と共に、楽しく語ったことのある、あの楡の木の下に立って、考えるともなく、彼女のことを思い続けていたのです。ところが、ある夜――それは、秋とは云いながら、気味の悪いほど、温い、そして、どんよりと曇った晩でした……」

……男は、いつものように、ぼんやりと薄暗い樹の下に佇んで、思いを女の上に馳せていた。すると……彼女が、新しい愛人と共に、すぐ前の道を、散歩して来たではないか！　ところが、彼が、こう気付く前に、女が、楡の樹の下に、ぼんやりと立っている、彼の姿を発見したのだ。――彼女は、あっ、と、声を上げました――と、彼は語っている。……女は、生きている彼、とは、考えなかったらしい。

（もし、あなたが、私を裏切ったら、私はこの樹で首を縊りますよ）

恋する彼が、半ば真剣に、彼女の耳に囁いた、呪詛に似た言葉を、彼女は咄嗟に思い浮べたに相違ないのだ。彼女は、それが実在の人間であるか、どうか、を確かめる余裕もなく、新しき愛人を促して、その、薄気味悪い場所を、逃げるように、立ち去ったのである。彼は、こう、云っている――。

「私を裏切った、あの憎い女が、驚きの叫び声を上げた時、私の頭に、ある復讐の手段が浮びました」

――彼は、その場を立ち去って、テームス河畔に出た。人気のない場所を選んで、河辺に自分の持物を残した。その際に、時計の針を二時間余り、戻した。そして、機械を、わざと、下に落して、毀した。――それを、自殺決行の時間と考えさせるがためである。……彼の計画は的った。翌日の新聞には、彼の投身自殺が報ぜられた。死体は発見されない。しかし、地上に投げ捨てられた彼の時計が、六時で止まっているところを見れば、その時間前後に、決行したものと考えられる——云々、と、記されてあったのだ。これで、女が、楡の樹の下で見た彼の姿は、疑いもなく、彼の亡霊であった、ということが、時間的に証明された訳である。——英国の知識階級で、心霊を信じているのは、コナンドイルのみではない。もっとも新しかるべき職業に従事する、彼女にも、そうしたものの実在を肯定する気分があったのに相違ない。

彼は、最後にこう云っている——。

「……彼女が地下鉄で出勤する時間に、私は、毎朝、ラッシュ・アワーの人混みに、姿をかくして、機会を待っていました。あの朝、彼女は群衆の最前線にいました。電車は驀進して来ました。私は、この瞬間的な機会を、決して、逃がしませんでした。

『ベティ！』

と、低く、しかし、鋭く、呼びかけました。はっ、と、振りかえった、彼女の面には、さっ、と、恐怖の色が現われました。反射的に身を引きました。……人々は、あっ、と、声を立てました。——彼女の足が、ホームを踏み外したのです。瞬間、物凄い勢で、電車が彼女の姿を覆いました。——総ては、私が予期した通りに、運ばれたのです。……」彼は、こう、云っている。

そして、次のように付け加えているのだ。

「私は、いつも、彼女に云っていました。もし自分を裏切るようなことがあれば、必ず、復讐する——と、そして、この言葉を、実行したのです」

彼に、はたして、どんな判決が下るであろうか、僕は知らない。しかし、もし、彼が自首していなかったならば、この「殺人事件」は、完全犯罪の表《リスト》に加えられていただろう。

魂を殺した人々――海外犯罪ニュース・5――

坂井君――。

千九百三十三年、六月の事だ――と云えば、それじゃ、ニュースでもあるまい。というかも知れない。が、とにかく、終まで読んでほしい。

ノールウェーの、北海岸、北極圏内にある町として、名高いハマーフェルトに、カール・フエーガーという、素封家があった。家族は、若いカールただ一人。虚弱な体格の持主だった。別に趣味とてもなく、遊ぶこともしない。――この人が、どうしたことからか、素性よからぬ、ジェフという女と知り合った。その挙句、結婚とまで話は進んで、この女、まんまと、玉の輿に乗ったのだ。ところが、筋書通り、この女には男の〝友達〟があった。これが、カールにも紹介されて、出入りを初めた。ところが、この男、初めの間こそ、女の友達にも見えていたが、やがて、どうにも、そうとは考えられなくなって来た。――お人よしのカールを前にして、目に余る行いが募ってきたのである。見るに見かねた、カールの友人が、

「知らないのかい?」

と、忠告を初めた。ところが、カールは、

「知っているが、どうも、仕方がない。何だか、一人に殺されそうな気がする……」

と、こんなことを、呟いたのである。――こうした事があってから、二三週間たっての話である。

カールの姿が、ふと、消えてしまった。――ジェフは、彼女の〝友達〟と共に、夫婦然とカールの家で、生活を初めた。男の指には、カールが常に指していた、ダイヤの指環が光っている。……警察は二人を疑い初めた。呼び出して、カールの行衛を尋ねた。すると、商用で田舎へ旅に出ました――と、答えた。……と、警察は、無論、こうした言葉を信じない。二人を留置したままで、家宅捜索が初まった。

――上から鈍器で殴りつけられた形跡がある。古い帽子が発見された。内側には、べっとりと血潮の付いた形跡がある。見ると、カールのものに相違ない。捜査の人々は、躍り上って、喜んだ。……この動かすことの出来ない、証拠を突きつけて、訊問を続けたが、どうしても、白状しない。――男が差していた、カールの指環を前に置いて、

「これは、どうしたのだ」

と、極めつけても、

「カールが、私に呉れたのです」

と、繰返えすのみだ。――が、そんな馬鹿な事があり得るはずがない。数万金の価値ある、ダイヤの指環――それも、先祖から代々、受けついでいる、と、彼が日頃から、語っていた、由緒ある品。それを、いくら、心安いと云え、他人に与える訳がない。――そうしている内に、犯行があったと考えられる頃、彼がカールの服を、夜中、密かに遺棄するのを見た――と、証言する者が出た。

警察の人達が、

「カールの服を捨てた、と云うが、事実か……」

と、こう、つき込むと、

「はい、事実です。カールが捨ててくれ、と云いましたので、その通りしたのです」

と、答えた。が、誰もその言葉を信じない。――彼と、女との、対質訊問が初まった。峻烈な取調べに、すっかり憔悴しきった女は、男の顔を見ると、わめき立てた。

「……この人殺し。自分が殺しておいて、わたしまでも、引き込もうとする。悪党――卑怯者！」

――人間なんて、こうなると、浅間しい。love《ラブ》 is《イズ》 best《ベスト》も、何もない――命あっての恋愛沙汰だ。一歩誤まれば、命がない――と思えば、愛人であろうが、恋人だろうが、文字通りに、啀《いが》み合うものらしい。……総ての情況証拠が揃った。彼が、カールを殺したことに、今は、いささかの疑いもない。――が、どうしても、白状しない。殺人の具体的方法、死体の隠匿場所、等々に付いても、口を緘して語らないのだ。……こうした点が、顧慮されたらしい。当然、絞首台に上るべき彼は、終身懲役の刑を受けて服刑した。

――女には、共犯の嫌疑は無かったらしい。そのまま、放免された。が、やがて、「雨に濡れた猫のようになって、夜の街を、どこかへ、さまよい去ってしまった」――と、記されている。

これが、三年前の話だ。……が、総てが、これで終っていないから面白い。

×

今年の初め頃である。殺されたカールの古い友人が、所用あって、西海岸のベルゲン市に旅行し、町の繁華街を歩いていた。と、ある街角で、出合いがしらに、山高帽をかむった男と衝突した。勢いが、あまり強かったので、そのはずみに、対手の帽子がころげ落ちた。この男は、急いで、拾い上げ、

「どうも、失礼しました」

と、差出したのである。……と、対手の目が、彼を、じっと、見つめている。彼は……と、震い上った。

「カール……」

思わずこう叫んだのだ。――顔を覆い隠すほどの髭が彼の顔姿《かたち》をすっかり変えている。が、幼な友達だ。どこかに、昔を偲ばせる面影が残っている。

「カールじゃないのか」

彼は、重ねて、こう糺した。男は静かに口を開くと、

「カールは殺されました」

と、口を開いた。

「……ある男と女に殺されました。二人はカールの魂を殺したのです。しかし、身体は死んでいません。——家に伝った指差を、あの男に与えたのは、カールに相違ありません。服を捨てるように、命令したのも、カールに違いないのです——総ては、あの男が警察で申立てた通りです。……女は、行衛不明になりました。もう、この世から消え去っているかも知れません)

——何の表情もなく、こう、云い終ると、この山高帽子の男は、街の群衆にまぎれて、見えなくなってしまった——と、いうのだ。

×

これで、話の全部は終っている。が、事実の記録では、この後半は承認されていない。——生きているカールを目撃した。という男が、かつて、精神病を経験したことがある——という理由のためである。が、……君はどう考える。カールは、ほんとに、生きていたんじゃあるまいか?——もし、そうだとすると、ちょっと、変った犯罪と考えないか。少し潤色をすると、面白い探偵小説になるかも知れない。

雲の中の秘密

これは、二万五千円で買ったキッスの話なんだ――。

白い雲が悠々と浮んでいる。発動機の調子はいい。後の座席では沙里ちゃんが口紅をつけている。美しい悪魔だ。あすになれば、この新型機の若き工場主――勝ちほこれる競走者、中島のものになってしまうのだと考えると、続けざまに高等飛行を繰返して、地上の人達――とりわけあの恋の敵を驚かせてやりたいような衝動に馳られる。

「どう、機械の工合いいの……」

沙里ちゃんが、後から叫んだ瞬間だ。発動機が、不規則な鼓動を打ち初めたのだ。

「駄目だ……」

僕は、彼女の言葉に答えずに、こう、叫んだ。

「沙里ちゃん。飛び出すんだ」

「だって、わたし、こわいわ」

「落下傘をもってるじゃありませんか。……じゃ、僕につかまりなさい、僕と向い合って、首に両手をかけて……。そう……。じゃ、飛び出しますよ。しっかり、つかまってて下さいよ」

――こうして、二人で飛び降りた落下傘は、不幸（！）無事に開いた。白い雲の中に、二人はかくれてしまった！……分ったかい。二万五千円の飛行機を捨てて得た接吻だ。――しかし、あくる日、新しい飛行機を彼奴から取ってやったよ。

「試験飛行に、発動機の故障を起すような飛行機を売る奴があるか。何、故障が偽だというのか。

では、今は君の妻君——沙里ちゃんに、当時の模様、……うんあの時のことを聞いてみろ」

と、云ってね。え、新しい飛行機をせしめりゃ、ただのキッスになったじゃないか——というのかい。まあ、終まで聞けよ。——新しいのを、彼奴から、せしめた翌日の事だ、飛んでいると、二人がドライブしている。ちぇ、癪だ、驚かしてやれ、と思って、ぐんと降りた。とたんに高圧線にひっかかって、飛行機は滅茶滅茶、結局、二万五千円のキッスになっちまったんだ。命のあったのが不思議だよ。

『霧中殺人事件』序

原作者ミニオン・ヂイ・エバアハートは、人も知る"Scotland yard"探偵小説賞の受賞者であり、英国のアガサ・クリスティ、ドロシイ・セイヤーズにも比肩すべき米国の新進女流作家である。その受賞作"While the Patient Slept"は、米国内のみに於ても二十五万部以上を売りつくして読書界を風靡したが、女史の作品は、今や八ヶ国の国語によって読まれているという。

ここに訳出した"The Figure in the Fog"は、女史の作品中、最も傑《すぐ》れたものである。これは、欧米批評家の等しく認めるところであり、かの「レッド・ブック・マガヂン」の編輯者もまた、その誌上に於て激賞している。それにしても、この傑れた作者と作品が、これまで、何故わが国に紹介されなかったのだろうと、不可解にさえ感じられる。恐らくこの一篇によって、わが国の読者は、ミニオン・ヂイ・エバアハートに大いなる魅力を感ぜずにはいられなくなるだろう。

私はこの作品の翻訳にあたって、かなり奔放な自由訳を試みた。これはいわゆる翻訳臭を除去し、出来るだけ原作の味を出したいと考えた私の微意《ハムブル・デザイヤー》であり、Bona fideな試み《ベンチユワー》でもある。時間的な理由のために、十分な推敲をなし得なかったことはかえすがえすも残念であるが、少くとも、原作をdeteriorateしていないと自負している。

千九百三十六年九月

神戸筒台にて　　訳者

M．G．エバアハート作品目録

THE CASE OF SUSAN DARE
THE WHITE COCKATOO
MUDER BY AN ARISTOCRAT
FROM THIS DARK STAIRWAY
THE MYSTERY OF HUNTINGS END
THE PATIENT IN FROM 18
HOUSE ON THE ROOF
FAIR WARNING
WHILE THE PATIENT SLEPT
THE FIGURE IN THE FOG

（製作順序不同——原作者より訳者への July 9, 1936 附の私信による。）

神様と獣《けだもの》

残念ながら、獣に月給を貰っていた時分の話。獣夫婦が神国日本を去って、獣の国へ帰る用意の最中である。

「電話して下さい」という。「トーア・ロードにR——という薬屋がありますね。Jという人を呼んで、こう云って下さい。頸輪と鍵は、家へ届けないで、勝手に処分して下さい」

「そう云えば分るんですね」どうも探偵小説のようである。その時は分らなかったが、獣夫婦が、日本人の召使《アマ》よりも大切にしていた猿がある。連れてかえるのが、面倒くさい。こんな場合、獣達は、犬、描、猿を簡単に殺してかえる。そうした設備が、獣連中の行く薬屋R——にある。

「お前、猿は連れて帰らないね」雌の獣が合点する。話は早い。しかし、雄の獣は、こう考える。〈頸輪と鍵を家へ届けさせると、猿を殺した事が分る。勿論、女房は殺す事を知っている。しかし、麗麗しく、証拠物件を目の前につきつけると、S・P・C・A（動物虐待防止会員）たる手前女が困る。頸輪も、鍵も、猿も、一緒に消えてしまえば、話の出るはずもない〉という訳だ。そして、獣夫婦は、あれほど可愛がったサルのサの字も忘れてしまって、獣の国へ太平洋を渡って、かえって行く。

日本には、殺されるべき運命にある事を知らず、舞をまう猿ひきの猿を憫んで助命する大名の話が艶麗な常磐津に語られている。

神と獣の相違である。

アンケート

諸家の感想

一、創作、翻訳の傑作各三篇
二、最も傑出せる作への御感想
三、本年への御希望?

一、二、種々な理由のために、あまり読んでおりませんので、残念ながら、お答え申上げる資格がございません。

(三の一) 探偵小説という言葉が、英語でいうDetective Storyの翻訳か、どうか、存じませぬが、もし、そうだとすれば、「探偵小説」の文学を作品に付する場合、十二分の考慮が必要ではございますまいか。こうした事を無視いたしておりますれば、日本には永久に、傑作Detective Storyが出現し得ないのではないでしょうか。――このような事に一番、無頓着である人達までが、こんなことを云わねばならぬ時期になってきたのではございますまいか。

(三の二) どなたかに、翻訳の統制《コントロール》をして頂きたいと存じます。つまり、この統制者に、たとえば、Wilkie Collins の "The Biter Bit" を翻訳したい、と申し送ります。統制者は最初の届出者にOKいたします。もし、正当な理由なくして、一定の期間後にも、翻訳が終らない場合には、そのOKは消滅し、第二の、同作品翻訳希望者に、ＯＫをトランスフヮーいたします。――こうしたシステムでも御座いませねば、いくら翻訳者の全部がGentlemanでございましても、愉快でない事件の起り得るのは当然でございましょう。

以上

（『探偵春秋』第二巻第一号、一九三七年一月）

お問合せ

一、シュピオ直木賞記念号の読後感
二、最近お読みになりました小説一篇につきての御感想

一、種々な意味で、探偵小説を愛する人達の座右に置くべき書――という感じを、しみじみと受ける。
二、ぷろふいる誌五月号の口絵で紹介された“Act quick Mr. Moto”――日本人の探偵が活躍するというので読み初めたが、どうやら探偵小説ではないらしい。それに、日本人モト氏の会話が“Thank you very very much”という工合に運ばれるので、読んでいて日本人たるもの非常に不愉快だ。――読後感でなく読み初め感！

（『シュピオ』第三巻第五号、一九三七年六月）

十年後の神戸

プロロオグ

昭和十三年二月十五日。

日本郵船会社デイゼル船「神戸市《シティ・オブ・コウベ》、二万五千トンは八百名の乗客を乗せて暗夜の玄界灘を全速力で門司に向って進んでおります。殆ど颱風に近いような暴風に雨さえ加わりまして、海は思う存分に荒れておりますのでさしもの巨船も木の葉の様に動揺しております。今夜船での最後の夕を惜むためにレセプションルームで社交ダンスが目論まれていましたが、海が荒いので中止になりまして、船自身が暴風のジャズに調子を合せてダンスしております。

私は唯一人ボートデッキの書物室《ライティングルーム》で在英の友達に神戸安着を報ずるサーキュラーをタイプライトしております。

「本日午後二時無事帰神候間御安心被下度候――」「本日午後二時無事帰神――」私は船に備付けてあるMS《モーター・シップ》「神戸街《シティオブコウベ》」の絵葉書を携帯用タイプライターに差込んで、同じ文句を叩いておりましたが、五六枚目の「本日午後二時」と書きました時には堪らなく感傷的になって来まして、「明日の午後二時頃には神戸に上陸が出来る。十年振りで懐しい故郷に帰るのだ」と思えばじっとしてこんな物を書いているのが堪えられなくなって来ました。長らく外国に行っておられた方は経験されることでありますが船が一日一日と故国に近づくほど懐郷の情に堪えぬものでありまして、故国の山の見える前数日間は何をしても手につかず、何となく落ちつかぬものであります。ホームシックの患者が帰国の途中で投身《みなげ》するのもこの頃だと云います。

「明日朝のうちに書いてしまったらいい」私はそう思いまして、ベルボーイにタイプライターと絵葉書を私の船室に入れておくようにいいつけて、スモーキングルームへ降て行きました。船はますます烈しくゆれておりますので手で何かを支えないと倒れそうになります。

海の静かな夜はおそくまでも賑やかなスモーキングルームも、まだ九時にも大分間もありますのに隅の方に外国人が二三人煙草の煙の中で話しているに過ぎません。私は爐《ハウス》の前の長椅子に身を凭せました。ガラスで作った石炭が電気で照されて赤く燃えているようです。

私は煙草を取り出しまして、マッチを探すつもりで後のテーブルへ振返りますと、そこに四六版で百ページ程な小さな美しい本が有りまして、表に“TOURIST HAND BOOK OF KOBE”と書いて有ります。私は懐しい神戸と云う字に吸いつけられるように、そしてまた今日までの長い航海中に何故《ゆえ》もっと早くこの本に気づかなかったろう、と不思議にも思いながら急いで取り上げました。

表紙は美しい石版刷で、可愛い、日本娘が書かれてあって、真白い裏表紙には、

“COMPLIMENT COPY FROM
THE CHAMBER OF
COMMERCE AND INDUSTRY OF
KOBE”

と書いたスタムプが押してあります。外国の商業会議所や商工省等ではこのような案内書を印刷しておいて同所への外来訪問者等に小さいプレゼントとして贈るところがあります。

私は仲々いいものができていると思いながら開いて見ました。口絵にはお極まりのように長い振袖姿の舞子や、日本庭園の原色版写真がありまして、次の頁は目次で、神戸市の大きな英文地図が折畳んで綴ってあります。本文は全部英語で書かれてありまして、厚い立派な紙に美しく印刷されています。初めの方には旅行免状や旅具検査についての注意事項、市設旅行案内所、郵便、運輸、

旅客飛行便、外国領事館所在町名、貨幣、ホテル料金、商工会議所、などについて簡単に書かれてありまして、その次の「神戸市の概略」につづいて主な官公衙《が》や名所旧蹟について一々写真入りで詳細な説明がされてあります。私はページを繰って「神戸市の概略」を読みました。

× × ×

「地は関西地方の要衝に当り、瀬戸内海に臨み、本邦第一の商業都市大阪を附近に控え豊饒なる物産を有する関西地方の貿易上の門戸になっているから、輸出に輸入に物貨の輻輳甚だ多く、本邦第一の通商港である」

「今人口百万を有し千九百三十六年の貿易額は輸出十二億二千四百万円、輸入十七億五千万円、輸出は全国総価額中の三十パーセント、輸入は四十七パーセントを占めている」

「市内には灘、三の宮、神戸、兵庫、鷹取、須磨の六駅あり――」

十年もの長い間神戸を離れて居た私には、この短い文も余りに興味の深いものでありました。そしてこの簡単な概略の一部分からでもある程度まで新しい神戸市を想像することが出来ました。私がまだ神戸におりました頃は、人口も七十万余りだったと思います。それが此処には百万と書いてあります。「市内に、灘、三宮――の六駅」云々と書いてあるのを見ましても灘附近が市に編入されたのも解りますが、地方から集まって来る人の多いことも頷けます。貿易高も輸出の方は以前に比較すると殆ど百パーセントの増加を示しております。これは絹物の輸出が多くなったからでもありましょうが、一般雑貨の輸出額の激増しておることも確であります。輸入額も約七十パーセント増加しております。神戸港の輸入超過は仕方がありませんが、日本全体から見れば少しばかしでも輸出超過を示しているのは喜ばしいことであります。近年日本の貿易が比較的順調に進みつつありますのも昭和三年の秋に時の政治が金解禁を断行しましたのが直接の原因になっているとも考えられます。

私が手に本を持ったままぼんやりと色々なことを考えて居りました時に、ボーイが私の側に歩んで来まして、

「酒井さんで御座いませんか」と云いました。

「そうです」

「門司から無線電話でございます。南部さんと申されました」

「ああそうですか、じゃここの無電室について下さい」

「かしこまりました」

ボーイはそのまま立去りました。私はこの室からホールに通じて居る廊下の化粧室に隣合った乗客用の無線室に這入りました。

受話器を取り上げると、私の親い友達、南部の声です。

「酒井君かい、南部だよ、ウェルカム、バック、ツウ、ジャパン」

「ああ南部君か、有難う、下関からとボーイが言っていたが？」

「ああそうだよ、商用がてらに出迎えに来たんだ」

「そうかい、そりゃ済まない」

「で、船は午前一時に此処に着くんだね」

「一時半頃になるかも知れないって船長が云っていたが、夜中で恐縮だね」

「何んの君、構うものか、僕も君と一所に神戸まで乗って行く積りでチッケットも買ってあるんだ、船の中で新しい神戸の話でも緩くりと聞かせてやるよ。じゃこれで失礼」

南部は一人で喋って切って仕舞いました。

風は大分凪いだようでありますが、船は未《いま》だ大きく揺れております。

×　×　×

嵐の夜は明けまして、空は蒼々と晴れ渡っております。船は未明に門司を出港しまして冷静に瀬戸内海をはしっております。

長い航海が終りに近づきまして、船が浪静かな美しい瀬戸内海に入りますと、何となく気が伸んびりとするように感じます。

私を門司まで出迎えて呉れました親友の南部と、ガラスで覆われた散歩甲板《プロムナードデッキ》で寝椅子に寝そべったまま大神戸《グレートコウベ》の話を聞いて居ります。春とは云いながら冷い海の風は周囲のガラスで遮られて、日の光がガラスの天井を通して甲板一面にひろがり、暖い空気が私達を包んでくれます。

税関の構内は見違えるほど美しくなって、京橋近くに素晴しく立派な旅具検査場がある。この検査場は今まで東洋一と云われていたマニラのと殆ど同じ構造であるが、建物は少し大きく、外観も向うのものよりも落付があって立派である。旅具検査場の前の広場に小じんまりとした純日本風の公園があって池や築山がある。池の中には鯉や鮒が放してあり中程の狭くなっている所には朱塗の美しい橋が掛っている。金色の擬宝珠が光っている。築山には散歩するための細道が付いていて、種々の草木の他に石灯籠や鳥居等の立っているのも嫌味がなく、休憩所として築山に四阿《あずまや》が造られてある。船の着いた時など、新婚旅行《ホニムーン》らしい若い外人夫婦が、旅具の検査はポーターに任せて、自分達は公園の中で築山の四阿に入って見たり、橋の上で擬宝珠に捉まって池の中の魚を呼んで見たりしているのも、心から日本に来たのが嬉しそうで、見ていても心持がいい。

船が突堤に着いて、旅具検査が始まる頃には、検査場の東手に東京行きの急行列車が発車の用意をして待っている。神戸に立寄らずに、京都、東京方面に急ぐ者は、荷物の検査を受けると、すぐに此処から急行列車で東上する。

交通機関としては自動車が随分幅をきかせて来たが、神戸の市街電車は何んといっても立派なものだ。上筒井から阪急線に沿って御影町まで東に走っている線、摩耶ケーブル下から山麓を西に、布引川崎邸時、諏訪山下、平野を経由して夢野に出る山麓線、宇治電から買収した須磨線等では、一直線の線路を緑色に塗った美しい大竪ボギー車が、市内電車と思えないほどの速力で走る。車体は全部同じ型のオール・スチール・ボギーで、欧米の都市にも市街電車としては、神戸のものより以上立派なのはあるまい。

市内電車のほかに、市営、私営の乗合自動車が各区域を別にして市中を網の目のように走る。乗客用自動車《ハイヤー》も現在では三千台以上も市中を走っている。タクシーはリンコルンやビュイックのような高級車に限られている。路上で見受けるフォードやシボレーは全部市内の一円の均一自動車で、規定によって車体に太い金線が入れられてある。客を拾うために走り廻る事はどの種のハイヤー自動車にもゆるされず、所定街路の溜りで客待ちする事になっている。「一円自動車」も段々と競走が烈しくなるにつれて高級な小形自動車を使用するようになり、中には神戸高工製の電気自動車をはしらせているものもある。八九年前までは高等工業学校の電気自動車も完成しているとは云ってはいたものの、製造費の嵩む事が原因して実用に使用される迄にはいたらなかった。しかし同校はその後ある出資者を得て学校東手に大規模な自動車工場を建築し教授や学生の指導のもとに大量生産を初めたので価格も欧米のガソリン自動車と競争でき得るだけに低減され、自動車にも種々の改良が施されて、殆ど完全に近い物になったので高級自動車として広く一般に用いられるようになって来た。まだ暫らくは外国製ガソリン自動車を駆逐するまでには行くまいが、日本が自動車やガソリンを輸入せずともよい時代の来るのは遠くないようだ。

このような時代になっていても、数えるほどにもせよ人力車の残っていることは丁度ロンドンに未だ馬車のはしっているのと同じようだ。これらの人力車は外人を喜ばすためにオリエンタルホテルやトーアホテルに常備されているもので車にタキシーメーターが備付けてあり、乗客はタキシーと同じようにマイル数で金を払う。

商業地

栄町を通っていた電車道路は三の宮神社前から一直線に元町筋を西に走る。電車道の取除けられた栄町の道路は両側に歩道が造られて真中のアスフヮルトの道は自動車の油で鏡のように光っている。この通は依然として神戸金融の中心地で両側には銀行、信託会社、ビルブローカー、保険会社等の背の高い大きな建物が聳えて居り、自動車の流れの早いことや人の歩みの忙しさは普通の通でないことが解る。元町筋は十間幅に拡げられて真中を電車が走り、車道、歩道に別れて街路樹が両側に美しく並んでいる。以前から神戸の銀座と云われていた元町は道が広くなって電車が通っているので、銀座と同じような様子になってカフェーが沢山に出来、元町キネマや神戸新劇場が出来ている。

元居留地の海岸に面した左側に大阪商業ビルデング級の建物がずらりと並んで海から見た目も非常に美しい。

オリエンタルホテルは前町と浪花町で囲まれた向い側の一角を全部買収して、素晴しく立派な新館を建築した新しい建物の前町に面した側には高い石段の付いた玄関があって旧館とは播磨町を横断する地下道に依って連結されている。この新オリエンタルホテルは今まで東洋一と云われて居た上海のマゼスチックホテルを遥かに凌駕するもので、名実共に東洋一の称がある。このホテルは昭和の御大典を記念するために建築されたといってよい理由がある。それは昭和三年に聖上の御大典が京都で挙行された時にこの盛儀を拝観せんがために態々《わざわざ》帰朝来朝した多数の内外人全部を収容するホテルが、京都附近には勿論、大阪、神戸にもなく、多数の外人は乗って来た船で宿泊することを余儀なくさせられたというような情ない事情がこの世界的ホテルの出現した直接の原因になっているからだ。

三の宮、元居留地、磯上、磯辺、八幡通りの一帯には四階五階の建物が文字通りに櫛比して一大モーダン貿易街を現出している。さすがに日本一の貿易港と云われているだけに、なんとなく活気が張って居り、マークや陸揚港名を刷込んだ積出貨物を山のように積込んだトラックが幾台も彼方此方の倉庫から出て来て、威勢よく突堤の方に走って行く。

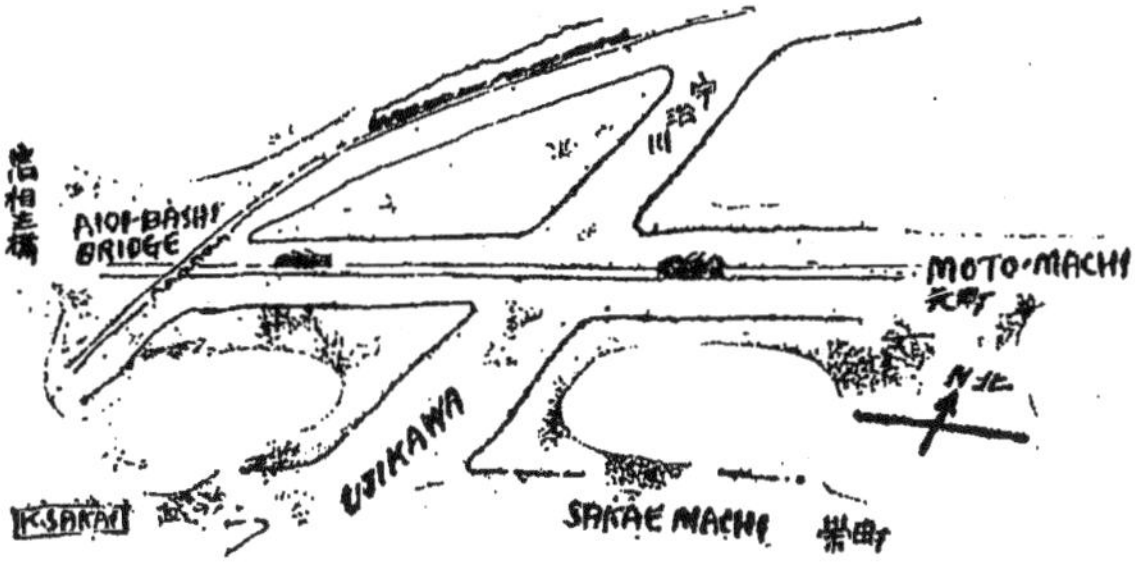

神戸商業地の玄関然として三の宮ステーションの真白い建物が大きな広場を前にして建っている。この日本で何番目と言われているステーションも朝夕のラッシュアワーには汽車の便を借って市の郊外から集って来る人々で大混雑をする。午後四時頃になれば彼方此方の建物から吐き出される会社員でステーションの前の広場には人の流れがいつ頃《ママ》も続く。このラッシュアワーには三の宮から姫路、京都行きの上り下りが各十分置に出る。

夜の三の宮ステーション附近は大都会の例に洩れず、無数のイルミネーション広告が現代人の忙しさを思わせる速度で点滅する。相変らずの何々ビール、何々正宗、何々薬の広告の中で活動写真広告の素晴しく大きいのが映画の題名や上演劇場等をイルミネーションで輝かせているのが目を引く。

住宅地

新しい住宅地が須磨、一の谷附近や灘、御影方面、と東西両方に拡がって行くと同時に、山手附近の住宅街も段々と山の上にまで登って行く。再度山《ふたたびさん》の主な登山道両側は殆ど住宅地になっており、トアホテル西手や、武徳殿横の登山道は自動車が登れるように拡められてアスファルトの道路が山上近くまで続いている。北野神社横から再度山頂に登る再度ケーブルも、初めは登山客目的で造られた物であるが、沿線の所々に住宅街が出来てケーブル線に停車場が作られたりしているのでケーブルが市街電車の観を呈している。

市の西部——七間幅に埋立てられた新湊川の川の流に沿って市営住宅街が並んでいる、つまり無用の長物の感があった広い川床が住宅地として利用されて居るのである。川尻に近い部分は運河に成っていて、大橋の辺までも船が上って来るので水運の便は非常によく、両側には大小無数の工場が存在している。

公　園

三の宮附近の大廈高楼に囲まれて三の宮公園と東遊園地がある。三の宮公園は三の宮神社を中心にして活動写真の小屋や勧業館、パウリスタの有った通り一帯が取払われて公園にされたもので、神社は東側に移され、東亜道路と電車道に続く側が芝草を敷いた広場になって、中央に円形の池が有り、噴水が水を噴出している。公園の中へは露店は勿論、行商人の入る事も許されない。

公園の山側に東亜道路に面して新築されたパウリスタの大きな建物に向合って、メトロポリタンと云う高級な活動写真の常設館がある。これはニューヨークのメトロポリタン歌劇場をそのまま小さくした贅沢な建築物で、神戸市の新しい名所の一つに成っている。此処で上映されるフイルムは日米欧の傑作物ばかしで日本物は京都の雪洲プロダクション、猿之助、澤田プロダクション等のものは度々封切され、亜米利加物も百万ドル映画と云ったようなのが本国と同時に上映されている。フイルムの字幕は日本映画も外国の物も全部日本語と英語とで説明が書かれてあって映写中は外国の活動写真館と同じように、オーケストラが絶えず演奏するのみで弁士はいない。表にも日本式の絵看板はなく、ただ大きなポスターをはり付けた板が二つ三つ入口に立掛けてあるに過ぎない。加納町から真直に下りて来て第二突堤に走る電車道路にそうてむかしのままの東遊園地が横《よこた》わる。遊園地の東側にならんでいた倉庫は全部取払われ松林の岡の緩い傾斜が街路樹の並んだ美しい電車道の歩道に接する遊園地の中程に北町から磯辺通に通じる六間幅の道路が遊園地を横断する。この道路は遊園地の風致の損するのを最少限度に止めるためにアスファルトを敷かず砂地のままで残してあって、貨物自動車の通行はゆるされず、普通自動車のみ最徐行で通行を許可されている。

遊園地の南端グラウンドの東に電車道を隔てて一見銀行のような三階建の市設労働・職業紹介所がある。此処では筋肉労働と各階級に亘っての職業紹介が親切に無料で行れる。

紹介所の二階三階は市設公衆食堂で和洋食部に別れており一日約二千食の和洋食が供給されている。東遊園地のグラウンドは、御大典記念の蓮池運動場の竣功後は余り使用されないため、グラウンドとしてはその後は何等の設備、改良も施されておらず、ただ電車道路に面した側に簡単な柵を造ったに過ぎない。

蓮池運動場は御大典記念として市営住宅敷地となっていた蓮池の埋立地に造られたもので、東京の神宮グランドよりも立派だとも言われているが、すべての点で殆どあれと同じようなものである。

冬季のこの頃では殆ど毎土曜と月曜日にはラグビーの仕合が行われる。学生チームの仕合のほかに神戸の紳士連で組織している、KSS神戸スポーツマンス・ソサイエティのラグビーチームとKRACの外人チームとが非常に好い勝負をする。KSSチームには同志社出身の選手がいて近頃非常に強く、ＫＲＡＣチームにも外来の新顔で強いのが参加しているが殆どＫＳＳの敵でない。

八九年前までは一流の学生チームさえもＫＲＡＣの外人チームに負けていたことを考えると日本のラグビーチームも強くなっている。あの時分にはまだラグビーも野球ほどに喧しく言わなかったが、近頃は野球以上に盛になって、新聞も非常にこのスポーツに力を入れており、学校出の選手連を集めてラグビーチームを作っている新聞社が神戸にある。

×　×　×

南部がここまで話しました時にもう十時になりますのか、スチュワードがスープを持って廻って来ました。このＭＳ「神戸市《シティオブコウベ》」の調度《サービス》は英式よりも米式に近いものでありまして、午前十時にはスープを持って参ります。

新聞

南部の話題が新聞に移って来ましたので、私はスープを飲みながら過去十年間に神戸の新聞が異常な発達を遂げた目覚しさを思い浮べまして今昔の感に堪えませんでした。

私が日本におりました頃には日本で一、二と言われて居りました新聞でさえも、発行部数こそは外国の大新聞とでも肩を並べるほどはあったかも知れませんが、いずれも夕刊共二十ページ余りに過ぎませんでしたし、神戸の新聞はそれ以下の貧弱なものでした。それが現在では神戸で発行されております新聞は欧米のものにも劣らないほどの立派さになっておりまして、ページ数も四十ページ近くもあると云いますし、日曜日に発行されるものも米国式の百ページ余りもの尨大なもので、スポーツページ、流行《ファシヨン》ページ、漫画ページ等々の賑やかなものだと云います。

発行部数も近接の町村が市に編入された事や、四国、中国地方で広く読まれております関係から古い一流新聞では十年前の発行部数に数十倍していると云う事であります。

その上以前には飛行機を通信機関として使用していた新聞社も、大阪に一、二社有ったに過ぎませず、神戸では、私が英国に出発する少し前にＹ社が飛行機を常備する発表して神戸の人達を驚かせたほどでありました。しかし今では都会の少し大きな新聞社で飛行機を持っていない社はないそうです。

神戸のある新聞社では須磨海岸の離宮道浜に近い海辺に栄町にある本社と殆ど同じほどな種々の新設備を有する大規模な支社を建築しまして社の裏手の浜辺には何時も通信用の高速度飛行機を用意しているといいます。そして何かの事件が突発しますと、すぐに記者と写真班とがこの飛行機で飛んで行き、飛行機がニュースと写真とを持帰ると一刻の猶予もなくこの海岸の支社で号外やグラヒックを印刷すると云う事であります。

この探訪用飛行機は水陸いずれからでも発着の出来る極小形のものでありまして、必要な場合には自動車道《ドライブウエー》へでも降りる事が出来そうであります。この新聞社には通信用高速度飛行機の外に新聞輸送用の大形水上飛行機がありまして、本社から貨物自動車で急送されて来る本紙と、ここで印刷される地方版とを積込みまして毎朝夜の明けぬうちに淡路、四国方面に飛んで行き、無着水で山陽線にそって帰って来るといいます。この輸送機の底には開き扉がありまして各地宛の新聞の包に小形のパラシュートをつけたものを一包ずつ既定の場所に投下して来るのであります。このように新聞輸送に要する時間が非常に短縮されましたので、地方でも市内のものと同じほど新しいニュースを満載した新聞が殆ど市内と同時に読まれているそうです。

この新聞社の建物は三階建でありまして、二階三階が編輯室その他、地下室が印刷室、そしてグラウンドフロアが飛行機の格納庫になっているそうであります。離宮道浜附近にあると云いますから夏季になれば定めし沢山の遊泳客が飛行機活動の邪魔をすることだろう、と思いますが、邪魔になるほど沢山の人が集まることが、却って新聞社のためによいのだと云いますから、新聞社もなかなか抜目はありません。

私がスープを飲みながら、船の中で聞いた話を思い出して居りました時に、ガラスの天井を透して烈しい爆音が聞えて来ますので不図見上げますと、船の進んで行く前方から大きな旅客用水上機がぐんぐんと高度を低めながら飛んで来ます。そして船のマストと擦れ擦れほどの低空を船尾の方に飛んで行きました。船は汽笛を三度鳴らしてサリュートしました。

「素晴らしい旅客機じゃないか」と云いますと、

「うん、NRK、日本旅客機会社のものだよ。東京、大阪間はあれと同じ型の陸上機二台、大阪、別府間は今飛んで行ったのと同じもの二台で両方から交互に飛んでいるんだ」

「じゃ、神戸では乗れないんだね」

「うん、しかしメリケン波止場から連絡船が木津川飛行場の川尻まで行く」

「何、連絡船?」

「そうだ、連絡船だ。しかし普通のものじゃないんだよ。君は英国に居たんだから知って居るだろう、あのハンブルグから僅四十時間で大西洋を横断してニューヨークに着く、水雷艇型の快速船を。丁度あれを小さくしたような船がメリケン波止場から出るのだ。そして大阪湾を一直線に横切って僅々十五分余りで飛行場に着く」

南部の話で思い出したが、この快速船は十年余り前にドイツの有名な造船業者ヘーアマンベルク氏がはじめて造ったもので、一時間九十五マイル以上の快速を有するものであります。

現在ハンブルグ、ニューヨーク間を通って居ります物は長さ百二十フィト、幅十六フィト余りの十人乗りでありまして、船の外面全部は覆われて居ります。――

「で、あの飛行機は日本製かい」

「勿論だよ。今頃そんな質問をするのは、汽車は日本で造って居るのか、と云うようなものだよ」

「ほほう、馬鹿に威張るね」

「ありゃ君神戸製だぜ。機体は川西、発動機は川崎で作ったものだ。それにこのMS『神戸市』《モーターシップシティオブコウベ》も川崎で出来た物だ」

南部は自分が作ったように威張っておりましたが、スープを飲み終ると、再び新神戸市の話を続けました。

新生田川埋立地

新生田川は布引の山麓から川口まで全部埋立てられて、昔の新生田川は地下の大きな鉄管の中を流れる。

埋立地の上手、能内橋より布引山麓までの間は公園になって居り市電布引停留所から別れた線が、埋立地を海岸に向って一直線に走り川尻近くで市電春日野線に合する。

この埋立地の布引公園の松林の中に神戸市立美術館が有る。ここに陳列して有る美術品の大部分は関西富豪連の寄贈に寄る物で、この美術館の出現に就いては神戸市民は在米××氏に負う所が多い。同氏は神戸出身の明治初年に北米に渡った移民の一人で現在サンフランシスコで富豪の一人として名高い人で有る。この人から、神戸市に美術館を設立するため、と云う唯一の条件が付せられて、現金二十万円と同氏が米国で蒐集した日本美術品の数々が寄附されて来た。これが発端になって神戸の富豪連が秘蔵の品を同館に寄贈し始めて現在では日本有数の美術館となって居る。

新生田川埋立地の上を走って、市電能内線と春日野線とを連絡する電車道路に向って、北本町六丁目に、近世式の明るい感じのする、五階建の鉄骨コンクリートの建物が有る。

一見するとホテルかとでも思うような美しさであるが、市が外国の都市に真似して作ったものと云えば以前はあの辺がどんな所であったかを知っている者には略《ほぼ》この建物が何であるかは解る。この建物には一室の広さ八坪の部屋が百五十室あり、一室に二家族ずつ都合三百家族、一家族を夫婦子供二人の四人として千二百人の収容能力を持って居る。どの部屋も取はずし可能の床が作ってあり、畳、建具が備えられている。種々の設備も欧米の現代式アパートメントの粋を集めたもので防火設備は完全に備わっており、衛生にも意を用いられて換気採光の工合も模範的のものだといわれている。各家族の炊事用燃料も電気で停電の場合を慮って地下室に二万ボルトかの蓄電池が用意されているというから素晴らしいもので、さながら一大文化住宅街（?）の観がある。この外新しい試みの一つとして一家族の住む各室にラジオの設備がある。この設備を簡単にいえば、この建物の屋上運動場の片隅に高級な受信機を備えたラジオ室があって、そこで受信したＪＯＢＫの放送を室内線を通じて各室に送り、そこに備付けてある小形のラウドスピーカーを鳴らせているのであって、聞きたくない時にはラウドスピーカーに付いているスイッチを切って置くようになっている。このラジオの設備は素人考えでは少からぬ金のかかる物のようにも思われるが、事実はそれと反対で受信機も十キロ放送のＪＯＢＫを受信する丈の物だから特別高級な機械の必要はなく拡声器も国産の三四円の物で十分に役立つと言われて居る。

この建物が建築されたのと前後して、同種の物が市内の今二ケ所に造られて居る――一個は大倉山公園の東側に、今一個は西部に有る。

公会堂

元町の大通りを西に走る電車は以前の相生橋附近で高架鉄道の下を過ぎ、楠公前の十字路、兵庫、須磨を経て一の谷神姫電車終点前にいたる。

楠公前の十字路は依然として交通頻繁で、信号台に立った交通巡査が、青赤の信号灯を明滅する度に人と自動車の流れが堰を切ったように入れ違う。

十字路の下手に新神戸駅の、東京駅によく似た、横に長い大建築物の右端が見える。駅の入口は左端にあり、出口はこの右の端にあって大倉山にのぞんでいる。駅を出て上手を見ると大倉山の麓に、神戸市公会堂の大きな建物がそびえて居る。

この公会堂は一神戸市民に依って市に寄贈されたもので、市は「一神戸市民」と言う以外に寄贈者の正体に付いては何事も発表する自由を持たない。英国などでもこの種の条件を付して種々の公共事業等に寄附が行われるのはよくある事で、寄附者の死後に氏名が発表されて今更のように感謝されて居る事がよくある。此の「一神戸市民」の氏名も何時かは発表されることであろうが、現在では神戸市民の感謝すべき疑問の人となっている。

この建物の設計は広く一般から募集されたもので当選者は神戸の高等工業学校に通っていた一苦学生であるが、当選後、かりそめの病が元で自分の設計した公会堂の落成するのも待たずに死んでしまった、というような劇的な挿話《エピソード》もある。この設計は審査員一同が文句なしで一等に推薦した、というだけに外観の壮大さや種々の設備の完備していること等、総ての点で素人にもいい建物ということが解る。

外観は——設計者の言葉を借りていえば——「古代エジプトの建築様式を模したもので、正面はラムセス二世の建造した、神殿ラメセウムの一部をそのまま表したもの」で玄関口にオルリスの立像に似た四個の巨人像が立っている。その他方柱等に装飾的な象形文字がきざまれていたりしてエジプト芸術を遺憾なく発揮している。

会場は三千人を入るるに足るもので目を遮る柱は一本もなく、三階の奥までも声はよく徹る。舞台は普通劇場の大きさで音調室、オーケストラ・ボックス、フットライト、緞帳、白昼映写幕、映写室等々、劇場としても立派に使用出来得るだけの諸設備が整っている。しかし見たところ非常に上品で、公会堂としての品位は十分に備えている。会場の他に大食堂、会議室、室内運動場等もあり何一つ不足しているものはない。

公会堂の二階から下手を臨むと神戸駅の大きな建物を背景として湊川神社の森が見える。湊川神社の境内では見世物小屋、その他一切の営業、興行は許可されず、正門から拝殿に通じる石畳を挟んで杉檜などの老木が鬱蒼と茂って市中とも思えぬほどで如何にも神々しい。湊川神社の西方、西門筋に純日本風の河原崎座が建っている。耐震耐火の鉄骨コンクリート建築物ではあるが、一見すると木造建築のような頗る優雅なもので、内部の装飾も全部日本式で、さながら御殿の中に入ったような感じがする。ここでは東西名優の大歌舞伎物が主に上演されるが、時には新劇も上場されるし、演舞場のような役をする事もある。

歌舞伎芝居と云えば以前は入場料の関係からプロ連は覗いて見る事も出来ないほどだったがここでは、特等一等こそは十五円も二十円も取るが、一般向きの平場正面、二階、三階は一円二円で見せる。それに一幕の立見の設備もうまく出来ている。

この劇場の舞台の上方には特種なマイクロホンの装置があって二階三階の奥まで達せないような台詞や音調もこのマイクロホンを通じて二階三階観覧席の天井裏一体に設置された拡声機様のものから無理のない程度で発声されるので何処に居ても台詞の聞えないような事はない。

三の宮鉄道側

国辱小説「キモノ」と「サヨナラ」の著者、ジョン・パリス、でなかったかと思うが「神戸は日本の上海だ」と云って居る。そしてまた「上海は東洋のパリだ」と云われて居る事も余りに人の知って居る事実である。

神戸が日本の上海で、上海が東洋のパリであれば「神戸は日本のパリだ」とも言えない事はあるまい。しかし、世界各国人種の集まって居る点で、神戸と上海とは似て居るかも知れないが、パリと神戸とは何処が似て居る？

ただ夜のパリに遊び、夜の上海を知り、そして夜の神戸、三の宮の鉄道附近を見た者のみが、「なるほど上海は東洋のパリだ、そしてまた神戸は日本の上海だ」と頷く――これは十年も前の話である。

新三の宮ステーションの西方、スラヴ式の鉄道高架線に向って、ホテルのような玄関の付いた、パリジャン、サボオイ、ミカド、クイーン等のバーやダンスホールがならんでいる。そして灯の付く頃になれば神戸に入港している外国船の船員達が集まって来て酒を飲んで踊る――「酒を飲んで踊る」ただそれだけである。営業停止の言い渡しを恐れて、外国のそれのように羊頭を掲げて狗肉を売るバーもダンスホールもなく、夜の街路には女の姿を見ない。今では「神戸は日本の上海だ」との言葉は当らない。

三の宮鉄道側の一帯が徹底的に廓清された事と、神戸市の真中に大きな顔をして済ましていた「許可区域」が夢野の山近くに移転された事は市中に教会と寺とを十個ずつ建たよりも風教上効果が有る。

南部の話は仲々尽きそうにありません。私は深い興味を以て耳を傾けておりましたが、この時昼飯に十分前のドラが鳴って来ましたので、私達は服装を整えるためにステートルームへ帰って行きました。

エピロウグ

私がこの「神戸市《シティオブコウベ》」での最後の食事を終りまして、南部と一所に甲板上に出ました時に、右舷の方に高松らしいのが見えていました。十ケ年の歳月はここへも余程の変化を齎せたらしく、高い建物が沢山に見えます。

私達は甲板を散歩して居りました。

「さあ、もう一時間もすれば神戸に上陸出来るんだぜ。君はどういう感じがする」

南部は歩きながらこう云いました。

「何と言って好いか解らない」

私はそう答えるより仕方がありませんでした。

船が神戸に入港すれば「神戸市《シティオブコウベ》」バンドが「さよなら」の演奏をしますので、スチュワードが甲板にあるピアノの箱を開けたり楽譜、台や椅子を並べたりしておりますと、私のルーム・ボーイが甲板に出て来まして、

「酒井さん、お荷物を出しましても宜しいでしょうか」と聞きました。

「小さなトランクだけ残して、大きなのや、ワードローブは出してくれていい」

「はい、畏まりました」

「君にも長い間お世話になったがいよいよお別れだね」

「はい、どうぞ御機嫌よろしく。ではお荷物を出して置きます」

ボーイはそう云って走って行きました。

「おい君淡路だぜ」と云う南部の声に振り向きますと、右舷の前方に淡路島が見えております。

前方には明石海峡が見えております。私は段々と近づいて来る明石の岬を眺めておりましたが、「いよいよ神戸に帰って来た」と思うと両の目蓋が熱くなるのを感じました。

遺稿篇

ハリー杉原軍曹

プロロウグ

進駐軍のアメリカ兵の中に、私達と同じ顔と、同じ目の色をした日本人の第二世がゐるやうに、日本の軍隊にも青い目の兵隊がいた。

私の無二の親友、ハリー杉原軍曹もその一人である。私は、思ひ出ふかい、彼との最後の邂逅《カイゴー》についで詳述し、彼を偲《シノ》ぶよすがとなすと共に、不幸な彼の冥福《フク》を祈つてやりたい。

1

日本が降服する半年ほど前のことである。まだ空襲をうけず、立派に残つてゐた神戸の元居留地、オリエンタル・ホテルの前を歩道に靴の音をひゞかせながら歩いてゐると、反対の歩道《ペーブ》から車道を斜めに走つて来る大きな兵隊がある。長い剱を腰にさげてゐるから兵長かまたはそれ以上だらう。

「へーイ。」

と叫びながら片手を高く差し上げて走つてくる。折からの西日に帽子の星と金ボタンが光る。自分に呼びかけてゐるに違ひない。

しかし、はて誰だらうと思ふのと、彼の青い目玉とあごの長い鬚面がはつきりと僕の網膜《モーマク》に映つたのは同時だつた。

「何だハリーぢやないか。」

僕は目を丸くした。

「幽霊ぢやないのかい。足があるかい。今南洋の一小島にゐる筈ぢやないか。」

「さうだよ。ところが英霊のお供をして今朝飛行機でかへつて来たところだ。用事がかたづくまで一週間かゝる。」

「さうかい。そりや結構だ。とにかく茶でも飲もうよ。もうホテルの食堂も開いてるだらう。」

僕はハリーと肩をすり合はせながらオリエンタル・ホテルの石段を上つて行つた。

②

もう二度と逢へないだらうと思つて居た親友との再会である。

私とハリーは酒場のカウンターにもたれて酔へるだけ酔つた。何の話をするともなし、杯を上げては話し、話しては杯をほした。

若し誰かが自分たちの会話を聞いてをればよくもあれだけ話があるものだ、と思つたかも知れない。しかし、親友といふものは恋人同志のやうなものだ。二人で何時間ほつておいても、決して話の種はつきない。

「あゝ、僕は君への手紙を言傳つてゐるんだ。」飲みかけた杯を置いて、ハリーは思ひ出した様に、私の方に向きなほつた。

「君はZ新聞社の篠原さんを知つてるだらう。」

「知つてゐるよ。僕の先輩だし、クラブであへば、何時もハリー、ハリーつて君のことを云つてゐたよ。君のお母さんの知合ひなんだらう。」

「さうだ。あの篠原さんが僕たちのゐる島にゐるんだよ。僕は偶然に知つて、挨拶に行つた訳なんだが丁度その時には英霊のお供をして近々日本へかへる事が定つてゐたので、そのお別れの挨拶にもなつた訳なんだ。」

ハリーは杯をぐつと一息に飲みほして言葉をつゞけた。

「僕が挨拶をして帰へりかけると、君、一寸まつて呉れ、と僕を呼びとめたまゝ、篠原氏はしばらく非常に真面目な顔をして考へ込んだ。僕はすつかり手持ち不沙《（ママ）》汰になつて、ぼんやりと突き立つてゐたんだ。と、思ひ出したやうに〔一〕坂井君は君の小さい時からの親友だね、とかう云うんだ。はい、彼奴とは一杯のビールも半分づゝ飲む間柄なんです、と自分ながら変な答をしたものだと思はず微笑したのだが、篠原氏はさうした表現にも何の興味も見せず、では、坂井君に手紙を書くから届けてくれないか、さうだ、あの男は素人暗号研究家だから暗号で書いてやるかな、と半ば独白する様に僕の顔を見、その時始めて、何時もの穏な微笑が篠原さんの顔に浮んだのだ。《（ママ）》

③

篠原氏からの手紙は大形の白い封筒で、表には私の宛名、そして
「ハリー軍曹に託す」と記されてあり、開封のまゝであつた。
私は此の開封のまゝであるのが受取つた時から変に意味ありげに感ぜられた。中には原稿用紙が六枚封入され、第一枚には見出しのやうに「第一暗号文」と右端に記されてをり、第二枚目には同じやうに、「第二暗号文〔二〕」と書いてある。つまり、第一の暗号文は原稿用紙の一枚に記入され、第二暗号文は残り五枚に記されてゐることになる。

第一枚の原稿用紙には欄外に、後になつてから記したらしく、「第一暗号文より解読のこと、これは日本童話の典形的な最初の文句《フレーズ》」と如何にも新聞記者を思はせるやうな文字で走り書かれている。

第一暗号文はこのようなものであつた。

ムカシムカ
シアルトコ
ロニオヂイ
サントオバ
アサンガア
リマシタ

第二暗号文も同じ形式の片仮名の羅列である。

二三日続いた陰鬱《ウツ》な空も、今日はすつかり晴れ上つて青空が深淵《エン》を思はせる様に美しい。

昼過ぎまでぽつかりと浮んでゐた二つ三つの小さな雲の切れはしも、もうどこかへ行つてしまつた。お茶の時間《チータイム》だ。お茶でも飲みに行つたのかも知れない。

事務所の中で、私は暗号文を机の上に拡げた。

「どうだい。すぐに解読できるかい。しかし篠原さんも変だな、今さら君の暗号解読の能力を試験するでもあるまい——。暗号で手紙を書いたり。」

ハリーは私の傍に椅子を引きよせて横に腰をかけながら、机の上を覗きこんだ。

「うん、鍵があるから容易だらう。」

「鍵つて？」

「そうら、此の第一暗号文の片隅に書いてあるだらう。『鍵は日本童話の典形的な最初の文句。』

――これを考へればいゝのだ。日本童話と云へば、まづ桃太郎、カチ〳〵山、花咲爺、だらう。これらの「典形的な最初の文句」と云へば「昔々お爺さんとお婆さんがありました。」だ。さうだらう？ところでこの第一暗号文はこれを暗号化したもので《ママ》。といふから第一暗号がはたして「昔昔……」と読めるかどうかをまづ、確認する必要がある《ママ》。私はハリーに煙草を勧めながら、自分も口にした。ガラス窓から斜めに差しこんだ暖い陽の光に煙が静かにもつれ合つた。私はややあつて言葉をつゞけた。

「まず、第一の暗号文をよく見ると、

ム丅　カ丅　シ下
ア下　ル　ト丅
コ　ロ　ニ
オ丅　ジ　イ
サ丅　ン丅　バ
ガ　リ　マ
タ

ム、カ、ト、オ、サ、ンの片仮名が、各二回シ、ア、が各三回使用されてゐることが分る。つまり、『ムカシムカシオヂイサントオバアサン』のうち傍点のある部分の片仮名が発見される、しかも、暗号文をこのま、読めば何の意味もなさない。かうした点からこれは置き換へ暗号らしい、といふことが分る。つまり、「アスコイ」と通信するのを「スアイコ」と云ふ風に文字の位置をある定められた約束に従つて置きかへるのだ。」《ママ》だから、もう一度第一暗号を見て、「ム」と「カ」と「シ」を食つ付けて見ればいゝんだ。

ハリーは其んなこと何《ど》うだつていい、俺はかうやつて静かに煙草をすつてゐたい。だが貴様は暗

号となると気違ひだから邪間《ママ》をせずにお前の講議《ママ》を殊勝げに聞いてゐるんだ。といつた横面で真面目に、

「うん、うん、うん。」と頷く。私は心の中で、もう少しだ心棒《ママ》しろよ乗りかゝつた船だ、と、微笑みながら言葉をつゞけた。

「第一暗号をもう一度よく見よう。

ムシロサア｝5　リカマニン｝5　サマシ

僕が仮名の横にマークしたやうに、傍点のある「ム」と「カ」と「シ」は各々五文字の仮名で隔《ヘダテ》られてゐる。それが分れば、この「ム」「カ」「シ」を食つ付ければいゐのだ。それ、この様に合せてみやう。

どうだ。これで僕の解読の正しいことが分る。第一の暗号文は、

① 縦に、六字づゝを一行として写しとる

② 其れを、向つて右から左へ、上から下へ読んで行く

と、これで解読が出来た訳だ。篠原氏は僕に暗号の手紙を託したが、なるべく容易に読ませるため、初歩的な方法を採用し、なほ鍵まで記してゐる訳だ。この第一暗号と同じ方法で第二暗号文を読んでほしい、これこそ自分が君に送る手紙の本文だ、と云ふ意味だ。」

「なるほど、ね。」

ハリーは感心するのかしないのか分らないやうな感嘆詞と共に椅子から立ち上つた。

「君が第二の暗号文を訳すのに、二十分はかゝるだらう。僕はその間に一度百貨店《デパート》を覗いて来る。」

窓から屋根の見えるM百貨店《デパート》をちらりと一瞥《ベツ》すると軍服のハリーは颯爽と部屋を出て行つた。

④

私は、第二暗号文の翻訳を手にしたまゝ、窓に向つて、ぼんやりと突き立つた。

ハリーはまだ帰へつて来ない。もうすつかり西日になつた陽の光はペーブの歩道を鈍く光らせ、倉庫の赤煉瓦にまともにぶつ付かつて居る。空は未だ青く、赤煉瓦の建物をくつきりと浮き上らせて、画のやうに美しい。表に大またの軍靴の音が聞えて、ドアがさつと開いた。

「遅かつたかい。もう訳したのか。」

ドアの取手を後手で廻しながらハリーは私の傍に近づいた。

「どうしたい？　いやにめいつてるじやないか。彼女から否《ノー》つて電話して来たのかい。」ハリーは、おどけたやうに私の顔をのぞき込んだ。

「何を云ふのだ。」

私は思はず苦笑して、机に坐つた。

親友と云ひながらも、余りにも個人的な話だ、しかし、篠原氏に依頼された以上、このまゝに済ませる訳にも行かない。私は心を定めた。

「ハリー、そこへ坐れ、そして煙草でも飲めよ。」

「何だい、恐しいなあ。何か僕に意見することでもあるのかい？」

「さうぢやない。真面目な話だ。

君があす戦場へかへれば、もう二人は二度と逢へまい。僕たちは総てを許しあつた親友だつた。

しかし、親友のことを君にしたことがない。面目もない話だが聞いておいてほしい。」

ハリーは何の返事もせずに、まだ火の付いてゐない煙草を口からはづした。

「父は、僕が生れると直ぐに死んだ。家には祖父から残された回漕店の立派な商売があり、船も十隻あまりあつたさうだ。父の代になると、父は商売を考へず享楽のための無意味な金を使ひ初めた。銀行の金は使ひ、商売道具の船まで人手に渡した。最後の一隻も淡々と金にかへたさうだ。総てを使ひはたした時父は突然心臓麻痺《マ》で倒れたのだ。」ハリーは黙つて面を伏せるやうに下むいていた。私は言葉をつゞけた。「母は死ぬる迄何も告げなかつたが、かうした境遇《グー》で残された母が、僕を大きくするのに、学校へやるのに、どれだけ骨身をけづつたか、容易に想像出来る。……こんなことを云ふのは、道徳的にいけないだらう。しかし、僕は母だけから生れた子供のやうな気がする。父に対しては何の愛情も感じない。父がゐたら、と思つたことはない。写真を見ても、正直なところ、聊の懐かしみも感じない。シヨーウインドに在る誰かの写真をながめてゐるのと、聊かも異らない。万が一、父が生きてゐるとして、僕の前に突然現れたとしても、僕のこの感情には何の変化もないと思ふ。こんな事はいけない事だらう。だからこんな自分の感じを誰にも話したことはない。」私は口を噤んだ。ハリーは五分刈りに短かく刈り込んだ頭を私の方に向けて、なおも打ち伏してゐる。

「ハリー……。」

私は叫ぶやうに呼んだ。ハリーは静かに面をあげた。

「君も父に関する限り僕と似たやうな境涯にある。父のことを知りたいか。君はよく俺は日本人の母一人から生れた日本人だ、と云つてゐた。父のことに付いては僕と同様に興味がないと思ふ。しかし、篠原氏は君が希望するなれば、話してやつてくれと、暗号文を送つて来た。この最後の二枚の暗号に詳しく書かれてゐる筈だ。僕は訳さなかつた。君が希望するのなれば、こゝで翻訳すればいゝ。解読方法は先きほど云つた通りだ。僕はしばらく外にゐる。」

ハリーは思ひがけなくも、何時ものほがらかな顔で微笑んだ。黙つて手を延した。机の上の暗号文を手に取ると、小さく破り始めた。

「君の云ふやうに、僕も母一人から生れた純粋の日本人だ。僕には父はない。青い目とこの面《ツラ》だけはどうにも仕方がない。しかし、純粋の日本人である証拠は、これこの通りだ。」

ハリーはすつくと立ち上つて星のついた軍帽をかむつて見せた。

④《（ママ）》

ハリーの戦死の報を受けたのはこの日から満六ケ月目の、あの日と同じやうな、空のどこも美しい日曜日の朝だつた。彼奴のことだから、卑怯な真似をしてゐるとは思へない。しかし、元居留地の大きな建物の下を歩いてゐると、どこからかＰＷと書いた服を着て、「ヘーイ。」と走つて来そうな錯覚に襲はれる。

エピロウグ

私の心に今でも残ることを記しておきたい。――篠原氏がハリー杉原に託した暗号文在中の手紙が、何故に開き封のまゝであつたか。篠原氏は、もし、ハリーが暗号を見たければ、見てもよいと云ふ意味で封をされなかつた事は論をまたない。また、あれほどに容易な暗号文を一時は電信係（ケーブルクラーク）をやつてゐたハリーに解読出来ない筈はない。《（ママ）》とも篠原氏は考へてゐたに相違ない。私には云はなかつたがハリーはあの暗号文を既に読んでゐたのではあるまいか。そして敵弾を胸に受けた時、無情な父ながら罪を許して天国にある母の名を呼びながら、死んで行つたのではあるまいか。

（二六〇六《ママ》・十二・二〇）

猫屋敷

①

「そうですかい。出てくれと云ひましたか。まだ一と月にもなりませんのにのう。掃除をさせたやうなものじや。人情もなにもない人ですわい。しかしなあ、養生と云つてもあんな家においでなさるより都会へかへつてされる方がよいぞな。今だから云ひますがのう、あの家には猫のたゝりがあるでな。ぢやから、永くおいでになればきつと命をとられるぞな。」

柿の木の家の老婆はかう云つて、前ににじり寄つた。移転の挨拶に行つたもの、、かう話し出されては、すぐに立ちさる訳にも行かない。私は、座敷より一段と低い、通り庭に面した古い縁先に腰をそつと下した。醜悪そのもの、やうな深い皺に刻まれた老婆の表情の動きが、私に何故か身の内から湧き上るやうな憎悪を感じさせた。

朝からどんよりと低くたれ下つた灰色の空が、まだ、陰鬱に総てをおし包んでゐる。夕飯の仕度には未だ間もあらうが、すゝけた、この小さい藁屋では黄昏のやうに、湿つぽく薄暗い。奥の間に、仏壇でもあらうか、小さな蜜柑箱のやうな区切りの中に、細い蠟燭の光が、かすかな淡い光芒を放つたま、不気味にまたゝきもしない。

②

山陽本線の小さな駅で下車する。駅前の国道にそつて、三十分ばかり東へ田圃道を歩いて行くと、国道と思へないほどな狭い田舎道になり、両側にまばらに三十軒の藁屋が並ぶ。これが、私の住んでゐたF部落である。

猫屋敷は部落の西の端にあり、家の裏手にあたる。炊事場の白い壁と破れた鉄砲風呂がそのまゝにおいてある風呂場の薄黒い壁、それに、障子を二枚はめ込んだやうに見える座敷の黄色い壁には、南の陽がさん〳〵とまともに降りそゝいで、誰の目にも養生には申し分のない田舎家である。しかし、猫屋敷といふからには、その名称が暗示するやうに猫に関係ある〔原〕因が物語られてゐるに違ひない。それがために借手もなく、家の持主も、二十年の間も空家のまゝで、捨ててゐたのであらう。かうした因然《(ママ)》の有りさうな家を、人を介してまで頼みに頼み込んで借りたのであるから、私も人から見ればよほどの変り者に見えたに違ひない。

家の持主はこの部落で徒食するAと云ふ六十過ぎの矍鑠《カクシャク》たる男であり、長らくアメリカに住んでゐたといふことを、誰にでも自慢らしげに話す。額に大きな創があり、右腕は付根から切断されてゐる。痩軀《ソーク》をいつも着物に包んでゐるが、腕のない、右腕のすつぽりと落ちた身体のかつこうが、手を懐にした遊び人を感じさせて人品がいやしい。

「私は二十才のときアメリカに渡つて、三十年あちらにゐました。帰つて来て、この家を建てました。」

品のない言葉の調子で、口の付いた巻煙草の煙を、遠慮もなく人の前へ吹きかける。部落の人達は、Aをお左さんの陰名で呼び、こんなことをいふ。

「どうせアメリカで人殺しでもして金をつくつたのでせう。」

「右の腕も機械に切られた、なんて云つてゐますが、仲間のものにやられたのでせうよ。」

また、或る者は、こんなことを云ふ。

「……あの猫屋敷ですかい。あれは、あの人の伯母にあたる後家婆さんが、もつてゐたのですよ。小金を貯めてゐたと云ひますが、〔お〕左さんがかへて来る四五日前に、ぽつくり死んだのですよ。それでお左さんは帰つてくるなり、この婆さんの貯めてゐた金と猫屋敷とが自分のものになつた訳ですよ」《(ママ)》。

「へえー、そうですか。自分のためた金の上に、相当な遺産が這入つた訳ですね。」

私は軽くかう受け答へをしたが、「かへる四、五日前にぽつくりと死んだ。」と云ふ言葉が、頭に鋭く浮び上つた。

「ぽつくりと、死んだのですか。」

私は独白のやうに、かう云つて、お左さんの犯罪人に特有な容貌《ボー》を思ひ浮かべた。

「殺人犯人の調査にあたつては誰が被害者の死によつて、最も私益を得るか、と云ふことまで、考へるべきだ。」

と、誰かの言葉を、話とは何の関係もなく思ひ浮べた。この猫屋敷の老婆の「ぽつくりと死んだ。」死に状なるものが、疑もなく猫屋敷の因果物語の一部をなすものであらう。しかし、誰もが、私に遠慮してか、詳しいことは話さなかつた。

③

猫屋敷は、二十年も空家のまゝで捨てられてゐた、といふだけに座敷の掃除をするだけにも一週間もかゝつた。ところが、やつと落ち付いて、一ヶ月にもならない中にお左さんのAから葉〔書〕が来た。同じ部落に住んでゐながら葉書を寄こすといふことが第一常道にない。文句は、思ひがけなくも、遠縁にあたるものが帰つて来ることになつた。付いては、お借《ママ》し申した時の約條――入用の節は、何時何時《イツナンドキ》にても空け渡すこと――に準拠して早速立のき賜りたい。と云ふのである。
私はＡの非道な行動にたえがたい憤りを感じた。そして、またしても、彼の犯罪型を想ひ起しながら、
①Ａが犯罪者の容貌《ボー》の特有者であること。
②猫屋敷の伯母が、ポツクリと死んだこと。
③彼女の死によつて、利益を得る者は、Ａであること。
④彼女の死は、Ａの帰村する四、五日前に突発したこと。換言すると、これはＡの幼稚な、あくどい現場不在証明で日本に着くと、ひそかに村へかへつて犯罪をおかし、数日後に、改めて正式に帰村して来た。
⑤犯罪の場所は恐らく猫屋敷であらう。
証拠隠滅には充分に意を用ひた。しかし、人を住まはせると犯罪が発覚しさうな杞憂を感じる。それがため猫屋敷の因縁物語が語られ初めたのを機会に二十年も人に借《ママ》さず済ませてしまつた。余り執拗《シツヨー》に頼まれるので、私に借《ママ》した。しかし、やはり、いけない。二十年前の犯罪が発覚しさうに思へる。やはり空家のまゝで置く方が安全だ。と、かうした結論に達したのだらう。それで出てくれと云ふのだらう。

「よし、相手が相手なら、こつちもこつちだ。家を空けろと云つても、犬や猫ぢやあるまいし、さう簡単には行かない。あくまでこの猫屋敷に頑張つて、自分の第六感が暗示する犯罪の有無を徹底的に調査してやらう。」と、いきり立つた。しかし、考へて見れば余りにも大人気ない。それに、まだ自分の健康も回復してゐない。三十軒の部落で人を殺すなと、殺されるなりと、どうにでもしろ、俺はやはり都会があつてゐる。都会へかへつて養生だ。と腹をきめた。そしてまづ向ひの

柿の木の老婆に挨拶に出かけたのである。私はもう猫屋敷に何の興味もなかつた。しかし、

「今だから話しますがのう。」

と、その因果物語なるものを話しかけられると、無意識におしのけてゐた興味はぞん分にかき立てられた。柿の木の家の老婆は、たど〱しい――しかし、それがために一層現実味を感じさせる巧みな話術で、私を

『丁度その日と同じやうな、ある冬の日の夕方、雪《（ママ）》が朝から低くたれてゐて、じつと頭をおさへつけられてゐるやうな、そして気でも狂ひさうな二十五年前の物語』に引きづり込んだ。

④

猫屋敷は部落の末の端にある関係からその頃には東の家と呼ばれてゐた。若い時から長年月の後家生活は、彼女をすつかり廃退《タイ》的なものにして、広い屋敷に彼女を蟄《チツ》居させ、利害関係あるもの、他は口も開《（ママ）》かなかつた。その一方貪《ドン》慾な性質は年を経るとともに病的にまで嵩《コージ》して、金貸しが本業になり、種々な人から恨を受けてゐた。その陰鬱《ウツ》な夕ぐれ、金貸しの老婆は鉄砲風呂の前にしやがみ込んで、風呂をたいてゐた。藁すべを、くりつと手で丸めては釜の下へどさり、どさりと投げ込んでゐた。と、どこからか見たこともない黒猫が影のやうに現はれて、老婆の手に身をすり付けて来た。老婆は、そつと首すじを骨立つた大きな手で摑み上げて、ぽいと邪険に戸口へ投げ出した。黒い猫は音もなく四つの足で、すくつと地に立つた。ごろ〱と喉をならしながら、なほも老婆の手許に黒い身体をすり寄せて来た。老婆は付《（ママ）》きのけるやうな勢で猫をはらひのけると、わらを取るために立ち上つた。両手に一ぱいの藁をかゝへて、釜の前へ帰つて来た。黒い猫は老婆の足にまとひ附いてゐた。両手をふさがれてゐる老婆は足で払ひのけるつもりで、片足を勢よく前に突き出し

た。しかし、そこには黒い猫はゐなかつた。地にういた反対の片足にまとひ附いた。老婆は危く片足で宙をけつたまゝよろめいて、燃え盛る釜の前に倒れさうになつた。両手に抱いた藁をそこへ投げ捨てると、老婆は両手で黒い猫の首筋を摑みあげた。炎々と燃えさかる釜の下へ猫の体をぽいと投げ込むと、平気な顔をして重い蓋をがたり、と閉めた。そのあくる朝のことである。綿入れの縫ひぐるみを着て、丸丸とした猫屋敷の老婆が、裏の畠の傍にある糞尿壺に落ち込んで死んでゐた。骨ばつた二本の足が草履をはいたまゝ、肥壺からによつきりと突き出ていた《（ママ）》。」

と、云ふのである。

④《（ママ）》

「それぢや猫屋敷の婆さんはお左さんに殺されたんぢやないのですね。」

私は不用意に、と云ふよりも自分でもあきれるほど無節制にふとこんな事を云つてしまつた。私の言葉に、柿の木の老婆は、はつと聞き耳をたてた。

「殺された？　お左さんに？」

瞬間、老婆の表情には明らかな動揺の色が看取《シュ》された。

「いや、いや。私、夢を見てゐたやうなことを云ひますね。」

と、私は自分乍らに馬鹿げたことを云つたものだ、と、自分の言葉を取消した。しかし、柿の木の老婆の顔は真剣そのものになつた。

「なんであんな左腕のない男に人が殺せますかい。若い時、己れが泥棒しておきながら、うちの伜に罪をなすり附けてアメリカへ逃げて行つたやうな、あんな男になんで人が殺せますかいな。あれは小金をためて、田舎で小さく食べて行くのが精一つぱいの男ですわい」

私はふと老婆の顔を見た。目を大きく見開いて、口をわぐ〱動かせてゐる。独白のやうに、また、うめくやうに呟《ツブヤ》いてゐた。

「猫屋敷の婆は私が殺した。息子の薬代に金を借りたが、むごい取り立てをしくさつて、息子も命をちゞめた。殺したことは殺したが、それあの通り、ずっとうちの佛壇に祀つてある。」

老婆は顔の筋肉一つ動かさずに、大きく見開いた目で奥の間を指した。小さな箱に立てられた蠟燭は、もう遂きかけてゐるのか、小さな光芒が静かにまたゝく。

「何かの因縁ぢやらうのう。丁度二十年前の今月の今日ぢやよ。」

かう云つて、老婆は突然、ぬくぬくと立ち上ると、私の前を通つて庭に下りた。

「来《コ》られい。」

老婆は表に出た。私は何か魔物にでも引かれるやうな力を感じて彼女の後に従つた。細い畦道をとろとろと降ると猫屋敷の裏手に出る。そこに畠があつて、傍に大きな肥壺がある。

「黒い猫の話なんか、嘘ぢやよ。わしの作り話を、いひふらしてやつたのぢやよ。丁度二十年前の今日、お天気も今日のやうにどんよりと曇つてゐたのぢや。いや、気味の悪いことに、もやさへかゝつてゐての、二三間向ふはもう何も見えなかつた。あの後家の婆は、こゝに大根でも抜いてゐたのか、かうやつて、しやがんでゐたのぢや。わしは、後から行つて腰のあたりをうんと力一つぱい突き飛ばしてやつた。前の肥壺を目がけてなあ。すると……。」

老婆は言葉を切つて、私を振り向いた。

目はラン〱と輝き、笑つてゐるのであらうか耳の下までも、かつと開いた真赤な口からは、笑ひ声のやうなごう〱と喉のなるのが聞えた。私は背すじから水を投げ込まれたやうに、ぞつと悪寒を感じた。

「あの肥壺を目がけてなあ。ぐつと突いてやつたのぢや。すると、こんな工合に……。」

柿の木の老婆は私が抱き止めるいとまもなく、身をひるがへすと前の肥壺目がけて頭を下に真逆さまに飛び込んだ。骨だけの二本の足が、草履をはいたまゝ、によつきりと肥壺から出たまゝ、何時までもじつとしてゐた。

私はへた〳〵と畦道に坐つてしまつた。

（二十・十二・二十二）

異聞　瀧善三郎

1（ママ）

穣治が第二回目の応召から復員して、懐しの神戸の土を踏んだのは、進駐軍の第一陣が、歴史的な第一歩をこの港の街に印したのと同じ日、昭和二十年九月二十五日であつた。穣治は進駐軍より一時間早く到着したが、そのまゝ何処へも行かず三宮神社の前へ歩いて来た。そして、神戸で最も繁華なこの四辻の一隅に先きほどから、呆然と突立つてゐる。背の高さ五尺九寸、顔と身体は、一見して外国人である。目も青い。しかし、復員して、いま故郷へかへつて来たばかりである。階級章と帽子の星は取除いてゐるが、上から下までかつての勇ましい日本の兵隊である。母親の形見である備前長光は、背に負つた大きなセオイ袋の中に秘められてゐる。彼は人の目には進駐軍の通過を待つてゐるやうに見えたかも知れない。事実、進駐軍を迎へる群衆はいよ〳〵増して来る。しかし、穣治は相変らず、無表情に、呆然と人混の中に突立つたまゝである。この場合、呆然と云ふのは、あくまで、客観的な観察であり、描写である。彼の脳裏には、非常に複雑な感情と感慨が去来してゐるのである。神戸事件の瀧善三郎は、責を負つて切腹の直前、検使と外国使臣を前にして、かう云つてゐる。

「拙者唯だ一人、無分別にも過つて神戸なる外国人に対して発砲の命令を下し、その逃れんとするを見て再び撃ちかけしめ候。拙者今其の罪を負ひて切腹致す。各各方には検視の御役目御苦労に存じ候。」

穣治は、この「日本武士によつて狙撃された神戸の外国人」なる者の後裔であるのだ。そして、彼はまた瀧善三郎の亡霊とも現実的な繋りを持つてゐる。――「亡霊と現実的な繋りを持つ」と云ふ言葉は、聊か超自然的であり、穏当を欠くやうに考へられるかも知れない。しかし、彼に関する限り、後述するところから明らかな如く、自然外でも超自然的でもない。

この神戸事件が発生したのは、正しくこゝ三宮神社前である。そして、今、その同じ場所をアメリカ進駐軍が通過せんとしつゝある。どうして、穣治なるもの感慨無量たらざるを得んや、と云ふの外ない。

②

「今日復員なさつたのですか。」

穣治は横に佇んだ進駐軍を待つてゐるらしい男に、突然話しかけられた。一見して、五十を過ぎた労務者であるが、痩せて目は落ち込み、麻袋のやうな作業服に包まれた彼の姿態は疲れはてゝゐる。穣治はこの労務者に敗戦国日本の姿を始めて見たやうに、ぎよッとした。

「はあ、二三十分前に、かへつて来ました。」

「ご苦労様でございました。」

老いた労務者は丁寧に頭を下げた。

「どちらからお帰へりで御座いました。」

「本土防衛に、ずつと北の方へ行つてゐました。」

「初めての応召でございましたか。」

「いや、二回目です。最初はフイリッピンへ行きまして、バターン半島からコレヒドール島の攻略に参加しました。」

「さうでしたか。ほんとに御苦労様でございました。」

かう云つて痩せた労務者は、また慇懃に頭を下げた。冷い目をもつて復員者を一瞥するだけの、いまの日本人の中にも、かうした人があるのだ。と、穣治は改めて、この疲れた労務者の横顔を見た。この人は戦争中、たゞ国の為といふことのみを頭において、馬車馬のやうに働き続けたに違ひない。さうした人人はみな此の人のやうに疲れはて、、痩せ細つてしまつたのだ。国の為だ、勝つ為だ、さあ、この日の丸の鉢巻をしめて、と、自分一人が愛国者であるかのやうに振舞つた指導者たちは、どうであらう。灯を消した紅燈の巷の奥まつた部屋部屋で、戦争の始から終まで、文字通りの酒池肉林を経験しつゞけたではないか。その男たちは、真面目な憂国の労務者達が痩せ細つて行くのを尻目に、豚のやうに肥え太つて行つた。そして、この豚どもは彼等の一生を安逸に暮すだけの『真珠』をも、うんとためることを忘れなかつたのである。

「こゝからまた船にでもお乗りになるのですか。」

痩せた五十過ぎの労務者は、また穣治に話しかけた。

「いや、神戸が私の故郷なんですよ。兵庫に母と住んでゐた家があるんです。ずつと以前に人の手に渡しましたし、あの辺り一帯が焼野原ださうですから、家が残つてゐる筈もありますまいが、せめて懐しい焼跡をたずねて、今晩は野宿します。このセオイ袋の中には小さな天幕も入つてゐますし、食料も二三日分はあります。」

穣治はかう云つて笑つた。

「さうですか、それは御苦労さまなことです。」

老いた労務者は、鼻をすゝつた。

戦争中は子供までが、「兵隊さんのお蔭です。」と指導者たちに唱はされた。その兵隊さんがかへつて来て、一夜を過す温い寝床が、どうして出来ないのか。戦争に負けたのは国民全部の罪だ。アメリカは弱敵日本に対して、挙国一致、全力を尽して打ちか、つて来たではないか。「真珠湾を忘れるな。」「日本人を殺せ。」かうした言葉が朝、昼、晩の挨拶として、人と人との間に交されたといふほど、真剣に日本に打ち向つて来たではないか。ところが強敵アメリカを相手にした日本では、どうであつたか、国民は何故か、貴重な航空母艦四隻が、たゞ一回の海戦で撃沈されたことも知らされなかつた。それよりも、彼我ほゞ同勢力の機動部隊が初めて交戦し、その結果は芳しくなかつた、といふやうな、非常に重大な事実を示サする事柄をも知らされなかつた。そして、たゞ真珠湾の一撃に酔はされてゐた。神風手拭をしめこんだ女工員たちは、国のために働きつゞけた。学業を放棄した純真な学生たちは、一意専心「祖国のため」と、ハンマーを振ひつゞけた。しかし、徴用工員はどうであつたか。彼等は、如何にして工場を欠勤するかのみを考へてゐた。一般社会人はどうであつたか。如何にして合法的な闇商売より最大の利益を得べきかを考へてゐた。米を作る人達はどうであつたか。彼等は一日に四度の白い飯を腹一つぱいに食つた。その残りの幾割かを飢た同邦人のために送り出した。彼等は山間の安全地帯で、つぎ〳〵と焼爆されて行く都会と、幾十万、幾百万の罹災者に関する情報を、何の感動もなく、支那に於る戦争のやうに聞いてゐた。その間、豚達は、ますます肥え太り、真実、国のために働いてゐる真面目な人人は、加速度的に痩せ衰へた。これでどうして戦争に勝てるか！　無表情な、この疲労した労務者も、かうしたことを時折考へたであらう。

③

穣治は兵庫の旧家に生れた。瀧善三郎終焉の場所、永福寺は、英語の表現を以てすれば、石を投げれば届く処にあつた。父は異国人で元居留地の外国銀行に勤務してゐた。異国人ではあつたが、母と結婚すると同時に、法律的に母の姓を名乗つた。そして、彼が六才のときに他界するまで、好き夫、好き父、とりわけ、好き日本人として、平和な生涯をいとなんでゐる。

Jの母は小さな藩ながらも、家老職を務めた家筋の娘で、日本的な端麗な容貌と姿態の持主であり、穣治には非常に優しい母親であつたが、同時に厳格そのものでもあつた。生来、蒲柳の質であつたJの母は、彼が中学二年生の時、彼の前途に限りない不安を抱きながらも、遺産管理人であり、父の友人であつた英人の弁護士に後事を託して、静かな永遠の眠りについた。Jは母が歿するまで、この神戸の伝統的な一隅で大きくなつた。穣治が小さい頃には、彼の記憶に間違ひないとすれば、瀧善三郎は一般的には、まだ『有名』ではなかつた。穣治の記憶にも、この寺に関する伝説の如きものには、表門の欄間にある左甚五郎（?）作るところの、雲に乗り爛爛たる両目を輝かせてゐる龍が、夜毎に寺の庭に在る井戸の水を飲みに動き出した。

「それであのお寺の庭の井戸が空になつたんぢやよ。龍は動き出さないやうに、目の下に、ほうれ、あんな大きな釘を打たれてゐる。」

と、子守をしながら、近所の老婆が、こんな話を聞かせてくれたのを憶えてゐるのみである。瀧善三郎に関しては、その名さへも聞かされたことはなかつた。ところが、穣治は、もうこの頃、スデに善三郎の亡霊に会つてゐるのだ。

④

どこの寺でもさうであるやうに、此の永福寺でも、毎年ある定まつた日には檀家中の善男善女を集めて、盛大なお説教の会を開催する。桜の花が咲き初めて、朧月夜に一刻価千金の春宵が、その生暖い感触で老若男女の総てを家の中にゐることを許さないやうな晩である。表門には大きな提燈が吊るされてゐる。本堂の正面には荘厳な金襴の布で飾られた、大きな説教台が設へられてゐる。もう説教が初まつてゐるのか、ある時間的な間隔をおいて、「南無阿弥陀仏、南無阿弥陀仏。」と、説教者の声に和する法悦に浸る人人の合唱が、開け放たれた本堂から聞えて来る。境内の一隅では豆茶の接待が行はれてゐる。明るい間から、信徒の誰彼が持ち寄つた五つ六つの大きな釜が、もう其の下では、大きな割木が幾本も勢よく燃され、煮え沸つた湯の中へは、袋につめた焙じた豆が投げ込まれる、そして、適当に塩味がつけられるのである。これは勿論、子供を主な対象として為される接待で有る。しかし、何時の時代でもさうであるやうに、子供は胃袋の中に、何時も腹を空かした狼を持つてゐる。この狼は、時をかまはず、いくらでも物を食べる。しかし、少し油断をすると、狼は知らぬ顔をしてゐるが、子供は腹をこわしてしまふ。豆を入れた袋が釜の中で煮沸つてゐる中に、縫目が切れるのか、または、煎つた豆の一部分がそのまゝ、釜の中へ入れられるのか、いつも十粒か二十粒の豆が茶碗に入つてゐる。これが柔くなつてゐてとても美味しい。そこで子供たちは、

「小母ちゃん、豆を沢山入れて頂戴。」

と注文する。一杯二杯の中は、

「ああ、い、よ。」

と、こちらの要求を即座に受入れてくれる。しかし、仏の顔も五度六度となると、もう駄目である。

「坊ちゃん。あんた、もう十杯の上飲んだでせう。いくら上つてもい、けれどね、豆茶の豆を食べ過ぎて、お腹が裂けて死んだ子供があるのよ。恐いでせう。だから、い、加減に止めとくのよ、ね。」

かう云はれると、もうたつてと云ふ訳にも行かない。暫く余熱を冷す意味で、子供達の鬼ゴッコが始まる。朧月夜に、ほのかに明るいお寺の境内を、すばしこい、小さな子供たちが、本堂の前、

お茶の接待の辺り、築山の上と馳け廻る。青い目ながらも、餓鬼大将として、自他共に許してゐた穣治は、此の場合にも、鬼ゴッコの提唱者であり、主要人物であり、何時でも遊戯《プレイ》の終止を宣言し得る地位に在つたのである。しかし、エドガー・アラン・ポーの記述に俟つまでもなく、夜の鬼ゴッコや隠れん坊がよい結果を齎すことは、まず有り得ないと考へられる。穣治の場合にもこの例外ではなかつた。鬼を逃れるために、彼は築地の石橋を渡り、小山に馳け上つた。そこには新しく植えられた数本の松の木があり、支柱と枝をためる意味で、針金の幾本かが、枝から幹、幹から地上へと延びてゐた。この地上に引き廻された針金の一本に穣治は足を払はれた。勢づいた彼の身体は宙を一廻転して地上に投げ出された。打ちどころが悪かつたのか、頭にグンと衝動を感じたまゝ、何も分らなくなつた。ツ、ツ、ツー、と彼の身体は暗黒の奈落の底へ落ちて行つた。と、闇の向ふから麻裃を着けた年の頃三十二三才の気品高い武士が、しづしづと現れた。落ちて来る穣治を見ると、甃に片膝をついて、両手で静かに彼を受けとめた。彼は穣治の耳に口を当てると、

「穣治、しつかりしろ、気を確かに持つんだ。」

凛然たる声で叫んだ。穣治は、はッと我にかへつた。この間、ほんの一瞬間であつたか、二三分か、または、五分も経過してゐたか、穣治には分らない。その時、

「穣ちやん！　どうしたのヨー。出ておいでヨー。お母さんが見えたヨー。」

と、口に手を当てて叫ぶ鬼の声が聞えて来た。

④（ママ）

あの麻裃の気高い威丈夫が瀧善三郎であるといふことは、彼が中学の一年生の時まで分らなかつた。

緑陰が懐しい初夏の午後であつた。学校の校庭で、大きな木の幹にもたれ、新渡戸博士の『武士道』を読んでゐた。『自殺及び復仇の制度』の章である。彼に余りにも関係の深い、神戸事件が引用されてゐる。彼は湧上る感慨を以て読みつづけた。と、「不安の緊張裡に待つこと数分間、瀧善三郎は、麻裃の礼服を着け、しづしづと本堂に歩み出た。年齢三十二才、気品高き威丈夫であつた。」（岩波『武士道』）と、善三郎の描写がされてゐる。穣治は愕然とした。手にした本を危く取り落すところだつた。あの永福寺での豆茶の接待の夜の出来事が穣治の脳裏に、まざまざと浮び上つて来た。

「さうか、あの時、自分を助けてくれたのは瀧善三郎だつたのか。」

穣治は本を閉じたまゝ、ぼんやりと考へ込んだ。

×

善三郎の亡霊が、二回目に穣治の前に現はれたのは、彼が中学の二年生の時である。神戸のやうな国際都市でも、学校といふやうな場所では、混血児をさうと目前で囃し立て、悪いじめをする悪童がある。穣治も上級生の一部の不良達に、何の理由もなく虐待し続けられた。彼は母の教訓を、しつかりと胸にをさめてゐた。さうしたことには、充分絶え忍んで来た。しかし、その日の不良達の圧迫は余りにも悪意をもつてをり、執拗を極めたものであつた。放課後、穣治は裏山に登つた。誰もゐない芝生の上に身を伏せて泣けるだけ泣いた。陽光は彼の身体を暖く囲繞《イニヨー》し、静かに立ち上る陽炎《カゲロー》は、透明の軽い毛布で彼の肢体《シタイ》を暖く抱擁《ヨー》した。彼はいつしか軽い眠りに落ちてゐた。闇の中から、麻裃を着た善三郎が、しづしづと歩み出た。

「穣治！」

呼ばれて穣治は芝生の上に飛び起きた。

「お前は何故つまらない人間を対手にして、無用なことに精力を消費するのだ。たゞ一生懸命に勉強しろ。そして、どんな事にも絶えられる強い身体を造れ。お前のお母さんも、さう云ひ遺したではないか。忘れたのか。そして、立派な日本人になるのだ。分つたか。しつかりやれ。」

凛とした彼の最後の言葉に穣治は目をさました。急いで立ち上つて、あたりを見廻した。この日からの穣治の勉学の励み方と、柔道と剣道の稽古は、文字通り真剣を極めた。三年に進級する時には、「かつてなき優秀な成績」を以て、全校三年生中第一位の証状を与へられ、三年の二学期には、学校を経て剣道初段、柔道二段の講道館の免状が彼に授与された。

⑥

穣治はまだ、三宮神社前の一隅に呆然と突立つてゐる。もう五時を過ぎた。黄昏れて来た。真紅な太陽が港の街の背山の頂をめがけて、早い速度で降下してゐる。白雲を通り抜けた太陽が、明るい斜の陽光をサッと穣治と群衆に投げかけた。穣治の横にゐた痩せ細つた五十過ぎの労務者は、いつの間にか姿を消してゐる。群衆が騒めき出した。進駐軍の姿が見え初めたらしい。近づいて来た。来た。いま、目の前を通る。兵士たちは草色の軍服に鉄兜をかむり、自動小銃と大きな背負嚢を背にしてゐる。重装備のいかめしい姿である。が、中には如何にもアメリカ兵らしく、愉快な兵隊がゐて、ルソンから連れて来たと云ふ小猿を肩《カタ》に、新聞の写真班がカメラを向けると、愛想よくポーズしたりする。穣治は、なほも呆然たる無表情な顔で、人混みの前に突立つてゐる。と、突然、行進中の進駐軍の中から中尉の階級章をつけた男が、つかつかと穣治の前に近かず(ママ)いた。穣治の顔をじつと見つめた。穣治と同じほどの背の高さだ。肩と胸の張り切つた筋肉が、ア式蹴球の選手を思はせる。

「はて?」

アメリカの中尉は穣治の目を真面に見つめながら、何かを思ひ出さうとするらしい。穣治も彼の顔を見つめた。剽悍そのものゝやうな顔付である。しかし、教養の好さを感じさせる何物かゞ彼の眉宇の間にはつきりと看取される。穣治は咄嗟に彼の記憶を繰り拡げた。しかし、分からない。

「確かに何処かで逢つた。」

彼はかう云ふが、穣治は、

「さうですか。」

と気のない返事をするより仕方がなかつた。さう云へば、彼の拳闘家のやうな身体つきや、言葉の端端に、何か穣治の記憶を呼び起させるものがある。しかし、分らない。アメリカの中尉も思ひ出せないらしい。彼は思ひ切つたのか、行き過ぎる自分の隊を一瞥すると、急いで穣治の方へ向き直り、

「また逢はうぜ。」

と、走り去つた。

「また、逢はうぜ。」

穣治は彼の最後の言葉と発音を口の中で繰返した。

すると、あの中尉の云ふやうに、確かに、どこかで逢つたことがある。あの、ちよつぴりと鼻を通して、発音する「また、逢はうぜ。」あれは疑ひもなく、どこかで聞いた言葉であり発音だ。しかし、思ひ出せない。

⑦

穣治は進駐軍の通り去つた五分の後、いまは焦土と化した元町を歩いてゐた。もう既に山の頂に近かづいた夕陽が、元町の通りの東から西への歩行者へ真面に目映《マバユ》い光を投げかける。かつての国

際都市神戸の花道であつた元町も、今は見る影もない焼跡であり、アスファルトの一本の歩道が残つてゐるに過ぎない。穣治はいつしか元町を通り過ぎて、痛ましくも焼爆された湊川神社の前に出た。表門のところで帽子を脱いで最敬礼をした。やがて、湊川新開地の、かつての歓楽街に出た。こゝを西に行けば、もう兵庫である。兵庫の辺りは防火建築物が少かつた為に、総てが焼き払はれ、海岸から山の下まで、一望まさに千里である。目のとゞくかぎりが焦土である。生れた土地ながら何処が何処だか見当もつかない。しかし、子供の網膜に焼付けられた影像は何時までも消失しないものらしい。はるか彼方、焦土の真中に、あの永福寺の特殊な石垣が見える！

「あすこだ。そして、あの二十米浜手に、かつての母の家がある。」

Jは元気づいた。

「いよいよ帰つて来た。」

穣治は石垣を睨みながら歩みを早めた。と、足許の注意が散漫になつてゐたらしい。焼跡のせまい歩道を煉瓦が三つ四つ道を阻んでゐる。遅目に気づいて躓きさうになつた。身体の中心を失つて、前にのめりさうになつたので、「えいつ」と、変な恰好のまゝ、障害物を跳び越えた。しかし、間の悪い時は仕方がない。重い長靴が地についた所に、小石が二三個転がつてゐた。靴はその上に乗つたまゝ、ツ、ツ、ツーと小気味よく滑つて、さうでなくとも重心を失つてゐる穣治の身体は上手な背負投を食つた時のやうに、平べつたく、上向きに蛙のやうに投げ出された。体裁の悪い姿である。穣治は自分でも笑ひ出したいやうな気持になつて、しばらく、そのまゝ、夕焼の美しい空を見つめてゐた。

「体裁の悪い話だ。これで講道館柔道二段だから、我ながら恐れ入る。」

と、苦笑した。が、次の瞬間、穣治の脳裏に、何かが電光のやうに、さッと閃いた。穣治は重い袋を背負つたまゝ、ぱつと飛び起きた。

「さうだ。僕は今の言葉と同じことを何処かで独白したことがある。『体裁の悪い話だ。これで講道館柔道二段だから、我れ《(ママ)》ながら恐れ入る。』何処かでかう云つた。何処だつたか。さうだ！　バターン半島だ。」

　穣治は思わず手を叩いた。

……満月《フル・ムーン》で、月のとても美しい晩だつた。穣治は唯だ一人で敵陣の偵察を命じられた。自分が危険な斥候に出てゐることも、ともすれば忘れがちであつたほど、いい月の晩だつた。

「もう敵の歩哨が見える頃だ。」

と、穣治は匍匐から半身を叢の上にもたげた。その瞬間だつた。まつたく思ひがけなく、前方十米の叢から黒い影がぱつと、物凄い速度で躍りか丶つて来た。

「しまつた。」

と思つた。が、相手が飛びか丶つて来た時には、穣治はもう咄嗟に立ち上り、手を拡げて敵を待つてゐた。大きな巾の広い身体がぱつとぶつつかつて来ると同時に、相手の右手と左の肩の辺りをぐつと握つた。うんと引きよせると、すばやく腰を落して右にひねつた。えいッ、得意の跳腰だ。正しく一本。敵は五米あまりも飛んだ。しかし、穣治も勢あまつて顚倒した。間髪を入れず、穣治が飛び起きた時、敵はもう飛鳥のやうな早業で手もとに飛びこんで来た。そして、立ち上つた穣治の頤の下に石のやうな拳が飛んだ。ガツッと音がした。敵ながら見事なアッパー・カットである。穣治は仰向けに打倒された。鉄兜と一所に地上にぶつ付けた頭が、耳の側で鳴らされた釣鐘のやうにグワンと鳴つて、割れたのかと思つた。ずきずき痛い。頭をもたげやうとしたが上らない。

「しまつた。勝負は負だ。体裁のわるいざまだ。これで講道館柔道二段だから、我れながら恐れ入る。〔」〕微苦笑しながら、咄嗟に観念の目を閉じた。アメリカ兵は二米のところまで、近かよつてゐた。手には山刀を握つてゐる。一米のところまで来た。穣治は寝たま丶目を明けて、月を見てゐた。死が目前にせまつてゐるといふやうなことは、少しも感じられなかつた。アメリカ兵は明るい月を背にしてゐるので、目の青い日本兵の表情の動きが詳細に看取される。しかし、彼の容貌は穣治には分らない。美しい月の中に穣治は、ふと母の端麗な顔を見た。

「お、、お母さん。」

さう云つて、彼は静かに目を閉じた。総ては一瞬の出来事であつた。一秒、二秒、三秒。

敵の動く気配に穣治は、はッと目を明けた。と、背の巾の広い敵は、山刀を腰におさめて、すたすたと、向ふへ行くではないか。穣治は飛び起きて、呼びかけた。

「おーい。どうして殺さないんだ。」

彼は静かに後を振りかへつた。

「お互ひに戦争なんて嫌だな。元気にやれよ。」

そして、また向ふをむくと、

「また逢はうぜ。」

と行つてしまつた。

⑦《ママ》

日はすつかり暮れた。一番星が何時の間にかまだ薄明い夜の空に姿を現して、キラキラと瞬き出した。永福寺は周囲の石垣と壁の塀を残したまゝ、跡かたもなく焼け落ちてゐる。中央に一段と堆《ウズタカ》く焦土の堆積してゐるのは、本堂の残骸であらう。穣治はさき程から、セオイ袋を傍に、じつと端座したまゝである。動きもしない。彼は静かに善三郎の出現を待つてゐるのである。闇の中に足音を聞いた。瀧善三郎である。麻裃をつけて、しづしづと歩み寄つた。穣治の前へ来ると、はッと、顔を上げると、端然と正座した。

「穣治君。君は日本人として立派な働きをした。さぞ、お父さんもお母さんも満足なさつてゐるだらう。残念ながら日本は敗けた。もう何をいつても仕方がない。たゞ、国民が一体になつて、今までよりももつとよい日本、外観のみでなく、内容のある日本を再設しなくてはならない。君は明日の朝一番に、あのアメリカの中尉を訪問するのだ。進駐軍の事務所には、君に出来る有意義な仕事が沢山ある。君も新しい生涯への出発だ。あのアメリカの中尉に、バターン半島でお逢ひしたのですね、と云つて見ろ、あの男喜んで、また、飛び掛つてくるかも知れないぞ。こん度は負けるな。あの時には随分気を揉ませたぞ。はツ、はツ、は――。」

善三郎の亡霊は懐しげな目な差しを穣治に注ぎながら、つと立ち上つた。そして、しづしづと闇の中へ消えて行つた。

（二一・三・八）

静かな歩み

1

「あすの朝迄に一人殺して下さい。い、ですか。九時に報告に来て下さい。私は今晩ここで徹夜しますから朝までずつとゐます。報酬は先に渡しておきます。」

と、札束を机の上へ投げる音がする。午後の十時である。八階二十五号室の表に佇んで聞くともなく、かうした会話を耳にした警手の西山は、ぎよッとした。この建物に警手として雇われてから、まだ一週間にもならない彼には、この二十五号室の事務所が何を商売にするのか、それすら知らない。表の名札には、「オベリスク社」と彼には何のことか分らない片仮名の文字が記されてゐるに過ぎない。殺人を依頼された人物が出て来る気配がする。警手の西山は知らぬ顔をして、リノリュームの通路を静かに歩き初めた。部屋部屋に異常はないか、と聞き耳を立てながら、静かに歩を移して行く。二十五号室から出て来た殺人の依頼を受けた男が、コツコツと靴音をさせながら後から近ずいて来る。

「御苦労さんです。」

通り過ぎる時に、かう警手に声をかけた。

「はあ。」

西山は前をむいたまま、軽く頭を下げて、遠ざかつて行く彼の後姿を見送つた。都会とは恐ろしい処だ。自分は田舎の国民学校へ通つてゐる頃から非常に残忍な性質を持つてゐて、喧嘩をしても相手を倒すだけでは満足せず、足で踏みにじつた。また、馬乗りになると、血を吹き出すまで、鼻柱を撲りつけた。目に指を突き込んで、失明させたこともある。先生にも校長にも突つ掛つて行つた。そして、もう五年生の頃からは、狂暴性あり残忍性を帯びた特異の児童として、総ての人々に敬遠されてゐた。国民学校を出ると、両親に従つて百姓を初めた。成年に達した。しかし、部落の人達は、なるべく自分に近かずかなかつた。狂暴性と残忍性の両翼をもつた悪魔が自分の体の中で、何時でも飛び出せる用意をして、待つてゐることを、彼等は、よく知つてゐたのである。この悪魔は、まだ自分の身体の中にゐる。自分は百姓をしながら、かう考へた。働くのは嫌だ。毎日ぶらぶらしてゐたい。それには誰かの話に聞いた都会の大きな建物の警手がいゝ。六尺近い頑丈な君にはもつて来いだ。それに軍隊生活の経験があるんだから文句はない。

「さうだ。そんな仕事が自分に適してゐる。」

膝を打つて自分は立ち上つた。泥にまみれた股引と襦袢を脱ぎ捨てた。そして、今、金ボタンの付いたこんな立派な制服を着てゐる。しかし、さうした現在でも、悪魔は昔のままの姿で自分の身体の中に翼をたゝんでじつと踞んでゐる。この悪魔は、いつか翼をぱツと拡げて、飛び出して来る。そして、人を殺すぐらひのことは訳もなくやつてのける。しかし、『あすの朝までに一人殺して下さい。』『承知しました。』と、あの人達のやうに、そう容易に、事務的に飛んで出て来るかどうか。かう考へると全く都会の人は恐ろしい。あの人達を見ろ。見た目にも立派な紳士ではないか。頭の先から足の先まで、一分の隙もない、洗練された都会人ではないか。それが、あれほど簡単に殺人の依頼をし、殺人の受諾をしてゐる。都会とは、さても恐しいところだ。

警手の西山はリノリュームの廊下に、静かな歩みを移しながら、七階、六階、五階、と巡視を続けつゝ、建物を降りて行つた。

2

西山が一週間前に、このビルディングに警手として雇はれた時、古参から、かう教へられた。

「夜間に巡視する時の注意だが、時間が来ると、此れを……。」

と、さも腫れ物にさはるやうに、弁当箱を立てにした写真機のやうなものを、両手に受けて取り出しながら、

「此れを首にかけて、こゝに付いてゐるバンドで動かない様に腰へ軽くしめ付ける。この上のボタンを押すと、中の機械も動き出すのだが、この機械の内部の詳しいことは、また暇な時に教へる。まづ、階段を屋上まで登る。屋上を一通り、巡回して、それから、八階、七階、六階と各段の各部屋部屋に、異常がないか確めながら降りて来る。」

こゝで古参の警手は、彼の表情の大げさな緊張で、西山の注意を惹きながら、

「しかし、君に、充分、注意しておかねばならない事がある。それは、これを首にかけて巡視してゐる間は決して走つたり、荒々しく歩いてはいけないのだ。何時も一定の歩調で、静かに歩かねばならない。」

と、その静かな歩調を示してくれた。西山には唯の一度で、その速歩が充分にのみ込めた。

「しかしだ。」

古参は言葉を続けた。

「出火を認めた場合とか、部屋に盗賊を発見した時なぞには、勿論走りもし、必要とあれば、賊と格闘もしなければならない。そんな時には、もう静かな歩みも忘れて充分に働けばいゝ。さうした時には、その激動が機械に伝はつて、正しい時間と共に、その巡回器の中に記録される。そして、それが後の証拠になるのだ。」

「分りました。」

西山は大きく頷いた。その時彼の身体の中でも不気味な声が聞えた。

「それぢや、巡視中に自分勝手な荒仕事をやりたいと思へば、まづ、巡回器を身体から取り外して、廊下の片隅へでも残しておくんだな。さうすりや、激動が機械に伝はる訳もなし、自分の好きな仕事が出来るといふものだ。訳ないさ。」

西山は、ぎよッとした。彼の身体の中の悪魔が両翼を拡げて、今にも飛び出さうとする。

3

坂部健作の住むアパートへ電話がかゝつて来た。午前四時である。

「八階の二十五号室からですよ。」

懇意な秋山刑事の声である。

「二三十分かゝると思ふんですが、一寸来て頂けませんか。」

「何か事件ですか。」

「簡単なものですが殺人事件です。」

「すぐお伺ひします。」

坂部健作は静かに受話器をかけた。彼には事件の全貌が、判然と目の前に浮ぶやうに思へた。

坂部が八階の二十五号室に入ると、そこには何時ものやうに人なつこい微笑を軽く浮べた背広服の秋山刑事と制服の警官二人、そして、警手の西山と、その夜の当直に当つた今一人の警手とが、黙然と、立つてゐる。

「坂部さん、どうも大変な時間にお呼び出ししまして恐縮でした。実は私たちの親友の、この部屋の主人公が窓から墜死したのです。」

「へえ、窓からね。」

かう云ひながら坂部は意外なほどに落ちついてゐた。

「自殺ぢやありますまいな。」

「さうとは考へられないんです。状況証拠から判断すると、明白に他殺で、それも金庫の中の金を目的にした非常に単純な頭脳の持主が、必要以上の狂暴性を発揮して決行した殺人なんですね。」

坂部は黙したまま、軽く幾度も頷いた。

「ところが、困つた事には、単純な頭で何の計画もなく、突差に——または発作的に、と云ふ方が適切かも知れませんが——遂行しただけに、証拠が何も残されてゐないんですよ。」

「さうでせうな。」

坂部は、何故か独り合点しながら、なほも軽い頷きを続けて、秋山刑事の言葉を聞いてゐる。

「ところで、」

と、言葉を切つて刑事は坂部の顔を真面目な面もちで凝視した。

「あなたは、この部屋の主人公が生きてゐるうちにお会ひになつた最後の人物です。それに窓際にあなたの名刺入れが落ちてゐたのです。此れであなたが、まづ、第一の被疑者と云ふことになる訳なんです。」

警官と警手各各二人は秋山刑事の言葉を非常な緊張味をもつて、聞いてゐる。彼等の目は期せずして坂部の面に集つた。彼の表情の動きを看取するためであらう。ところが、坂部の顔の筋肉には聊かの変化も見受けられない。四人の目は秋山刑事の面に移動した。刑事の職業的な真面目な顔つきは、この時もう一変して、もとの友人に対する、人なつこい面に変つてゐる。四人には、何がどうなつたのか、訳が分らないらしい。秋山刑事は、口調を改めると、

「坂部さん。これが事件の全貌なんですがね。あなたに一つ御解決を願ひたいと思ひましてね。

それでお越しを願つた訳なんです。」

「さうですか。」

坂部は最初から表情を少しも変へずに、秋山刑事の話を聞いてゐたが、ポケットから煙草を取り出すと、刑事にも勧めながら、静かな煙の輪を吹いた。

「ね、秋山さん。これは非常に非科学的な犯人探査法と思はれるかも知れませんが、私は近頃骨相学に拠る犯人の検挙方法を研究してゐるんです。で、こゝで今さら骨相学の講義でもありませんが、この学問が昔から中国や日本で盛んに研究されてゐるのと同じやうに、アメリカ辺りでも、古くから相当熱心に研究されてゐるんですね。で、これは最近アメリカで発表された新説とも云ふべきものですが、それによると、『骨相の細部』は時時刻刻に変化して行く、と云ふんですね。つまり、先天的に懐疑性を帯びた人間とか、狂暴性や残忍性のある者、さうした人達の本質的な性質は、そのまゝ『固定した骨相』として現はれてをり、当然、さうしたものには大した日日の変化はないのですね。ところが骨相学の神髄ともいふべきものは、さうした『固定した骨相』に有るのではなく、文字通り時時刻刻に変つて行く『骨相の細部』にあり、そこからはその人物が一時間前に、数時間前に、または数日以前に経験した総ての事実、及び、一時間後、数時間後、または数日後に、彼を待ちうけてゐる運命の全体が判然と読みとられると云ふのですね。」

かう云つて、坂部は傍に立つた警手の西山の顔をちらりと盗み見た。視線が思ひがけず、ぴつたりと合つた。西山は明かに狼狽の色を示しながら、つと横をむいた。

「なあに、心配することがあるものか。」

西山の身体の中にゐる悪魔が両の翼をひくひくと動かしながら、独白のやうに、かう呟いた。

「人殺しをやつた事が骨相に現はれるつて？　へん、そんな馬鹿なことがあるものか。また現はれてゐたつていゝぢやないか。そんなことが一般人に確認される訳でもなし、どうして殺人の証拠になるんだ。知らぬ顔をしてゐりやいゝんだ。黙つて、知らぬ顔をしてゐるんだ。」

西山は横をむいたま丶頷いた。坂部は言葉を続けた。

「犯人はこの部屋の中にゐます。私は今いふ骨相学で完全に犯人を指示することが出来ます。しかし、初めにもいひましたやうに、一般の人々には、かうした探査法は余りにも非科学的であり、第一警察当局でも認めて呉れますまい。それで、私は今から確然とした物的証拠をお目にかけませう。これで犯人も兜をぬがざるを得ますまい。」

坂部は、かう云ひながら、

「あの、そちらの警手の方、」

と、西山の同僚に呼びかけた。

「あなた方お二人が昨夜から今暁にかけて使用された巡回器は何処にあります。」

「地下室の私達の部屋にあります。」

「さうですか。済みませんが直ぐ取つて来て下さい。」

警手が急いで部屋を出て行くと、坂部は秋山刑事の方へ向き直つた。

「秋山さん、あなたはこのビルで使用してゐる巡回器を御存じですか。」

「知りませんが、例の静かに歩く、振動記録式ぢやないんですか。」

「いや、さうぢやないんです。警手達にはさういふ風に教へてゐますが、実は、新しい機械で、いはゞ、録音機なんですね。つまり、警手が静かに歩いても走つてもい丶んですよ。たゞ、総ての音響が、中にある錫で作つた十六ミリほどなフイルムに確実に録音されるのですね。ですから、警手が規定のやうに巡視しながら、独言を云つたり、欠伸をしたりする音は勿論、どんな歩調で歩いてゐるか、また、事故のあつた場合、つまり、出火を認めたときとか盗賊を発見した時にどうした処置をとつたか、どの程度に活躍したか、といふことが細大漏らさず録音される訳ですね。つまり、今いふやうに、精巧な録音機なんですから、別に警手の身体に着いてゐる必要はないんですよ。格闘の際にバンドが切れて、此の巡回器が廊下の片隅へ転がつて行くやうな事があるとても、この機械は忠実に、総ての音響を録音してゐる訳ですね。……もう持つて来るでせうが、あの巡回器をそのま、発声機に使用出来ますから、昨夜の巡回がどんなものであつたか、此処で皆で聞いてみませう。」

坂部は落付いた口調でかう云ふと、言葉を切つて、警手の西山を改めて凝視した。彼は、先きほどから、身を震せながら、両手を固く握りしめてゐる。彼の身体の中の悪魔は両翼をぱッと拡げて勢よく立ち上つた。

「もう駄目だ。巡回器を身体から離して仕事をすりや、それでい、、と簡単に考へたのが間違つてゐたのだ。そんな立派な証拠があるんだつたら何とも仕方がない。もう度胸を定めろ。そして、行きがけの駄賃に、あの坂部といふ奴を擱み殺してしまへ。」

「さうだ！」

悪魔の翼のやうに、うんと両腕を拡げた、西山は形相も物凄く、ぱッと坂部に飛びか、つた。が、瞬間彼の両腕は警官の手にしつかりと押へられてゐた。そして、何時の間にか手錠がはめられてゐた。秋山刑事はずつと、いつもの人なつこい微笑を面にた、へながら、坂部の言葉を聞いてゐたが、この時、

「坂部さん。」

と呼びかけて、笑ひ出した。

「そんな精巧な巡回器ですが、もうアメリカ辺りぢや出来てるんでせうね。」

坂部も笑ひ出した。

「さあどうですかね。まだ静かな歩みを必要とするものでせう。最近の映画に出て来たのもこのビルで使つてゐるのと同じものでしたからね。……しかし、秋山さん。私の名誉のために云つておきますが、骨相学の方は事実なんですよ。」

「さあ、どうだか。」

二人は期せずして声をあげて哄笑した。

4

朝の九時である。八階の二十五号室。探偵小説専門雑誌「オベリスク」発行所であり、編輯部であるこのオベリスク社の部屋にも朗かな朝の空気が漂つてゐる。しかし、窓際の大きな廻転椅子に、どつかりと腰を下した此の部屋の主人公、雑誌の経営者であり、編輯者である粕山九郎の表情は一向に朗かでない。それは昨夜この部屋で徹夜し、その疲れが影響してゐるのではない。机の端に置かれたコーヒーは冷くなり、パンは固くなつてゐるが、そんなことは意に介さない。意に介さない、と云へば、彼の机の横に坐つた探偵小説家坂部健作の存在さへ少しも意に介する風がない。たゞ、机の上に拡げた原稿を異常な注意をもつて読みつゞけてゐるのである。

「昨夜の八時に今朝の九時迄に一人殺して下さいと君に頼んだね。時間がなかつたから無理なことは、僕もよく承知してゐる。しかし、君、この原稿は何だ。駄作だよ。僕をこの八階の窓からほうり出したのはい、さ……。」

編輯長は気味悪げに、そつと、横目で後の窓を見た。

「しかし、君、こりや駄作だよ。もうすぐ印刷屋から原稿を取りに来るから、雑誌に使ふことは使ふがね。」

坂部は、この言葉を聞くと黙つて立ち上つた。帽子を手にとると扉を開けた。

「まあ待ち給へ、黙つて帰へる奴があるものか。十二時前に、来てくれ給へ。ホテルで飯を食はうよ。増刊の原稿の話もあるんだ。」

探偵小説家の坂部健作は黙つて頷くと部屋の外へ出た。丁度、通りかゝつた警手の西山が、

「お早やうございます。」
と、軽く頭を下げた。

（四・二・四六）

目撃者《アイウイットネス》

「マタイ伝第五章30節。もし右の手なんぢを躓《つまづ》（ママ）かせば、切りて棄てよ、五体の一つ亡びて全身ゲヘナに行かぬは益なり、か。悪党でも聖書の文句を憶えてゐるだけ感心だな。」

犯人は被害者のベッドの傍へ椅子を引き寄せて静かに煙草の煙の行方をながめてゐる。もう午前三時だ。裏の方で何か物音がしたやうだが、猫だらうと思つてゐる。ベッドには、かねてから犯人の右腕と呼ばれてゐた裏切者が静かに眠つてゐる——心臓に短刀を突き差されて、永遠の眠についてゐるのである。

「もし汝の右の腕なんぢを裏切らば、切つて捨てよ、仲間の一人を失ふとも、別荘に行かぬは益なり、か。もう三時を過ぎたぞ。さあ、もう一度、証拠を残してゐないか、ゆつくりと探べて退散しやう。——短刀の指紋は消したし、ベッドの金具にも触れてゐない、と——床にも何も落ちてゐない。——犯罪は非常に巧妙に遂行され、殺人現場には犯人を暗示させるが如き物的証拠は何一つとして残されてゐない、とかうくるか。」

犯人が独白した瞬間である。

「あッはッは——」

遠慮のない哄笑の二重唱《デュエット》が、この余りにも静かな部屋を揺がせた。一瞬犯人は死者の哄笑かと、ぎくりとした。しかし、現実は余りにも冷厳だつた。彼の後には制服の警官が二人、ピストルを擬してゐる。

「証拠がなくとも二人の犯行目撃者《アイ・ウイットネス》があれば充分だらう。君がこの家に這入る前から僕たちは君を尾行してゐたのだ。さあ行かう。ゲヘナが君を待つてゐる。」

（八・四・四六）

S堀の流れ

S堀の上流にある犬塚の前で、それも、ずつと堀端に近いところで、年配の背広服の男が撲殺されてゐた。犯人は塚の後で彼を待ち背後から棍棒やうのもので頭上に致命的な一撃を加へてゐる。被害者はこの打撃によつて仰向けに倒れたらしい。そこをまた胸部や腹部を処きらはず強打してゐる。

金や物品は何一つとして紛失してゐない。チョッキのポケットに入れられた白金まがひの細い鎖の先に、これはまた素晴しいオメガの懐中時計もそのまゝ其処にある。もつとも、この時計は犯人が胸部の辺りを強打した時粉砕され針も折れて飛んでしまつてゐるが、どうやら四時三十分を指してゐるらしく、それが当然〔犯行の時間と考へられる。〕

被害者の氏名や住所はすぐに分かつた。このS堀の少し上流にAといふ部落がある。そこで半年ほど前に売物に出た、この部落では豪壮《ゴーソー》といふ文字が当てはまるほどな宅邸を買ひ込んで、自分はS堀のずつと下流にあるD町からまだ軽便鉄道で一時間ほどのところにある何とかいふ会社、人にはその名前も事業の種類もいつたことのない製造会社か商社に重役として勤めてゐるらしい。なんでも先祖代代A部落に広大な田畠をもつて住みつづけたのが、親の代になつて、すつかり無くされてしまひ、二十年過ぎにはもう耕すべき田も畠もなく、父親の思ひもかけぬ突然の死を機会に、たつた一人の老母を、これも、もう人の手に渡つてゐる住家に残したまま、家出と夜逃げとを一つにしたやうな体裁でどこかへ姿をかくした。それから三十年、老母のもとへは時に仕送りもしてゐたらしいが、母の死も勿論知らず、母親に対してはこの上もない不孝者として帰へつては来たが、故郷には立派な錦を飾つてゐた。まづ、豪壮《ゴーソー》な住家を用意して帰へつて来たことがその一つ、妻と女学校へ行つてゐるらしい娘とが農村人の目を見張らさせるやうな服装をして豪華《ゴーカ》な家具類や箪笥、長物《（ママ）》と一所に帰へつて来たことがその二、その三には自転車に乗つた若い会社員風の男が日曜あたり、主人の在宅を考へて度度やつて来る。

「なあに、銀行員ですよ。自分のところへ預金してくれと休の日にわざわざ、ああして来るんですよ。」

と、煙草の煙を輪にふく。でつぷりと肥えた重役型で、肥つてゐるだけに微笑してゐる時は好好爺のやうに見えるが、なにかの時にきッ真顔になると、人の一人や二人は何時でも殺して見せる、といふやうな人相が現はれる。何れにしろ、どう見ても人格者といふやうな人柄からは、ずつと縁が遠い。姿を消してゐた三十年間、どこで何をしてゐたか誰も知らない。

犯行のあつた傍を美しく静かに流れるＳ堀はずつと遥な山に近いところにある水源地から放出される水量を灌漑用にするために掘られたもので、流れの速さは歩くほぼ半分あまり、清らかな流れである。このＳ堀は被害者、和気新吉の住むＡ部落と、それに接したＢ部落のすぐ前を流れて田畑の広広とした田舎道にそつて流れ下り、犬塚の前を通つてやがて、人口一万三千のＤ町に入る。水源地はこの町に給水する為のものであるが、Ｓ堀は此処では細長い町を狭まく二つに割つて、その中央を流れる。それがために、このＳ掘の流れはこの町の人人の水つかひ場や、洗濯場として利用され水道よりもかへつて喜ばれてゐる。Ｓ堀はこのＤ町を流れると、こんどは自然の川ででもあるかのやうに延延と流れて遠く青い空と一望千里の田畑の向ふへ消えてしまふのである。

犯罪が物取りを目的とせずに怨恨に起因するらしい、と意見が一致すると容疑者はすぐに引致された。Ａ部落の下手に接するＢ部落に住む、杉本久助といふ針按摩で、被害者の和気新吉とは幼い時からの遊び友達であるといふ。妻も子供もなく、ささやかに唯一人自分の持家に住んでゐる。変人ではあるが人望は厚く、針按摩とはいふものの表に看板を出してゐるのでもなく、人聞きにたずねて来た人でも自分の気に入らない人とか時とかであれば断つてしまふ。さうかと思ふと夜半でも厭はずに来てくれる。何分にも医者といへばＤ町まで行かねばならず、夜中に子供がひきつけを起したとか、ふるひが来て止まらない、といふやうな時には、この辺りの部落の人達は、とにかく杉本さんに、といつて頼みに行く、ところがまた、かうした針が不思議にも効果があつたやうに思へる。かうした訳で、この部落や近在の村落には杉本さんに命を助けて貰つたといふ人人が沢山にあり、その人達が、先生にといつて四季色色の物をもつて来る。これらの贈物は一人で食べきれない時が多く、米さへ少し買つてをればよく、それに親譲りの山や土地があるので生活は至極安易である。それでも米こそは作つてゐないが、家から少し離れたところにある自分の小さな畑には何かと季節のものを植付けて、その生長を楽しんでゐるかに見える。

この人が何故に和気新吉を殺した被疑者として第一に引致されたか、といふことに付いては極く平凡な理由がある。平凡な理由といへば変に聞えるが、実は昔からこの部落の人人の間で折にふれては語られて来た噂話に起因するのであつて、その噂なるものは、和気新吉は若い頃に、ひどく杉本の怨をかつたことがある。和気新吉がただ一人の老母を捨てて三十年前に姿をかくしたのも、実はそれが為であり、また、杉本が妻も娶らず独身で通して来たのも理由はそこにあるらしい、といふのである。これが今もいふやうに三十年近くも、話題にとぼしい部落の人達の間で語られて来た噂話であるが、悪いことに、和気新吉が帰へつて来るらしいと人の話が伝はつてきたとき、杉本がこの古くからの噂を今さらに確認したやうな言動があつたのである。それは何かの集会で部落の人人がささやかな酒盛を開いたとき、向ふの隅で一としきり新吉の話に花が咲き出すと、杉本は無理飲みした杯に二三杯の酒に火のやうにほてつた顔を上げて誰にいふともなく独白のやうに、新吉も帰へつて来るからには充分の覚悟が出来たのでせうと軽く微笑んだ、といふのである。

杉本久助は取調べられると、

「さうした若い時分からの噂の真偽についてお話し申し上げることは何卒お許し下さいませ。いつかの集りで、そんなことを申したのは本当でございます。この言葉を意味深くお考へになるのはご尤もで御座いますが、これに付いても何も申し上げたくはございません。いづれにせよ、和気新吉を殺したのは私では御座いません。」

と、低く頭をさげた。杉本のこの言葉は語り手によつては対手に非常な悪感情をもたらす種類のものであり、取調べの人達がこれに満足して次の訊問に移る筈もない。しかし彼が人格者として尊敬されてゐる事実と、あくまでも素樸な態度が係りの人達に初めから好感を与へてゐたのであらう、この問題は第二義的なものとして、このままで追求されず、つぎに、杉本が事実この殺人事件に関係してゐないとすれば、殺人の時刻と考へられる四時三十分に、はたして彼は何処にゐたか、言葉をかへると杉本は確たる現場不在証明をもつてゐるかどうか、といふ問題に移つた。これについて杉本はその朝の行動をつぎのやうに語つてゐる。

私はかねて隣家の久作さんに中風の針をして欲しいと頼まれてゐました。隣家といひましても軒を接してゐるのではなく、小さな畑を二つ隔《ヘダ》ててをります。久作さんは別に中風になつてゐるのではなく、ただ時に変な自覚症状《ショージョー》があり、若い時分から今もつて止められない大酒癖《ヘキ》を考へると、どうやら中風になる前兆《チョー》らしい、と怖気《オヂケ》をふるつて中風の針をしてほしいといふ訳でございました。さて、私の針は師匠《ショー》秘伝の特殊なものでございまして、中風といつた種類の病気には特に打つ日、時刻を病人のえと年令とを考へ合せまして暦を繰り適当な日時、たとへば、きのとのゐ、またはひのへのねの日の何の刻といふのを定めまして、その時刻に治療に参ります。従つて時としては真夜中に出向かねばならないやうなことが御座いますが、これも人様をお助けするのでございますから私は喜んで参ります。

久作さんの治療に参りましたのは、丁度あの日の朝の四時過ぎでございました。いや、久作さんの家の柱時〔計〕はたしか四時二十分でございました。久作さんには前の日から針をする時刻は伝へてありましたこととて、久作さんは用意をして私が参るのを待つてをり、早速と治療にかかつたので御座いました。針の最中に汽笛が鳴りまして、傍にゐた久作さんの内儀が、四時三十分の笛ですね、と柱時計を見上げて、ああよく合つてゐる、といつたのを憶えてゐます。

治療をすませましたのは、この柱時計で四時五十分かつきりで御座いました。私は早速家にかへりまして、軽い疲れを癒《イヤ》すために、まだ敷《シ》いたままの寝床に横になりました。

杉本久助はかういつて言葉を切つた。さて、ここで杉本久助の陳《チン》述の中にあつた汽笛について説明しておかねばならない。D町の上手に接して、この町にある政府関係の工場がある。規模は相当に大きく工場の中に労務者や事務員を収容する寄宿舎が幾棟《ムネ》かあり、それにこのD町から、また近在の村落から通勤する人達も少くない。この工場で朝昼晩と汽笛を鳴らすのであるが、これがまた非常に移り気な汽笛であつて、朝六時、正午、午後の六時と一般なみに鳴つてゐるかと思ふと、突然、気節も変つてゐないのに、午前七時、十一時半、正午、午後五時といつた時刻に汽笛を鳴らす。従つて、報時の変更された日など、それに頼つてゐる工場関係者以外の何も知らない者は、すつかり面くらつてしまふ。この事件のあつた前後には、汽笛は午前のうちは四時三十分、五時三十分、六時、と正午までに三回報時してゐた。この汽笛はS堀の上流、つまりAB部落からD町のずつと下手まで大きな音が鳴りひびくので、嫌でもどうでも誰の耳にも入る。……杉本久助は、さらに言葉をつづけた。

私は五時二十分頃に起き上りますと、すぐに畑に水をやるために表に出ました。私がいま五時二十分頃と、はつきり時刻を申し上げましたのは、表に出て久作さんの家の前まで来ますと丁度久作さんも顔を洗ひに出て来るのと一所になり、やあといつたところで、あの五時半の汽笛が鳴つたからで御座います。私は畑にいつものやうに水をやると、すぐ家にかへつたのでございます。

杉本は自分の現場不在証明に関して以上のやうに述べてゐるのである。つまり、午前四時過ぎから四時五十分までは久作の家にをり、四時五十分から五時二十分までは自宅に寝てゐたといふのである。これから見ると、犯行推定時間の四時三十分を中間にして、久作の前にゐた四時から四時五十分までの現場不在証明は完全である。しかし、彼は久作の家を去つて自分の家で寝てゐたといふ、四時五十分から久作の表で二人が逢つた五時二十分までの三十分の間、はたして、家で寝てゐたのであらうか、誰も知る者がない。疑へばかうも疑へる。しかし、杉本の現場不在証明は一応、完全なものとして受入れられ、彼は一と先づ帰宅を許るされた。ところが其の晩、杉本久助は、

「和気新吉は私が殺したのに相違ございません。」

と、白紙にこれだけのことを墨黒黒と書き残して縊《クビレ》た。捜《ソー》査の人人はすつかり面食らつてしまつたが、犯人が自分の行為だと自白して自殺したのであるから、まづ、事件は解決したことになる。しかし、「如何にして殺したか」といふ重大な問題が残る。久助の余りにも簡単な遺書は事件の解決に、何等のａｉｄ《エイド》をもたらしてゐない。

＊

四時二十分。隣家へ行つて中風の針をする。

四時三十分。汽笛鳴る。柱時計は正確な時間を指してゐる。

四時五十分。治療をすませて自分の家にかへると直ちに裏口から抜け出し、間道を走つて犬塚で和気新吉を待つ。

五時十分。新吉を一撃のもとに撲殺す。その際久助は過つて帽子を堀に落とす。杉本は気づくが流れ去つて行くものであるから安心してすて、おく。新吉の懐中時計を四時三十分にもどす。指紋を拭ふ。時計をもとのチョッキに入れ、粉砕するために、改めて数撃を加へる。間道を走つてかへる。

五時二十五分。裏口から家に入ると、いつものやうにすぐに畑に水をやりに出る。帽子をなくしてゐるので、別のものをかむつて出る。隣家の前で主人と立話する。新しい帽子に注意しられる。古いのは穴があいて、あまり見すぼらしいので、いま堀へ捨てました、と答へる。

五時三十分。その時汽笛鳴る。汽笛がよく聞えるやうになつたと話す。

六時。杉本が捨てたといふ帽子がD町の上流で洗濯中の娘にひろはれる。

未定稿

未定稿1

歩《〔とお〕》りがゝりの一面識もない会社風の男である。頭には櫛の目が見えず、ワイシヤツも汚れ切つてゐる。何の気もなく見上げたその男の目が、これも何の気もなく、道路を見下してゐた自分の目とばつたり視線が合つた。はつとした。彼の目に憎悪がある。――運命とは皮肉なものである。これが、彼を見た最初である。そして、その時から彼の憎悪が私の半生を付きまとふとは、運命の神以外に誰が予知できたであらうか。

未定稿2 「S堀の流れ」異稿

この辺り一帯の田畑がすつかり水にツカつてしまつたので、正直なところ、この方の心配が大きくて、部落会長の猪俣権造が生きやうが死なうが、そんなことは問題でなかつた。それも常日頃徳の良い行ひがあつて部落民から親のやうにシタワれてゐたといふやうな人物なれば、さうしたこともあるまい［○］いつかは誰かに殺されやうぜ、どうせ碌な死にやうは出来るまい、と陰口されてゐたやうな人のことで、人達の心配と話題が、まづ水に漬つた自分たちの田畑を語り、それから

「猪俣が死んださうだ」

と彼の死に移つたとしても当然であらう。

「殺されたんださうだ。」

「物取りか。」

「さうでないらしい。部屋の物には何一つ手を付けてゐなかつたさうだ。」

例によつて、人人の情報は、どうして探べるのか微に入り細をウガつてゐる。

「犯人は裏庭のカキネから押入つてゐる。」

「権造の寝てゐた部屋は、裏庭に面した南向きの六畳の日本間で、その部屋には巾の狭いエンがあつて、すぐガラス戸が閉つてゐる。ガラス戸の内にはレースのカーテンと、少し厚い目の布のカーテンとが閉まるやうになつてゐる。しかし、その夜は、布のカーテンだけを閉めてゐた。」

「犯人はあの物凄かつた雨風の音を利用して、ガラス戸を二つのカクだげ（ママ）ガラスもサンも共共に押し破つてゐる。そこからシン入したらしい。」

「ガラス戸を破つた時ヨセイで布のカーテンも一米あまり破つてゐる。」

「権造はこの部屋で東を枕にして一人で寝てゐた。」

「シン入した賊は何一つ物色することなく、ドンキを振つて権造の前額部を一撃した。権造は恐らく声も立てずに絶命したらしい。」

　部落民のかうした噂のためにする情報は何時の場合でも驚くほど正確である。これだけで事件のゼンボーが分る。しかし、外国のコトワザに物事を半分だけ知つてゐるのでは何もならない。真実必要とするのは、あとの半分だ、といふことがある。この事件の場合、噂は事実の九十九パセントを伝へてゐるかも知れない。しかし、事件解決のために必要なのは、残りの一パセントであるかも知れない。自分自身による実地検ショーは勿論是非とも行はねばならない。坂部健作は人人に先き立つて如何にもシユシヨーげに権造の宅へクヤミを述べに行つた。権造氏の夫人は主人の性格を頭において、面会すると余りにも以外《ママ》に感ぜられるほどお人好しである。人が好いか悪いか分らないが、とにかく、失礼な意味でいふお人よし、と初対面で感ぜられる。

「さあ、どうぞ、上つて見てやつて下さい。さあさあ、さぞ仏も喜びませう。」

思ふツボである。坂部は殺人の現場へ招ぜられた。

2

一週間も経つと、もう部落の人達は猪俣の事件に付いて何も口にしなくなつた。彼等に関する限りもうこの事柄は過去に属してしまつたのである。そして新しい噂の種を探してゐる。しかし、警察当局では犯人がケンキョされるまで事件が解決したとは考へる解《ママ》に行かない。密かに犯人ソー査の手が、この部落の人人に延ばされてゐたことは勿論である。

探偵小説の話

〔1〕

探偵小説といふのは、英語のDetective Storyを訳した言葉であります。しかし、厳密に云ひますと、日本でいふ探偵小説と外国でいふ探偵小説との間には聊か差違があるのであります。いや、差違といひますよりも、かうした工合になつてゐるのであります。つまり、日本では、外国でいふ探偵小説（1）と外国では探偵小説の範疇に入らない、ある種の小説（ストーリー、又はフィクション）と短篇小説（ショート・ストーリー）（2）と、この（1）と（2）とを引つくるめて探偵小説と呼んでゐるのであります。従つて、若し、外人と探偵小説について語る時には、彼等は（1）のみを頭においてゐる、また、外国の探偵小説作家といふのは、上述（1）に類する小説を書く人、とかう考へなければならないのであります。で、右の（1）と（2）とに付いて、もう少し説明しておく必要があると思ひますが、既に記べましたやうに、（1）は外国でも日本でも探偵小説と呼ばれるもの（2）は日本でのみまづ探偵小説と呼ばれるが、外国では探偵小説といはれず、唯単にストーリー・フィクション又はショート・ストーリーと呼ばれる種類の小説でありまして、右の（1）を日本探偵小説界の先輩達は、本格探偵小説と呼び、（2）を変格探偵小説と名付けて、一般にさうした名前で呼んで来たのであります。以上を要言いたしますと、かうしたことになります。

つまり、

「米英人のいふ探偵小説とは本格探偵小説のことであり、変格探偵小説は、探偵小説とは呼ばれない。」

と、いふことになります。

〔2〕

では、本格探偵小説とはどんなものであるか、といひますと、「本格探偵小説とは、（a）作者がまづ謎を提出し、（b）同時に、その謎を読者が解決しうる『鍵《キー》』をも点在させる。（c）さてさうした後に作者が徐ろに、その『鍵』によつて、初めに提出した謎を解決して行く。と、云ふのがその常道でありまして、この（a、b、c）の一連の聯鎖に小説的な面白味を加へたもの。」と、いへばよいと考へられます。しかし、探偵小説はもとより謎謎ではなく、小説でありますから、この不文律は約束もさうはつき〔り〕と守られる必要もなく、また守られてもをりません。右のうち（b）なぞはほとんど無視されて、

「（a）作者がまづ謎を提出し、（c）しかる後さて、と作者がかくしてゐた『鍵』を取り出して徐ろに謎を解決していく。」

といふものも随分あるのであります。いや、随分にあるといふよりもほとんど全部がこの後者になつてをるのであります。次に変格探偵小説でありますが、これは、（イ）探偵小説味のあるもの、怪奇的なもの、外国でショート・ストーリー（Short Story）と呼ばれてゐる「意外な結末」をもつた短篇小説といふやうなものが、この範疇に属するのであります。

3

これで、

（い）米英でいふ探偵小説とはどんなものであるか、

（ろ）日本で今まで云ひならされて来た探偵小説には、どんな種類のものが包含されてゐたか。

（は）本格探偵小説とはどんなものか、また、

（に）変格探偵小説とはどんなものか、

といふことがお判りになつたと思ひます。さて、こゝで注意しておきたいことは、上記の本格、変格の呼称でありますが、近頃の傾向を見ますと、

（a）変格探偵小説のうちでも、まづまづ米英人にも探偵小説として認められるやうなものは「探偵小説」と呼ばれて、その範疇に入り、一方
（b）探偵小説に属さない、（つまりいま迄変格探偵小説といふ名称でよばれてゐた）小説は探偵小説というような名称を附さずに発表され、ショート・ストーリーと考へられるものは、はつきりと、「ショート・ストーリー」と銘打つて発表されてゐることであります。換言しますと、日本の探偵小説は米英のいふ探偵小説とその意味が徐々に変らなくなつて行きつつあり、新たに、「ショート・ストーリー」といふ種類の短篇が発表されるやうになつて来たのであります。もう一度、言葉を変へますと、米英人に「これが日本の探偵小説です。」と種々の作品を見せても、その全部がそのまゝに、“Detectsive《(ママ)》 Story”として受取られるやうになつて来た傾向がある、といふのであります。

4

以上で探偵小説とはどんなものであるか、といふことがお分りになつたと思ひます。が、こゝで

探偵小説擁護といふ訳ではありませんが、探偵小説を低級なるもの、と頭から極めてか、つてゐる少数の人人の盲を開きたいと考へるのであります。上述いたしましたやうに、探偵小説とは、「謎が提出され、その謎が解かれて行く道程の面白さ、興味の深さを読ませる小説」でありますから、自然と推理力の養成に資することになるのでありまして、この推理力なるものが、――大きく云ひますと――外交上におきまして、事業の経営に当り、また、日常の社交において、どれだけ人人を益するところがあるか、といふことは、こゝに贅《ゼイ》言を費すまでもないのであります。かうした推理力、洞察力の涵養が興味ある小説を読みながら養成され、涵養されるのでありますから、探偵小説が一部の人人からにしろ顰蹙《ヒンシク》されるといふやうな理由は豪《ゴー》もないのであります。国民学校の教科書にこんな話が出てをりました。

「ラクダを逃がした男が息を切らしながら野原の一本道をやつて来る。向ふから旅人が歩いて来て、

『大変に急いでゐなさるが、どうなさつた。』

と聞く。

『実はラクダを逃しましてね。』

といふ。

『さうですか。そのラクダはビッコで片目で歯が抜けてはゐませんか。』

『さうです。さうです。そのラクダです。何処にゐるか教へて下さい。』

と、ラクダを逃した男は旅人につめよります。

『私は何処にゐるか知りません。見たこともありません。しかし、それだけのことは分ります。』

と、旅人の返事です。ラクダを逃した男は怒つて、旅人を役人のところへ引つぱつて行きます。

役人は旅人に向つて、

『お前は見たこともないといひながら、どうして、そんなに詳しい事を知つてゐるのだ。』

と詰問します。すると、旅人は、（以上が謎の展開）
『（鍵）私はあの野原の道を歩いてゐて、ラクダの足跡を見ました。（解決）それはビッコでした。（鍵）道端の草を食つた跡を見ましたが、片側の草だけしか食べてゐませんでした。（解決）これで片目といふことが分りました。（鍵）また草は完全に噛み切られてをりません。（解決）それで歯が抜けてゐるなと考へてゐました。』

この答で旅人は疑ひが晴れた。」

と、こんな筋でありますが、外国の低学年の読本にも、必ずこの種の話が見られるのでありますして、これは云ふまでもなく推理といふものに興味をもたせ、その涵養《カンヨー》に努めさせるがためでありませう。かうした種類の話を複雑化し、より小説的な興味を盛り上げたものが、いはゞ探偵小説でありまして、以前よく、亜米利加の大統領が探偵小説の愛読者だ、といふやうなことが新聞のゴシップ欄に、さも珍らしさうに出たものでありまして、これを日本の極く僅《ワズカ》ではありますが、一部の人達は大統領が講談本を読む、といふやうな意味に、取り違へてゐたやうでありますが、探偵小説の本質といふものが分ると、この考へは自ら変り、大統領が自分の時間の寸暇に探偵小説を読み、頭を軽くひねつてゐる姿を想像《サーゾー》して微笑ましくなるのであります。実際のところ、米英では探偵小説なるものは知識階級の人達に読まれる種類の小説でありまして、米英の知識人で探偵小説を好まない人はない、といつても決して過言ではないのであります。こゝでは唯これだけのことを記しまして、探偵小説なるものは日本の一般知識人の決して軽視すべか〔ら〕ざるものであるといふことを強調しておきたいのであります。（四・八・四六）

猫屋敷通信

いよ〳〵牛小屋の隣へ移つて来ました。しかし、思つたよりも住みいゝ様です――思つたよりも、です。間違はないで下さい。しかし、真実のところ、一時は家の焼跡で、壕生活を覚悟したのですから、心から、これで充分だと思つてゐます。一ムネの東の$\frac{1}{3}$が牛小屋、中央の$\frac{1}{3}$が土間であり、供出の麦が十七八俵つみ重ねてあり、縄をなふ機械などが隣合つてゐます。だからこれだけの土間も自由には使用できない訳です。西の$\frac{1}{3}$が八畳であり、このうち、二畳の畳部分を、同じ大きさの、ブリキの長持様のものが占領してゐます、つまり「猫いらず」の長持のつもりでせう。残りの六畳が、私たちの押入れであり、食堂であり、寝室であり、客間である訳です。この村の他の家の公定――ぢやありません、物価停止令によつて、定められてゐる家賃の割合で行くと、まづ、一ヶ月三円也が適正家屋貸付料金でせう。「如何程お払ひしませう。」と聞くと、そこはよろしく、×さんと御相談の上で、といふ、しかし、この×さんこそ、一ヶ月金五円也の家賃の支払者である。と、すると、上述の日本貨金三円也といふ数字が出て来さうである。しかし、残念ながら、今の日本に、――少くとも自分の住んでゐた都会と、この部落において、――政府の公定価格なるもので入るものは、政府の配給によつて自分たちの口に入る米、と其の他の少数、そして、少量物品のみである。それ以外のものは、二倍、五倍、十倍、百倍、または、砂糖の如き、約千倍である。こゝの家賃にしても少くとも、五倍、十倍が適正と考へられる。かうした計算によれば、上述の、新しき、そして、楽しかるべきこのスイート・ホームに十五円または二十円の家屋賃は、当然、貸主の方で予期されてゐると考へて、大した間違ひはありますまい。

×

前の家は、この大字Ｆの西端にあり、現在の準牛小屋は、東の端に位置してゐる。つまり、この小部落Ｆに於て、右往左往してゐる訳である。前の家の近所へ挨拶に行く。

「もうお移りになるんですから、お話しますがのう。」とこんなことを云ふ。猫がゐる、といふこと、病人が出るといふこと、二十年も空家のまゝになつてゐた、といふことは聞いてゐたが、それ以外のことは聞いてもゐなかつたし、聞かうともしなかつた。が、今になつては、化物が出るにしても、もう人事である。平然として聞ける。もう出たから話す、と冒頭して、何かくはしく云つてくれるが、残念乍ら、この老婆、国民学校の教科書による国語を習得してゐないから、この辺りの方言に関して全く知識を有しない自分には、何が何だか分らない。唯、三人死んだ、といふこと、この内の全部か、または、一部分の死が自殺であり、その遂行方法は鉄道によるものであること、七人を取り殺すと云つてゐること、等、等、が分つた。この老婆久しく、この化物屋敷をあづかつてゐたらしい。それがために、屋敷内にある柿は自分で食ひ、家に附属してゐる畠は自分で作つてゐた。従つて、この猫の屋敷なるものに、冒険的な、或は無知な新住者が出来るといふことは、自分に対して、当然、相当の経済的な影響を及ぼす。従つて、彼女の言葉は充分に割引さるべきであり、尠くとも、彼女の語る物語からは、彼女の巧みな、怪談物語り手《グロテスク・ストーリー・テラー》的な話術を取り去つて、考慮すべき必要がある。これはほんとの話ですよ、と云ふ人の箇々たる物語を聞くと、あの家に老婆が住んでゐた。或る冬の夕方、その日は朝から雲が低くたれこめて、さながら霧の日のロンドンを思はせるやうな、頭の重い日であつた、かどうかは聞きもらしたが、その老婆が風呂をたいてゐた。わらすべを丸めては、大きな鉄砲風呂の下へ、どさり、どさり、となげ投《(ママ)》んでゐた。

と、どこからか見たこともない小さい黒い猫が影のやうに出て来た。しやい、とジヤケンにほうりのけるが、のどをゴロ〳〵とならしながら足のところへすりよせて来る。その動作が腹立たしく、シツヨーに続けられた。怒つた老婆は、ぐつと、その黒い小猫をつまみ上ると、ワラスベでくる〳〵と包んで、そのまゝぽいと、燃えさかる風呂の下へ投げ込んだといふ。そして、そのあくる日、綿入れのヌイクルミ（？）を着て、丸々としたその老婆が裏の畠のかたはらのフンニヨー瓶に落ち込んで死んでゐた。そのそばに全身に焼けどをした黒い小猫が、平然とウズクマリ、焼け残つた片方の目をランランとかゞやかせてゐた、と云ふのである。――面白い話である。エドガー・アラン・ポーも感心しさうであり、書きやうによつては、彼の傑作、「黒　猫《ザ・ブラック・キャット》」よりも面白いかも知れない。

×

これは「猫屋敷」に関して、自分の聞いた唯一つの話である。しかし、二十年も借り手がなく、クチるがまゝにまかせてゐた、といふからには、相当に面白い種々な物語が語られてゐると思ふ。そして、その何れもが、この部落の知識、そして、無知階級によつて伝えられてゐるらしい。

村長に敬意を表しに行つた時のことである。あなたですか、あのう、とさすがに、「猫屋敷」とは云ひかねて、あの西の端の家に御移りになつたのは、といさゝか、レンビンの表情をもつて、まじ〳〵と自分の顔を見つめる。そろ〳〵死相でも表はれてゐないか、と彼氏が有してゐるかも知れない骨相学で、自分の顔の造作をまじ〳〵と研討《ママ》してゐたのかも知れない。「何ともありませんか」と、小さな声でささやき、改めて、自分の目を見る。知識階級の一人たる彼が、さうした質問を発することを、村長は相当にチユーチヨしたらしい。しかし、彼の好奇心が、さうした自制心を打ちまかしたのである。

「えゝ、まあ、何ともありませんが、初めの晩は実際に驚きましたよ。」

「えツ、初めの晩にね。」

村長は机の上にのせてゐた片ひじを、あわてゝ、彼のアゴから取りはずすと、私の方に彼のひたいでつめよつた。

「何かありましたか。」

「実際に驚きましたよ。変な物音に私が初めて目を覚ましたのですが、大声を出しましたので皆が起きましてね。」

「ふん、ふん、ふん。」

村長は、猫のやうに目をかゞやかせて。

「六ツの子はこわい〳〵と大声を上げて泣き出す、上の女の子と男の子は、さすがに泣きはしませんでしたが、ぶる〳〵と震え出しましてね。」

「さうでせう、無理もありませんよ。」

と、身体中で同情の意を表明する。

「シヤーツ、と云ふ音がするんですね、そして、ドカン、シヤーツ、ドカンですよ。ふと見ると、花火のやうに火花が散つてゐるんですね。」

「ふん、ふん、ふん。」

指さきまで焼延して来た巻煙草を、村長は忙てゝ、灰皿の中へジユーンと投げ込む。

「何しろ、警報がならなかつたでせう。私は神戸での経験からB29の爆音で目を覚ました訳ですよ。しかし、その時にはすでに、岡山の街は火の海になつてゐた訳ですね。」

「話が違ふ。」といふやうに村長が初めて変な顔をする。

「うちの子供たちは実際に爆弾の下をくゞつて逃げたのですよ。シヤーツと云ふ落下音と同時に五六回も下水の中へ飛び込んでは、山へ逃げたのですからね。その度に、元気づけるつもりで、おい坊主、生きてゐるのか、死んでゐるのか、と防空ヅキンの中を覗きこむと、返事もしないで、それでもベソもかゝずに口を閉ぢてゐるんですね。驚《(ママ)》ろしさも何も通り越してゐるんですよ。人間、子供にしろ、生死の境には、ほんとに真剣になるんですね。それが、あなた、あの岡山の夜襲では、自分のゐるところは安全だが、あの爆弾や、花火のやうな焼夷弾の落下する下では、また、あゝした経験をされてゐるんだな、と自分たちの生生しい体験を思ひ出した訳でせう。ぶる〳〵ぶる〳〵震えてゐるんですね。実際、私たちだつて、子供の前ではえらさうにしてゐましたが、足の端から震えて来ましたからね。しかし、勿論、岡山市の方々は震えるどころの話ぢやなかつたでせう。」

「へぇー。」

村長は間の抜けた受け返事をする。村長は私の「猫屋敷に於ける第一夜の経験談」に失望されたかも知れない。しかし、この村長は、猫が化けて出たかも知れない時代から既に二十年、換言すると、七千三百回も地球が自転してをり、B29が二百機も三百機もこの皇土をおかす様な時代になつてゐること、そして、もう一つ、これは猫屋敷とは余りにも関係の深い重大問題であるが、猫そのものが、この村長の発案によつて、村から一匹もあまさず供出されたことをお忘れになつてゐるのである。

× ×

村には、よく「あの家に入れば必ず死ぬる」といふやうなことを言ひ伝へられた不運な、いくつかの家屋がある。上述の「猫屋敷」に類するものである。知識人はさうした伝説を迷信だと一言のもとに否定しやすい。しかし、こゝに静かに考慮すべき幾つかの観点がある。まづ、大数の法則に依つて、一軒の家から出る死者は十年、二十年目に一人、といふやうに、その頻度は定まつてをり、出すはずがない。それが、「あの家に入れば必ず死ぬる」と云はれるほどに、――さうした注意をカンキするほどに、居住した人人が相ついで、――尠くとも、普通と考へられるヒンド以上に――死者を出す、といふ事実には、当然そこに何らかの原因がなくてはならない。しかして、そのもつとも現実的な原因としては、簡単な二つの事柄が考慮される。第一は、その家が余りにも健康に適せない、といふ理由であり、第二は、その家が余りにも健康に適する、といふ事実である。この二つの事由は一見して余りにも背反的とも考へられる。が、事実はさうでない。居住する住宅が人人を不健康に導くべき理由を有してゐる――さうした住居に住ひする人達が健康を害し、やがて死ぬるべき公算が大であると云ふことは容易に肯定しうる。しかし、ある住宅が健康の増進に適する。それがために頻パンに死者をハイ出する、といふことは、一考して非常な不合理と考へられる。が、この不合理はかうした引例によつて、容易に氷解するであらう。――病者の保養を目的として最も健康的と考へうる住居が建築される。療養者は、その最も健康的な住居で闘病する。しかし、その理想的な住居が、彼を健康に導くには、余りにも彼の病セイはコー進してゐた。彼は第一の死者として、その家で没する。さて、病者の健康を目的としてコー築されたほどの家では、実用的な諸点が、ギセイにされてゐるであらう事は容易に首肯しうる。従つて、実用を第一の目的とする健康人には、さうした家屋は余りにも適当であるべくないのは当然である。この家は、またしても、第二の療養者に、最も保養に適したる住居として借受けられる。第二の療養者が回復すれば、さうした説は発生しない。しかし、若し、この不幸なる人物が第一の死者に類する経験の後、病魔に遂にクツプクされざるを得なかつたとすれば、どうであらう。

「あの家に入れば必ず死する」といふ愚なる言ひ伝へは、こゝに容易に、そのホーガの発生を見るのである。また、若し、第三の療養者、もしくは、不健康者によつて、第三の死が実現されるとすればどうであらう。この実際的な根拠なき言ひ伝へは、一見、決定的な、そして、もつともらしき事実をもつて、裏書きされることになる。かくして、「あの家に入れば必ず死する」とケンデンされる家屋が出現するのである。

ほどけたゲートル

今年のお正月の三日のことである。お昼前に家の表で遊んでゐると、向いのしゆんちゃんが、宮本むさしを見に行かないか、と云つた（。）一人で電車に乗つて見に行くといふ、新開地のしゆうらくかんで、前に行つたことがあるから知つてゐると云う。新開地といふところは、映画かんが沢山にある神戸で一番にぎやかなところだ。僕の家はまちの東の端にあり、新開地はまちの中央にあるので、電車に乗つても三十分以上もかゝる。

宮本むさしは前から見たいと思つてゐたので、しゆんちゃんについて行つた。しゆうらくかんと云ふのは、学校ほどもある大きな映画館で、僕らが入つた時には、もう人で一つぱいだつた。

沢山の人を押しわけて、やつと一番前に出た時だつた、とつぜんに、電気がパッとつくとかく声機が、警戒警報ですと云つた。警報が出れば、見てゐる人人は皆外へ出なければならない。しゆんちやんはどこへ行つたか分らなくなつた。僕は人と人との間にはさまれたまゝ、外へほり出された。家のことが思ひ出された。だまつて来たのでかへれば叱られる。しかし、一分でも早くかへらねばならない。警防団の人達が走つて行く。電車の停留所へかけつけた、しかし、どの車も人でいつぱいだ、とても乗れない。来る電車も来る電車も人が山のやうに乗つてゐる。どうしやうと思つてゐると、ブー、ブー、ブー、空襲警報だ。空襲警報になると電車も走らない。僕は電車に乗るのを思ひ切つて、電車道にそつて走り出した。道は知らない。しかし、電車道にそつて行けば湊川神社の前に出る。そこを山手へまがれば大倉山の山手線に出る。それからは一直線だ。沢山の人の中を僕は思ひきり走つた。何も考へずに一生懸命に走つた。「敵機襲来」どこかで大きなメガホンの声がした。「こら子供退《たい》ひせんか、飛行機が来とるぢやないか。」大きな声で叱られて、気がつくと爆音がしてゐる。思はずかたはらの防空壕に飛び込んだ。ザーアツと物凄い爆弾の落下音だ。思はず土の上で頭をかゝえ込んだ。グワーン、防空壕をゆるがせて爆弾が落下した。「近いですね」壕に入つてゐる人達が話しをしてゐる。僕は壕を飛び出してまた走り出した。いきが切れさうだが早くかへらねばならない。走つてゐるうちにゲートルがとけて来た。とけた端を手にもつて走りつゞけた。また爆音が聞えて来た。第二編隊だ。まだ大丈夫だらうと思つて走つてゐると、道ばたにゐた警報団の大きな小父さんが、「こら、あぶないぢやないか」と僕の首すじをつかんで壕の中へひつぱり込んだ。そのとたんにザアーツ、グワンと土地が恐しいほどゆれて、頭が砂まみれになつた。「まだ出てはいけないよ」といふので、僕はゲートルをほどいて、しつかり巻いた。落してはいけないと思つて、ハンカチでくゝり、腰へくゝり付けた。私《ママ》は壕を飛び出して、また走りつゞけた。

其の晩家でだまつて映画を見に行つたので目玉のとびでるほど叱られた。しかし、ゲートルを落さずに持つてかへつたのでほめられた。

みすせれにあす・のーと

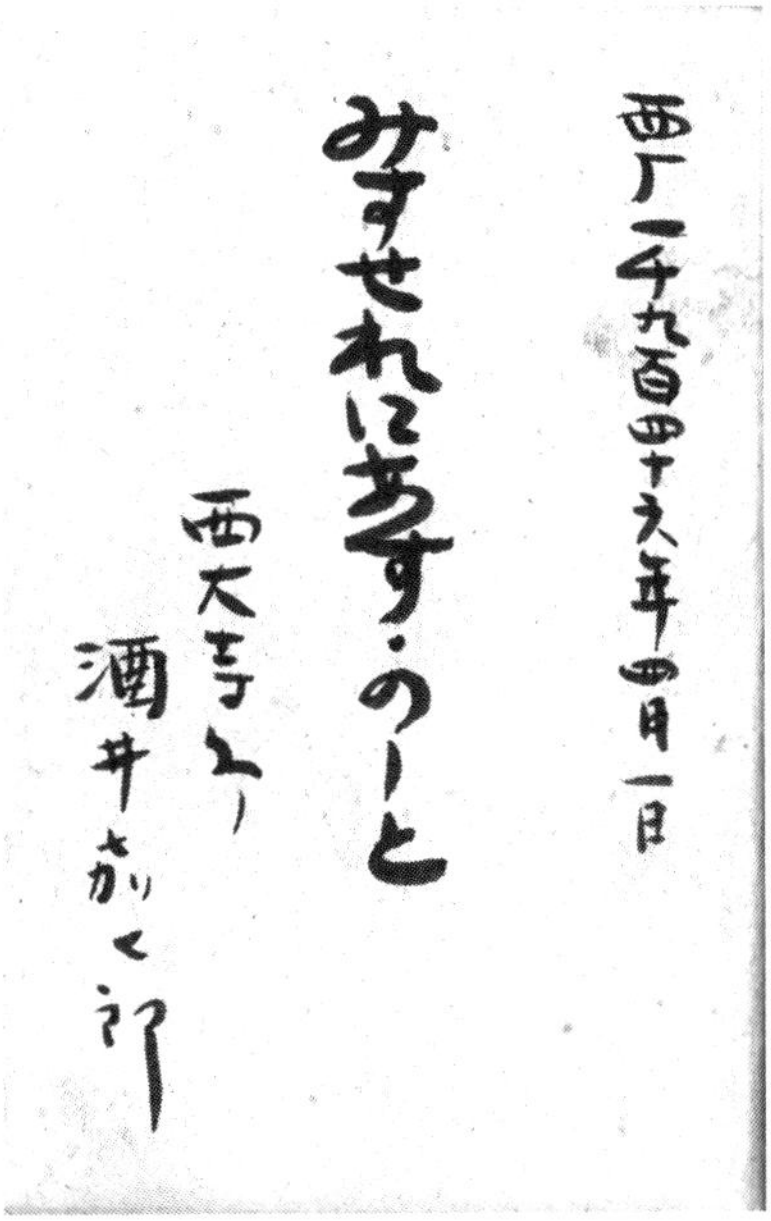

神様なんてありやしないのよ。たゞあなたの魂だけよ、あなたを助けてくれるのは――。

精神が常に肉体よりも頑固であるとはいひ切れない。

すべての読物の中にある官能的な部分は私の注意を引かなかつた。経験してゐないことを印刷物の上で理解するなどといふことは決してあり得ない。（イサドラ・ダンカン）

酒井七郎左衛門源嘉正

女学校の垣の前でトンボ返りをする男

毎朝ボンボン時計を自転車に乗せて走る男

きまつた時間に女児の泣き声

広い座敷のこちらの端だけが、明いてゐる。風通しをつくるためであらう。天井から細いの、太いの、形の変わつたの、と、さまざまなヒヨータンが一つゞ、高く低くつり下げられてゐる。虫ぼしだらうか。――と、障子の閉つてゐる方の側から、静かなうたひの声が聞えて来る。――阿部一族を思はせる。

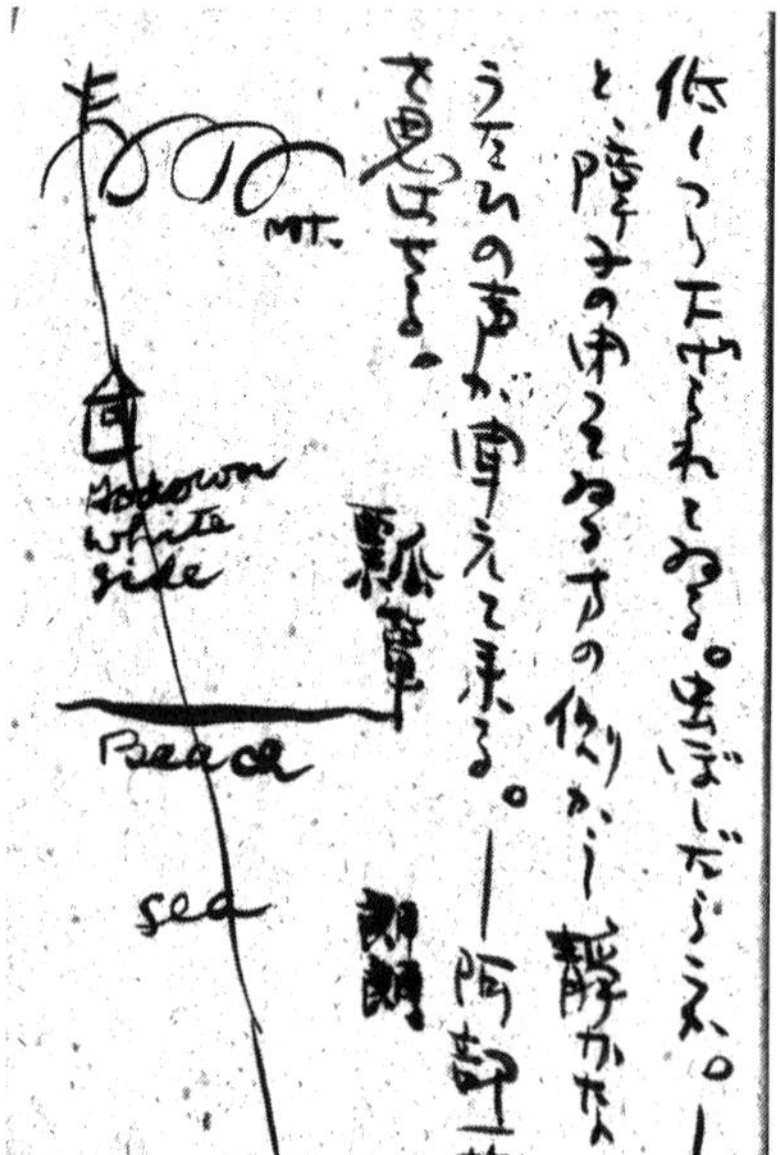

川をへだてた前の家から突然に三味線が鳴りだした。客があつて、主人、息子二人の四人が先きほどから飲み初めてゐる。赤い顔をして生理的な目的のために表に出て来たので、さうと考へられる。興が乗つて、三味線といふことになつたのだらう。常から、てつきり玄人上りと眺（ママ）んでゐたあのやせ方の妻君が弾いてゐるのだらう。田舎芸者ほどはひける。と、ひそかに感心してゐるとき、

急に調子が突拍子もない馬鹿ばやしにかはり、行きかへりにひつかき廻すバチさばきで、とてもなさわがしさになつた。馬尻に入れた水をさかさにぶちあける様な豪雨が、何と根《コン》のいゝ事に一晩中続いた。

子供がつりざをでもない不かつかうな竹でつりをしてゐる。とほうもない大きな魚がかゝつた。水ぎはであばれてゐるのを見ても二尺近い。子供は驚いてしまつた。さををうんと持ち上げて、水ぎわに魚をひきつけながら、助けてくれ、網や、あみや。大きな魚や。近くにゐた若いのが、玉あみをもつて助けに来た。大きな魚は逃がさずに土の上ではねてゐる。

なんだこんな子供につられたのか。大きな魚はさう思つてゐただらう。

「なんだつられるのに人もあらうに、こんな小僧に上げられたのか。」

鯉は網《アミ》の中で度胸《キヨー》を定めて、青い空を見上げながら、かう思つた。

格子を取りのけて、家の表に半間の広さを作り、そこへ腐つた梅ぼしのやうな色をした満重《(ママ)》をもち箱に一つぱいならべ、三十四五の感じの悪い女が、表にたつて知り合ひの人らしいのと話してゐる。

「私の方はこれを一個二円で売つてゐますが、これをあなた毎朝五十、百、と買ひに来るお婆さんがあるんですよ。何んでも聞くと、市へもつて行つて、駅前で一個二円五十銭で売つてゐるさうですよ。さうするとあなた、何もしないで、五十売れば二十五円、百で五十円、二百売れば百円ですよ。さうすれば、あなた一ヶ月で三千円ですよ。」

さうださうだ一日に一万売れば五千円、二万で一万円。——顔をそむけて通るやうな、まんぢゆうが、そんなに売れると思つてゐるだけ、この女は可愛らしい。

ある完全犯罪人の手記

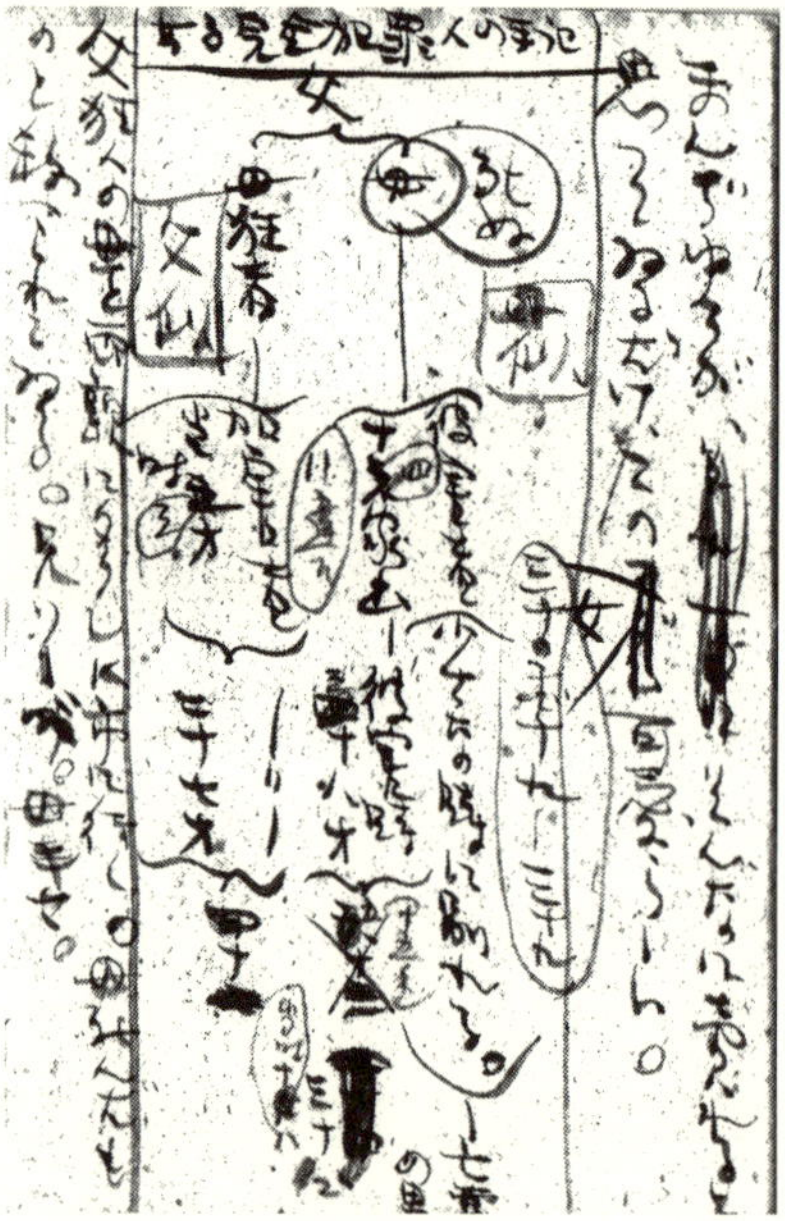

父狂人の母を両親にタクしに市へ行く。母死んだものと殺さられてゐる。兄ソーベ。母キセ。

夜の九時になると停電する。変圧機のある電柱のどこかに故障を生じるのである。それがために、この変圧機から電流を受けてゐる七八十軒の電灯が消えるのである。疑ひもなく、九時頃に働きからかへつて来る電気の知識のない者が、相当に大きな電熱器のスイッチを入れるのだ。それがために消える。もう五回目だ。もうい丶加減に、この悪人罪を知るべきである。泥棒をやつても七八十軒のものに迷惑をかけるとは言語同《ママ》断だ。義賊といふものもあるのに、せめて、泥棒をやるからには（電流にしろ、）他人様の御迷惑にならない様にやるべきだ。

子供が大きな声で表で唄ふ――

〽守るも攻むるもパン、パン、パン……

旨くいつたものだ。昔から腹が空つては戦争不可能といふ金言がある。

障子に細長い虫が止まつてゐる。手でつかんで表へほり《ママ》出すとまた入つて来て、目の前でひつくりかへつた。おや死んだのか、可愛さうなことをした、とじつと見てゐると、くるりと起き上つてまたもとの障子にとまつた。

~~（太陽はもうずつと上に登つた）~~薄靄を通して太陽が真つ白に見える。さながら春の宵に見るたえ入るやうになやましい十五日の月である。

（五月十日）

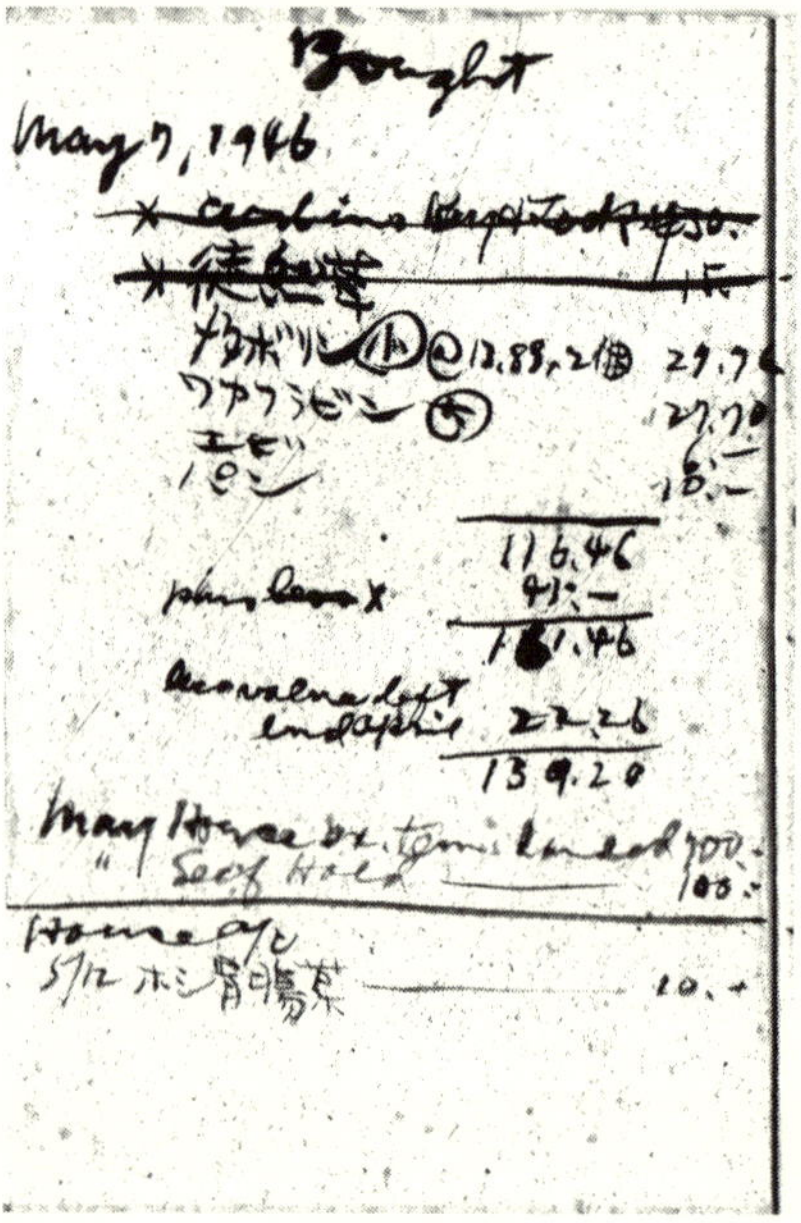

五月七日の出納

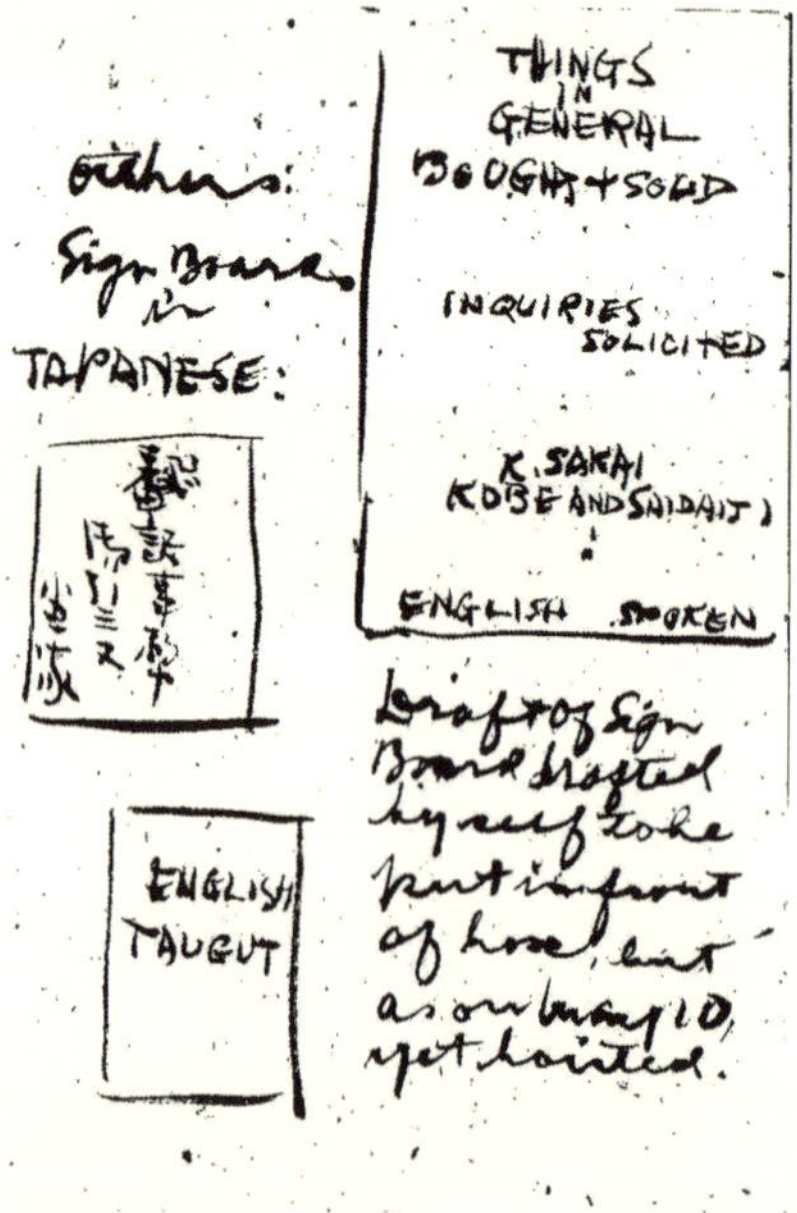

生活のために仕事を考える——サインボードや広告原案

「新緑といひますが、あの、サーッと来て、スーッと晴れ上つた時の樹樹の新緑はほんとに初夏を思はせますね。」

サーッと来たのでS氏のかうした言葉を思ひ出して、スーッと晴れるのを待つてゐる。しかし、こゝの天候はあくまで常軌を逸してゐる。サーッと来ると、これが、ザーッと変る。やがて、ゴーッと言ふやうな音にまで変つて、灰色の空からは一本一本はつきりと目に見える太い太い雨の棒が真白い幕になつて地上を突きサす。これがまたいつまでも続くのであるからたまらない。雨宿りをしてゐる人人もこれではさぞ困るであらうと思ひながらも、しぶきを避けて、窓を閉じ読みかけた本を読みつゞけ、雨のことも雨宿りの人達のことも忘れて、いつしか本の中にとけ込んでしまふ。と、ふと気づくと雨は止んでゐる。その間数十分、いや一時間も越すであらう。それほどに初夏のニワカ雨でも降りつゞく。こんな有様であるから、サーッと来た後の新緑なんかをこの町では望むことは、無理である。

よく大人のための「占ひ遊び」ともいふやうなカード式のものがある。これでもよくカードを切つて、無念無想の境に入り、息をつめ、えいッッと一ヶ所を開くと、「待人、引止められておそくなる」といふやうな文句が出る。これが不思議に当るものである。こんなカード式のものにしろ、一枚の薄つぺらな紙に手刷のやうな印刷で、小さないといけない子供達がよく盛り場を売つて廻つてゐたアブり出しにしろ、初めから願望、失物、運勢、縁談、待人といつたカテゴリーは定めてあり、占つてもらう方では初めに、待人とか縁談とか定めておいて、カードを引き、または、アブり出しをあぶる。さうすればこそ腹の中でひそかに縁談を希望し「……、少し苦労があるが吉」といふやうな文句が出ると、さうかなと半分はテレかくしの笑ひ、半分は真面目にその文句を考へるフクザツな笑ひを笑つてこの占ひを受け入れる。しかし、初めからさうしたカテゴリがなく、唯白い紙にバク然と、占つてほしい事柄を書いて下さい、何でもよろしいでは、書く方は何を書くか分らない、尠くとも願望に関して書くか運勢を聞くか、待人を尋ねるか身の上の判断を希望するか分らない。さうした場合、この一片のアブリ出しの紙片は、はたして如何なる返事をアブリ出させるか。もし、質問された事柄に、カード式占ひほどの具体的な解答が表れ、質問者を幾分でもナットクさせることが出来るとすれば、それは偶然でなければ奇セキであらう。――この一片のアブリ出しの紙片に、既に過去に於て記されてゐる答案が、如何にして、ミライに書き入れられる「如何なる種類の質問」にも回答しうるか。（あぶり出し）

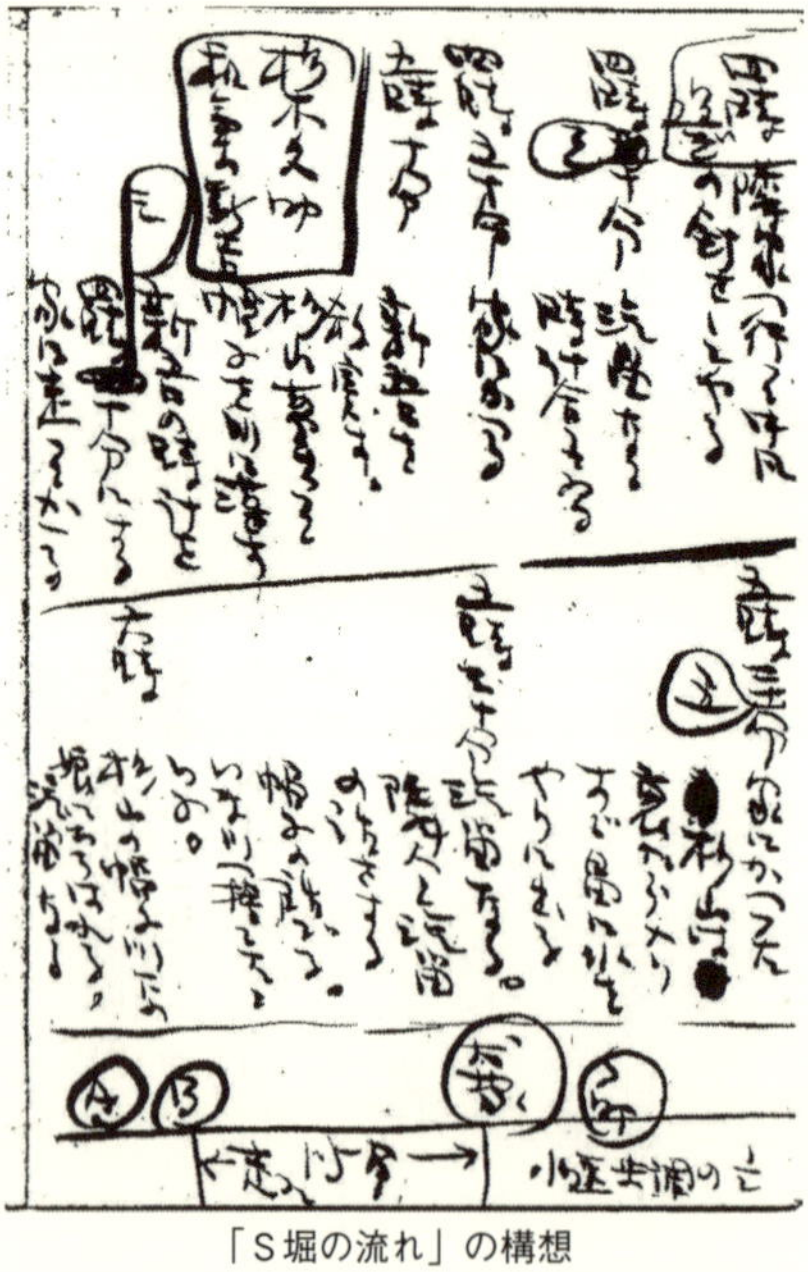
「S堀の流れ」の構想

春すぎて病めるこのみに
いささかのよきことなくて夏きたらんとす

なすべきもなし得ずただに心いぞぐ（ママ）
病めるわが身を知るや子供ら

けふもまた六人の親子死せりといふ
新聞記事にわれ心暗し

白き飯をいと喜びて食《は》めりといふ
いまはなき子らの面《おも》に泣す（ママ）

とこしえにのろはれてあれ弱き者よ
強きもののみ生きる人の世ぞ

なにがため神に祈るぞなれが身を
助くるものは汝一人ぞ

今日もまた身体ひだるく頭おもし

微笑む病魔よいまに目に見れ（ママ）

山上の垂訓よりも今われら
欲するものは一握《あく》の麦

はじ多し敗軍の将のなぜにまた
袖をつらねて裁きに立つぞ

正しきを云はんとするかおろかにも
正義はすべて勝者にぞあり

微笑みつゆきて帰へらぬ若人の
いくたりあるぞ死ねよ汝ら

刑に死すその朝までもわれとわが
身をいたはりしといふ三成を思《も》ふ

米つくる人に貴族のできしといふ
敗戦国よ日本あはれ

戦ひは都市にありしか農村の
見よゆたかさをこのほがらかさ

素ぼくとは誰がいひしぞ農民の
すべては人とけだものの間《あいだ》

清き人の如何ですむべきこの里の
見よにごりたるこの水の色

水道をつたひて来る山清水
われの産湯《うぶゆ》ぞよるな汚《けが》れよ

一握《いちあく》の小豆をかしぎしみじみと
味はひつゝもありし日思ほゆ

みな人の心知れりと思ひしに
農村人をしらざりし我あはれ

濃紺《ノーコン》色の空にくつきりと満月が浮んでゐる。星一つ見えず光をさえぎる一片の雲もない。またゝきもせずにじつと見つめられてゐるやうで面白くない。月たるもの、やはり雲にかくされ気をもませながらいゝ、時分に雲の間から満んまるい顔をぱツと出すといふのでなければ情がない。

闘へど病魔は強しされどされど
　われ歯をかみてなほも突つ立つ

この苦痛しる人もなく我はただ
　歯をかみしめて油汗ぬぐう

子らはただ泣きつ笑ひついさかへり
　われ苦しみつもの丶み思ふ

ねがはくば降魔の利剣かし給へ
　たゞ一とうちにほうらんものを

五月二十日、月曜日、晴。

腸の工合はまづまづい丶。寝る前に胸がやけるのでホシの胃腸薬をスプンに二三杯のむ。すると、まづ、この方はおさまつて、あくる朝、昼、晩までさう大して調子の悪いことはない。何しろ、じつとしてゐるんだから好調子であれば不思議である。下の半分はこの様にまづまづ結構だが、こんどは上半分がいけない。前後一面の物凄い胸痛である。とにかく、身体はもうやせられるだけやせてゐる。これで上の半分が少し悪くなれば、ぽツくりと行かねば仕方がない。心細い次第である。

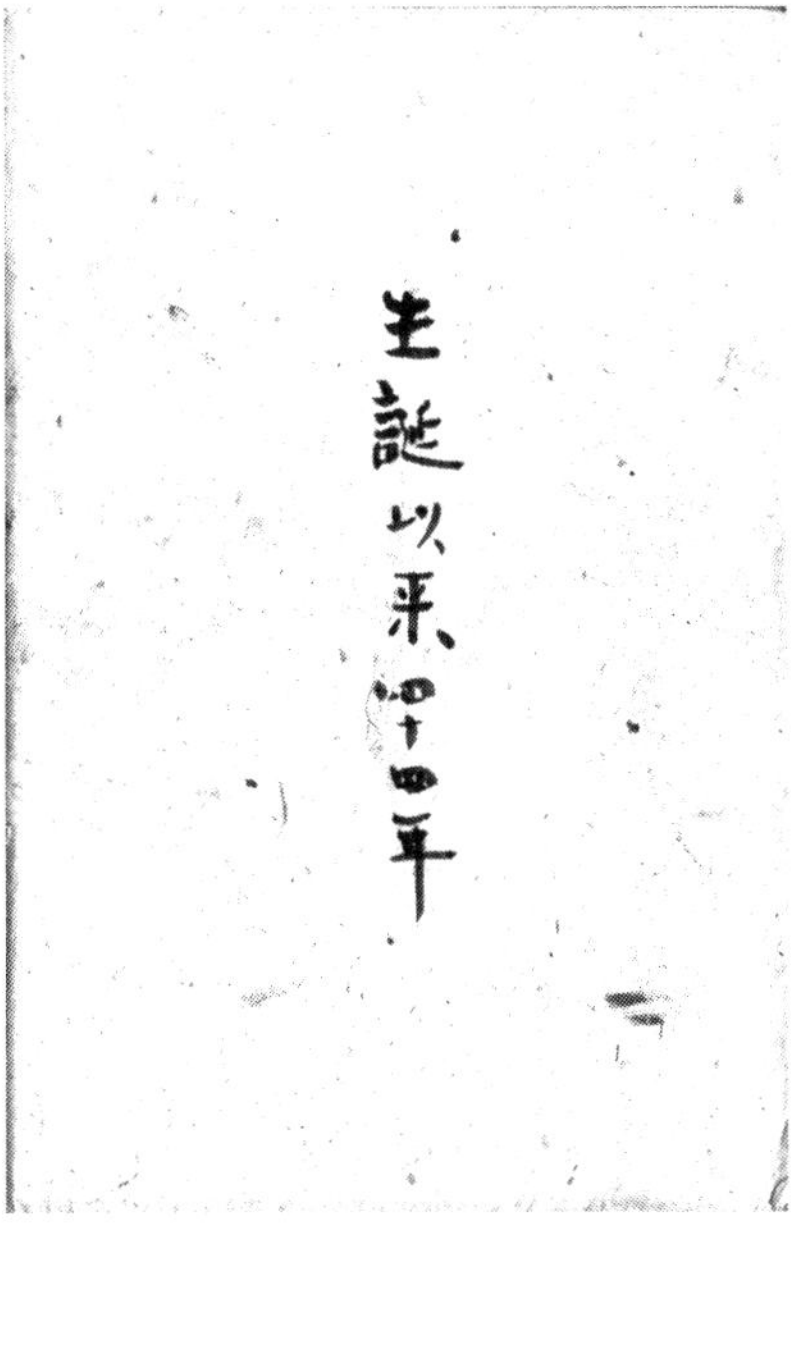
生誕以来四十四年

みすせれにあす・のうとⅡ

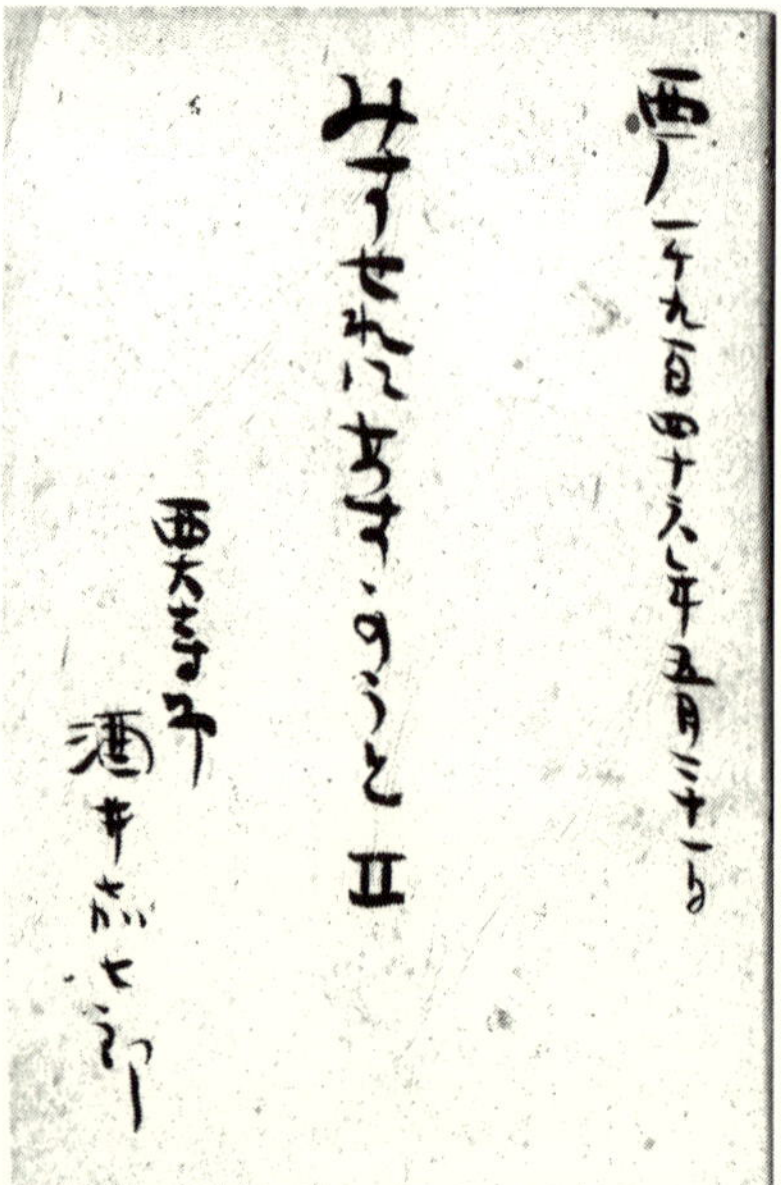

鼻が悪いために、いままで花の香なんかかいだ事がない。余りいゝ香ひがするといふので机の上のガラスのコップに差されたバラの花をそばへ引きよせて大きく咲いた花の一輪へうんと鼻を入れる。そしてクンクンとかいで見る。なるほどいゝ香がする。これがフクイクといふ香りかといまさら感心する。

こんな男にかゝれば名花バラも顔負けである。

旧約聖書。レツワウ紀第三章第十七節あたりに大岡政談と同じ話がある。

〃　イザヤ書第五十三章一節から十二節、キリストの予言といふ。

解題

横井司

先に論創ミステリ叢書で『大庭武年探偵小説選』をまとめた際、大庭と並ぶ戦前本格探偵小説マイナー・ポエットの雄というべき酒井嘉七の作品集をまとめられればと、漠然と考えていた。だが、創作が二十編に満たず、全てを収録しても一冊としてまとまるかどうか微妙であること、また他社から刊行される企画の噂を耳にしていたことなどから、編集部サイドからは難色を示されていた。そんな折、酒井嘉七の御子息から論創社に、嘉七作品集刊行の打診があった。

論創社に連絡が入る前に、嘉七の作品は遺族（子女）たちの手によってデジタル・データ化され、父を偲ぶよすがとしてまとめられていたという。そのきっかけになったのが、二〇〇七年の五月三日から七月一七日にかけて開かれた神戸文学館の企画展「探偵小説発祥の地　神戸」であった。同企画展に、嘉七の長女である珠璃子《じゅりこ》さんが訪れ、江戸川乱歩や横溝正史と並ぶ扱いを受けていることと、『幻影城』一九七七年八月号誌上で再評価され、中島河太郎や鮎川哲也などのアンソロジーに作品が採られていたことなどを知り、その作品が必ずしも忘れ去られておらず、新しい読者を獲得し続けていることを、企画展の立案者の一人、神戸探偵小説愛好会の野村恒彦氏から教わったという。同じころ、嘉七の孫娘の御夫君が、青木正美が『彷書月刊』に連載中のエッセイ「古本屋畸人伝」の第85～86回（二〇〇七年二～三月号）で酒井嘉七を取り上げており、神保町の古本屋・十字屋書店主ではないかという説を展開していることを発見（実際は同名異人）。このエッセイの存在を知った子供たちに、「父親のためにも作品を本にして残しておきたい」という意志が芽生え、その時点でたまたま、神戸の探偵作家であり、生前の酒井嘉七とも面識のある山本禾太郎・戸田巽の作品集をまとめていた論創社に話を持ち込まれてきたのであった。

論創社で本叢書を担当している今井佑氏から、遺族から打診があったと聞き、また遺稿が残されていることを知り、先に『久山秀子探偵小説選』を続刊した実績がある論創社であれば、ぜひ刊行すべきだと進言した結果、ここに晴れて一巻としてまとめられることになった次第である。

残されていた遺稿の中には、一九四五年六月五日、神戸大空襲の被害に遭い、戦火を避けるために疎開した土地で静養中、嘉七自身の手によってまとめられた自筆年譜も含まれていた。その一部が写真版としてデータ化されており、その巻頭には「個人記録、及び関係書類全部焼失」したため「本書記載の大部分は記憶による」とあるが、学歴・職歴など、かなり詳細に亙り、その経歴を知る上で好個の資料といえる。以下、それに基づき嘉七の経歴を紹介したい。

酒井嘉七は、一九〇三（明治三六）年三月十五日、神戸市で生れた（戸籍面では四月十五日に訂正されている由。理由は不明）。本名嘉七郎。〇九年、兵庫尋常高等小学校卒業後、自転車部分品通信販売業・東亜商会に入社。「〝入社〟と云ふよりも〝丁稚奉公〟に住み込む——と云ふ方が事実なり」と嘉七は記し、以下のように書いている。

実は新聞広公《ママ》に〝輸出入商小売店員を求む〟とありしに、自身にて出向きしところ、輸出入業は現在計画中、住み込まれたし、との申出に応じたる訳なり。主人公の私宅は平野五ノ宮町にて、朝四時起床、飯をたき、弁当を入れ、徒歩にて、出社。六時頃（午後）閉店、再び徒歩にて五の宮迄かへり、夕飯の仕度をする訳にて、結句、丁稚、女中のコンビネーションなり。而して、月給三円なりしと記憶す。約半年間この生活を続く。肉体的には相当の労務なりしも、当時の日記は、いとほがらかなり、この点は自身にて感心するところなり。人間何時の場合にもほがらかさを失うべからず。併し、当時過労のため、痼疾はこの時期に萌芽を発したるもの丶如く、日記には、秋冷の夜、小雨降る時「風を引いて、頭が痛い、せきがどうも止まらない」の記述あり。

——前途見込なきため年末辞す。

この経験に懲りて、「勉学に精進し初」める気概を発し、翌年、神戸市神戸区（現・生田区）にあったミッション・スクール、パルモア英学院に入学。月は記されていないが、おそらく九月であろう。「非常なる入学難にて、受験者二百余名中二十余名通過」とあるから、倍率十倍という難関を突破したことになる。入試問題は「ナショナル・リーダ巻2　後半中の一頁の全部を翻訳」というものだったそうだから、すでに語学の才に長けていたことが知れる。

このパルモア英学院在学中に、元居留地にあった対世界各国雑貨輸出商のストロング商会にケーブル・クラーク（電信係）として入社。この際、学院長のオックスフォード氏からストロング商会支配人スレード氏宛に当てた推薦状があったため、入社は容易だったという。また、学院在学中に、速記術とタイプライティングを学んでおり、後にはニューヨークにあったレミントン・タイプライター社から能力証明Certificate of Efficiencyを取得している。

一九二四（大正一三）年、パルモア英学院英文科・タイプ科・速記科卒業。ただし、後にふれる『神戸又新《ゆうしん》日報』の記事（「酒井嘉七郎氏を訪ふ」『神戸又新日報夕刊』二八・三／三〇）では二二年に卒業したことになっている。

自筆年譜の二六（大正一五・昭和元）年の項に、「大阪市住吉区にありし、当時の二百万長者、三宅熊太郎氏の知遇を得、同氏の御後援にて、中南支（中国・中南部―横井註）、フィリッピンの商業視察に出発す」と書かれているが、「三宅熊太郎氏の知遇を得」とは、前掲「酒井嘉七郎氏を訪ふ」に従えば、ストロング商会を退社（「昨年退社」とあるから、二七年に退社）して、大阪の三宅貿易商に再就職し、社主の目に留まったとも推察できるのだが、はっきりした事情は分からない。この視察中、「昼間の過労をいやす意味にて、過度のアルコホール摂取、ために肉体的に相当のマイナスを造る」こととなり、帰国後も静養しなかったため、翌年、発病。静養のため休職し、生家に身を寄せていた頃、病間の徒然に、『神戸又新日報』一万五千号記念事業の一環として募集された懸賞論文「十年後の神戸」を書き上げて応募し、選外特別賞を受賞した。受賞作は『神戸又新日報夕刊』

に連載されており、したがってこれが、活字になった最初の作品ということになる。
その後、三宅貿易商からデルブルゴ商会に移ったことが分かっている。病気療養中か、療養後に三宅貿易商を退社したものだろうが、デルブルゴ商会への入社時期は不詳。自筆年譜の一九四〇年の項に「デルブルゴ商会閉店す」とあることから、前後の事情をうかがうのみである。

ところで、残念ながら自筆年譜には探偵小説関連の記述は一切ない。したがって、『新青年』一九三四（昭和九）年四月号に、「新人創作その一」として「亜米利加《アメリカ》発第一信」がいきなり掲載された経緯は不明である。当時『新青年』は、懸賞という形でなく創作を募集していたので、仕事の徒然に書き上げたものを送ったのだろうか。いずれにせよ、同作品が探偵小説のデビュー作となる。

翌三三年五月、探偵小説雑誌『ぷろふいる』が創刊された。同誌の読者・寄稿家グループが、地方ごとに会合を持っていたことは、当時の誌面からうかがえるのであるが、神戸の場合、前年の五月に廃刊になった雑誌『猟奇』を通して、すでに「猟奇倶楽部」というサークルが出来上がっていた。後に『ぷろふいる』の編集に携わる九鬼紫郎は「『ぷろふいる』編集長時代」（『幻影城』七五・六）において、次のように書いている。

> 神戸には山本禾太郎、西田政治の両大家がおられ、戸田巽君と私、あとから酒井嘉七、翻訳もする大畠健三郎君などが参加し、グループが出来ていた。とはいえ、記憶は四十年以上もまえにさかのぼるので、このグループが神戸元町通りに、現在もある三星堂（いまは薬局）という喫茶店の二階の一室に、毎月一回集合して探偵小説の話にウサを散じたのは、「ぷろふいる」の創刊のまえからか、あるいは雑誌が出来たから、毎月一回あつまろうということになったのやら、そのへんを正確にいうことはできない。考えてみるのに、どうやら「ぷろふいる」が出たから、話題もあるであろうし、日をきめて集まろう、ということになったのではあるまいか。

戸田巽の「西田老礼讃」（『日本探偵作家クラブ関西支部会報』六三・一。以下、引用は『戸田巽探偵小説選Ⅱ』論創社、二〇〇七による）でも「元町の三星堂薬局二階喫茶室でやった」と明記されている。『戸田巽探偵小説選』第一巻の解題でも引いた、戸田の文芸仲間であった及川英雄の「鈴蘭灯回想」（『神戸　人とまち』五～六号。初出年月不詳。以下、引用は林喜芳『神戸文芸雑兵物語』冬鵲房、八六による）では、「元町四丁目の『オアシス茶房』」が「神戸探偵作家クラブの巣」だったと記されており、当時の『ぷろふいる』を繰ってみると、確かに「オアシス茶房」の名が確認できるのだが、「神戸探偵作家クラブの巣」とまでいえるのかどうかは、微妙なところだ。

　右の「『ぷろふいる』編集長時代」において九鬼は、「はっきりした記憶のないのが残念だが、酒井氏は神戸に探偵クラブが出来てから、一年あまりすぎて、私たちの仲間に入ったのではあるまいか」と記している。『ぷろふいる』三四年八月号に掲載された「神戸探偵クラブ席上にて」と脇書きのある「寝言の寄せ書」には、酒井嘉七郎も加わっているから（ただし「…………」とあるのみ。ちなみにこの時が第一回の会合になる。同誌九月号にはこの時の記念写真が掲げられている）、この時期、神戸のグループに参加していたことは間違いない。同じ八月には、山本禾太郎、西田政治《まさじ》、九鬼澹《たん》（紫郎）、戸田巽ら、他の仲間とともに『神戸新聞』の「銷夏よみもの」シリーズに参加して「探偵小説と暗号」というエッセイを寄稿しており、『新青年』に掲載された作家として仲間たちから一目置かれていたことが想像されるのである。

　三五年には、創作「探偵法第十三号」を『ぷろふいる』に発表。以後、三七年まで、『ぷろふいる』を中心に、創作・翻訳に健筆を振るうことになる。

　この当時の酒井嘉七の風貌については、山本禾太郎、九鬼紫郎、戸田巽らの回想に詳しい。山本は「日本人ばなれの嘉七さん」（『ぷろふいる』四七・四。以下、引用は『山本禾太郎探偵小説選Ⅱ』論創社、二〇〇六による）の中で次のように書いている。

およそ私が知るほどの人で酒井さんほど洋服のよく似合う人をほかに見たことがない。洋服がよく似合うだけではなく、酒井さんの体臭からはまったく日本人が感じられなかったと言っても過言でないと思う。お仕事が貿易屋さんだと聞いていたので、なるほどと思っていたが外国の薬会社の社員さんで、日本語で話をするよりも外国語で話をすることの方が多く、日本字を書くよりも英語を書くことの方が多いと知って、合点がいった次第であった。

ここに典型的に示される酒井嘉七のモダンボーイぶりは、子供たちの名付け方にも顕著に見られる。たとえば、自筆年譜の長女・珠璃子誕生の項には「国際人たる場合の発音及びスペリング難を回避するためjurikoと発音す」とあり、長男・憲次誕生の際にも「コスモポリタンたる場合発音し易きことも考慮す」とある。二男・凌三の場合もまた「国際人たる場合Ryozoと簡単に発音させたき意味も包含す」とあり、三男・喬《たかし》にいたっては、「必要なる場合はKyo Sakaiと自称すべし」と、本来の発音とは異なるものを自称しても良いとされていて、とにかく徹底している。また、長男だから「一」の字を当てるという慣例は好まず、二番目に生れたから「次」の字を当て、自身の名を襲名させる意味で「K」を盛り込み、長女から順にアルファベット順に命名したと書かれている。

こうした点に、合理主義的性格がかいま見られると同時に、一種の暗号趣味まで感じられるといったら、牽強付会に過ぎるだろうか。

ところで、九鬼紫郎は嘉七の容貌について以下のように書いている。

> きわめてソフトな感じのする好青年紳士で、近眼メガネ（?）をかけ、態度は丁重で、すこし肥り

気味な色の白い温厚人だった。貿易商社員だと聞いて、あとで成程と思ったことだが、交際するにつれて、人柄のよいのに敬服させられた私である。（前掲「『ぷろふいる』編集長時代」）

これに対して、戸田巽は次のように記している。

嘉七君の容貌をうつすと、平面で色が黒くて、縁なし眼鏡をかけていて、しきりに眼をショボつかせる癖がある。じっと見ていると、顔が日本系でなく、印度が混っている気配もある。それは、彼が居留地の外国商館に勤めている先入観かも知れないが、英語がペラペラしゃべれるからでもある。背は中背、小肥り、着物は着たことがないと云う。（「隣の家」『少年』七八・五。引用は前掲『戸田巽探偵小説選Ⅱ』から）

戸田のエッセイは、鮎川哲也編『密室探求』第二集（講談社文庫、八四）に全文転載されているが（前掲『戸田巽探偵小説選Ⅱ』の解題では単行本初収録としたが、誤りだったので訂正しておく）、その解説で鮎川は「一ヵ所、酒井氏の顔形を述した部分で九鬼氏が『色白で坊っちゃん然』としてある（「酒井嘉七追憶記」の記述―横井註）のに反して、戸田氏は色が黒かったと記している点に喰い違いがあるけれど、本稿を書くときは両氏に問い質す時間的余裕がないため、これは原文のままにしておく」と書いていた。今回、遺族に確認してみたところ、色白だったということである。なお、戸田は「着物は着たことがない」と言っていたように回想しているが、実際は着物を着た写真も残されているから（前頁参照）、これは戸田の思い違いか、嘉七が韜晦したものであろう。

なお、九鬼紫郎「酒井嘉七追憶記」（『幻影城』七七・八）によれば戸田が書いたと思しい灘桃太郎名義の「阪神探偵作家噂話」（『探偵春秋』三七・七）中に、酒井嘉七についての記述がある。同時代の記録として貴重なので、以下に該当部分の全文を引用しておく。

酒井嘉七氏は飛行機をもつとも得意とする作家であるが、それだけ飛行機と云ふと目がない。先日、朝日新聞社の神風号が欧亜連絡飛行をやつた時、その所要時間を懸賞募集したが、勿論、算盤で詳細に研究の上真先に募集したのである。ところが、苦心計算の效もなく、賞品のダットサンはつひに氏の手に入らなかつた。

「君僕の応募したのは、所要時間とたつた一分しか違つてなかつたのだよ、たつた一分違ひだ、惜しいよ、じつに惜しいよ。」

遭ふ人毎に語つたのである。飛行機が好きなだけにその残念さが真に迫つたものであつたが、果して本統にきつかりと一分違ひであつたかどうか、これはあまりあてにはならぬ。

居留地勤務だけにスピーキングが達者で、優秀なタイピストでもある。そのタイプも隙のない垢抜けのしたスマートさを供へてゐるが、それだのに、氏は大変日本舞踊が巧い。舞台でトントン足を鳴らしてしなを作つて踊るあの日本舞踊が得手であると云ふのだから嘘のやうに思はれる。勿論、長唄もいける。そこで生れたのが「長唄勧進帳」であり、「双面競牡丹」であり「道成寺殺人事件」である。

去る日、エバーハート女史の翻訳したので、早速その旨を女史の許へ通知すると、女史から叮嚀な礼状と彼女の引伸しポートレートを送つて来た。とても美人だつたので、神戸組の連中垂涎の態でその写真を引つ張り凧にして見たものであつた。氏の書斎には、女史の写真がうや〳〵しく懸けられてゐるから、訪問したものは必ず

「おや、これはどこの女優ですか?」

と、きつと訊ねるさうである。

最後にふれられている「エバーハート女史の翻訳」とあるのは、三六年に日本公論社から上梓さ

エバハートの写真を飾った書斎。座っているのは長女・珠璃子

れた、ミニオン・G・エバアハートMignon G. Eberhart（一八九九～一九九六、米）『霧中殺人事件』*The Dark Garden*（一九三三）。イギリス版は翌年*Death in the Fog*と題して刊行された）のことである。エバハートの写真に関して、山本禾太郎も次のように回想しているのが微笑ましい。

酒井さんの思い出はすくないが、何国の誰であったか国と名を忘れてしまったが、外国の女流探偵小説家の長篇物を翻訳し、その訳本を原作者に送られたところ、原作者から大へん喜んだ手紙とともに大きな写真を送って来たことがあった。原作者は美しい人で私達はその写真を見せてもらって羨ましく感じたことを一番はっきりと覚えている。（前掲「日本人ばなれの嘉七さん」）

ただし九鬼紫郎は、「私は一回だけ、酒井氏宅に京都から行って、一泊させて頂いたが、その写真を見た覚えがない。氏にとっては自慢のものだったろうが、これはどうしたことであろうか」（前掲「酒井嘉七追憶記」）と書いている。写真自体は神戸大空襲時に焼いてしまったそうだが、幸い右掲の写真が残されていたので、書斎に掲げられていたことは、事実である。九鬼来訪時には、たまたま外していたものだろうか。

一九三七年に雑誌『シュピオ』へ回答したアンケートを最後に、嘉七の探偵小説の創作は途絶えてしまう。同じ年の四月に『ぷろふいる』が廃刊に、また八月には『探偵春秋』が、さらに翌年四月には『シュピオ』が廃刊になっている。三七年七月には盧溝橋事件に端を発する日中戦争が勃発しており、こうした時局の影響を受け、創作探偵小説を掲載するメディアは終息を余儀なくされていく時代であった。そんな中で嘉七は、自らの仕事の経験に基づいた『外国電信係《けいぶる・くらーく》読本』（私家版、川瀬日進堂書店発売、三九）を上梓する。「自分が有する、長年の、実務的な経験を、基礎とし、**日本商品輸出業者**を主体として」著述した同書は、実質的に酒井嘉七の第一著書にあたる。

先に記したように、四〇年にデルブルゴ商会を退社した嘉七は、翌四一年初旬に輸出商・酒井商店を立ち上げる。当初は、カルカッタ等から注文が入っていたようだが、同年十二月に太平洋戦争が勃発。そのあおりを受けてであろうか、翌四二年二月、立ち上げたばかりの酒井商店は閉店の憂目を見ることになった。四四年二月、大阪市安宅産業株式会社物資部に入社し、そこから、同社が株を有する日本電球交易株式会社・大阪支店に主事・支店長代理として就任することになる。この時の「過労と大阪通勤の肉体的労務のため」、八月になって痼疾の肺病が再発。九月に小康を得て、堺筋本町ホテルに宿泊して通勤するが、再び病状が悪化し、自宅療養を強いられることになった。こうした中、四五年六月の神戸大空襲に遭い、家財や書籍の一切を焼尽してしまう。そのためやむなく岡山県上道郡古都村藤井に、後には同県同郡西大寺町新堀に疎開することになった（九鬼は前掲「『ぷろふいる』編集長時代」の中で、嘉七の死後、未亡人が西大寺に移ったように書いているが、生前から移ったのが正しい。また「酒井嘉七追憶記」には、西大寺町は夫人の故郷とあるが、これは九鬼の誤認だとのことである）。

四五年八月の終戦後も病状は奮わないままだったが、創作意欲は湧いていたようで、『ぷろふいる』時代の仲間から連絡を受け、短編を書き下ろしたり、『サンデー毎日』の「大衆文芸」募集に投稿したりしている。だが自らの死期を悟っていたものであろうか、四六年六月二十八日に受洗。

翌七月の十四日に病歿した。享年四十三歳。歿後、作品集『探偵法13号』（かもめ書房、四七）がまとめられている。

本書『酒井嘉七探偵小説選』は、創作集『探偵法13号』が刊行されて以来、実に六十年ぶりにまとめられる作品集である。探偵小説専門誌『幻影城』七七年八月号に「空飛ぶ悪魔」「探偵法第十三号」「京鹿子娘道成寺」の三編が再録されたのを契機に、大阪圭吉、大庭武年と並ぶ戦前期本格探偵小説の書き手として認識されながら、その後はアンソロジーに散発的に収録されるくらいで、まとめて読むことがかなわなかった。今回、遺族の協力を得られ、遺稿まで含め、現在までに判明している創作のすべてを収録することができたことは喜ばしい。嘉七作品の真価があらためて見直される契機となれば幸いである。

以下、本書収録の各編について、簡単に解題を付しておく。作品によっては内容に踏み込んでいる場合もあるので、未読の方は（真相にふれている同時代評もあるので特に）注意されたい。

〈創作篇〉

「亜米利加《アメリカ》発第一信」は、『新青年』一九三四年四月号（一五巻五号）に掲載された。単行本に収録されるのは今回が初めてである。

初出時には「新人創作その一」という惹句が付せられており、その二は南達彦「女給軍閲兵」、その三は曽我明「颱風圏」だった。先述の通り、どのような経緯で掲載に至ったかは不詳である。

タイプライターの指力型が指紋と同じように犯人追及の証拠たり得るというアイデアがポイントであり、殺害方法ではなく、探偵方法に関心を向けているところが興味深い。また、後に「呪はれた航空路」「空に消えた男」でも顔を見せる名探偵・木原三郎が初登場している点も見逃せない。

に評されている。

『ぷろふいる』三四年五月号の「探偵月評」欄で、「まがね」と署名した書き手によって次のよう

よく纏つた小品である、タイプライターの印字の濃さに依る指力型を取扱つた所は新人らしい努力として愉快だ、がこんな類型の多いしかも不確定なものを証拠に犯人を断定して、それで済まそうとは人を喰つた話だとフンガイさす所等うまいものだが、あゝ又此の手かと言ふのが正直な読後感である。

なお、作中の「アマ」とは、本来は、東アジア諸国在住の外国人家庭に雇われた現地人女中を指すが、ここでは日本人女中のことだろう。

「探偵法第十三号」は、『ぷろふいる』一九三五年一月号（三巻一号）に掲載された。没後、「探偵法十三号」と改題され、『探偵法13号』（かもめ書房、四七）に収められた。本書におけるタイトルは初出誌に拠る。

探偵法第十三号The thirteenth degreeとは、現代風にいえば、初動捜査の重要性にポイントをおく探偵法といったところか。ただしプロットの眼目は、探偵法第十三号によって犯人を突き止める点にあるのではなく、真犯人でもない人間がアリバイ工作を行っていた点にある。本作品を反転させれば、遺稿「S堀の流れ」のプロットになる点も興味深い。また、アリバイ作りの小道具として電動タイプライターが出てくるのが、ちょっと珍しい。

『ぷろふいる』三五年三月号に載った「創作合評――京都探偵倶楽部席上にて／超高速度座談会の記」では、

C「僕は余り感心しませんでした。」

D「思ひ付がチヨツト変つてますね。」
I「また、タイプライターが出ましたね。」

と言われている。また、同誌の投書欄「POP」では、「櫛部どろん兵衛」という投稿者によって、「新青年に載つた第一作『亜米利加発第一信』よりはよろしい。ストーリも相当なもんではあるが、素材が殺人事件であるだけに、作者の筆の軽快さが、少しく気になるの憾みあり」と評されている。

「郵便機三百六十五号」は、『ぷろふいる』一九三五年三月号（三巻三号）の「黄色の部屋」というカラーページの読物欄に、「拾つた一頁」シリーズの一編として掲載された。単行本に収録されるのは今回が初めてである。

『幻影城』七七年八月号で嘉七作品が再録された際、解説「酒井嘉七作品集について」でS（『幻影城』の編集人・島崎博であろう）は、作品の傾向を「飛行機を素材にしたいわゆる〝航空もの〟」「歌舞伎の世界から取材したいわゆる〝長唄もの〟」「筆記者の自身の周辺を素材にした形をとっている〝身辺もの〟」の三つに分類した。本作品はSのいう「航空もの」の第一作にあたる。郵便機の無線誘導事故と思わせて、最後の数行で逆転させる書きっぷりは見事である。

「実験推理学報告書」は、『ぷろふいる』一九三五年九月号（三巻九号）に掲載された。単行本に収録されるのは今回が初めてである。

語り手の推理、というより解釈が、友人を失恋から救った顚末を軽妙に描いているが、語り手のいわゆる春秋の筆法（間接的な原因を直接の原因であるかのようにいうこと）によるオチがポイント。

「撮影所殺人事件《スタデイオ・マーダー・ケース》」は、『ぷろふいる』一九三五年一一月号（三巻一一号）に掲載された。単行本に収録されるのは今回が初めてである。

幻想的な筋立てだと思わせて実は、と逆転させてみせた小品。なお、嘉七の映画への関心は、戸田巽「隣の家」（前掲）に詳しい。

「空飛ぶ悪魔──機上から投下された手記」は、『新青年』一九三六年一月号（一七巻一号）に掲載された。単行本に収録されるのは今回が初めてである。

『新青年』一九三五年十一月号誌上の「原稿募集」に投じられたもの。初出本文表題には「A種短篇当選」と付されているが、目次には「応募当選作第一席」と記されている。「A種」とあるのは、第一席の意ではなく、原稿募集時の種別に由来するもの。A種は「短篇小説」、B種は「人から聞いた話（実話）」で、C種は「読者放送室」と題して、「本誌に対する感想、探偵小説論、その他いかなる快気焔、報告をも歓迎。但し『新青年』らしい気分横溢のもの」を、という条件だった。現実に日本でこうした催しがあったかどうか詳らかではないが、当時の航空機ブームを背景とした完全犯罪もので、ささやかながら暗号趣味も盛り込まれている。

洛北笛太郎は「作品月評」（『ぷろふぃる』三六・二）で本作品を次のように評している。

　作者のモダンな触感が、奔放に空中へ荒狂ふ。筋の組立が、たつた一つだけの、最後の意外な逆転をやまとするところ、酒井氏の諸作を通じて稍、遺憾とする点であるが、二十枚やそこいらの枚数では方法がなからう。この作者の強味は、ぐんと張り切つた創作力だ。手が書かずに、筆が書く。

ここに書かれている通り、応募規定は「四〇〇字原稿十枚より二十枚まで」というものだった。

「呪はれた航空路」は、『ぷろふぃる』一九三六年四月号（四巻四号）に掲載された後、前掲『探偵法13号』に収められた。その後、中島河太郎編『恐怖の大空』（ＫＫワールドフォトプレス、七六）に採録された。

洛北笛太郎は「作品月評」（『ぷろふぃる』三六・五）で本作品を以下のように評している。

読みやすい点で好感が持てる作品であると思ふ。旅客飛行機の無線誘導といふ新しい形式を犯罪事件に取入れてゐる。すこし事件が簡単であるやうだ。犯罪が起る。それを一片の手記が綴つてゆき、その裏にすぐ解決がついてゐる。もう一つ更に逆転させるやうでないと、読者には向くまい。この作品は後半三分の二は記述の重複だと思ふ。

本作品をアンソロジーに採録した中島河太郎は、その解説において、「酒井嘉七氏は職業上、当時としては珍しい飛行機搭乗の経験があったので、若干の航空ミステリーを残したと思われる」と書いているが、実際には嘉七が飛行機を利用したことはなかったようだ。遺族にお話をうかがった際、なぜ航空機ものを書いたのかは分からないということだった。ただ、電信係という職業柄もあってか、当時発売されていた科学雑誌をよく読んでいたらしく、本作品に登場するラジオ・ビーコンの知識も、雑誌などから仕入れたものだと思われる。

「霧中の亡霊」は、『新青年』一九三六年五月号（一七巻六号）に掲載された。単行本に収録されるのは今回が初めてである。

「花吹雪集」というコント特集のために書かれた、航空ものの一編。戸田巽が前掲「隣の家」において、「『新青年』からコントをわれわれのグループに注文があった時、彼は三編送って総て採用、私は二編が没で一編のみ採用」と回想している作品が、本編だと思われる。だとすれば、他に二編、別名義の作品があることになるが、特定できなかった。

「ながうた勧進帳——稽古屋殺人事件」は、『月刊探偵』一九三六年五月号（二巻四号）に掲載された。後に、山前譲編『本格推理展覧会　第二巻／犯罪者の時間』（青樹社文庫、九五）、ミステリー文学資料館編『幻の探偵雑誌⑨／「探偵」傑作選』（光文社文庫、二〇〇二）に採録された。

いわゆる長唄ものに属する第一作である。初出誌の「編輯後記」には、「巻頭を飾る酒井嘉七氏の『ながうた』事件は堂々四十枚の雄篇、これは別に西田政治氏の激賞の辞もあつたもので、編輯子も一読感嘆を久しうした。敢て江湖におす、めする次第」と自信満々の賛辞が述べられている（署名の「J・A」は荒木十三郎、すなわち橋本五郎だと思われる）。この推輓が功を奏したのに加え、題材の目新しさが当時評判になったようで、嘉七の他の作品に比べ、書評が多いというだけでなく、精緻な点が目を引くので、以下、管見に入ったかぎりであげておく。

神戸探偵倶楽部の同士・土呂《とろ》八郎は「五月号読後」（『月刊探偵』三六・六）において長文の感想を寄せている。

この作者が新青年に発表した幾篇かの短篇は、実は私を余り感心せしめなかつた〔。〕それは死んだ牧逸馬の初期を思はせて筆達者であり、アメリカアニシユであり、隣室で半時間ほどシユライプマシーネの音が響いて居ると思つたら、扉を排して現はれた彼の手に一篇の探偵小説が携へられて居た様で、蠟燭の灯や白昼夢、屋根裏部屋、虫眼鏡、土蔵、黒子の醸出す雰囲気と異つて、そこには作者の苦悩が見られず、アメリカになら、百を以つて数へる程現存する作家の一人が日本の探偵小説壇に現はれたに過ぎないと思つたのである。けれ共「ながうた勧進帳」の一篇は充分その誤りを取返した。長唄と云ふ純日本的音楽、登場する人物の古典性、而も取扱はれた構想は快《ママ》奇味の中に完全な理論を具へた純本格物である。而も今はなき夢野久作の出世作「あやかしの鼓」の味を兼ね具へて居る。

只私は初めの一二頁この一人称で語る人物が果して女性なのかと思つた。「ございます」口調で喋言る者は女性に限らない等と考へたが、後半に到つて百科全書をひつぱり出して長唄の沿革並びに意義を説明して聞かされ、そのペダンテイシユを攻める前に、自分が思はぬ学問をした事を自白せねばならぬ。

同誌同月号の「しもるうゐんける」欄では、「赤ネクタイの男」という書評子によって取り上げられ、長文の感想が書かれている。

本誌前月号に発表された酒井嘉七氏の「ながうた殺人事件は《ママ》」、編輯子がその後記にも書いてゐたが、たしかにいゝ作品であつた。近頃の中堅作家の作品の中では、先づ問題になるものである。只、惜しいと思はれるのは、まだ文章にうるほひの足りない点で、相当、注意して書いてあるに拘はらず、何となくギコチなく、読んでゐて、舌ッ足らずの感を受ける箇所があちこちにある。これはむしろ、東京弁よりも関西弁で書かれた方が成功してゐたのではあるまいか。

それから、一般読者には気が付いたかどうか、この作のトリックになつてゐる「判官おん手を取り給ひ」の文句の間違ひのことは、この作のトリックとしてはそれでいゝとして、多少でも長唄に経験のある者から考へると、尠なからずおかしいのである。何故ならば、この物語の主人公は、階下で二階の稽古を聞いてゐて、その文句の間違ひよりも先に、師匠と弟子との、三味の音締めの相違に気が付かねばならない筈だからである。

いかに筋のいゝ弟子にしても、急造らへの三味が、子供の時から叩きあげた師匠の三味に及ぶとは考へられず、また事実、三味の手と言ふものは、同じ唄でも人によつてそれぞれに違ふのである。この作では、その点、師匠の母親も、それから弟子達も、誰ひとりとして気附いたものがない。だから厳密に言ふと、この作にはそのトリックに根本的な不用意があつたと言ふことになる。事件を解決する者が警察官か何かで、長唄を知らない者とすると、この探偵は成功であるが、それが長唄の社会に住むお弟子さんであるだけに問題である。

しかし大体に於て、相当に読める作であつたことは喜ばしい。作者はなほ一層に努力すべきである。

翌月に出た中島親の「創作月評」(『探偵文学』三六・七)は、最も好意的といえる評であろう。

酒井嘉七の「ながうた勧進帳」はそのオリヂナリテイをとる。この作者はいつも其の特異な題材を摑んで真に新人的な潑剌さを示すので、いつも非常な好意を感じてゐるが、今度もさうで、長唄を取入れたオリヂナルな着想のよさに強く打たれるものがあつた。然し、何の為に選りに選つて長唄稽古中に殺さねばならなかつたかと考へると殺人方法の必然性が弱いやうにも思へるが、そんなことを一々気にしたのでは虫太郎の小説など一つも読めるのはないのだから、これは黙殺しやう。尚、この作品が純日本的な探偵小説であることは大に注目すべきで、もうい丶加減に翻案《バター》臭の混血作品などの代りに、かう云つた日本的な作品がドシ〳〵出て来ることを希んで止まない。

小栗虫太郎との比較は、後に杉山周「新人・中堅・大家論」（『ぷろふいる』三七・二）でもされている。そこで杉山は「小栗虫太郎の『小粒』はどうも解しにくいが、相当に買つてい丶だらう。もう少し探偵小説を読む事も勧めやう」と書いている。

ホームグランドともいうべき『ぷろふいる』では、蜂劔太郎が「斜視線」欄で取り上げている（三六年七月号）。

酒井嘉七氏の「ながうた勧進帳」（月刊探偵）は新人としては、珍しい作品だつた。この人は、いつもバタ臭い飛行機ものばかりだと思つてゐたに、これはまた、どうしたことか——国粋的な稽古屋と云ふ舞台を持ち出して来たところなど、新人として面白い才分を持つてゐる。だがしかしあの考証のあたりで、少しどうかと思はれるほど、作品全体と調和がとれてゐないのが疵だ。

「亜米利加《アメリカ》発第一信」からの読者には相当意外な転身だつたようだが、遺族のお話では、三味線を持った写真があったそうだし、嘉七夫人は小唄的なものを習っていたというから、決して馴染んでいない題材だったわけでもないのであろう。

「ある自殺事件の顚末」は、『探偵文学』一九三六年九月号（二巻九号）に掲載された。単行本に収録されるのは今回が初めてである。

飛行士が無線連絡時に、旅客機内で起きた事件の顚末を無線係に語るというスタイルの航空もの。凶器消失トリックものかと期待させるが、さすがにこの枚数では難しかったのか、人情もの風にまとめあげている。前年十二月に延原謙によって訳されたばかりの、アガサ・クリスティ Agatha Christie（一八九〇～一九七六、英）『十二の刺傷』*Murder on the Orient Express*（一九三四）の影響を感じさせなくもない。

「両面競牡丹《ふたをもてくらべぼたん》」は、『ぷろふいる』一九三六年一二月号（四巻一二号）に掲載された後、前掲『探偵法13号』に収められた。その後、ミステリー文学資料館編『幻の探偵雑誌[1]／「ぷろふいる」傑作選』（光文社文庫、二〇〇〇）に採録された。

中島親は「作品月評」（『シュピオ』三七・一）で本作品を取り上げ、次のように述べている。

> 素材としては月並の平々凡々たるもので下手に書いたら到底、読むに耐へない所だけれど、器用な話術で、兎に角、読ませるのは作者の素質のよさを思はせる。デパートを「でぱあと」と書いて和風な調和を試みたのを初め、すべてに此のやうな繊細な神経が動いてゐるのは（些細なことではあるが）作家の持ちたい態度である。しかし、作品を全体としては褒めも、けなしも出来ない種類のものだ。よく纏つてはゐるが潑剌とした独創味がないのは遺憾であつた。

この他、「N・B・C」という執筆者が『探偵春秋』同年同月号の書評欄「ヨー・ヨー」で取り上げているが、「文中の『ございます』が執拗《しつこ》くて気になる。ものは酷似した小唄の師匠をおとりにつかつてその間に悪事を働いた、といふだけのもの。古風な雰囲気を馳駆しやうとした作家の気持は買ふけれどもこの作品は失敗であつた」と、なかなか手厳しい。

一方、ホームグランドの『ぷろふいる』同年同月号では、月評欄「展望塔」で白牙という書評子が「読み辛い怪奇幽遠の物語。であります、ございますで読者は茫然とする。前半のテンポは長きにすぎる。その長さからくる退屈感が御座います口調で、更にオウバアラップされた！ 此処は工風を要する」としながらも、「大体、新人として新味は窺はれ、殊に巻末のあたり、所謂アト味が宜しい作品となつてゐる。航空物もい、が、書き方筋立てに依つてはこれもい、」と褒めている。また、同誌同月号の朝霧探太郎「噴水塔」では「酒井嘉七の『両面競牡丹』を読むと、この前の『長唄勧進帳』よりは少々落ちるやうな気もするが、描き出された世界が、探偵小説としては珍らしいので好感が持てる。この人の飛行機ものと、稽古屋ものは珍らしい両極端を現してゐて、その対照が面白い」と述べられている。

「空に消えた男――大陸横断機の秘密」は、『探偵春秋』一九三七年四月号（二巻四号）に掲載された後、前掲『探偵法13号』に収められた。

「遅過ぎた解読」は、『探偵春秋』一九三七年四月号（二巻四号）に掲載された後、前掲『探偵法13号』に収められた。

以上の二編は、初出誌巻末の「編輯だより」によれば、「新しい試みとして『一人二作集』をやつてみることにし」、嘉七にその「第一回を御願ひ」し、書かれたものである。

航空ものの「空に消えた男」では、「呪はれた航空路」に登場した木原三郎が、飛行中の航空機内から宝石強盗犯人が消失した事件の謎を解く。共犯者が多すぎる嫌いはあるものの、いかにもアメリカらしい豪快さを感じさせなくもないトリックが印象的。ただし、当時の読者には、あまりにシャーロック・ホームズ・スタイルそのままであるという点が、難であるとされた可能性がある。

暗号ものの「遅過ぎた解読」もまた、あまりにエドガー・アラン・ポーEdgar Allan Poe（一八〇九〜四九、米）の「暗号論」Cryptography（一八四一）「黄金虫」The Gold-Bug（一八四三）に依存しすぎている点が、難といえば難だろう。ただし、「黄金虫」中の暗号文が、解読しやすいようにtheが多用された不自然な文章だという指摘は、寡聞にして知らない。そこを突破口にして解読法を工夫するあたりが、読みどころといえるだろう。また、語り手が「私は前にも、この暗号について極く短いessayを、日本の新聞に寄稿した事がある」と述べているのは、嘉七自身が本名で発表した「探偵小説と暗号」を指しており、初出紙および掲載年月日まで一致するのが面白い。なお、蛇足ながら、作中でポオの作品としてあげられているMaelzel's Chess-Player（一八三六）は「メルツェルの将棋差し」の邦題で知られているもの。

「京鹿子娘道成寺《きやうかのこむすめだうじやうじ》（河原崎座殺人事件）」は、『探偵春秋』一九三七年六月号（二巻六号）に掲載された後、前掲『探偵法13号』に収められた。その後、鮎川哲也編『密室探究』第二集（講談社文庫、八四）、ミステリー文学資料館編『幻の探偵雑誌4／「探偵春秋」傑作選』（光文社文庫、二〇〇一）に採録された。

本作品をアンソロジーに採録した鮎川哲也は、その解説において「ポーのある短編に想を得ていることは読了すればお解りになると思う。が、その着想を純日本的な歌舞伎に移して間然するところのない一篇に仕立てた点は並みではない。戦前の水準からすれば出色の作品ではあるまいかと思う」と述べている。また「ひょんなことから手に入れた本なり文書なりに思いもよらぬ殺人劇の始終が描かれていたという設定では、岡田鯱彦氏の代表作『匂の宮と薫大将』がよく知られている。酒井氏の本篇も発端は同趣向のものであるが、それを先取りしている点にも興味を感じさせられる」とも記している（なお、岡田作品の題名は、正しくは『薫大将と匂の宮』）。

同時代評としては『シュピオ』三七年七月号掲載の、秋野菊作（西田政治の別名）「移植毒草園」と、中島親の月評「リベラリズムの上に立ちて――木々・甲賀・蘭・酒井・海野諸氏の作品」で取り上げられている。秋野は大阪圭吉の「水族館異変」と共に言及して、「これは、どちらも新進作家としては野心満々たる試みだが、『京鹿子娘道成寺』の場合は本格的に真ッ正面から取り組んでか丶つたゞけに、仲々息苦しいところがある。（略）折角の力作ながら、どこかまだ、混然とせずあと口の悪いところがある」と評している。それに対して中島の方は、それまでにも述べてきた観点から、難はありつつも好意的に評価している。

酒井嘉七氏の「京鹿子娘道成寺」はおつとりとした中に一沫の鬼気があり、題材の珍しさに一寸惹かれるが、読み終へてみると話が少し単純すぎて呆気ない恨みが残る。猿が犯人といふのも、肯けるやうな肯けぬやうな、どつちつかずの印象が残り、意外が過ぎて却つて気が抜けるといふ嫌ひがある。書出しが落着いてゐる割に終りの方が少し急ぎ足なのも迫力を弱めてゐるやうに思ふ。

しかし、私はこの作品の極めて純日本的である所が好きだ。いや、さう言ふより、この分野に示す酒井氏の愛情に好意を感ずるといつた方がいいかも知れない。何も探偵小説であるからと云つて、アパートやピストルの世界に限つたものでもあるまい。ピストルやアパートの世界に比べると多くの困難はつき纏ふけれど、日本的な探偵小説は不可能とは云へない。難しいだけに、数が少いだけに、それだけやり甲斐のある仕事でもあらう。曾て、水谷準氏も書いたやうに、江戸川乱歩が日本で最大の探偵作家である理由の一つは、氏が極めて日本的な秀れた作品を書いてゐることなのである。多くの人達が外国作品の影響をその作品の上にまで彩色して、バター臭い作品で得々としてゐた時代に、江戸川氏がよくエドガー・ポウの影響を制禦して、日本的な独自な道を開いた事は乱歩氏の偉大さを語るに最も適切な事柄なのだ。今、純文壇でも、日本的なものを繞つての論創が盛んであるが、我が探偵文壇に於ては、大して理論的な余地はないけれど、作品として、もつと数量的に此の種のものが発表されてもいいやうな気がする。日本人が真に身を以つて理解出来るものは矢張り、日本的なものに外ならない。

本作品は、戦前の日本の風土では難しいといわれた密室殺人の状況を見事に成立させたのみならず、被害者が踊っていた時に口にした言葉にダブル・ミーニングが仕掛けられており、それが伏線ともなっているなど、趣向の秀逸さが際立っている点で、嘉七の代表作といえよう。

「ある完全犯罪人の手記」は、中島河太郎の個人誌『黄色の部屋』四巻三号(一九五二年一二月一〇日発行)に掲載された。単行本に収録されるのは今回が初めてである。

初出誌の「編集後記」には、「本誌に創作を掲載するのは異例であるが、故酒井嘉七氏の絶筆を放置しておくのも遺憾に思つたからで、橋本善次郎氏の御厚意に感謝する次第である」とある。橋本善次郎は戦前の『ぷろふいる』の寄稿家で、戦後、会計士を務める傍ら、探偵雑誌『真珠』を創刊。四七年四月号から翌年八月号まで、都合七冊を刊行した。四九年には、後継誌『探偵趣味』を発行したが、こちらは創刊号のみで終わっている。

嘉七の遺稿類と共に様々な文書が残されており、そのなかに橋本善次郎が未亡人に送った三通の手紙が含まれている。その一通(日付なし)には、戸田巽から嘉七の死んだことを聞かされて驚いていることを述べた上で、『真珠』第三号にて追悼特集を組みたいので、「御遺稿ありましたら、御恵送頂ければ幸甚」だと書かれている。原稿受領の礼状である一二月三一日付のハガキがそれに続くもので、さらに四七年一月一三日付の手紙では「真珠を飾らして頂きたいと思ひます」と記されており、原稿料としてとりあえず三百円同封したと書かれている。このとき橋本が受け取った遺稿が、どのような事情か、『真珠』に掲載されないまま、河太郎に渡されたということになるようだ。

完全犯罪を敢行した男が、被害者の息子に心理的に追いつめられた果てに、意外な因縁に気づかされて破滅するまでを描いた本作品は、戦前に書かれた長唄ものの延長線上にあると思しい情操派的な犯罪小説である。戦後の新しい方向性を示していただけに、早世が惜しまれる。

戦前の日本探偵小説界を鳥瞰した江戸川乱歩「日本の探偵小説」(『日本探偵小説傑作集』春秋社、

三五・九。後に『鬼の言葉』春秋社、三六に収録）には、残念なことに酒井嘉七の名が見られない。このとき嘉七は『新青年』に一編、『ぷろふいる』に三編を発表したくらいであり、まだ海のものとも山のものともつかない新進作家の一人でしかなかった。嘉七の活躍が、『日本探偵小説傑作集』が刊行された年から、その二年後の三七年にかけてであったため、結果的に乱歩の評価を受ける機会を逸したことは、嘉七にとって不幸であった。その後、中島河太郎の「探偵小説辞典」（『宝石』五二・一一～五七・一二／『江戸川乱歩賞全集①』講談社文庫、九八）に立項されたものの、本格的な再評価は探偵小説専門誌『幻影城』七七年八月号で特集が組まれるまで待たねばならなかった。先にもふれた通り、同誌では嘉七作品三編を再録。Sによる解説「酒井嘉七作品集について」が掲げられた。管見に入ったかぎりでは、現在までのところ、この解説を越える嘉七論は出ていないようだ。そこで、紙幅に余裕があることでもあり、新しい嘉七論の登場を促す意味もこめて、やや長くなるけれども、以下に私見を述べておくことにしたい。

　右の解説中でSが、嘉七作品を「飛行機を素材にしたいわゆる〝航空もの〟」「歌舞伎の世界から取材したいわゆる〝長唄もの〟」「筆記者の自身の周辺を素材にした形をとっている〝身辺もの〟」の三傾向に分類したことは、先にも述べた通りである。「航空もの」と「長唄もの」については、すでに中島河太郎も指摘していたことだが、そこに「身辺もの」を加えたのは、当時確認し得るかぎりでの全作品に目を通したSならではの観点であるといえる。同じ文章の中でSは、デビュー作の「亜米利加《アメリカ》発第一信」にふれて、「探偵役が第一人称で、タイプライターの文字から犯人を推理する本格物で、この処女作が茲後の酒井の創作方向を規定してしまった観がある」と述べている。これはつまり、一人称スタイルの本格ものが嘉七の作風である、と述べているに等しい。

　もちろん、だいたいにおいてSの指摘は正しい。これは、本書『酒井嘉七探偵小説選』に収録された諸作を読めば、誰もが納得するところであろう。厳密な意味で一人称とはいえないのは、生前に発表されたものでは「郵便機三百六十五号」「撮影所殺人事件《スタデイオ・マーダー・ケース》」「霧中の亡霊」くらいだろうか。

今回発見された遺稿も、そのほとんどが一人称スタイルだ。ただし、単に一人称スタイルというだけでは、やはり乱暴なのである。嘉七の採用した一人称はさらに、語られたスタイルと書かれたスタイルの二種類に分類することができる。そして書く行為、すなわち手記へのこだわりこそ、嘉七作品の重要な特徴だと考えられるのだ。

デビュー作の「亜米利加《アメリカ》発第一信」からして、神戸市二宮警察署外事課の木原三郎に宛てた書簡というスタイルを採っているのだが、この作品と同傾向の作品として、「空飛ぶ悪魔」がある。書簡ではないが、犯罪者の手記というスタイルの作品には、ややイレギュラーな構成を採ったものも含めれば、「探偵法第十三号」「呪はれた航空路」「ある完全犯罪人の手記」がある。典型的なワトスン・スタイルのものとしては「空に消えた男」があり、探偵役の手記としては、「京鹿子娘道成寺」があり、ややイレギュラーながら「実験推理学報告書」もその流れにある作品といえよう。活字になった十五編のうち八編までが書く行為にこだわったテクストだといえるのである。

その意味を考えるために、「後半三分の二は記述の重複だと思ふ」（洛北笛太郎、前掲「作品月評」）と評された「呪はれた航空路」を例にとってみよう。「呪はれた航空路」は、前半に精神病院で療養中の患者の手記（日記）が掲げられ、後半ではその患者を治療していた医師の手紙が掲げられている。そして洛北笛太郎が評するように、患者の日記の内容と医師の書簡の内容は、時系列的にほぼダブっているといっていい。ある犯罪が行なわれ、そのトリックが明かされるということを興味の中心とするなら、後半の医師の書簡（の特に前半）は不必要だといってよい。その意味では洛北笛太郎の指摘は正しい。だが、もし前半の狂人の手記のみでテクストが完結していたとしたら、その手記の内容を保証する根拠は存在せず、手記全体が信頼できないテクストとなってしまう。おそらくは、嘉七はそうなってしまうことを避けようとしたのだ。そして「呪はれた航空路」の場合、狂人の主観で書かれた手記の外部として医師の書簡が存在することで、リアリティが保証されると同時に、狂人には認識し得ない善意の共犯者にも言及することが可能になったのである。

こうした手記の二重構造は、「実験推理学報告書」にも見られるものだが、そこでは失恋した（と思っている）男の手記に、推理マニアが介入する（別の手記を挿入していく）ことで、もうひとつの現実を示すという実験的なスタイルが採られている。もちろん、もうひとつの手記も「推理」に過ぎない以上、そこで保証される現実は曖昧なものでしかなく、現にその「推理」は的を外してしまい、的を外すことでもうひとつの現実が成就するという結果になる。

手記形式が信頼できないテクストを構成するということに、嘉七はデビュー当時から意識的であった。「亜米利加《アメリカ》発第一信」は、最後の章で、当のテクストが「小説の様な手紙」か「手紙の様な小説」か曖昧となり、それがどんでん返しにつながっていく。この程度であれば、どんでん返しとしてはオーソドックスなものといえるかもしれない。だが、続いて発表された「探偵法第十三号」の、物語の途中で挿入される以下のような注意書きからは、テクストの信頼性に対する嘉七の意識的なスタンスを読みとることができるであろう。

> 私はこゝ迄書いて来て、ふと、こんな事を考へた——。
> （若し、自分が今、何かの理由で、この手記を中断すべく余儀なくされた、と仮定する——例へば、心臓麻痺等に依る、予期せぬ、突然の死といつた理由のために——。すると、読者諸氏は、この手記はこれで終だ、とお考へになる、従つて、ゴールドマン氏殺害犯人は私である、と御推断になる事だらう。）
> ——と。
> 併し、読者諸氏よ、私の手記はまだ終つてゐないのである。私は続ける。

ストーリーの構成上、右のような記述はなくとも、テクストは成立し得る。にもかかわらず右のように注意を喚起せざるをえない点が、嘉七の独特な感性の現われだといえよう。

こうした感性は、病弱でいつ倒れるか分からないという意識に由来するものだと、作家論的にはいえるかもしれない。だがここではもう一歩進めて、現実とは書かれたり語られたりした記録によって構成されるものである（そういうものでしかない）、という現実認識の痕跡を読みとっておきたい。それが、たとえば「呪はれた航空路」で、一見すると、作品の完成度を歪めてまでも二重のテクストで構成することを選んだ嘉七の作家意識なのである。

そこで思い出されるのが、いわゆる長唄ものの第一作である「ながうた勧進帳」だ。そこでは「判官おん手を取り給い」という表現が、後に「判官その手を取り給い」に改められたこと、「一と頃は、古い文句と、新しいのとが唄本に並べて記されてゐた」こと、そして師匠によって、古い文句を教えたり、新しい文句を教えたりと、対応が異なっていたということが、紹介されていた。こうした唄本の受容のあり方は、そのまま右に述べた嘉七の現実認識ときれいにリンクしていくように思われてならない。古い文句と新しい文句とが並記された唄本では、二つの現実（伝承）が並列しているが、どちらかを選んで教授するときは一方の現実（伝承）は失われてしまうし、並記されない唄本が残れば、それが昔からの現実（伝承）になるというテクストのありようをそのままトリックにするという発想は、書かれたもの・語られたものにこだわるという作家意識を前提にしてこそ、生まれたものではなかったか。そしてその作家意識が、「京鹿子娘道成寺」の、偶然入手した古書を紹介するというスタイルとなり、また、「大正、または、昭和年間の、好事家《アマチュア》探偵小説作家が、彼のものせる作品の発表にあたり、かくの如き『古書』の形態を装ひ、同好者の何人かに入手されんことを、密かに、望んでゐた」という幻想を序文に記させ、その望みをかなえるという序言から本文に入っていくという導入を採らせたのではないだろうか。

このように考えると、航空ものも長唄ものも、また身辺ものも、すべてひとつの作家意識が通底したテクストとして捉えることが可能となる。そしてこうしたスタイルを支えた作家意識こそ、嘉七の本格探偵小説を支えているのであり、単に余技作家として読み捨てられるべきではない、他の作家とは異なる嘉七の独自性を醸成しているのである。

〈評論・随筆篇〉

「探偵小説と暗号」は、『神戸新聞』一九三四年八月七日～八日付に、「銷夏よみもの」シリーズの一編として、酒井嘉七郎名義で掲載された。単行本に収録されるのは今回が初めてである。

エイチ・オー・ヤードリーHerbert Osbome Yardley（一八八九～一九五八、米）は、アメリカの暗号学者で、その著『ブラック・チェンバ――米国はいかにして外交暗号を盗んだか』*The American Black Chamber*（一九三一）は、本国刊行と同年の内に翻訳が大阪毎日新聞社・東京日日新聞社から刊行された。

「大空の死闘」は、『ぷろふいる』一九三五年一二月号（三巻一二号）に、K・SAKAI名義で掲載された。その際、「海外犯罪ニユース・1」という脇書きが付された。

「『幸運の手紙』の謎」は、『ぷろふいる』一九三六年一月号（四巻一号）に、K・SAKAI名義で掲載された。その際、「海外犯罪ニユース・2」という脇書きが付された。

「細君受難」は、『ぷろふいる』一九三六年二月号（四巻二号）に、K・SAKAI名義で掲載された。その際、「海外犯罪ニユース・3」という脇書きが付された。

「地下鉄の亡霊」は、『ぷろふいる』一九三六年三月号（四巻三号）に、K・SAKAI名義で掲載された。その際、「海外犯罪ニユース」という脇書きが付された（この号のみ、通し番号欠落）。

「魂を殺した人々」は、『ぷろふいる』一九三六年四月号（四巻四号）に、K・SAKAI名義で掲載された。その際、「海外犯罪ニユース・5」という脇書きが付された。

以上五編とも単行本に収録されるのは今回が初めてである。酒井嘉七に初期の牧逸馬を重ねたのは土呂八郎だが（前掲「五月号読後」）、嘉七の〈海外犯罪ニュース〉シリーズもまた、牧が〈世界怪奇実話〉シリーズを物したのをなぞっているかのような印象を与える。ただし、嘉七の方がより探偵小説マニア目線だといえるかもしれない。殊にシリーズ第一話「大空の死闘」は、嘉七自身の航空ものを彷彿とさせよう。

「雪の中の秘密」は、『ぷろふいる』一九三六年八月号（四巻八号）に、「涼しい夏のページ」コーナーの一編として掲載された。単行本に収録されるのは今回が初めてである。

銷夏特集用に書かれたものだが、怪談というほどでもない、短編「実験推理学報告書」にも通ずる味わいを持つコント風の作品。

「『霧中殺人事件』序」は、ミニオン・G・エバアハート原作・酒井嘉七訳『霧中殺人事件』（日本公論社、一九三六年九月二五日発行）の巻頭に「序」として掲載された。

嘉七はここで、「こゝに訳出した"The figure in the Fog"は」と、アレン・J・ヒュービンAllen J. Hubinの*Crime Fiction III: A Comprehensive Bibliography, 1749-1995*（Locus Press、一九九九）などにも記されていない原題をあげている。この点について遺族の調査によれば、*The Figure in the Fog*はRedbook Novelsの一冊として刊行されたものではないか、ということである。海外の古書店の目録に一九三四年にマッコール社McCallから発行された同叢書（雑誌？）が掲載され、エバハートの*The Figue in the Fog*に言及されていたとのこと。この御教示を基に調べてみたところ、ダシール・ハメットDashiell Hammett（一八九四～一九六一、米）の『影なき男』*The Thin Man*（一九三四）の刊行形態から類推するに、作品自体の初出は雑誌Redbookであり、それと同時にRedbook Novel of the Monthという単行本形式の雑誌、あるいは雑誌形式の単行本が刊行されたと思しい。嘉七が手にしたのは、初出誌か、同時刊行の再録本だと考えられる。今後の研究を待ちたい。

「神様と獣」は、『新青年』一九四四年一一月号（二五巻一一号）に掲載された。単行本に収録されるのは今回が初めてである。

「獣に月給を貰つてゐた時分の話」という表現に時局を感じさせられる。「艶麗な常磐津」で語られている「大名の話」とは、「靫猿《うつぼざる》」のこと。本名題を「花舞台霞の猿曳」といい、一八三八（天保九）年に作られた。

「アンケート」としてまとめたものの内、「**諸家の感想**」は『探偵春秋』一九三七年一月号（二巻一号）に、「**お問合せ**」は『シュピオ』一九三七年六月号（三巻五号）に、それぞれ掲載された。単行本に収録されるのは今回がいずれも初めてである。前者で言及されているウィルキー・コリンズWilkie Collins（一八二四～八九、英）のThe Biter Bitは、現在「人を呪わば」という邦題で知られている短編。後者で言及されている*Act Quick Mr. Moto*は、ジョン・P・マーカンドJohn P. Marquand（一八九三～一九六〇、米）が創造した日本人秘密情報部員ミスター・モトが活躍する一編だろうが、該当する原題の作品は存在しないようだ。第一作『ミカドのミスター・モト』*No Hero*（一九三五）か、あるいは第二作*Thank You, Mr. Moto*（一九三六）のいずれかだと思われる。

「**十年後の神戸**」は、「神戸又新日報」夕刊の一九二八年三月二九日から四月一三日まで、酒井嘉七郎名義で、掲載された（全九回。四月二日、六～一一日は休載）。単行本に収録されるのは今回が初めてである。

『神戸又新日報』が一万五千号発行を記念して募集した懸賞論文のために書き下ろされたが、いわゆる評論スタイルではなく、創作スタイルで書かれているため、未来小説的な味わいを持っている。選外特別賞に輝き、特に掲載されたのも、読物としての魅力が受け入れられたためであろう。「プロロウグ」における、嵐の中を行く客船内という舞台設定は、南中国からフィリピン方面に旅行した経験が活かされており、探偵小説のデビュー作「亜米利加《アメリカ》発第一信」を彷彿とさせるものがある。また、飛行機に対する関心の深さがすでにうかがえる点も興味深い。

三月三〇日付の同紙夕刊には「酒井嘉七郎君を訪ふ」という無署名の紹介記事が掲載されており、当時の嘉七の周辺を知る好資料なので、参考までに以下に再録しておく。

　選外特別賞を受けた酒井嘉七郎氏は未だ二十六歳の青年である。大正十一年パルモア英学院を出で、元居留地のストロング商会に勤めたのを昨年退社、大阪の三宅貿易商に勤務してゐるのだが、病気のため目下は神戸市兵庫切戸町一五九の令兄のもとで療養中である。店先きで御神体をおさめる箱をこしらへてゐた兄さんに来意を告げると、お母さんが飛んで出て「嘉七郎、嘉七郎と《ママ》」呼んだ。一家団欒の温い雰囲気が感じられる――

当の嘉七郎君は

「とても駄目だと思つてゐましたが、入選しましたか、嬉しいですね、病気で店を休んでゐるところから筆を執つたのですが……病中作ではネ、どうかと思つてゐたんです。昨年南支那からマニラ方面へ旅行をしましたので、船の中のことやら、あちらで見た事どもを書き綴つたのです。あまりあちらのことが、交ぢりすぎて、アチラ臭くはなかつたのでせうか」

と語つたが当人よりお母さんや兄さんが大喜びであつた。

なお、「神戸市兵庫切戸町一五九」とあるのは誤りで、「神戸市兵庫区」が正しい由。

〈遺稿篇〉

嘉七の遺稿については、すでに遺族の手で『酒井嘉七作品集　家族限定版』（二〇〇七）としてデジタル・テキスト化されている。同テキストは、旧字旧仮名遣いがすべて新字現代仮名遣いに置き換えられ、読みやすいように編集されている。本書ではそれを基に、遺族から提供いただいた原稿そのものの写真版・コピー版と照らし合わせて、なるべくオリジナルに近い形で復刻した。原稿のほとんどは、当時女学校生だった長女・酒井珠璃子氏の手によって清書されており、嘉七の手で添削されている。単純な誤字脱字の訂正のみならず、大幅な改稿の痕が見られる原稿もあるが、すべて改稿されたものを決定版として復刻している。筆記中に漢字が思い出せず、後に補塡しようと考えて、カタカナでフリガナを振って空欄になっている箇所は、補塡されている箇所もある点などを鑑みて、すべて補塡しておいた。以下、創作とその他に分けて収録し、それぞれ原稿末尾の日付順に配列してある。擱筆時期が不明なものは内容から判断して適宜配列した。

「ハリー杉原軍曹」は、藁半紙を切りそろえたものに長女が清書し、嘉七が加筆訂正したものが残されていた。原稿末尾には「(二六〇六・十二・二〇)」と記されている。二六〇六は皇紀表記で、西暦では一九四六年にあたるが、嘉七が四六年の七月に歿していることから、これは二六〇五年の誤記だと判断するのが妥当であろう。

「遅過ぎた解読」などに見られる暗号趣味を垣間見せるテクストだが、暗号文の鍵の解読だけで、実際の暗号文が示されないのが、やや物足りなさを感じさせる。

「猫屋敷」は、藁半紙を切りそろえたものに長女が清書し、嘉七が加筆訂正したものが残されていた。原稿末尾には「(二十・十二・二十二)」と記されている。二〇は元号(昭和)表記で、西暦では一九四五年になる。

疎開先の体験を基にした創作で、後出の「猫屋敷通信」と併読すると、興趣がいや増すと同時に、嘉七の創作法の一端がうかがえよう。戦前の作品がすべて都会を舞台とする作風だったことと対照的で、横溝正史がやはり疎開体験を基にして戦後の長編を執筆したことを思い出させる。嘉七であれば、そうした作風でどのような活躍を示したかをうかがわせるテクストである。

「異聞　瀧善三郎」は、藁半紙を切りそろえたものに長女が清書し、嘉七が加筆訂正したものが残されていた。原稿にはタイトル・ページがなく、現行の題名は、『酒井嘉七作品集　家族限定版』編纂のために原稿を起こした遺族の手によって付された仮題である。原稿末尾には「(二一・三・八)」と記されている。

本稿は、表題が書いてなかったが、嘉七の生前に清書を担当した娘の珠璃子が仮に付けた。

本稿は、以下の添え書きがあり、「大衆文芸」宛に送付したものと考えられる。

大衆文芸社宛3月二十九日速達ニテ送付
大阪市北区堂島毎日新聞社サンデー毎日「大衆文芸」係

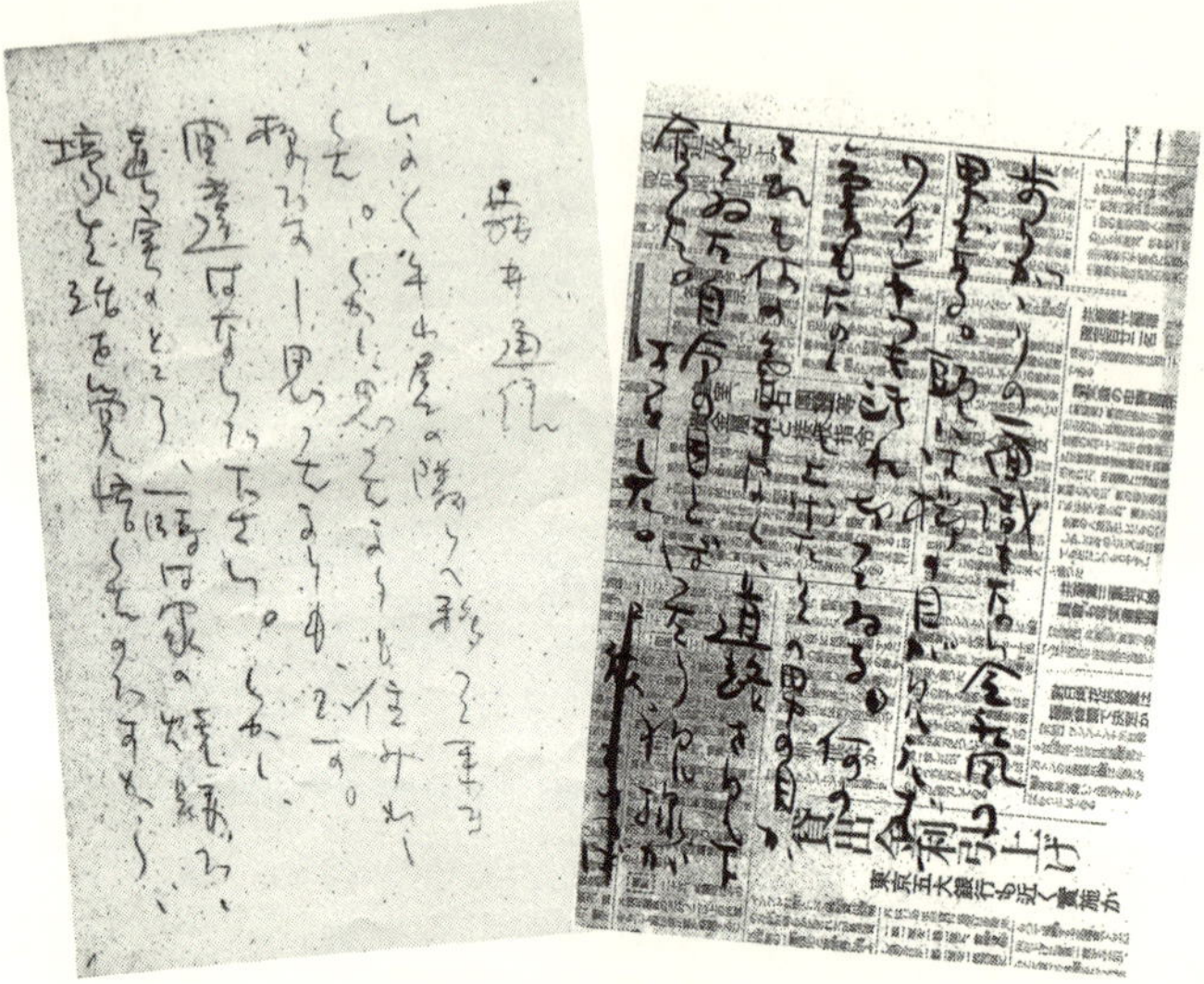

未定稿の一枚（右）と「猫屋敷通信」

渡された資料には、『サンデー毎日』が主催した一九四六年三月三一日〆切の第三十四回「大衆文芸懸賞募集」告知記事の切り抜きのコピーがあり、その切り抜きに毛筆で「三月二十九日速達ニテ送附」と書かれていることが確認できる。四六年八月一一・一八日合併号に載った予選通過作品及び作者の中には、残念ながら嘉七の名はなく、本作品の投稿時のタイトルは確認できなかった（ちなみに、予選通過作中に阿知波五郎や中川信夫の名が見られるのが興味を引かれるところ）。

なお、同じく渡された資料には一九四五年九月二七日付の『毎日新聞』第一面の切り抜きのコピーがある。そこに本作品中に描かれている連合軍の神戸進駐が報じられていることを付け加えておく。

瀧善三郎（一八三七〜六八）は岡山藩士で、一八六八（慶応四）年月一一日に、神戸三宮神社前で備前藩の隊列を横切ったフランス人水兵を負傷させた、いわゆる神戸事件の責任をとって、神戸大空襲で焼失した永福寺で切

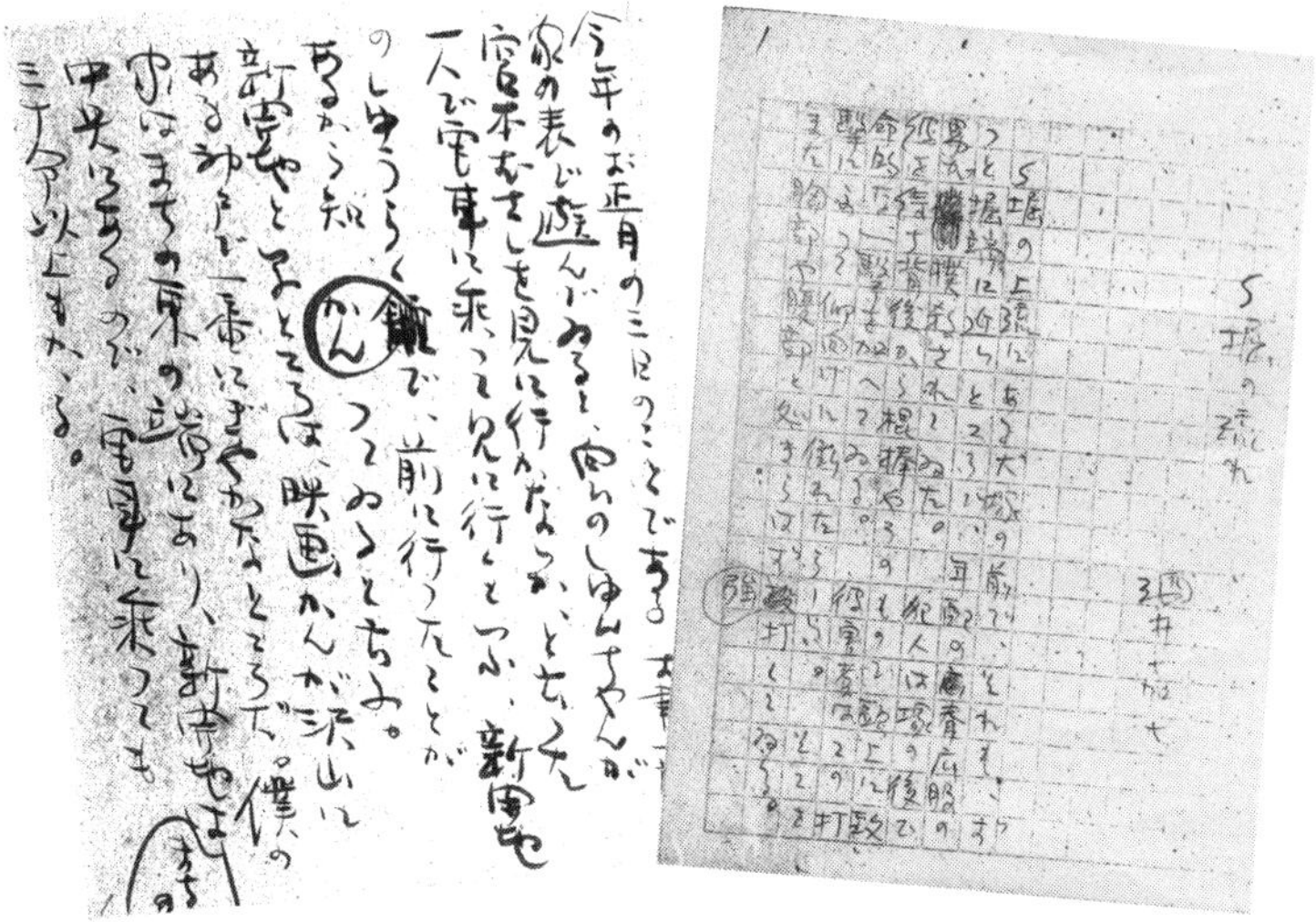

「S堀の流れ」（右）と「ほどけたゲートル」冒頭

腹した。焼失前の永福寺は嘉七の実家のすぐ側であったことから、幼い頃から瀧善三郎の供養碑を眼にしていたことだろう。その経験が、瀧善三郎を登場させることにつながったのだと考えられる。

「静かな歩み」は、藁半紙を切りそろえたものに長女が清書し、嘉七が加筆訂正したものが残されていた。タイトル脇には「探偵小説」と付され、「『新青年』へ書留にて送附／(二二・四・二二)」とペン書きされている。原稿末尾には「(四・二一・四六)」と記されている。

一種のアリバイものだが、叙述上の仕掛けを施しているのも読みどころといえる。本テクストが『新青年』誌上を飾らなかった事情については不詳である。

「目撃者《アイウイットネス》」は、新聞紙を切りそろえたものに嘉七が筆書きしたものと、学校用の二百字詰め原稿用紙（大森製）に長女が清書し、嘉七が加筆訂正したものとが残されていた。原稿末尾には「(八・四・四六)」と記されている。

新聞紙に筆書きされたもののタイトル・ページには、「(二枚)／S・S・STORY／

目撃者　酒井嘉七／昭和二十一年四月十一日／三上氏宛送附（プロフイル用）」とある。原稿用紙版のタイトル脇には「創作ショート・ショート・ストーリー」と書かれており、さらに欄外に矢印を引いて「この文字は印刷して下さい」と注記されている。一枚目の原稿用紙の右端に「三上様――こんな用紙で済みません。これも最後です。編輯用の原稿用紙を印刷する時少し刷つてくれませんか。」と書かれている。戦後版『ぷろふいる』用に執筆された作品であるが、現在残っている同誌には本作品を見出せない。どういう事情で載らなかったものかは不明。

現在のショート・ショートに相当するが、当時なら「コント」と称されるところを、あえて「ショート・ショート」という表記にこだわった理由は不詳。戦前に海外の雑誌などで眼にしていたものだろうか。

「S堀の流れ」は、二〇〇字×十五行の原稿用紙に鉛筆で書かれたものが残されている。十九枚目の一行を書いたところで筆が措かれ、未完のため、原稿末尾に執筆年月は記されていない。同じ原稿用紙で二枚分のタイム・テーブルが残されているので、末尾に付しておいた。

『酒井嘉七作品集　家族限定版』には以下の注記が付せられている。

「みすせれにあす・の－と」によれば、「ある完全犯罪人の手記」とほぼ同時期に書かれた作品のようである。

既に、嘉七は病状の悪化に苦しんでおり、原稿中にもある種の混乱が見られる。

これもアリバイものの一編。犯人が罪を認めて自殺しているのに、遺書中でトリックが明かされないため、アリバイが成立したままだという奇妙なシチュエーションが光っている。未完成のままに終ったことは、返す返すも残念である。

「未定稿」としてまとめたものは、新聞紙を切りそろえたものに筆書きされたものが、未完成原稿として残されていた。いずれも完成稿は残っていない。「その辺り一帯の」と始まる稿には、「静かな歩み」に登場した探偵作家・坂部健作の名が確認できる。

以下は、創作以外の原稿である。

「探偵小説の話」は、藁半紙を切りそろえたものに長女が清書し、嘉七が加筆訂正したものが残されていた。原稿末尾には、嘉七の手で「(四・八・四二)」と記されている(「二」は「六」の誤記と考えられる)。

嘉七の作風は本格探偵小説と目されているが、その探偵小説観をうかがわせる文章は活字になっておらず、その意味で本テクストは貴重なものといえよう。甲賀三郎が「探偵小説講話」(『ぷろふいる』一九三五・一～一二)で展開した説をふまえたものとも見られ、甲賀説の受容の一端を示しているという点でも重要である。

「猫屋敷通信」は、藁半紙を切りそろえたものに鉛筆で書かれてたものが残されていた。原稿末尾に執筆年月日は記されていない。なお、オリジナル原稿とはタイトルが異なるが、ここでは遺族の意向に従い『酒井嘉七作品集　家族限定版』収録分のタイトルを踏襲した。内容を見れば分かる通り、創作「猫屋敷」の題材となった体験を綴ったエッセイで、旧家に伝わる伝説を合理的に解き明かしている点は、創作とは違った味わいがある。疎開先から岡山の空襲を見たのは、当時子供だった遺族が現実に経験されたことだそうである。

「ほどけたゲートル」は、藁半紙を切りそろえたものに筆で書かれたものが残されていた。タイトルはなく、現行の題名は、『酒井嘉七作品集　家族限定版』編纂のために原稿を起こした遺族の手によって付された仮題である。原稿末尾に日付はない。

『酒井嘉七作品集　家族限定版』には以下のような注記が付されていた。

原稿は無題であったが、編集者が題名を作成一九四五年神戸爆撃の時、主人公の「僕」は八歳で小学校3年生だった。父親、嘉七にとっては、この長男坊が米軍の爆撃下どこへ行ったか分からなかったことは、大変に心を痛めたことであったろう。無事に帰ってきたことを心から喜んだ。そのことが、息子に成り代わってこのような文を書かせたものと推測される。

そのことについては、後に子どもたちは母親から何度も話された。

また、同作品集の巻末には、無署名で以下のような文が補足されている。

●しゅんちゃんは僕と同じように、学童疎開には行っていなかった。
●この日は、ケロリとした顔で、もう先に帰っていたような気がする。
●道ばたのドブというか、コンクリートの水路にも飛び込んだ覚えがある。

「みすせれにあす・のーと」および「みすせれにあす・のうと　Ⅱ」は、藁半紙を切りそろえたものに筆で書かれたものが残されていた。タイトルのmiscellaneousは「種々雑多な」という意味で、その言葉の通り、日々の見聞に対する感想や備忘録的な記述、創作の構想や下書きなどが記されている。各断片の配列は『酒井嘉七作品集　家族限定版』に拠った。同テキストの最後には以下のような文が補足されている。

●この頃子供たちはそばへ行くことをとめられていたのでその苦痛を知らなかった
●六月二十八日授洗
●七月十四日没

［解題］**横井 司**（よこい つかさ）
1962年、石川県金沢市に生まれる。大東文化大学文学部日本文学科卒業。専修大学大学院文学研究科博士後期課程修了。95年、戦前の探偵小説に関する論考で、博士（文学）学位取得。『小説宝石』で書評を担当。共著に『本格ミステリ・ベスト100』（東京創元社、1997年）、『日本ミステリー事典』（新潮社、2000年）など。現在、専修大学人文科学研究所特別研究員。日本推理作家協会・日本近代文学会会員。

酒井嘉七探偵小説選　〔論創ミステリ叢書34〕

2008年4月20日　初版第1刷印刷
2008年4月30日　初版第1刷発行

著　者　酒井嘉七
装　訂　栗原裕孝
発行人　森下紀夫
発行所　論 創 社
〒101-0051 東京都千代田区神田神保町2-23 北井ビル
電話 03-3264-5254　振替口座 00160-1-155266
http://www.ronso.co.jp/

印刷・製本　中央精版印刷

Printed in Japan　ISBN978-4-8460-0722-5

論創ミステリ叢書

刊行予定

★平林初之輔Ⅰ
★平林初之輔Ⅱ
★甲賀三郎
★松本泰Ⅰ
★松本泰Ⅱ
★浜尾四郎
★松本恵子
★小酒井不木
★久山秀子Ⅰ
★久山秀子Ⅱ
★橋本五郎Ⅰ
★橋本五郎Ⅱ
★徳冨蘆花
★山本禾太郎Ⅰ
★山本禾太郎Ⅱ
★久山秀子Ⅲ
★久山秀子Ⅳ
★黒岩涙香Ⅰ
★黒岩涙香Ⅱ
★中村美与子
★大庭武年Ⅰ
★大庭武年Ⅱ
★西尾正Ⅰ
★西尾正Ⅱ
★戸田巽Ⅰ
★戸田巽Ⅱ
★山下利三郎Ⅰ
★山下利三郎Ⅱ
★林不忘
★牧逸馬
★風間光枝探偵日記
★延原謙
★森下雨村
★酒井嘉七
横溝正史
宮野村子
瀬下耽

★印は既刊

論 創 社